셜록 홈즈의 모험

THE ADVENTURES OF
SHERLOCK HOLMES

아서 코난 도일 지음
승영조 옮김

H
현대문학

| 차례 |

A Scandal in Bohemia

보헤미아 왕실 스캔들

I

셜록 홈즈에게 그녀는 항상 '그 여자'다. 좀처럼 그녀의 이름을 입에 올리는 법이 없다. 그가 보기에 세상 어떤 여자라도 그녀 앞에서는 빛을 잃어버린다. 그렇다고 홈즈가 아이린 애들러라는 여성에게 사랑 비슷한 감정을 느꼈다는 것은 아니다. 냉정하고 치밀하면서도 탄복할 만큼 균형 잡힌 정신을 지닌 홈즈에게는 그 어떤 감정이라도 혐오스러웠는데, 연애 감정은 더 말할 나위 없었다. 관찰하고 추리하는 일이라면 세상 어떤 기계보다 더 완벽한 홈즈였지만, 연인으로서는 오해나 받기 십상이었을 거라고 나는 생각한다. 한결 나긋한 감정들을 이야기할 때면 그는 영락없이 비웃음과 조롱을 곁들였다. 관찰자가 사랑과 같은 나긋한 감정을 갖는 것은 바람직한 일이다. 인간의 행동과 동기의 베일을 벗기는 데 도움이 되기 때문이다. 그러나 논리적 추리력을 갈고 닦아온 사람으로서, 섬세하게 잘 조율된 자신의 정신세계에 그런 감정이 비집고 들어오는 것을 용납하는 것은 자신이 추리해낸 모든 결과를 뒤흔들 수 있는 혼란 요인을 끌어들이는 셈이었다. 홈즈 같은 기질을 가진 사람에게는 강렬한 감정보다 더 혼란스러운 것도 없었다. 그것은 예민한 악기에 모래가 들어가거나, 높은 배율의 렌즈에 금이 간 것보다 더 곤혹스러운 일이었을 것이다. 그런데도 그에게 딱 한 명의 여성이 있었으니, 그 여성이 바로 고故 아이린 애들러다. 수상쩍고 미심쩍은 추억 속의 그 여성 말이다.

나는 한동안 홈즈를 통 만나지 못했다. 내가 결혼하면서부터 생활에 등이 떠밀려 서로 소원해졌던 것이다. 나는 더할 나위 없이 행복했고, 가장이 되었다는 것에 처음 눈을 뜬 남자를 둘러싸고 일어나는 가정 중심적인 일들만으로도 딴 데 한눈을 팔 수가 없었다. 한편 보헤미안 기질로 똘똘 뭉쳐 있어서 사교 생활이라면 질색을 하는 홈즈는 베이커 스트리트의 하숙집에 머물며, 해묵은 책들 속에 푹 파묻힌 채, 한 주일은 코카인에 취해 있다가 다음 주에는 야망을 불태우는 식으로, 마약의 몽환 상태와 자신의 예리한 본성이 불꽃을 튀기는 상태 사이를 번갈아 오갔다. 범죄 연구에 흠뻑 빠져 있기는 여전해서, 경찰이 포기한 사건의 단서를 추적해 해결하는 일에 비상한 관찰력과 엄청난 재능을 발휘하고 있었다. 때때로 나는 그의 활약상을 어렴풋이 전해 들을 수 있었다. 트레포프 살인사건으로 오데사에 불려간 일, 트링코말리에 사는 앳킨슨 형제에게 일어난 특이한 비극을 해결한 일, 마지막으로, 네덜란드의 지배 가문을 위한 임무를 교묘히 성공적으로 마친 일이 그것이다. 그러나 내가 아는 것은 그저 신문만 보면 누구나 알 수 있는 그의 활약의 흔적에 지나지 않았다. 옛 친구이자 동료였던 나로서도 그 이상은 알지 못했다.

어느 날 밤, 그러니까 1888년 3월 20일 밤, 왕진을 마치고 집에 돌아가는 길이었다(이 무렵 나는 다시 개업을 했다). 나는 우연히 베이커 스트리트를 지나가게 되었다. 지금의 아내에게 사랑을 고백한 일, 그리고 『주홍색 연구』에 얽힌 어두운 사건들을 떠올리지 않을 수 없는, 결코 잊을 수 없는 그 집 문 앞을 지나가다가, 나는 다시 간절히 홈즈가 보고 싶었다. 그가 비상한 능력을 어떻게 발휘하고 있는지도 알고 싶었다. 환히 불을 밝힌 그의 방 창문을 잠시 올려다보았다. 키가 크고 홀쭉한 홈즈의 그림자가 잠깐 사이에 두 번 블라인드에 비쳤다. 그는 고개를 푹 숙이고 뒷짐을 진 채 잰걸음으로 방 안을 서성이고 있었다. 그의 버릇과 분위기를 속속들이 알고 있는 나로서는, 그의 자세나 태도만 보아도 사연을 미루어 짐작할 수 있었다. 그는 다시 일에 매달린 게 분명했다. 마약이 자아내는 몽환 상태에서 벗어나, 뭔가 냄새가 나는 새로운 문제에 바투 다가서고 있는 것이다. 나는 초인종을 울린 다음, 전에는 내 방이기도 했던 그 실내에 모습을 드러냈다.

홈즈는 차분하게 나를 맞이했다. 그는 호들갑을 떠는 법이 없었다. 하지만 나를 보고 반갑지 않을 리는 없었다. 그는 뭐라고 입을 열진 않았지만 따스한 눈빛을 보내며, 안락의자에 앉으라고 손짓을 하고는 시가를 갑째 던져주더니, 구석에 놓인 술병 케이스와 소다수 제조기를 가리켰다. 그러고 나서 그는 벽난로 앞에 섰다. 그는 내면을 꿰뚫어 보는 특유의 방식으로 나를 쓰윽 훑어보았다.

"결혼하길 잘했군. 그새 몸이 7.5파운드(3.4킬로그램)나 불은 걸 보니." 그가 말했다.

"7파운드야." 내가 대꾸했다.

"이런, 조금만 더 생각할걸. 아주 조금만 더. 그런데 보아하니, 다시 개업을 했군. 그런 굴레에 얽매이고 싶어하지 않았잖아?"

"그건 또 어떻게 알아낸 거야?"

"척 보고 추리하는 거지. 자네는 최근에 비를 흠뻑 맞았고, 일솜씨가 영 서툴고 경솔한 하녀를 두었군. 그런 사실은 또 어떻게 알아냈을지 한번 맞춰봐."

"이봐 홈즈, 그런 건 내게 무리야. 몇 세기 전에 태어났다면 자네는 틀림없이 마법사로 몰려서 화형을 당했을 거야. 내가 목요일에 시골길을 걷다가 후줄근하게 젖어서 집에 온 건 사실이야. 하지만 말끔히 옷을 갈아입었는데, 대체 그걸 어떻게 추리해냈는지 짐작도 못 하겠군. 그리고 메리 제인으로 말하자면 어찌나 구제불능인지, 아내가 이미 해고 통지를 했어. 하녀 문제 역시 자네가 어떻게 알아냈는지 전혀 모르겠어."

홈즈는 좀이 쑤시는지 긴 두 손을 비비며 씨익 웃었다.

"그거야 간단하지. 내 눈이 말해주거든. 자네 왼쪽 구두 안쪽을 좀 봐. 벽난로 불빛이 비치는 바로 그곳 말이야. 가죽에 여섯 줄로 나란히 긁힌 자국이 나 있잖아. 그건 구두 밑창에 엉겨붙은 진흙을 떼어내려고 마구 긁어대다가 생긴 게 분명해. 따라서 자네가 궂은 날씨에 외출을 했다는 것과, 특히 그악스럽게 신발을 찢어발기는 런던의 별종 하녀를 거느리고 있다는 이중의 추리가 가능하지. 자네가 개업을 한 것에 대해 말하자면, 신사 차림의 남자가 요오드포름 냄새를 풀풀 풍기

며 들어왔는데, 오른손 검지가 질산은으로 검게 물든 게 보이고, 의사들이 청진기를 곧잘 숨겨두는 중산모의 오른쪽이 불룩하니, 바보가 아닌 다음에야 이 남자가 현장에서 뛰고 있는 의료인이라는 것을 맞추지 못할 리가 없지."

추리 과정이 너무 간단해서 나도 모르게 웃음이 나왔다.

"자네 설명을 듣고 보면 모든 게 어처구니없을 정도로 간단해 보여서 나도 쉽게 할 수 있을 것만 같아. 하지만 매번 자네가 추리를 할 때마다 나는 혀를 내두르지 않을 수가 없어. 설명을 듣기 전에는 정말 기가 턱 막히거든. 눈이 좋은 것으로 말하자면 나도 자네 못지않을 텐데."

"바로 그거야."

그는 담뱃불을 댕기고 안락의자에 털썩 주저앉았다.

"왓슨, 자네는 눈으로 보긴 해도 관찰을 하지 않아. 보는 것과 관찰하는 것은 전혀 다르지. 예를 들어 자네는 홀에서 이 방으로 올라오는 계단을 허구한 날 봤어."

"그랬지."

"몇 번이나?"

"음, 수백 번."

"그렇다면 계단이 몇 개지?"

"몇 개? 그거야 모르지."

"바로 그거야! 자네는 관찰을 하지 않았어. 하지만 눈으로 보긴 했지. 내 말의 요지가 바로 그거야. 난 계단이 열일곱 개라는 걸 알고 있어. 나는 눈으로 보면서 동시에 관찰을 하거든. 그건 그렇고, 자네가 이런저런 사건에 관심이 많고, 변변찮은 내 경험담 한두 가지를 아주 잘 기록한 적도 있으니, 아마 이것에 꽤 흥미가 동할 거야."

그는 탁자 위에 펼쳐둔 연분홍빛의 두꺼운 편지지 한 장을 내게 던져주고 말했다.

"오늘 마지막으로 배달되어 온 우편물이야. 소리 내서 한번 읽어봐."

편지에는 날짜가 적혀 있지 않았고, 서명이나 주소도 없었다.

오늘 밤 7시 45분에, 심히 중대한 문제에 대해 상담하고자 하는 신사한 분이 귀하를 찾아갈 것입니다. 귀하가 최근 유럽의 한 왕실에 봉사한 것으로 미루어, 귀하는 이루 말할 수 없이 중요한 문제에 대해 안심하고 상담할 만한 분임을 알았습니다. 귀하에 대한 이런 평가는 우리가 모든 소식통으로부터 입수한 것입니다. 그럼 그 시간에 댁에 계시기 바라며, 방문객이 마스크로 얼굴을 가려도 너그럽게 이해하시기 바랍니다.

"정말 수수께끼 같군." 내가 논평했다. "자네는 이게 무슨 뜻이라고 생각하나?"

"나한테는 아직 정보가 없어. 정보를 얻기 전에 가설을 세우는 것은 크게 실수하는 거야. 은연중 가설에 맞추어 사실을 곡해하게 되거든. 사실에 맞는 가설을 세우지 않고 말이야. 하지만 우리에겐 편지가 있어. 자넨 그 편지에서 무엇을 추리할 수 있겠어?"

나는 필적과 편지지를 꼼꼼히 살펴보았다.

"이것을 쓴 사람은 아마 부자일 거야." 내가 의견을 말했다. 나는 동료의 추리 과정을 애써 모방하려고 했다. "이런 종이를 사려면 한 묶음에 하프크라운 이상 줘야 할 거야. 종이가 특이하게 아주 질기고 빳빳해."

"특이하다, 바로 그거야. 그건 영국제 종이가 아니거든. 불빛에 잘 비춰봐."

그의 말대로 살펴보았더니 종이 결에 'Eg', 'P', 'Gt'라는 문자가 인쇄되어 있었다.

"그게 뭐 같아?" 홈즈가 물었다.

"메이커 이름인 게 분명해. 아니, 이름의 머리글자라고 해야겠군."

"천만에. 'Gt'는 회사를 뜻하는 독일어 '게젤샤프트Gesellschaft'의 약자야. 회사를 영어로 'Co.'라고 줄여 쓰는 것과 같지. 'P'는 물론 종이를 뜻하는 독일어 '파피에르Papier'의 머리글자야. 그렇다면 'Eg'는? 어디 『대륙 지명 사전』을 좀 뒤져볼까?"

홈즈는 책꽂이에서 갈색의 육중한 책을 꺼냈다.

"에글로, 에글로니츠, 음, 여기 있군, 에그리아. 여긴 보헤미아 왕국에서 독일어를 주로 쓰는 고장이지. 카를스바트에서 멀지 않은 곳이야. '이곳은 발렌슈타인이 암살된 현장이자, 수많은 유리 공장과 제지

회사가 있는 것으로 유명하다.' 하하, 어때, 이게 뭘 뜻하겠어?"

홈즈는 눈을 반짝이며, 승리의 희푸른 담배 연기를 뭉클 피워 올렸다.

"종이가 보헤미아제였군." 내가 말했다.

"그래. 그리고 편지를 쓴 사람은 독일인이야. 혹시 문장 구조가 특이하다는 걸 알아차렸나 모르겠군. '귀하에 대한 이런 평가는 우리가 모든 소식통으로부터 입수한 것입니다.' 프랑스인이나 러시아인이었다면 이런 식으로 쓸 리가 없어. 움직씨에 이렇게 무례한 걸 보니 분명 독일인이야. 보헤미아제 종이에 편지를 썼고, 얼굴을 감추고 싶어하는 이 독일인이 바라는 게 무엇일까? 이제 그걸 알아내는 일만 남았어. 내가 착각한 게 아니라면, 우리의 궁금증을 말끔히 풀어줄 인물이 이윽고 납시는군."

홈즈의 말과 더불어 날카로운 말발굽 소리와 마차 바퀴가 연석에 쓸리는 소리가 들리더니, 곧이어 와락 잡아당긴 초인종 소리가 다급히 들려왔다. 홈즈가 휘파람을 불었다.

"소리를 들어보니 말이 두 필이군" 하고 말한 홈즈가 슬쩍 창밖을 내다보았다. "맞았어. 아담하고 멋진 브루엄 마차를 끄는 예쁜 말 두 필. 한 마리에 150기니(과거 영국의 금화로, 1기니는 21실링―옮긴이)는 나가겠군. 이 사건은 보수가 두둑하겠어, 왓슨. 다른 건 몰라도."

"홈즈, 나는 이만 가보는 게 좋겠어."

"아냐, 남아 있어. 나의 보즈웰(『새뮤얼 존슨의 생애』 등을 쓴 영국의 전기작가―옮긴이)이 없으면 난 어쩌라고. 게다가 이건 썩 흥미로운 사건 같은데, 놓치기엔 아쉽잖아?"

"하지만 자네의 의뢰인이······."

"그건 염려할 것 없어. 나도 그렇지만 그 사람도 자네의 도움이 필요할지 모르니까. 드디어 왔군. 저 의자에 앉아서 잘 지켜보도록 해."

계단과 복도를 지나며 느리고 무겁게 울린 발걸음 소리가 바로 문밖에서 멈추었다. 이어서 크고 당찬 노크 소리가 울렸다.

"들어오세요!" 홈즈가 말했다.

한 남자가 들어왔다. 거의 2미터에 육박하는 거구의 헤라클레스 같은 남자였다. 그의 옷차림은 워낙 호화찬란해서, 잉글랜드에서는 거의 악취미로 여겨질 정도였다. 더블버튼 외투의 두 소매와 앞자락은 밖으로 접혀서 육중한 아스트라한 모피 털이 드러나 보였다. 어깨 위로 넘긴 군청색 망토는 불꽃 같은 빛깔의 비단 안감을 댔는데, 눈부신 에메랄드 하나를 박은 브로치로 목 아래 망토를 여며서 고정해놓고 있었다. 종아리까지 올라오는 부츠는 위쪽 테두리에 화려한 갈색 모피를 대서, 전체 겉모습에서 풍기는 야만적인 화려함을 완성하고 있었다. 챙이 넓은 모자를 손에 든 그는 눈 주위와 광대뼈까지 가린 검은 바이저 마스크를 쓰고 있었다. 그가 실내에 들어서면서 한 손으로 마스크를 추스르고 있던 것으로 보아 이제 막 마스크를 쓴 게 분명했다. 두툼하니 두드러진 입술, 결연한 데서 나아가 완고해 보이기까지 하는 길고 곧은 턱, 마스크 아래로 드러난 이런 얼굴로 볼 때 성격이 강인한 남자 같았다.

"내 편지 받으셨습니까?"

그가 굵고 거친 음성으로 물었다. 분명 독일어 말투였다.

"내가 방문하겠다고 말씀드렸습니다
만."

그가 우리 두 사람을 차례로 바라보는
것으로 보아 누구에게 말해야 할지 모르
겠다는 눈치였다.

"앉으시죠." 홈즈가 말했다. "이쪽은
내 친구이자 동료이고 의사인 왓슨입니
다. 내가 사건을 해결하는 데 이따금 도움
을 받고 있죠. 성함을 여쭤봐도 될까요?"

"폰 크람 백작이라고 불러주시오. 나
는 보헤미아 왕국의 귀족이오. 그대의 친
구인 이 신사는 그지없이 중요한 문제에

대해 내가 믿고 말할 수 있을 만큼 신의와 분별력이 있는 분일 줄 압니
다. 그렇지 않다면, 마땅히 그대와 단둘이 얘기하는 것이 좋겠소."

내가 떠나려고 일어서자, 홈즈가 내 손목을 잡고 다시 나를 의자에
앉혔다.

"우린 같이하지 않으면 안 됩니다. 내게 하실 말씀이라면 뭐든 이
신사에게 말해도 좋습니다."

백작은 떡 벌어진 어깨를 으쓱해 보이고 말했다.

"그렇다면 사연을 말씀드리기에 앞서서, 두 분께서는 앞으로 2년
동안 반드시 비밀을 지키겠다고 약속하시오. 그 후에는 아무래도 좋지
만, 지금으로서는 이 문제가 유럽의 역사에 영향을 미칠 만큼 중차대

하다고 해도 지나친 말이 아닙니다."

"약속합니다." 홈즈가 말했다.

"그리고 저도."

"이렇게 마스크를 쓴 것을 이해해주시오." 낯선 방문객이 이어서 말했다. "내게 일을 맡기신 존귀한 분께서는 내 얼굴이 알려지는 것을 원치 않으십니다. 또한 내가 방금 무슨 백작이라고 말했지만, 실은 그게 아니라는 것도 고백해두겠습니다."

"알고 있었습니다." 홈즈가 담담하게 말했다.

"사건의 전말이 아주 미묘합니다. 고약한 스캔들로 비화해서 유럽의 한 왕실에 심각한 누를 끼칠지 모를 이 발등의 불을 끄기 위해서는 만전을 기해야 합니다. 터놓고 말하자면, 이건 보헤미아의 세습 왕가인 대★오름슈타인 가문과 관련된 일입니다."

"그것도 알고 있었습니다."

안락의자에 차분히 앉아 두 눈을 감고 홈즈가 나직이 말했다.

우리 방문객은 분명 놀란 눈치였다. 그는 의심할 나위 없이 유럽에서 가장 예리하고 가장 막강한 탐정이라는 말을 듣고 찾아온 남자가 뜻밖에 나른히 늘어져 있는 모습을 뜨악하게 바라보았다. 홈즈는 천천히 다시 눈을 뜨고, 답답하다는 듯 거구의 의뢰인을 바라보았다.

"전하, 어서 말씀하시지요. 황공하게도 어서 전하께서 사건을 친히 말씀해주시면, 제가 조언을 더 잘 해드릴 수 있을 것입니다."

남자는 자리에서 벌떡 일어나더니, 안절부절못하며 실내를 오락가락했다. 그러다가 자포자기한 몸짓으로 마스크를 와락 벗어서 바닥에

패대기쳤다.

"그 말이 옳소." 그가 외쳤다. "나는 왕이오. 내가 왜 그걸 숨기려고 해야 한단 말인가."

"지당하신 말씀입니다." 홈즈가 나직이 말했다. "전하께서 하교하시기 전에 이미 저는 전하께서 보헤미아의 왕이시고, 카셀펠슈타인 대공이신 빌헬름 고츠라이히 지기스몬트 폰 오름슈타인이시라는 것을 알아차렸습니다."

"그러나 그대도 알겠지만……."

우리의 낯선 방문객은 다시 자리에 주저앉아 넓고 흰 이마를 쓰다듬으며 말했다.

"그대도 알겠지만, 나는 친히 나서서 이런 일을 하는 데 익숙지 않소. 하지만 이건 너무 민감한 문제라서, 섣불리 탐정에게 털어놓았다가는 자칫 약점을 잡힐 수도 있을 것이오. 그래서 프라하에서부터 신분을 숨기고 그대에게 상담하러 왔소."

"그럼 하문하십시오."

홈즈가 말하고 다시 두 눈을 감았다.

"간단히 말하면 이렇소. 약 5년 전, 내가 한동안 바르샤바에 머물 때, 유명한 여성모험가(엉큼한 수단으로 돈을 노리는 여성, 첩, 현지처, 창녀 등의 뜻을 함축하고 있는 말─옮긴이) 아이린 애들러를 알게 되었소. 그 이름은 두 분에게도 분명 귀에 익을 것이오."

"의사 선생, 내 자료철에서 그녀를 좀 찾아주지 않겠어?"

홈즈가 여전히 눈을 감은 채 나직이 말했다. 오랫동안 그는 인물과 사건에 관한 온갖 기사를 요약해서 체계적으로 철해두었다. 그래서 웬만한 사건이나 사람에 관한 정보는 즉시 검색할 수 있었다. 심해어류에 관한 논문을 쓴 어느 부함장과 유대인 랍비의 자료 사이에 아이린 애들러의 약력이 있었다.

"어디 볼까. 흠! 미국 뉴저지에서 1858년 출생. 콘트랄토, 흠! 라 스칼라, 흠! 바르샤바 황실 오페라단의 프리마 돈나, 그래! 오페라 무대에서 은퇴, 이런! 런던 거주, 그렇겠지! 전하, 보아하니 전하께서는 이 젊은이와 관계를 맺으셨고, 명예에 누가 될 만한 편지를 그녀에게 몇 통 보냈는데, 이제 그 편지를 회수하고 싶으신가 보군요."

"바로 그렇소이다. 그런데 그걸 어떻게……."

"혹시 그녀와 비밀결혼을 하신 적 있나요?"

"없소."

"법적 문서나 증명서는?"

"없소."

"그렇다면 이해가 안 되는군요. 이 젊은이가 협박 따위를 하려고 편지를 내민다 해도, 그게 진짜라는 것을 어떻게 증명할 수 있죠?"

"필적이라는 게 있잖소."

"아하! 위조한 거죠."

"내 전용 편지지."

"훔친 거죠."

"내 봉인."

"모조품이죠."

"내 사진."

"산 거죠."

"둘이 찍은 사진이오."

"아니 이런! 그건 문제로군요! 전하께서는 정말 실수하셨습니다."

"난 푹 빠졌댔소. 미쳤던 게지."

"명예 훼손을 자초하셨군요."

"그때 난 그저 왕세자였소. 한창때였지. 이제 갓 서른 살이니 말이오."

"반드시 회수해야 합니다."

"시도는 해봤지만 실패했소."

"값을 치르셔야 합니다. 사셔야죠."

"팔려고 하질 않소."

"그럼 훔쳐야죠."

"다섯 번이나 시도해봤소. 도둑을 시켜서 그녀의 집을 두 차례나 샅샅이 뒤져봤지. 한번은 그녀의 여행 짐을 빼돌려보기도 했소. 노상강도질도 두 번이나 해봤지만 아무런 소득이 없었소."

"흔적도?"

"전혀."

홈즈가 웃으며 말했다. "그것 참 아주 깜찍한 문제로군요."

"나한테는 아주 끔찍한 문제올시다." 왕이 꾸짖듯 반박했다.

"정말 아주. 그런데 그녀는 그 사진으로 뭘 어떻게 하려는 거죠?"

"날 파멸시키려는 게지."

"하지만 어떻게?"

"나는 결혼을 앞두고 있소."

"그렇다고 들었습니다."

"상대는 스칸디나비아 왕의 둘째 딸, 클로틸드 로트만 폰 작스메닝겐이오. 스칸디나비아 왕실의 엄격한 가풍에 대해서는 그대도 잘 알 것이오. 그녀는 고상함의 화신이지. 내 처신에 티끌만 한 의혹이 있어도 당장 파탄이 나고 말 것이오."

"그런데 아이린 애들러가?"

"그들에게 사진을 보내겠다고 으름장을 놓고 있소. 빈말을 할 여자가 아니오. 능히 그러고도 남을 여자지. 그대야 잘 모르겠지만, 그녀는 강철 같은 기백을 지녔다오. 얼굴은 그 어떤 여자보다 아름답고, 마음은 그 어떤 남자보다 더 단호하지. 내가 다른 여자와 결혼하는 것만 막을 수 있다면, 물불을 가리지 않을 것이오. 아무렴."

"아직은 사진을 보내지 않은 것이 확실한가요?"

"그렇소."

"왜요?"

"왜냐하면 약혼이 공식 선포되는 날 보내겠다고 했기 때문이오. 그게 다음 주 월요일이지."

"아, 그럼 아직 사흘이 남았군요." 홈즈가 하품을 하며 말했다. "그 것 참 다행입니다. 먼저 조사해봐야 할 중요한 일이 한두 가지 있으니까요. 물론 전하께서는 당분간 런던에 계시겠죠?"

"물론이오. 폰 크람 백작이라는 이름으로 랭엄 호텔에 묵고 있소."

"그러면 나중에 전보로 경과를 알려드리겠습니다."

"그래 주시오. 여간 걱정이 되지 않으니."

"그럼 보수는?"

"백지 수표를 주겠소."

"정말입니까?"

"그 사진만 갖다 준다면 내 왕국이라도 듬뿍 떼어주겠소."

"그럼 착수금은?"

왕은 망토 아래서 묵직한 영양 가죽 주머니를 꺼내 탁자 위에 올려놓았다.

"금화 300파운드, 지폐 700파운드가 들어 있소."

홈즈가 공책 한 장에 영수증을 써서 왕에게 건네주었다.

"그런데 그 숙녀의 주소는?" 홈즈가 물었다.

"세인트존스 우드, 서펜타인 애비뉴, 브라이어니 로지."

홈즈가 받아 적었다.

"하나만 더 여쭙겠습니다. 사진이 캐비닛판인가요?"

"그렇소."

"그럼, 안녕히 가십시오, 전하. 곧 좋은 소식을 전해드리겠습니다. 그리고 왓슨, 자네도 이제 가봐야지?"

왕의 브루엄 마차 바퀴가 거리를 굴러갈 때 홈즈가 덧붙여 말했다.

"내일 오후 3시에 다시 와주면 좋겠어. 이 깜찍한 문제에 대해 같이 잡담을 좀 나누고 싶으니까 말야."

II

나는 정확히 3시에 베이커 스트리트에 갔지만, 홈즈는 외출 중이었다. 그가 집을 나선 것은 오전 8시 직후였다고 하숙집 주인아주머니가 알려주었다. 나는 그가 아무리 늦게 와도 기다릴 작정으로 벽난로 가에 앉았다. 그가 대체 무슨 조사를 하고 있는지 여간 궁금하지 않았다. 내가 다른 곳에 기록한 두 건의 범죄사건처럼 으스스하고 기묘한 분위기가 감돌지는 않았지만, 그래도 사건의 성격이나 의뢰인의 높은 신분 때문에 이 사건도 독특한 데가 있었다. 정말이지 내 친구가 어떤 사건을 맡든 간에, 그의 대가다운 상황 파악과 예리하고 빈틈없는 추리에는 혀를 내두르지 않을 수 없었다. 그래서 그가 난마처럼 뒤얽힌 수수 께끼를 시원스레 척척 풀어가는 절묘한 솜씨를 지켜보며, 그가 일하는 방식을 연구하는 것은 여간 즐거운 일이 아니었다. 나는 그가 한결같 이 성공을 거두는 것만 보아온 터라, 실패할 수도 있다는 생각은 눈곱 만큼도 하지 않았다.

4시가 되어갈 무렵 슬그머니 방문이 열리더니, 술 취한 듯한 마부 가 걸어 들어왔다. 구레나룻을 길게 기른 데다가 쑥대머리에 얼굴은 불콰하고 옷차림은 꾀죄죄했다. 나는 친구의 귀신같은 변장술에 이미 이골이 나 있었지만, 세 번이나 골똘히 바라본 다음에야 그게 정말 홈 즈라는 것을 알 수 있었다. 그는 고개를 한 번 끄덕여 보이고 침실로 사라졌다가, 5분 후 나이에 걸맞은 단정한 트위드 정장 차림으로 다시 나타났다. 그는 두 손을 주머니에 찔러 넣은 채, 벽난로 앞에 다리를 벌리고 서서 몇 분 동안 배꼽이 빠지도록 웃어댔다.

"원, 이럴 수가!"

홈즈가 한마디 내뱉더니 다시 숨넘어가게 웃어대고, 또 웃어대다 가, 마침내 기운이 다 빠졌는지 마지못해 의자에 몸을 던졌다.

"무슨 일인데?"

"말도 못 하게 웃겼어. 아침에 나가서 내가 뭘 하다 들어왔는지 짐 작도 못 할 거야."

"내가 어떻게 알겠어? 아마 아이린 애들러 양의 동태나 집을 지켜 봤겠지."

"맞았어. 하지만 결말이 영 뜻밖이었지. 아무튼 얘기해주지. 내가 집을 나선 것은 오전 8시가 막 지나서였어. 난 실직한 마부 차림이었지. 마부들끼리는 놀랍도록 죽이 잘 맞고, 비밀 결사만큼이나 우애가 돈독하다는 거 알아? 마부가 한번 되어봐, 그러면 그들이 간이라도 빼줄 거야. 나는 브라이어니 로지를 금세 찾아냈지. 뒤뜰이 딸린 아담한 집이었어. 현관이 곧장 도로를 향하도록 지은 이층집이었는데, 문에는 처브 자물쇠(텀블러가 달린 특허 자물쇠—옮긴이)를 채워놓았더군. 오른쪽에 있는 커다란 거실에는 가구를 잘 갖춰놓았고, 거의 마루까지 내려오는 긴 창문이 나 있었지. 도리에 맞지 않는 그런 영국식 창문은 애들도 간단히 딸 수 있을 거야. 집 뒤에 눈길을 끄는 데가 있었는데, 마차 곳간 지붕으로 올라가면 복도 창문으로 들어갈 수 있다는 거야. 집 주위를 돌면서 모든 관점에서 면밀히 살펴보았지만, 그 밖에는 딱히 관심을 가질 만한 데가 없었어.

그 후 느긋하게 길을 따라 내려갔더니, 그 집 뒤뜰 담을 끼고 나 있는 골목길에 예상대로 마구간이 자리 잡고 있었어. 나는 말을 솔질하고 있는 마부들을 도와주고 2페니를 벌었지. 덤으로 반반(half-and-half. 흑맥주 따위의 쓴 맥주 반 잔에 에일 맥주 반 잔을 섞은 것—옮긴이) 한 잔 얻어먹고, 섀그 담배(가늘게 썬 독한 담배로 보통 하등품임—옮긴이)도 두 대 얻어 피우고, 애들러 양에 대해 알고 싶은 정보는 물론이고, 전혀 알고 싶지 않은 다른 이웃 사람들 신상명세까지 지겹게 들어줘야 했어."

"아이린 애들러에 대해 뭐라는데?"

"아, 그 동네 남자들의 애간장을 다 녹여놓았다더군. 이 행성에서 보닛 모자를 쓴 것치고 그보다 더 예쁜 것은 없다냐? 서펜타인 골목의 남자들이 같은 남자한테 한다는 소리가 그래. 그녀는 조용히 살면서, 음악회에서 노래를 하고, 날마다 5시면 마차를 타고 외출을 했다가, 정각 7시에 돌아와 저녁을 먹지. 노래할 때를 빼고 다른 시간에는 외출을 하는 법이 없어. 찾아오는 남자는 한 명뿐이지만 자주 들락거린다더군. 그는 검은 머리에 호탕한 미남이야. 하루라도 들르지 않는 날이 없는데, 하루 두 번 들르는 날이 많다는 거야. 그는 이너템플 법학원 선생인 고드프리 노턴이라는 사람이야. 마부가 편안한 말상대라는 이점을 갖고 있다는 것 알지? 그들은 서펜타인 골목에서 여남은 번 그를 집까지 태워다준 적이 있어서, 그에 대해서도 속속들이 꿰고 있더군. 들을 만한 얘기를 충분히 들은 후, 나는 브라이어니 로지 근처를 한 번 더 오락가락하며 작전을 짜기 시작했지.

고드프리 노턴이 이번 사건에서 사뭇 중요한 변수인 게 분명해. 알고 보니 변호사였어. 그러고 보니 왠지 조짐이 심상치 않더라고. 두 사람은 어떤 사이일까? 자주 들락거리는 목적은 뭐지? 그에게 그녀는 의뢰인인 걸까? 아니면 친구? 첩? 의뢰인이라면 아마도 사진을 그에게 맡겼을 거야. 친구나 첩이라면 그럴 가능성은 적지. 브라이어니 로지를 계속 노려야 할지, 아니면 신사의 법학원 숙소를 기웃거려야 할지는 이런 질문에 대한 답에 달려 있어. 그게 아주 미묘해서, 조사 범위가 퍽이나 넓어졌지. 따분하게 미주알고주알 털어놓고 싶진 않지만, 상황을 파악하려면 사소한 문제점도 알아두는 게 좋을 거야."

"귀담아 듣고 있어."

"내가 속으로 이 문제를 저울질하고 있을 때였어. 핸섬 마차가 브라이어니 로지로 다가오더니, 한 신사가 허겁지겁 뛰어내리는 거야. 눈에 띄게 잘생긴 데다 머리칼이 검고 매부리코에 콧수염을 기른 걸 보니, 문제의 그 남자인 게 분명했어. 그는 아주 다급해 보였어. 마부에게 기다리라고 외치고는, 하녀가 문을 열자마자 제 집에 온 사람처럼 거침없이 안으로 쳐들어가는 거야.

그가 집 안에 머문 것은 30분쯤이었어. 거실 창문으로 그의 모습이 잠깐 비쳤는데, 방 안을 오락가락하며 흥분해 뭐라고 떠들면서 손짓을 해대더군. 그녀는 보이지 않았어. 곧이어 다시 나온 그는 전보다 훨씬 더 다급해 보였어. 부랴부랴 마차에 오른 그는 주머니에서 금시계를 꺼내 심각하게 바라보더니 버럭 외치는 거야. '죽어라 하고 달리시오! 먼저 리전트 스트리트의 그로스앤드행키스 보석 가게에 들렀다가 에지웨어 로드의 세인트모니카 교회로 갑시다. 교회에 20분 안에 도착하면 하프기니를 주겠소!'

그들이 떠난 후, 내가 뒤쫓아가야 하는 게 아닌가 하고 잠깐 고민하는 순간, 멋진 랜도 마차가 굴러왔는데 마부 꼴이 말이 아니었어. 상의 단추를 반만 채웠고, 넥타이는 한쪽 귀 아래 걸렸고, 미처 걸지 못한 멜빵이 덜렁거렸지. 마차가 멈춰 서기도 전에 그녀가 집 안에서 쏜살같이 뛰어나오더니 냉큼 마차에 올라탔어. 그 순간 그녀를 잠깐 보았는데, 과연 사랑스러운 여성이더군. 남자가 목숨이라도 걸 만한 미녀였어.

'존, 세인트모니카 교회로 가요. 20분 안에 도착하면 하프소버린을 주겠어요.' 그녀가 외쳤어.

왓슨, 그건 놓칠 수 없는 절호의 기회였어. 내가 줄달음질쳐서 쫓아 갈 것인지, 랜도 마차 뒤에 몰래 올라탈 것인지 고민하는 순간, 때마침 마차 한 대가 다가오더군. 마부가 꾀죄죄한 승객을 미심쩍게 바라보았지만, 나는 일단 다짜고짜 올라타고서 말했어.

'세인트모니카 교회. 20분 안에 도착하면 반 파운드를 주겠소.'

25분만 지나면 정오였어. 그들이 몰래 무슨 일을 꾸미고 있는 게 분명했지.

내가 탄 마차는 부리나케 달렸어. 내 평생 그보다 빨리 달려본 적은 없을 거야. 하지만 다른 마차를 따라잡진 못했어. 교회에 도착해보니, 핸섬 마차와 랜도 마차가 이미 와 있고 말들은 땀깨나 흘렸더군. 나는 약속한 마차 삯을 건네주고 서둘러 교회 안으로 들어갔지. 교회 안에는 내가 뒤쫓아온 두 사람과 흰 예복을 입은 사제 한 명밖에 없었어. 사제는 두 사람을 나무라고 있는 듯했지. 그들 세 사람은 제단 앞에 모여 서 있었어. 나는 우연히 교회에 들른 한가한 사람인 양 느릿느릿 옆 통로로 다가갔지. 이때 돌연 놀랍게도 제단에 있는 세 사람이 나를 돌아보더니, 고드프리 노턴이 나를 향해 득달같이 달려오며 외치는 거야.

'감사합니다, 하느님! 마침 잘 오셨어요! 어서 오세요, 어서요!'

'아니 왜요?' 내가 물었지.

'이리 오세요, 어서요. 3분밖에 안 남았어요. 곧 법적 효력을 못 갖게 돼요.'

나는 제단까지 끌려가다시피 했어. 무슨 영문인지도 모른 채 사제

가 속삭이는 대로 나는 얼떨결에 응창을 했지. 내가 알지도 못하는 사실을 맹세했고, 처녀 아이린 애들러와 총각 고드프리 노턴의 결혼이 확실히 성립하도록 거들어준 거야. 모든 게 삽 시간에 끝났어. 그러자 한쪽 옆에서는 신사가, 다른 쪽 옆에서는 숙녀가 내게 감사의 말을 건네고, 앞에서는 사제가 내게 환한 미소를 보내더

군. 내 평생 그렇게 황당한 적은 없었어. 그 생각에 아까 웃음을 참을 수 없었던 거야. 결혼식이 격식을 갖추지 못해서였는지, 사제가 증인이 없으면 결혼식을 진행할 수 없다고 한사코 거부한 모양이야. 그런데 우연찮게 내가 나타난 덕분에, 신랑이 들러리를 찾으러 거리로 뛰쳐나갈 필요가 없었던 거지. 신랑이 내게 1파운드 금화를 주더군. 나는 그걸 기념으로 간직할 작정이야. 시곗줄에 매달아서."

"그것 참 뜻밖의 사건 전환인걸. 그래서 어떻게 됐지?"

"음, 내 계획이 무산될 판이었지. 두 사람이 즉시 떠날 것처럼 보여서, 나로선 당장 뭔가 효과적인 조치를 취할 필요가 있었어. 그런데 그들이 교회 앞에서 헤어지는 거야. 그는 다시 마차를 타고 법학원으로 돌아가고, 그녀는 자기 집으로 돌아가더군. 그녀가 떠나면서 그에게 말했어. '전처럼 오늘도 5시에 공원으로 나갈게요.' 그 말밖에는 듣지 못했어. 그들은 마차를 타고 서로 다른 방향으로 떠났고, 나도 나름대로 준비를 하기 위해 떠났지."

"무슨 준비?"

"냉동 쇠고기와 맥주 한 잔." 홈즈가 초인종을 울리며 대답했다. "워낙 바빠서 배를 채울 생각도 못 했는데, 오늘 저녁에는 더 바쁠 것 같아. 그런데 의사 선생, 나 좀 도와줘야겠어."

"기꺼이 도와주지."

"법을 어기는 일인데?"

"까짓것."

"체포될지도 모르는데?"

"명분만 있다면야."

"아, 명분이야 훌륭하지!"

"그럼 돕겠어."

"그럴 줄 알았지."

"대체 원하는 게 뭔데?"

"터너 부인이 음식을 갖다놓았으니, 슬슬 먹으면서 얘기할게." 그는 우리의 하숙집 주인이 차려준 소박한 음식에 게걸스레 달려들었다. "음, 시간이 없어서 이러는 거야. 지금 5시가 거의 다 됐는데, 두 시간 안에 우린 현장에 가 있어야 해. 아이린 양, 아니 부인이, 7시에 집에 돌아오거든. 우리가 브라이어니 로지에 먼저 가서 그녀를 기다려야 해."

"그래서 어쩌려고?"

"그건 내게 맡겨. 어쩔 것인지는 이미 준비를 다 해두었거든. 꼭 일러두고 싶은 게 한 가지 있는데, 무슨 일이 벌어지든 끼어들지 말라는 거야. 알겠지?"

"나는 중립을 지켜야 한다?"

"나서지 말아야 한다는 거지. 아마도 좀 뜨악한 일이 벌어질 거야. 하지만 끼어들지 마. 그 일 때문에 결국에는 내가 집 안으로 실려 가게 될 거야. 그리고 몇 분 후 거실 유리창이 열릴 거야. 자네는 그 창밖에 바투 붙어 있어야 해."

"알았어."

"나를 지켜보도록 해. 밖에서 잘 보일 테니까."

"그러지."

"그리고 이렇게, 내가 손을 들면, 방 안으로 뭘 좀 던져줘. 그리고 동시에, '불이야' 하고 외치는 거야. 알겠지?"

"응."

"이게 바로 그것인데, 그리 무서운 건 아냐" 하고 말하며 그는 주머니에서 긴 시가 모양의 물건을 꺼냈다. "배관공들이 흔히 쓰는 연막탄이야. 양쪽 끄트머리에 저절로 점화되는 뇌관이 딸려 있지. 자네 임무는 여기까지야. 일단 '불이야!' 하고 외치면, 뒷일은 떼거지로 몰려든 사람들이 알아서 할 거야. 그 후 길모퉁이에 가 있으면 내가 10분 안에 뒤쫓아갈게. 내가 잘 알아듣게 말했나 모르겠군."

"중립을 지키고, 창문 가까이 가서, 자네를 지켜보다가, 신호가 오면, 이 물건을 거실에 던져 넣고, '불이야!' 하고 외친 후, 길모퉁이에서 자네를 기다린다."

"바로 그거야."

"그렇다면 날 믿어도 돼."

"좋았어. 이제 때가 된 듯하군. 슬슬 새로운 배역을 연기할 준비를 해야겠어."

그는 침실로 사라졌다가, 몇 분 후 온화하고 순박한 비국교도 목사로 분장하고 나타났다. 챙이 넓은 검은 모자, 헐렁한 바지, 하얀 나비넥타이, 마음씨 좋아 보이는 미소, 여기저기 기웃거리며 자선을 베풀고 싶어하는 호기심 어린 평범한 얼굴이 바로 그것이었는데, 존 헤어(희극적인 배역으로 인기를 끈 배우 겸 연출자—옮긴이)나 되어야 연출할 수 있는 모습이었다. 홈즈는 그저 옷을 갈아입은 것만이 아니었다. 새로 어떤 배역을 맡느냐에 따라 표정과 태도, 영혼 자체까지 탈바꿈하는 듯했다. 그가 범죄 전문가가 됨으로써 과학계가 예리한 두뇌 하나를 잃었듯이, 연극계는 훌륭한 배우 하나를 잃은 셈이다.

우리가 베이커 스트리트를 떠난 것은 6시 15분이었다. 서펜타인 애비뉴에 도착했을 때에는 아직 10분의 여유가 있었다. 어느덧 땅거미가 내리고, 가로등이 막 불을 밝히고 있을 때, 우리는 브라이어니 로지 앞에서 서성거리며 그 집의 거주자가 돌아오기를 기다렸다. 그 집은 셜록 홈즈에게 간단한 설명을 듣고 내가 상상한 그대로였다. 하지만 동네는 예상만큼 호젓하지 않았다. 오히려 반대로, 조용한 동네의 작은 거리치고는 자못 활기를 띠고 있었다. 추레한 옷을 입고 길모퉁이에 모여 담배를 피우며 낄낄거리는 남자들, 자전거를 탄 가위 가는 사람, 아기 보는 아가씨와 시시덕거리는 두 명의 근위 기병, 말쑥한 옷을 입고 시가를 문 채 어슬렁거리는 젊은 남자 예닐곱 명이 보였다.

우리가 그 집 앞에서 서성거릴 때 홈즈가 말했다.

"그러니까 말이지, 결혼 때문에 오히려 문제가 간단해졌어. 이제 사진은 양날의 칼이 된 거야. 그 사진이 공주의 눈에 띄는 것을 우리 의뢰인이 싫어하듯, 그게 고드프리 노턴 씨의 눈에 띄는 것을 그녀가 싫어할 가능성이 다분하지 않겠어? 그렇다면 이제 그 사진을 어디에 숨겨두었을까? 그게 문제지."

"정말 어딜까?"

"그걸 가지고 다닐 가능성은 아주 희박해. 캐비닛판이라 제법 커서 여성복 안에는 쉽게 숨길 수 없거든. 게다가 왕이 노상에서 수색을 할 수도 있다는 것을 그녀도 잘 알고 있지. 벌써 두 번이나 당했으니까. 따라서 그걸 가지고 다니지는 않는다고 볼 수 있어."

"그럼 어디에?"

"은행이나 변호사. 그건 가능성이 두 배로 높지만, 어느 쪽도 아니라고 봐. 여성은 천성적으로 비밀이 많은데, 그 비밀을 혼자 간직하고 싶어하지. 그러니 사진을 다른 사람에게 맡길 리가 없어. 그걸 몸소 보관하면 든든하지만, 사업을 하는 남자에게 맡겼다가는 우회적이거나 정치적인 어떤 압력을 받을지 알 수가 없지. 더구나 그녀가 그걸 며칠 이내에 사용하기로 결심했다는 걸 염두에 두어야 해. 그러니 틀림없이 쉽게 손에 닿는 곳에 있을 거야. 집 안 어딘가에 있는 게 분명해."

"하지만 집 안은 두 번이나 털렸잖아."

"홍! 털려면 제대로 털어야지."

"자넨 어떻게 털 건데?"

"난 털지 않아."

"그럼 어쩔 건데?"

"그녀가 몸소 알려주도록 할 거야."

"하지만 거절할걸?"

"그럴 수 없을 거야. 그런데 바퀴 구르는 소리가 들리는군. 그녀의 마차야. 이제 꼭 내가 말한 그대로 해줘."

홈즈가 말하는 동안 마차 옆에 내건 등불 빛이 먼저 길모퉁이를 돌아왔다. 브라이어니 로지 대문 앞까지 덜컹거리며 달려온 것은 아담하고 멋들어진 랜도 마차였다. 마차가 멈추자 모퉁이에서 빈둥거리던 건달패 가운데 한 명이 쏜살같이 달려와서, 구리돈 한 잎 얻을 요량으로 대문을 냉큼 열어주었다. 그러나 그는 같은 속셈으로 달려든 다른 건달에게 밀려나고 말았다. 한바탕 격렬한 입씨름이 벌어졌다. 근위 기병이 가세해서 건달 가운데 한 명을 편들고, 가위 가는 사람이 다른 건달을 마찬가지로 열렬히 편들자 입씨름은 더욱 사나워졌다. 이윽고 주먹이 날아갔다. 실로 눈 깜짝할 사이였다. 마차에서 이미 내렸던 숙녀는, 격분해서 치고 박는 남자들 무리에 갑자기 에워싸이고 말았다. 남자들은 서로 야만적으로 주먹질을 하고 몽둥이를 휘둘러댔다. 이때 홈즈가 숙녀를 보호하기 위해 무리 속으로 뛰어들었다. 그러나 그녀 곁에 이른 순간, 그는 외마디 비명을 지르며 쓰러졌다. 얼굴에서 피가 철철 흘러내렸다. 그가 쓰러지자 근위 기병들이 줄행랑을 쳤고, 건달들도 다른 방향으로 부리나케 달아났다. 한편 말쑥한 옷차림을 한 사람들은 난투극에 끼어들지 않고 구경만 하고 있다가, 이제 비로소 몰려들어 숙녀를 돕고 부상당한 남자를 보살피려고 했다. 아이린 애들러, 그러니까 나로서는 홈즈와 달리 이름을 서슴없이 들먹이는 그 여성이 황급히 계단을 올라갔다. 하지만 입구에 우뚝 멈춰 서더니, 홀에 켜진 불빛을 등지고 멋진 몸매만 드러낸 채 거리를 돌아보았다.

"가엾은 그 신사분이 많이 다쳤나요?" 그녀가 물었다.

"죽었어요." 여러 사람이 한 입으로 외쳤다.

"아니, 아니에요. 아직 숨이 붙어 있어요. 하지만 병원에 데려다주기 전에 죽을 것 같아요." 다른 사람이 외쳤다.

"정말 용감한 분이셨어." 어떤 여자가 말했다. "이분이 아니었으면 숙녀께선 지갑과 시계를 털렸을 거야. 그것들은 깡패였어요. 아주 고약한 놈들이었다고요. 아, 이분이 숨을 쉬세요."

"길에 눕혀둘 순 없어요. 우리가 이분을 집 안으로 모셔도 될까요, 부인?"

"물론이죠. 거실로 모셔요. 거기 편안한 소파가 있어요. 어서 이리로!"

사람들이 천천히 그리고 숙연하게 홈즈를 브라이어니 로지 안으로 들어 옮겨서 거실에 눕혔다. 그동안 나는 창밖의 내 자리에서 계속 지켜보기만 했다. 이미 등불이 켜져 있었지만 커튼은 치지 않아서, 소파에 누워 있는 홈즈가 보였다. 홈즈는 그런 배역을 연기하면서 과연 양심의 가책을 느꼈을까? 그건 분명치 않지만, 다친 사람을 우아하고 자상하게 돌보는 아름다운 여성을 바라보며 나는 그런 여성을 노리고 음모를 꾸몄다는 데에 대해 내 평생 그보다 더 진심으로 나 자신을 부끄러워한 적이 없었다는 것만은 분명하다. 그렇긴 해도 이제 와서 홈즈가 내게 믿고 맡긴 배역을 그만둔다는 것은 지극히 불명예스러운 배신 행위가 아닐 수 없었다. 나는 마음을 독하게 먹고 얼스터코트 속에서 연막탄을 꺼냈다. 아무튼 우리가 그녀를 해치려는 것은 아니지 않는가. 나는 그렇게 자신을 위로했다. 우리는 그저 그녀가 다른 사람을 해치지 못하게 하려는 것뿐이다.

홈즈는 소파에서 일어나 앉아 있었다. 그가 숨이 막힌다는 듯한 몸짓을 하는 게 보였다. 하녀가 달려와서 창문을 활짝 열어젖혔다. 바로 그 순간 홈즈가 손을 들어올리는 것이 보였다. 그 신호에 따라 연막탄을 거실에 던져 넣고 "불이야!" 하고 외쳤다. 내 입에서 그 소리가 터져 나오자마자, 옷차림이 말쑥하든 꾀죄죄하든, 신사든 마부든 하녀든 간에, 모든 구경꾼들이 한통속으로 "불이야!" 하고 목이 터져라 외쳐댔다. 짙은 연기가 실내에서 소용돌이치다가, 열린 창문으로 꾸역꾸역 빠져나왔다. 다급히 움직이는 사람들 모습이 언뜻 보이더니 잠시 후, 실제로 불이 난 게 아니라고 사람들을 안심시키는 홈즈의 목소리가 들려왔다. 나는 왁자지껄한 사람들 사이로 슬그머니 빠져나가 길모퉁이로 갔다. 10분 후 반갑게도 친구가 와서 나와 팔짱을 끼고 소란스러운 현장에서 벗어났다. 그는 몇 분 동안 아무 말 없이 바삐 걷기만 했다. 우리는 이윽고 에지웨어 로드로 향하는 조용한 거리로 접어들었다.

"아주 잘해줬어, 의사 선생. 그보다 더 잘할 수는 없었어. 잘됐어."

"사진을 찾았구나!"

"어디 있는지만 알아냈어."

"그걸 어떻게 알아냈지?"

"내가 말한 대로 그녀가 몸소 알려줬지."

"어떻게 된 영문인지 도통 모르겠군."

"속 시원히 말해주지." 그가 웃으며 말했다. "알고 보면 아주 간단해. 물론 그 거리에 있던 사람들이 죄다 공범이라는 건 알아차렸겠지? 그들 모두 내가 고용한 사람들이라는 거 말야."

"그 정도야 눈치챘지."

"싸움이 벌어졌을 때 나는 손바닥에 축축한 빨간 물감을 묻히고 있었어. 앞으로 돌진했다가 쓰러지면서 내 손으로 얼굴을 쳐서 가련한 구경거리가 되었지. 아주 낡은 수법이야."

"그것도 눈치챘어."

"그 후 사람들이 나를 집 안으로 옮겼어. 그녀는 나를 집 안에 들이지 않을 수 없었지. 달리 어쩌겠어? 그래서 거실로 들어갔는데, 내가 노린 게 바로 거실이었어. 사진이 있을 만한 곳은 거실 아니면 침실인데, 어느 쪽인지 알아낼 작정이었지. 사람들은 나를 소파에 눕혔고, 나는 숨이 막히는 척해서 창문을 열지 않을 수 없게 했고, 그때 자네가 기회를 잡은 거야."

"그래서 그게 무슨 도움이 된 거야?"

"그건 아주 중요한 일이었어. 자기 집에 불이 났다고 생각하면 곧바로 가장 소중한 것이 있는 곳으로 달려가는 게 여자의 본능이야. 결코 억누를 수 없는 충동이랄까. 나는 전에도 그걸 몇 번 써먹은 적이 있어. '달링턴 바꿔치기 스캔들' 사건 때 잘 써먹었고, 아른스보르트 성 사건 때도 그랬지. 결혼한 여성이라면 아이를 먼저 챙기고, 미혼 여성이라면 보석상자부터 챙기는 식이야. 오늘의 우리 숙녀에게 가장 소중한 건 뭘까? 그야 우리가 찾는 바로 그것이 아니겠어? 그녀라면 그걸 구하려고 달려가겠지. 불이 났다는 소리가 꽤나 우렁차게 울려 퍼졌어. 연기와 고함 소리는 강철 같은 담력도 뒤흔들 만했지. 그녀는 우아하게 대처했어. 사진은 설렁줄(사람을 부를 때 흔들어 소리를 내는 방울, 곧 설렁이 울리도록 잡아당기는 줄—옮긴이) 바로 위의 미닫이 벽널 뒤 벽감에 있었지. 그녀는 잽싸게 그곳으로 달려갔는데, 내가 슬쩍 훔쳐보았더니 사진을 반쯤 꺼내고 있더군. 불이 난 게 아니라고 내가 외치자 그녀는 사진을 도로 넣어두고, 연막탄을 힐끔 쳐다보더니 방에서 달려나갔어. 그 후에는 그녀를 보지 못했지. 나는 일어서서 핑계를 대고 그 집을 벗어났어. 사진을 바로 챙길까 하고 잠시 뜸을 들이는 사이에 마부가 들어와서 나를 빤히 지켜보고 있는 바람에, 나중을 기약하는 편이 안전할 것 같더군. 괜히 서두르다 일을 그르칠 수도 있으니까."

"그럼 이젠?"

"탐색은 끝난 거나 마찬가지야. 내일 전하를 모시고, 자네만 괜찮다면 자네도 같이, 그 집에 들를 거야. 우린 거실에서 숙녀를 기다리는 것처럼 보이겠지만, 막상 그녀가 나타났을 때에는 사진도 손님도 사라지고 없을 거야. 전하가 친히 사진을 되찾는다면 흐뭇하시겠지."

"그럼 언제 들를 생각이야?"

"아침 8시에. 그녀는 아직 침실에 있을 테니 방해될 게 없지. 안 그래도 우린 서둘러야 해. 결혼을 했다는 건 일상생활이나 습관이 완전히 바뀔 수 있다는 뜻이니까. 댓바람에 전하에게 전보를 쳐야겠군."

우리는 베이커 스트리트에 접어들어 이윽고 집 앞에 도착했다. 홈즈가 주머니에서 열쇠를 꺼내려고 할 때 누군가 지나가며 말했다.

"안녕히 주무세요, 셜록 홈즈 씨."

이때 거리에는 예닐곱 명의 사람이 있었는데, 그 가운데 얼스터코트를 걸치고 바삐 지나가던 날씬한 젊은이가 인사를 건넨 것 같았다.

"귀에 익은 목소리인데, 도대체 누군지 모르겠군." 어둑신한 거리를 굽어보며 홈즈가 말했다.

III

그날 밤 나는 베이커 스트리트에서 잤다. 보헤미아의 왕이 들이닥쳤을 때 우리는 토스트와 커피를 먹고 있었다.

"정말 손에 넣었소?" 그가 대뜸 외치며, 셜록 홈즈의 한쪽 어깨를 와락 붙들고 얼굴을 빤히 바라보았다.

"아직은 아닙니다."

"하지만 희망은 있다?"

"희망은 있습니다."

"그럼, 갑시다. 어서 찾고 싶소."

"마차를 불러야 합니다."

"내 마차가 대기하고 있소."

"그럼 일이 한결 쉽겠군요." 우리는 계단을 내려가서 또다시 브라
이어니 로지로 향했다.

"아이린 애들러가 결혼했습니다." 홈즈가 말했다.

"결혼을! 아니, 언제?"

"어제요."

"하지만 누구와?"

"노턴이라는 영국인 변호사와."

"하지만 그녀가 그를 사랑할 리가 없을 텐데."

"사랑하기를 바라야죠."

"왜 그걸 바란단 말이오?"

"왜냐하면 그래야 전하께서 앞으로 심려하실 일이 없을 테니까요.
그 숙녀께서 남편을 사랑한다면, 그건 전하를 사랑하지 않는다는 얘기
죠. 그녀가 전하를 사랑하지 않는다면, 전하의 결혼을 망치려고 할 이
유가 없죠."

"그건 그렇지. 하지만……! 휴! 그녀가 나와 같은 신분이었다면

얼마나 좋았을까! 그녀는 정말 훌륭한 왕비가 되었을 텐데!" 그는 침울한 침묵 속에 잠겼고, 그 침묵은 우리가 서펜타인 애비뉴에 도착할 때까지 이어졌다.

브라이어니 로지 문이 열리면서, 나이가 지긋한 여성이 계단 위에 나타났다. 그녀는 우리가 브루엄 마차에서 내리는 것을 비웃듯이 지켜보았다.

"셜록 홈즈 씨이시죠?" 그녀가 말했다.

"그렇습니다만." 내 친구는 다소 놀라며 어리둥절한 눈길로 그녀를 바라보며 말했다.

"정말이네? 주인마님께서 당신이 들를 거라고 하시더니만. 주인마님은 오늘 아침에 남편과 함께 5시 15분 열차로 채링크로스 역을 떠나 유럽 대륙으로 가셨어요."

"헉!" 셜록 홈즈가 휘청했다. 그는 놀람과 분함으로 얼굴이 하얗게 질렸다. "그녀가 잉글랜드를 떠났다는 말인가요?"

"영영 떠나셨죠."

"그럼 문서는?" 왕이 거친 음성으로 물었다. "만사가 글렀군."

"직접 봐야겠어." 하녀를 밀치고 지나간 홈즈가 거실로 뛰어 들어갔고, 왕과 내가 뒤따라갔다. 서랍이 열려 있고 시렁은 떼어내진 채, 가구가 어지럽게 흩어져 있었다. 부랴부랴 짐을 꾸려 달아난 듯했다. 홈즈는 설렁줄이 늘어진 곳으로 달려가서 작은 미닫이문을 열어젖히고 손을 찔러 넣더니 사진 한 장과 편지를 꺼냈다. 이브닝드레스 차림의 아이린 애들러를 찍은 독사진이었다. 편지 겉봉에는 이렇게 쓰여 있었다.

"셜록 홈즈 귀하. 가져가시라고 남겨둡니다."

친구가 편지를 개봉해, 우리 셋이서 함께 읽었다. 전날 자정에 쓴 것으로 되어 있는 편지의 내용은 이러했다.

친애하는 셜록 홈즈 씨

정말 잘하셨어요. 저를 감쪽같이 속이시다니. 불이 났다는 소리가 울려 퍼진 직후 나는 조금도 의심을 하지 않았어요. 하지만 그때 무심코 내가 비밀을 드러내고 말았다는 것을 알고 비로소 미심쩍은 생각이 들었어요. 몇 달 전에 이미 당신을 조심하라는 경고를 들은 적이 있거든요. 전하께서 탐정을 고용한다면 그건 보나마나 당신일 거라고들 말하더군요. 그래서 당신의 주소도 알아두었죠. 하지만 그랬는데도 당신은 내가 스스로 비밀을 드러내게 하고야 말았어요. 그렇게 나이 들고 퍽이나 자상하신 목사님이 참 못됐다고야 상상이나 할 수 있었겠어요? 하지만 아시다시피 나도 한때는 배우였어요. 남자 옷을 걸치는 것쯤은 새삼스러울 것도 없죠. 나는 종종 남성복이 안겨주는 자유를 만끽한답니다. 나는 마부 존을 보내 당신을 감시하게 한 후 2층으로 달려 올라가서, 내가 산책용 옷이라고 부르는 남성복으로 갈아입고, 당신이 떠나자마자 다시 내려왔어요.

그래서 당신의 집 앞까지 따라가, 내가 그 유명한 셜록 홈즈 씨의 표적이었다는 사실을 확인했지요. 그런 다음 입이 좀 간지러워서, 안녕히 주무시라고 인사한 후, 법학원에 가서 남편을 만났어요.

우린 도피하는 게 최선의 방책이라고 생각했어요. 아주 무시무시한 적이 쫓아오니까요. 그래서 당신이 내일 들르면 빈 둥지만 발견하겠죠. 사진에 대해 말하자면, 당신의 의뢰인은 마음 푹 놓으셔도 될 거예요. 나는 그분보다 더 훌륭한 분을 사랑할 뿐 아니라 사랑도 받고 있어요. 전하께서는 하고 싶은 일을 하셔도 될 거예요. 전하께서 잔인하게 우롱한 한 여성이 뭘 방해할 일은 없을 테니까요. 내가 사진을 보관하는 것은 오로지 나 자신을 지키기 위해서랍니다. 그분이 장차 취하게 될지도 모르는 그 어떤 조치든 막아낼 수 있는 무기로 그걸 간직하려는 거죠. 대신 그분이 갖고 싶어할지도 모를 사진 한 장을 남겨둡니다. 그럼 이만.

— 아이린 노턴(옛 성씨는 애들러) 올림

"놀라운 여성이야. 아, 정말 놀라운 여성이야!" 함께 편지를 읽은 보헤미아의 왕이 탄성을 질렀다. "그녀가 단호하고 결연한 여성이라고 내가 전에 말한 그대로가 아닌가? 그녀라면 정말 탄복할 만한 왕비가 되었을 것을. 그녀가 나와 같은 수준이 아닌 것이 정말 안타까운 노릇이 아니겠소?"

"제가 보기에도 정말 이 숙녀가 전하와는 사뭇 수준이 다른 듯합니다." 홈즈가 차갑게 말했다. "전하께서 맡기신 일을 좀 더 성공적으로 마치지 못해 정말 죄송합니다."

"그 반대라오, 친애하는 홈즈 선생." 왕이 외쳤다. "이보다 더 성공적일 수는 없소. 나는 그녀가 반드시 약속을 지킨다는 것을 잘 알고 있소. 그 사진은 이제 재가 된 것이나 마찬가지올시다."

"전하께서 그렇게 말씀하시니 기쁩니다."

"그대에게 큰 신세를 졌소. 어떻게 보상해주면 좋을지 말만 하시오. 이 반지는……." 왕이 끼고 있던 에메랄드 뱀피 반지를 빼서 홈즈에게 내밀었다.

"전하께서는 제가 그보다 더 값지게 여겨야 마땅한 물건을 갖고 계십니다." 홈즈가 말했다.

"뭐든 말만 하시오."

"이 사진!"

왕이 놀라서 눈을 동그랗게 뜨고 홈즈를 바라보았다.

"아이린의 사진을!" 왕이 외쳤다. "원한다면 물론 드리겠소."

"감사합니다, 전하. 그럼 이 문제는 이것으로 종결되었습니다. 전하, 안녕히 가시옵소서."

홈즈는 고개 숙여 인사하고 휙 돌아서서는, 왕이 내민 손을 보지도 못하고 나와 함께 집으로 향했다.

이것은 커다란 스캔들이 보헤미아 왕국을 뒤흔들 뻔한 이야기이자, 셜록 홈즈가 공들인 계획이 한 여성의 기지로 물거품이 되고 만 이야기이기도 하다. 예전에 홈즈는 여성의 현명함을 얕잡아보곤 했지만, 요즘 들어서는 그런 모습을 통 볼 수가 없다. 그리고 아이린 애들러에 대해 이야기할 때, 또는 그녀의 사진 얘기를 입에 올릴 때면, 그는 항상 '그 여자'라는 영예로운 호칭을 쓴다.

The Red-Headed League

빨강머리 연맹

지난해 가을 어느 날 셜록 홈즈를 찾아갔을 때였
다. 그는 나이가 지긋한 신사와 한창 이야기를 나누고 있었다. 아주 뚱
뚱하고 얼굴이 불콰한 이 신사의 머리카락은 마치 이글거리는 불꽃처
럼 빨갰다. 불쑥 찾아간 것을 사과하고 막 돌아서려는데, 홈즈가 나를
덥석 붙잡아 안으로 끌어들이고 문을 닫았다.

　"어이, 왓슨, 때마침 잘 왔어." 진심으로 그가 말했다.

　"바쁜가 본데?"

　"응. 아주 바빠."

　"그럼 옆방에서 기다릴게."

　"아냐, 그럴 것 없어. 윌슨 씨, 이 신사는 내 파트너인데, 내가 많은
사건을 해결하는 데 도움을 주었답니다. 윌슨 씨의 사건을 해결하는
데에도 분명 적잖은 도움을 줄 겁니다."

　뚱뚱한 신사는 자리에서 반쯤 일어나 엉거주춤한 자세로 가볍게 고
개를 끄덕여 인사했다. 그때 살에 파묻힌 그의 작은 눈에 잠깐 미심쩍
어하는 기색이 스쳐 지나갔다.

"그 의자에 앉아." 홈즈가 내게 말했다. 그는 다시 안락의자에 푹 파묻혀서, 비판적인 생각을 할 때 늘 그리던 버릇대로 두 손의 손가락 끝을 맞댔다.

"왓슨, 자네도 나처럼 단조롭고 틀에 박힌 일상을 벗어난 진기한 일들을 좋아한다는 것을 난 알고 있어. 그건 자네가 열정적으로 내 모험담을 기록하는 것만 봐도 알 만해. 이렇게 말하면 좀 실례가 될지 모르겠지만, 자네는 수많은 내 작은 모험담을 꽤 아름답게 꾸며주었지."

"그 사건들은 정말 무척이나 흥미로웠어." 내가 담담히 말했다.

"얼마 전 우리가 메리 서덜런드 양이 내준 아주 간단한 문제를 풀기 전에, 내가 이런 말을 했는데 아마 기억하고 있을 거야. 이상한 결말과 기묘하게 맞물린 일들을 찾아보려면 삶 자체로 뛰어들어야 한다고 말이야. 상상이 삶 자체의 기묘함을 못 따라가니까."

"난 그런 명제에 대해 의심할 자유를 행사했지."

"그랬지. 하지만 의사 선생, 아무리 그래봐야 내 견해를 따르지 않을 도리가 없을 거야. 계속 의심하면 산더미 같은 증거를 들이댈 참이니까. 그러면 결국 자네의 이성이 무릎을 꿇고 내 말이 옳다는 것을 인정하고야 말 거야. 자, 여기 계신 제이비즈 윌슨 씨가 바로 그 증거야. 오늘 아침 친절하게도 나를 찾아와서, 좀처럼 듣기 힘든 기묘한 이야기를 들려주셨어.

내가 또 이렇게 말한 거 기억나? 커다란 범죄보다 오히려 그게 범죄인지조차 아리송한 아주 사소한 사건 중에 정말 기묘하고 독특한 사건이 많다는 거 말이야. 지금까지 윌슨 씨가 들려준 얘기로 미뤄볼 때,

이것이 범죄사건인지 아닌지 말하기는 아직 이르지만, 내가 들어본 그 어떤 얘기 못지않게 아주 기묘하다는 것만은 분명해. 윌슨 씨, 얘기를 처음부터 다시 좀 들려주세요. 이런 부탁을 드리는 것은, 이 친구 왓슨이 미처 얘기를 듣지 못해서만이 아닙니다. 이야기가 워낙 기묘해서 아주 낱낱이 새겨듣고 싶거든요. 여느 사건이라면 대강 귀띔만 해줘도, 비슷한 오만 가지 사건이 떠올라서 나는 금세 감을 잡을 수 있어요. 하지만 이번 사건의 경우에는 아무리 생각을 해봐도 유례를 찾을 수 없을 만큼 독특하다는 것을 인정하지 않을 수가 없군요."

비대한 의뢰인은 자못 자랑스럽다는 듯이 가슴을 떡하니 내밀고, 두툼한 외투 안주머니에서 너절하게 구겨진 신문을 꺼냈다. 그가 신문을 무릎에 펴놓고 머리를 앞으로 쓰윽 내민 채 광고란에서 뭔가를 열심히 찾고 있는 동안, 나는 그를 요모조모 뜯어보았다. 내 친구가 하는 방식대로 옷차림이나 외모를 보고 뭔가 알아내려고 한 것이다.

하지만 아무리 뜯어봐도 소득이 없었다. 우리의 방문객은 보통의 평범한 영국 상인 같은 모습에 푸짐하게 살이 쪘고, 굼뜨고, 의젓하게 굴려고 했다. 다소 헐렁한 회색 격자무늬 바지를 입

었는데, 과히 깨끗하지 않은 프록코트는 단추를 채우지 않았다. 칙칙한 황갈색 조끼에는 묵직한 앨버트 황동 사슬이 달려 있었고, 네모난 구멍이 뚫린 동그란 쇠붙이 하나가 장식물로 사슬에 매달려 있었다. 옆의 의자에는 벨벳 칼라가 구겨진 빛바랜 갈색 외투와 해어진 중산모가 놓여 있었다. 아무리 그를 뜯어봐도, 얼굴에 몹시 억울해하는 표정이 가득하다는 것과 머리카락이 유난히 붉다는 것 말고는 뾰족하게 눈에 띄는 게 없었다.

홈즈는 내가 골똘히 뭘 생각하고 있는지 예리한 눈길로 간파했다. 그는 내가 묻는 듯한 눈길을 보내자 씨익 웃으며 고개를 설레설레 내둘렀다.

"이분은 한동안 수작업 노동을 했고, 코담배를 피우고, 프리메이슨 단원이고, 중국 여행을 다녀온 적이 있고, 최근 글씨를 아주 많이 쓰셨어. 그 이상은 나로서도 알아낼 수가 없지만."

제이비즈 윌슨 씨는 놀라서 벌떡 일어섰다. 그는 검지로 신문을 짚은 채, 눈으로는 내 친구를 바라보았다.

"원 세상에. 아니, 홈즈 씨, 그런 걸 어떻게 알아냈소?" 그가 물었다. "그러니까, 내가 손일을 했다는 걸 대체 어떻게 알아낸 거요? 난 전에 배를 만드는 목수였으니, 정말 딱 맞혔어."

"두 손을 보고 알았습니다. 오른손이 왼손보다 훨씬 더 크시죠? 그건 늘 오른손으로 일을 해서, 그쪽 근육이 더 발달한 겁니다."

"그럼 코담배는? 그리고 프리메이슨 단원이라는 건?"

"그걸 어떻게 알아냈는지 굳이 말씀드려서 윌슨 씨의 지성을 욕보이진 않겠어요. 프리메이슨 단의 엄격한 규율을 어기면서까지 활과 컴퍼스 모양의 브로치를 달고 계시는데 더 할 말이 있겠어요?"

"아, 참, 깜빡 잊고 브로치를 달았군. 하지만 글씨를 쓴다는 건?"

"오른쪽 소매 끝이 13센티미터쯤 꽤나 반질거리는데, 왼쪽 소매는 책상에 괸 팔꿈치 부분이 반들반들해요. 그게 달리 무슨 뜻일 수 있겠어요?"

"흠, 하지만 중국은?"

"오른쪽 손목 바로 위의 물고기 문신은 중국에서만 할 수 있습니다. 나는 문신 연구를 좀 해봤고, 문신 잡지에 글을 실은 적도 있어요. 섬세한 분홍빛으로 물고기 비늘을 물들이는 것은 중국에서만 할 수 있는 기술이죠. 문신 말고 조끼의 시곗줄에 걸려 있는 중국 동전만 봐도 문제가 한결 간단해집니다."

제이비즈 윌슨 씨가 걸쭉하게 웃음을 터트리고 말했다.

"그것 참! 처음에는 엄청 똑똑한 줄 알았는데, 알고 보니 별것도 아니구먼."

"왓슨, 내가 설명을 해준 게 실수였다는 생각이 슬슬 드는군. 자네도 알다시피, '옴네 이그노툼 프로 마그니피코'(Omne ignotum pro magnifico. '알지 못하는 것은 굉장한 것으로 여겨진다'라는 뜻. 로마 역사가 타키투스가 남긴 경구─옮긴이)라더니 과연. 이렇게 솔직하게 털어놓아서는 내 알량한 명성에 금이 가고 말겠어. 광고문은 찾으셨나요, 윌슨 씨?"

"아, 방금 찾았소."

그가 굵고 붉은 손가락으로 광고란 중간쯤을 짚은 채 대답했다.

"여깁니다. 다 이것 때문에 생긴 일이오. 댁이 직접 읽어보시구려."

나는 그에게서 신문을 받아들고 읽어보았다.

빨강머리 연맹을 위하여

미국 펜실베이니아 주 레바논의 고故 이지키아 홉킨스의 유산 덕분에, 순전히 명목상의 일을 하는 대가로 일주일에 4파운드 급료를 받는 빨강머리 연맹 회원에 이제 또 빈자리가 났습니다. 몸과 마음이 건강한 21세 이상의 빨강머리 남자는 누구나 응모 자격이 있습니다. 플리트 스트리트, 포프스코트 7번지, 연맹 사무실의 덩컨 로스에게, 월요일 11시에 찾아와서 직접 응모 바랍니다.

"대체 이게 무슨 뜻이지?"

이상한 광고문을 두 번이나 읽고 나서 내가 불쑥 말했다.

홈즈가 의자에서 몸을 비틀며 나직이 웃었다. 그는 흥이 날 때면 버릇처럼 그랬다.

"꽤나 뚱딴지같은 광고지?" 그가 말했다. "자 그럼, 윌슨 씨, 처음부터 시작해주시죠. 자기소개와 식구들 소개를 좀 해주시고, 이 광고가 어떤 행운을 갖다 주었는지 말씀해주세요. 의사 선생, 자네는 그게 며칠 자 무슨 신문인지 먼저 살펴봐."

"1890년 4월 27일 자, 《모닝 크로니클》지. 딱 두 달 전."

"좋아. 그럼, 윌슨 씨?"

"흠, 셜록 홈즈 씨, 이미 말씀드린 그대로입니다." 제이비즈 윌슨이
이마의 땀을 훔치며 운을 뗐다. "나는 런던 시에 인접한 코버그 광장
에 작은 전당포를 열고 있어요. 가게가 그리 크지 않아서, 최근에는 근
근이 끼니나 이어가는 정도랄까. 전에는 점원 두 명을 둘 수 있었는데,
지금은 한 명만 데리고 있지요. 그에게 급료를 줄 정도의 일거리는 있
다지만, 이 점원을 둔 것은 그래서가 아닙니다. 일을 배우는 게 목적이
라면서 급료를 반만 받겠다고 해서지요."

"기특한 그 청년 이름은 뭐죠?" 셜록 홈즈가 물었다.

"빈센트 스폴딩이라오. 그런데 청년이라고 할 순 없어요. 도통 나
이를 종잡을 수가 없지. 그래도 점원으론 더 바랄 나위 없이 영리하

지요. 그 친구라면 더 좋은 일자리를 얻어서, 내가 주는 것의 두 배는 너끈히 벌 수 있을 거요. 그렇지만 그가 지금 이대로 만족스러워하는데, 괜히 딴생각을 심어줄 필요는 없지 않겠소?"

"아, 그럼요. 급료를 덜 받고 일하겠다는 점원을 두다니 참 운도 좋으십니다. 요즘 세상에 그런 점원은 정말 흔치 않죠. 그러고 보니 광고문 못지않게 점원도 참 별나다는 생각이 드는군요."

"아, 그에게도 단점은 있지. 그렇게 사진에 푹 빠지기도 힘들 거요. 좀 나른하다 싶으면 덥다 사진을 찍어대고는, 사진을 뽑겠다며 굴속으로 뛰어드는 토끼처럼 지하실에 처박히지 뭐요. 그게 큰 단점이지만, 대체로 괜찮은 일꾼이지. 못된 버릇도 없고."

"지금도 그를 데리고 있겠죠?"

"아, 그럼요. 그 친구 말고는, 간단한 요리와 청소를 해주는 열네 살짜리 여자애를 데리고 있는데, 우리 식구라고는 그게 다요. 난 홀아비라서 가족도 없어요. 우리는 아주 조용히 지낸답니다. 우리 셋이서 말이오. 머리 위에 지붕 있겠다, 빚은 없겠다, 그만하면 됐지요.

그런 우리를 처음으로 세상 밖으로 내몬 게 바로 그놈의 광고였어요. 스폴딩, 그 친구가 딱 8주 전에 바로 이 신문을 들고 출근해서는 이러지 뭐겠소.

'윌슨 씨, 나도 빨강머리였으면 원이 없겠어요.'

'아니 왜?' 내가 물었죠.

'아 글쎄, 빨강머리 남자들의 연맹에 또 빈자리가 났다는 거예요. 누구든 그 자리만 얻으면 복 터진 거죠. 빨강머리 남자보다 빈자리가 더 많아서, 유산 관리인들이 남아도는 돈을 어째야 할지 주체를 못 한다지 뭡니까. 머리색을 확 바꿀 수만 있다면 나도 그 멋진 여물통에 냅다 뛰어들 텐데.'

'아니, 그게 대체 무슨 연맹이라고?' 내가 물었죠. 홈즈 씨, 아시다시피 나는 집에만 틀어박혀 사는 사람인데, 일거리도 내가 찾아 나서는 게 아니라 나를 찾아오니, 몇 주씩 문지방을 넘는 일이 없을 때도 많지요. 그러니 바깥세상이 어찌 돌아가는지 도통 알 길이 없어서 별것 아닌 소식이라도 항상 반가웠지요.

'빨강머리 남자들의 연맹에 대해 들어보지도 못했단 말예요?' 그가 눈을 동그랗게 뜨고 되묻더군요.

'응.'

'아니, 이럴 수가 있나. 윌슨 씨라면 그 빈자리가 따놓은 당상인데.'

'그게 뭐가 좋은데?' 내가 물었죠.

'아, 1년에 급료가 한 200파운드는 되는데, 하는 일은 거의 없어서 다른 직업을 갖고 있어도 지장이 없답니다.'

이런 말을 듣고 어찌 귀가 솔깃하지 않을 수 있겠소. 요사이 몇 년간 전당포 영업이 시원치 않았으니, 가욋돈 200파운드라면 요긴하게 잘 쓸 수 있겠죠.

'자세히 좀 말해봐.' 내가 말했어요.

'자, 직접 확인해보세요. 연맹에 빈자리가 났다니까요.'

그가 광고문을 내밀며 말했어요.

'그 밖에 상세한 것은 이 주소로 찾아가서 알아보시고요. 내가 알기로는 아주 괴짜였던 미국의 백만장자 이지키아 홉킨스가 연맹을 창설했다더군요. 그 사람도 빨강머리였는데, 세상의 모든 빨강머리 남자를 무척이나 동정했다고 합니다. 그래서 세상을 뜰 때 막대한 유산을 관리인들에게 맡기고는, 그 이자로 빨강머리 남자들에게 편안한 일자리를 마련해주라고 했다는 거예요. 듣자하니 보수는 상당한데, 하는 일은 거의 없다더군요.'

'그렇다면 빨강머리 남자들이 떼거지로 응모할 거 아냐?' 내가 말했어요.

'생각만큼 많지 않아요.' 그가 답했어요. '실은 런던에 사는 성인 남자만 이 자리에 응모할 수 있거든요. 이 미국인은 젊을 때 런던에서 출세를 했기 때문에 보답을 하고 싶었나봐요. 그런데 또 듣자하니, 생생하게 불타는 듯한 진짜 빨강머리가 아니고, 색이 연하다거나 어두워서는 응모해봐야 소용이 없다더군요. 자, 윌슨 씨, 응모를 하고 싶다면 그저 걸어서 들어가기만 하면 돼요. 하지만 윌슨 씨야 몇백 파운드를 벌자고 그런 이상한 곳에 발을 들여놓을 필요가 있을까요?'

자, 두 분이 보시다시피, 내 머리칼이 아주 전적으로 시뻘겋다는 건 영락없는 사실입니다. 내가 보기에 그런 문제로 경쟁이 붙는다면, 평생 내가 만나본 그 어떤 남자보다도 못할 게 없다는 생각이 들었어요. 그 일은 빈센트 스폴딩이 워낙 아는 게 많은 듯해서, 그 친구를 데려가면 도움을 받을 수 있겠다 싶었죠. 그래서 그날 그에게 가게문을 닫고 함께 가보자고 했어요. 하루 쉬게 되어 퍽이나 좋아하더군요. 그래서 우리는 일을 접고, 광고에 나온 주소로 찾아갔습니다.

홈즈 씨, 내 평생 그런 광경을 다시 또 볼 수는 없을 겁니다. 머리칼이 좀 빨갛다 싶은 남자라면 죄다 응모를 하려고 동서남북 사방에서 런던 시로 꾸역꾸역 몰려든 겁니다. 플리트 스트리트는 머리가 빨간 사람들로 꽉꽉 들어찼고, 포프스코트는 과일 행상인의 오렌지 손수레로 메워진 것 같지 뭡니까. 그런 광고 하나를 보고 그렇게 많은 사람이 몰려들 줄은 꿈에도 몰랐어요. 머리칼 색깔은 구구하더군요. 밀짚, 레몬, 오렌지, 벽돌, 아이리시세터, 간, 흙, 그 모든 색이 다 있었지만, 스폴딩의 말마따나 생생하게 불타는 듯한 진짜 빨강머리는 많지 않았어요. 하고많은 사람들이 줄을 서 있는 것을 보고 난 주눅이 들어서 포기하려고 했지만, 스폴딩이 말리더군요. 그리고 그가 그렇게까지 할 줄은 몰랐는데, 사람들을 밀고 당기고 들이받아 가면서 나를 끌고 북새통 사이를 빠져나가서, 그 사무실 입구 계단까지 곧바로 다가갔지 뭡니까. 계단에는 두 줄기 인파가 뒤얽혀 있었어요. 한 줄은 올라가려 하고, 한 줄은 퇴짜를 맞고 돌아가려 하는 거였죠. 하지만 우리는 꽤나 잘 쑤시고 들어가서, 곧 사무실에 발을 들여놓았습니다."

"무척이나 재미난 경험을 하셨군요."

의뢰인이 잠시 말을 멈추고 기억을 더듬으며 코담배를 흠씬 들이켜는 사이에 홈즈가 이어서 말했다.

"정말 재미있는 얘기입니다. 어서 계속해주세요."

"사무실에는 전나무 책상 하나와 나무 의자 두 개뿐이었습니다. 체구가 작은 남자가 책상에 앉아 있었는데, 머리칼이 나보다 더 빨갛더군요. 그는 새로 다가온 응모자에게 몇 마디 말을 건네고는 여지없이

뭔가 결격 사유를 찾아내는 것이었어요. 그러니 빈자리를 얻는 게 결코 쉬운 일만은 아닌 것 같더라고요. 하지만 우리 차례가 되자 웬걸, 그 작은 남자가 내게는 엄청 호감을 보이지 뭡니까. 우리가 들어서자 은밀한 얘기를 나눌 수 있도록 문까지 닫았어요.

'이분은 제이비즈 윌슨 씨인데, 연맹의 빈자리를 채우려고 왔습니다.' 우리 점원이 말했어요.

'그렇다면 정말 적임자이십니다.' 작은 남자가 응답했어요. '모든 요구 조건을 갖추셨어요. 이렇게 훌륭한 머리칼은 본 적이 없습니다.' 그는 한 걸음 물러서더니, 한쪽으로 비뚜름히 고개를 젖히고는 내가 낯이 다 화끈거릴 정도로 내 머리칼을 골똘히 뜯어보는 것이었어요. 그러다가 갑자기 달려들어서 내 손을 꽉 그러쥐고 열렬히 축하 인사를 건넸습니다.

'하등 망설일 까닭이 없지만, 그래도 만전을 기해야 하니 이러는 나를 용서해주시기 바랍니다' 하는 말과 함께 그는 양손으로 내 머리칼을 움켜쥐더니 내가 비명을 지를 때까지 쥐어뜯었습니다.

'눈물이 다 맺히셨군요' 하며 그는 손을 거두었어요. '그럴 줄 알았습니다. 하지만 우린 만전을 기해야 해요. 전에 두 번이나 속았거든요. 한 번은 가발에 속고 한 번은 염색에 속았죠. 실 왁스 이야기를 들으시면 인간의 야비한 본성에 치를 떨게 될 겁니다.'

그는 창가로 다가가서, 창밖에 대고 빈자리가 찼다고 목청껏 외쳤습니다. 실망해서 구시렁대는 소리가 왁자하게 들려오더니 모두 뿔뿔이 흩어지고, 빨강머리라고는 그 남자와 나만 남게 되었어요.

'내 이름은 덩컨 로스입니다.' 그가 말했어요. '저 또한 우리의 고귀하신 자선가께서 남긴 유산의 혜택을 받고 있는 사람입니다. 결혼은 하셨죠, 윌슨 씨? 가족도 있으시고?'

나는 없다고 답했습니다.

그가 고개를 뚝 떨구었습니다.

'어허 이런!' 그가 근엄하게 말했어요. '그것 참 심각한 일이로군! 그 말씀을 들으니 정말 유감천만이오. 두말할 나위 없이 이 기금은 빨강머리를 존속시킬 뿐 아니라 번식 확산시키기 위한 겁니다. 당신이 홀몸이라는 건 너무나 안타까운 일이 아닐 수 없어요.'

홈즈 씨, 난 그 말을 듣고 가슴이 철렁했어요. 빈자리를 얻지 못하는 줄 알았죠. 하지만 그 남자는 몇 분 동안 골똘히 생각하더니, 괜찮다고 말하는 것이었어요.

'다른 사람 같았으면 그런 결함이 치명적이었을 겁니다. 하지만 당신 같은 머리를 가진 남자를 위해서라면 너그럽게 봐드리지 않을 수 없죠. 그럼 언제부터 일하러 나올 수 있나요?'

'글쎄요, 그건 좀 곤란하군요. 나한테는 가게가 있어서요.' 내가 말했어요.

'아, 그건 걱정 마세요, 윌슨 씨!' 빈센트 스폴딩이 말했어요. '가게는 내가 돌보면 되잖아요.'

'일하는 시간은 어떻게 되나요?' 내가 물었습니다.

'10시부터 2시까지입니다.'

홈즈 씨, 요즘 전당포는 저녁이나 되어야 손님이 든답니다. 특히 붐비는 건 목요일과 금요일 저녁이죠. 주급을 받기 직전이라서요. 그러니 아침마다 나가서 몇 푼 벌 수 있는 일이라면 나한테 안성맞춤이었어요. 게다가 점원도 괜찮은 친구여서, 가게 일쯤은 믿고 맡길 만했고요.

'그렇다면 안성맞춤이군요.' 내가 말했어요. '그런데 급료는?'

'일주일에 4파운드입니다.'

'그러면 내가 할 일은?'

'순전히 명목상의 일이죠.'

'순전히 명목상이라는 게 뭡니까?'

'아, 그건 사무실에, 아니 이 건물 안에 있기만 하면 되는 겁니다. 정해진 시간에 혹시라도 자리를 비우면, 모든 지위를 영영 잃게 됩니다. 유언장은 그 점을 못 박아 말하고 있어요. 그 시간에 자리를 뜨면 유언을 어기게 됩니다.'

'하루 네 시간뿐이라니, 자리를 뜰 생각은 눈곱만큼도 하지 않을 겁니다.' 내가 말했어요.

'어떤 핑계도 안 통합니다.' 덩컨 로스 씨가 말했어요. '사업상 볼 일이 있다거나 아파도 안 됩니다. 기필코 자리에 붙어 있어야 하고, 안 그러면 이 돈줄을 잃게 될 겁니다.'

'그러면 내가 할 일은?'

'『브리태니커 백과사전』을 베끼는 일입니다. 저 책장 안에 제1권이 있어요. 펜과 잉크, 종이는 당신이 손수 챙겨 와야 합니다만, 이 책상과 의자는 우리가 제공해드리겠습니다. 내일부터 나올 수 있겠습니까?'

'물론이죠.' 내가 답했어요.

'그럼, 안녕히 가십시오, 제이비즈 윌슨 씨. 이렇게 중요한 자리에 앉게 되신 것을 다시 한 번 축하드립니다. 당신은 정말 운이 좋았어요.'

그가 사무실 밖으로 공손히 배웅을 해주었습니다. 나는 점원과 함께 집에 돌아왔는데, 이런 행운을 거머쥔 것이 너무나 기뻐서 어쩔 줄 몰랐지요.

아무튼 종일 그 생각만 하다가 저녁이 되자 왠지 마음이 무거워졌어요. 모든 게 짓궂은 장난이거나 사기인 게 분명하다는 생각이 들었거든요. 목적이 뭔지는 도통 짐작도 할 수 없었지만요. 누군가 그런 유언을 했다는 것도 도무지 믿기지 않았어요. 『브리태니커 백과사전』을 베끼는 간단한 일을 하는 대가로 그렇게 큰돈을 준다는 게 말이나 되겠어요? 빈센트 스폴딩은 내 기분을 돋워주려고 갖은 애를 쓰더군요. 잠자리에 들 무렵 나는 이성적으로 그 모든 것을 포기했죠. 하지만 아침이 되자 어쨌든 한번 들러보기로 마음먹고, 1페니짜리 잉크 한 병을 사고, 깃펜과 풀스캡지(끝에 방울이 달린 어릿광대의 모자 '풀스캡' 모양의 반투명 무늬가 찍혀 있는 종이—옮긴이) 일곱 장을 챙겨서 포프스코트로 갔습니다.

그런데 놀랍고 반갑게도, 모든 게 사실이었어요. 나를 위한 책상도 떡하니 마련되어 있었고, 내가 출근했는지 확인하려고 덩컨 로스 씨가 먼저 나와 있었어요. 그는 A항목부터 쓰라고 한 후 자리를 떴는데, 별일이 없는지 확인하러 가끔 들렀죠. 그는 2시에 나더러 퇴근하라면서 많은 항목을 베꼈다고 칭찬을 하더군요. 그는 내가 나간 후 사무실 문을 잠갔죠.

그런 나날이 계속되었습니다, 홈즈 씨. 그리고 토요일에 로스 씨가 내 주급으로 금화 4소버린을 주었어요. 다음 주에도 그랬습니다. 그다음 주에도. 나는 날마다 아침 10시까지 출근해서 오후 2시에 퇴근했어요. 덩컨 로스 씨는 차츰 아침에 한 번만 들르더니, 나중에는 아예 코빼기도 비치지 않았어요. 하지만 물론 나는 잠깐이라도 자리를 뜰 엄두를 내지 못했죠. 그가 언제 나타날지 몰랐으니까요. 게다가 일자리도 썩 좋고 나한테 아주 제격인데, 괜히 나대서 그걸 잃고 싶진 않았거든요.

8주가 그렇게 지났어요. 나는 '대수도원장Abbot', '궁술Archery', '갑옷Armor', '건축Architecture', '아티카Attica' 항목을 베꼈고, 머잖아 B항목으로 넘어갈 참이었습니다. 풀스캡지도 적잖이 써서, 내가 쓴 것만으로도 선반 하나가 거의 꽉 찼어요. 그런데 느닷없이 모든 게 결딴나고 말았습니다."

"결딴나요?"

"네. 그것도 바로 오늘 아침에. 나는 여느 날처럼 10시에 출근했어요. 그런데 사무실 문이 닫힌 채 잠겨 있지 뭡니까. 그리고 문짝에 압정으로 작은 마분지 한 장을 붙여놓았더군요. 바로 이건데, 직접 읽어보시죠."

그는 공책 크기의 흰색 마분지 한 장을 내밀었다. 거기에는 이렇게 쓰여 있었다.

빨강머리 연맹은
해체되었습니다.
−1890년 10월 9일

셜록 홈즈와 나는 이 짤막한 공고문과 그걸 쳐들고 있는 사람의 애처로운 얼굴을 바라보다가 그만 한바탕 웃음을 터트리고 말았다. 이 사건이 너무나 희극적으로 보였기 때문이다.

"아니, 뭐가 그렇게 우습단 말이오?"

우리의 의뢰인이 이글거리는 머리카락을 뿌리까지 붉힌 채 버럭 외쳤다.

"나를 비웃는 게 고작이라면, 다른 데를 찾아가 보겠소."

"아닙니다, 아니에요." 홈즈가 반쯤 일어선 의뢰인을 다시 자리에 앉히며 말했다. "저는 이 사건을 결코 놓치지 않을 겁니다. 이건 정말 보기 드물게 참신한 사건입니다. 이렇게 말씀드려도 실례가 되지 않는다면, 이 사건은 좀 웃기는 데가 있긴 해요. 아무튼 문짝에 공고문이 붙은 것을 보고 어떤 조치를 취하셨나요?"

"나는 망연자실했어요. 어째야 좋을지 알 수 없었죠. 그러다 주위의 여러 사무실에 들러봤는데, 영문을 아는 사람은 아무도 없었어요. 마침내 나는 집주인을 찾아갔어요. 회계사인 집주인은 1층에 살지요. 빨강머리 연맹이 어찌 되었는지 아느냐고 물었더니, 그런 연맹은 이름도 들어보지 못했다는 겁니다. 그래서 덩컨 로스 씨가 어떤 사람이냐고 물었더니, 그것도 처음 들어보는 이름이라는 겁니다.

'4호실의 그 신사 말입니다.' 내가 말했지요.

'아, 그 빨강머리 남자?'

'그래요.'

'그 남자는 이름이 윌리엄 모리스라고 했소. 사무변호사였지. 새 사무실을 장만할 때까지 임시로 내 사무실을 쓴 거요. 어제 이사 갔지요.'

'어디로 갔나요?'

'아, 그야 자기 새 사무실로 갔지요. 주소를 가르쳐주었는데. 아, 그래, 세인트폴 대성당 근처인 킹에드워드 스트리트 17번지라고 했소.'

난 바로 출발해서 그곳에 가보았더니, 그곳은 의족 공장이었습니다. 공장 사람 가운데 윌리엄 모리스 씨나 덩컨 로스 씨를 아는 사람이 아무도 없었어요."

"그래서 어떻게 하셨나요?" 홈즈가 물었다.

"나는 색스코버그 광장의 집으로 돌아가서, 점원에게 조언을 구했지요. 하지만 그 친구도 영 도움이 되지 않았어요. 기다리고 있으면 우편으로 무슨 소식이 오지 않겠느냐고만 하더군요. 하지만 홈즈 씨, 난 기다리고 있을 수만은 없었어요. 그렇게 좋은 일자리를 손 한번 써보지 않고 놓치긴 싫었거든요. 그래서, 도움이 필요한 불쌍한 사람들에게 홈즈 씨가 자상하게 조언을 해준다는 말을 들은 적이 있어서, 이렇게 곧장 찾아온 겁니다."

"그렇다면 아주 잘하신 겁니다." 홈즈가 말했다. "이건 대단히 눈길을 끄는 사건입니다. 나는 기꺼이 조사해보고 싶어요. 이제까지 들은 얘기로 미뤄볼 때, 이 사건에는 겉보기보다 심각한 문제가 도사리고 있을 가능성이 있는 듯합니다."

"정말 심각해요!" 제이비즈 윌슨 씨가 말했다. "글쎄, 난 일주일에 4파운드나 되는 돈을 날렸다고요."

"윌슨 씨는 별난 이 연맹에 하등 불평할 게 없어 보이는군요." 홈즈가 말했다. "보아하니, 그 반대로 윌슨 씨는 그동안 줄잡아 30파운드나 벌었지 않습니까. A항목의 온갖 주제에 대한 상세한 지식을 얻은 것은 말할 것도 없고요. 윌슨 씨는 그들 때문에 뭘 날렸다고 할 수 없어요."

"그건 그렇군요. 하지만 그들에 대해 알고 싶어요. 그들이 누군지, 이게 장난이라면 내게 왜 이런 장난을 쳤는지 알고 싶다고요. 장난치고는 너무 값비싸잖아요. 물경 32파운드나 들였으니."

"그런 의문점을 말끔히 풀어드리기 위해 노력하겠습니다. 그런데 먼저 한두 가지 여쭤볼 게 있어요, 윌슨 씨. 점원이 그 광고문을 처음 보여주었다고 하셨는데, 그게 채용한 지 얼마나 되었을 때인가요?"

"약 한 달쯤."

"그를 어떻게 만났죠?"

"내가 구인광고를 냈거든요."

"지원자가 그 친구뿐이었나요?"

"아뇨, 여남은 명 찾아왔죠."

"왜 그를 뽑으셨죠?"

"쓸 만했는데, 급료도 낮아서."

"실제로 반액이었다 이거죠?"

"그래요."

"빈센트 스폴딩이라는 사람은 어떻게 생겼나요?"

"키가 작고 다부진 체격에 꽤나 민첩하고, 얼굴에 수염은 없는데, 서른 살 아래는 아닙니다. 이마에는 하얗게 산이 튄 자국이 나 있어요."

홈즈가 자못 흥분해서 벌떡 일어섰다.

"그럴 줄 알았어. 혹시 그의 귓불에 귀고리 구멍이 나 있는 것을 본 적이 있나요?"

"아, 그래요. 어릴 때 어떤 집시가 구멍을 뚫어주었다고 하더군요."

"흠!" 하며 홈즈는 다시 깊은 생각에 잠겼다. "그는 아직도 점원으로 있나요?"

"아, 그럼요. 좀 전에도 같이 있었는걸요."

"윌슨 씨가 없어도 가게는 잘 돌아가나요?"

"그거야 아무 문제가 없죠. 아침에는 별로 할 일도 없고요."

"그럼 됐습니다, 윌슨 씨. 하루나 이틀이면 이 사건에 대한 소견을 흔쾌히 들려드리겠습니다. 오늘이 토요일이니까, 월요일까지는 결판이 나겠군요."

"음, 왓슨, 자네는 이 모든 것을 어떻게 생각하나?" 손님이 떠난 후 홈즈가 말했다.

"나는 감을 못 잡겠어. 정말 기묘한 일이야." 나는 솔직히 답했다.

"대체로, 더욱 기묘해 보이는 일일수록 알고 보면 덜 기묘해. 평범하고 특징이 없는 범죄야말로 정말 알쏭달쏭하지. 평범한 얼굴이 가장 알아보기 어려운 얼굴인 것처럼 말이야. 하지만 이번 사건은 서둘러야겠어."

"뭘 어쩔 건데?" 내가 물었다.

"담배를 피울 거야." 그가 답했다. "이건 딱 파이프 세 대짜리 문제야. 50분 동안 내게 말을 걸지 말아줘."

그는 의자에서 몸을 옹그리고, 여윈 두 무릎을 매부리코 가까이 끌어올린 채 두 눈을 감고서, 다소 낯선 새 부리처럼 삐죽한 검정 사기 파이프를 입에 물고 앉아 있었다. 나는 그가 곯아떨어졌다는 결론을 내렸고, 이윽고 나도 꾸벅꾸벅 졸고 있을 때, 그가 별안간 자리에서 벌떡 일어났다. 마침내 결단을 내렸다는 듯한 동작이었다. 그는 벽난로 선반에 파이프를 올려놓고 말했다.

"오늘 오후 세인트제임스 홀에서 사라사테 연주회가 열리는데, 어떻게 생각해, 왓슨? 자네 환자들이 두어 시간 자네를 놓아줄까?"

"오늘은 딱히 할 일이 없어. 의사 노릇이 아주 흥미진진한 것도 아니고."

"그렇다면 모자를 쓰고 같이 나가볼까? 먼저 런던 시를 훑어볼 작정인데, 도중에 점심을 먹기로 하지. 프로그램을 보니 독일 음악을 많이 연주하던데, 내 취향에는 이탈리아나 프랑스 음악보다 그게 더 잘 맞아. 독일 음악은 내면 성찰적인데, 내가 바라는 게 그것이거든. 자, 가자!"

우리는 올더스게이트까지 지하철을 타고 갔다. 거기서 잠시 걷자 아침에 들은 독특한 이야기의 현장인 색스코버그 광장이 나왔다. 작고 허름하면서도 한사코 품위를 잃지 않으려는 기운이 느껴지는 동네였다. 그을음이 낀 2층 벽돌집들이 울타리를 두른 작은 공터를 향해 네 줄로 서 있었고, 공터에서는 잡초 우거진 잔디밭과 시든 월계수 덤불이, 건강에 좋지 못한 매연 자욱한 대기와 힘겹게 맞서 싸우고 있었다. 모퉁이의 한 집에 흰 글씨로 '제이비즈 윌슨'이라고 쓰인 갈색 간판과 세 개의 금박 공을 보니 그곳이 빨강머리 의뢰인의 가게라는 것을 알 수 있었다. 셜록 홈즈는 그 집 앞에 서서 고개를 갸웃한 채, 눈살을 찌푸리고 두 눈을 반짝이며 그 모든 것을 살펴보았다. 그러다가 여러 가옥들을 여전히 예리하게 바라보며 천천히 거리를 걸어 올라갔다가 다시 모퉁이로 돌아왔다. 마침내 전당포 앞으로 돌아온 그는 포장된 길바닥을 지팡이로 두어 번 힘차게 쿵쿵 찍으며 문 앞까지 다가가서 문을 두드렸다. 즉시 문이 열렸다. 말끔하게 면도를 한 얼굴에 영리해 보이는 젊은 친구가 들어오라고 말했다.

"고맙습니다만, 실은 여기서 스트랜드가로 가는 길을 알고 싶어서요." 홈즈가 말했다.

"세 블록 지나 오른쪽으로, 네 블록 지나 왼쪽으로 가시오."

점원이 얼른 대답하고 문을 닫았다.

"정말 영리한 친구야." 함께 걸으며 홈즈가 말했다. "내가 보기에 그는 런던에서 네 번째로 머리가 좋은 남자야. 대담하기로는 세 번째 가지. 그 친구에 대해서는 전부터 좀 알고 있었어."

"윌슨 씨의 점원이 이번 빨강머리 연맹의 수수께끼에 한몫을 한 게 분명해. 그래서 단지 그를 보려고 길을 물어보는 척한 거지?" 내가 말했다.

"보려던 것은 그가 아냐."

"그럼?"

"그의 바지 무릎."

"그래서 뭘 봤는데?"

"보고 싶은 것을."

"길바닥은 왜 두드린 거야?"

"이봐 의사 선생, 지금은 대화가 아닌 관찰을 할 때야. 우리는 적국에 들어온 스파이란 말이야. 색스코버그 광장에 대해서는 좀 알게 되었으니, 이제 그 뒤쪽을 좀 둘러보자."

외딴 색스코버그 광장에서 모퉁이를 돌아 큰길로 나오자 광장과는 너무나 대조적인 세상이 나타났다. 그건 마치 그림의 앞면과 뒷면만큼이나 달라 보였다. 이 큰길은 런던 시의 북쪽과 서쪽을 연결하는 대동맥 가운데 하나였다. 차도는 런던 시의 안팎을 오가는 이중의 엄청난 교역의 물결로 꽉 막히다시피 했고, 인도는 바쁜 보행자들이 새카맣게 북적이고 있었다. 우리는 줄지어 선 멋진 가게와 위풍당당한 사무용 건물을 바라보며, 이곳이 방금 우리가 떠난 쇠락하고 정체된 광장과 정말 등을 맞대고 있다는 것이 좀처럼 실감나지 않았다.

"어디 보자."

홈즈가 모퉁이에 서서 거리를 훑어보며 말했다.

"이 건물들을 순서대로 기억해두고 싶어. 런던에 대한 정확한 지식

을 수집하는 것이 내 취미거든. 모티머스, 담배 가
게, 작은 신문 매점, 시티 앤드 서버번 은행 코
버그 지점, 채식 전문 식당, 맥팔레인 마차
역이 있군. 그다음에는 다른 블록이야.
그럼 의사 선생, 이제 할 일을 마쳤으니
즐길 시간이야. 샌드위치에 커피 한
잔 들고 나서 바이올린의 나라로 가
자. 모든 것이 감미롭고 섬세하고
조화로운 곳, 장난 같은 수수께끼로
우리를 성가시게 하는 빨강머리 의
뢰인들이 없는 곳으로."

　　내 친구는 정열적인 음악가였다. 아주
솜씨 좋은 연주자였을 뿐만 아니라, 보통이 넘는 실력을 지닌 작곡가
이기도 했다. 오후 내내 그는 1층 특별석에 앉아 그지없는 행복감에
휩싸인 채, 음악에 맞추어 길고 가는 손가락을 살살 까딱거렸다. 부드
러운 미소를 머금은 얼굴과 나른히 꿈꾸는 듯한 두 눈은 홈즈의 것이
아닌 듯했다. 두뇌가 날카롭고, 수완이 뛰어난 범죄 수사관, 인정사정
없는 경찰견 같은 탐정 홈즈의 모습은 찾아보기 어려웠다.

　　홈즈라는 한 인물 속에는 이중의 본성이 도사리고 있다가 번갈아
나타났다. 그는 때로 시적이고 관조적인 기분에 잠겼다가도, 그것에
대한 반작용으로 극단적으로 치밀하고 빈틈없는 모습을 보이는 것 같
았다. 그렇게 본성이 오락가락하면서 극단적인 권태에 잠겼다가도 맹

렬히 활동적이 되었다. 내가 익히 알고 있듯이, 즉흥 연주를 하거나 고딕 활자판 책을 펼치고 안락의자에 앉아 몇 날 며칠이고 하염없이 빈둥거릴 때처럼 그가 무서워 보일 때도 없다. 그러다가 경찰견의 추적 열망이 느닷없이 치밀어 올라서, 찬란한 추리력이 직관의 수준까지 올라가곤 할 때도 마찬가지다. 그의 추리 방법을 모르는 사람은 그가 뭐든 신통하게 알아맞히는 것을 보고 인간이 어떻게 그럴 수 있느냐고 불신의 눈초리를 던질 정도다.

그날 오후 세인트제임스 홀에서 그가 그토록 음악에 심취해 있는 것을 보고 있자니, 그가 사냥하려고 하는 사람들에게 곧 재앙이 닥칠 거라는 예감이 들었다.

"의사 선생, 자네는 집에 가고 싶을 거야." 연주회장을 나설 때 그가 말했다.

"그래. 그러는 게 좋겠어."

"나는 할 일이 좀 있어. 몇 시간 걸릴 거야. 이번 코버그 광장 사건은 심각하거든."

"왜?"

"놈들이 커다란 범죄를 꾀하고 있으니까. 어느 모로 보나 이 범죄를 막아야 할 때가 무르익었어. 그런데 하필이면 오늘이 토요일이라서 일이 좀 성가셔. 자네가 오늘 밤 나를 좀 도와주었으면 좋겠어."

"몇 시에?"

"10시쯤."

"10시에 베이커 스트리트로 갈게."

"좋아. 그런데 의사 선생! 좀 위험할지도 모르니까, 모쪼록 자네의 군용 권총을 가져오는 게 좋겠어."

홈즈는 손을 흔들고 돌아서서 눈 깜짝할 사이에 인파 속으로 사라졌다.

나는 주변 사람들에 비해 내가 더 멍청할 리는 없다고 믿는데, 홈즈를 대할 때면 늘 멍청하다는 기분에 사로잡혔다. 오늘도 나는 그가 들은 것을 똑같이 들었고, 그가 본 것을 보았다. 그런데 그의 말을 들어보면 그는 일어난 일만이 아니라 장차 일어날 일까지 꿰뚫어 본 것이 분명하다. 하지만 내게는 모든 게 여전히 뒤죽박죽이고 기괴하기만 했다. 마차를 타고 켄징턴에 있는 집으로 가는 길에 나는 그 모든 것을 곰곰 생각했다. 백과사전을 베껴 쓴 빨강머리 남자의 얄궂은 이야기부터, 색스코버그 광장에 간 일, 홈즈가 나와 헤어지며 던진 불길한 말까지. 오늘 밤 과연 무슨 모험을 하게 될까? 내가 왜 총을 가져가야 하는 것일까? 우리는 어디로 가서 무엇을 하게 될까? 홈즈는 얼굴이 번드레한 전당포 점원이 무서운 남자라는 힌트를 주었다. 점원은 뭔가 엉큼한 짓을 벌이고 있는지도 모른다. 나는 수수께끼를 풀어보려고 끙끙거리다 결국 포기하고, 밤이 되면 저절로 알게 되겠거니 하고 문제를 덮어두었다.

내가 집을 떠난 것은 9시 15분이었다. 나는 공원을 가로지른 후 옥스퍼드 스트리트를 지나 베이커 스트리트로 들어섰다. 핸섬 마차 두 대가 문 앞에 세워져 있었다. 집 안에 들어서자 2층에서 말소리가 들려왔다. 그의 방 안에 들어가 보니 홈즈가 두 명의 남자와 열띤 대화를 나누고 있었다. 한 명은 내가 알고 있는 경찰인 피터 존스였다. 다른 한 명은 큰 키에 홀쭉하고 우울한 표정의 남자였는데, 자르르 윤이 흐르는 모자에 중압감을 줄 만큼 단정한 프록코트를 입고 있었다.

"흠, 이제 다들 모였군."

홈즈가 말하고는 두꺼운 모직 상의 단추를 채우더니, 선반에서 묵직한 사냥용 말채찍을 꺼냈다.

"왓슨, 런던 경찰국의 존스 씨는 알지? 그리고 이분은 오늘 밤 모험에 동참하실 메리웨더 씨야."

"의사 선생, 우리가 또 함께 사냥을 하게 됐군요." 존스가 특유의 우쭐하는 태도로 말했다. "우리 홈즈 씨는 추적하는 일이라면 정말 기가 막혀요. 사냥감 모는 걸 도와줄 늙은 사냥개 한 마리만 있으면 될 정도죠."

"우리가 쫓아가서 고작 기러기나 잡는 게 아닌가 모르겠소." 메리웨더 씨가 침울하게 말했다.

"홈즈 씨라면 단단히 믿어도 좋아요." 경찰이 큰소리를 쳤다. "홈즈 씨에겐 자기만의 방식이 있는데, 이런 말을 하면 실례가 될지 모르지만, 그 방식이 좀 지나치게 이론적이고 공상적이긴 해도, 홈즈 씨는 탐정 소질을 타고난 사람이랍니다. 숄토 살해와 아그라 보물 사건 때처럼 한두 번은 경찰을 능가한 적도 있다니까요."

"아, 존스 씨, 그렇다면 문제가 없겠군요." 낯선 사람이 경의를 표하며 말했다. "하지만 나는 러버(네 명이 하는 휘스트 카드 놀이를 이야기한 것으로 보임—옮긴이)를 하지 못해 유감이오. 토요일 밤에 러버를 못 하는 것은 27년 만에 처음 있는 일이라서."

"이제까지 해본 어떤 도박보다 오늘 밤 더 큰 도박을 하게 되실 겁니다." 셜록 홈즈가 말했다. "메리웨더 씨에게는 판돈이 줄잡아 3만 파운드는 걸렸고, 존스 형사에게는 체포하고 싶은 인물이 걸렸지요."

홈즈가 이어서 말했다.

"살인자, 도둑, 화폐 위조 사용범인 존 클레이. 메리웨더 씨, 그는 젊은 남자지만 그 분야의 일인자입니다. 나는 런던의 어떤 범인보다도 그를 먼저 체포하고 싶어요. 그는 주목할 만한 남자입니다. 젊은 존 클레이 말입니다. 그의 조부는 왕족 공작이었고, 클레이 본인은 명문 이튼 고교와 옥스퍼드 대학을 나왔지요. 그의 두뇌는 손가락만큼 기민해서, 우리는 매번 그의 발자취를 포착하긴 해도 정작 어딜 가야 그를 잡을 수 있는지는 모르죠. 어느 주일에는 스코틀랜드의 집을 털고, 다음 주에는 잉글랜드 남서부의 콘월에서 고아원을 짓기 위한 기금 모금을 하는 식입니다. 나는 여러 해 동안 그를 추적했지만, 그를 직접 본 적은 없었어요.

오늘 밤 여러분께 그를 소개해드리는 기쁨을 맛볼 수 있다면 좋으련만. 존 클레이와 한두 차례 겨뤄본 적이 있는 나로서는, 그가 자기 분야의 일인자라는 것을 인정하지 않을 수 없어요. 그런데 10시가 지났군요. 출발할 시간입니다. 두 분이 먼저 핸섬 마차를 타고 가시면, 왓슨과 제가 뒤따라가겠습니다."

오래 마차를 타고 가는 동안, 셜록 홈즈는 그다지 말이 없이 의자에 등을 기댄 채 오후에 들었던 가락을 흥얼거렸다. 우리는 가스등을 밝

흰 끝없는 미로 같은 거리를 덜컹거리며 달려서 마침내 패링턴 스트리트로 접어들었다.

"이제 거의 다 왔군." 친구가 말했다. "메리웨더 씨는 은행장인데, 이 문제와 직접적인 이해관계가 있지. 나는 또 존스도 데려가는 게 좋겠다고 생각했어. 그가 형사로서는 아주 젬병이지만 나쁜 친구는 아냐. 한 가지 좋은 점도 있지. 불도그처럼 용감하고 바닷가재처럼 집요해서, 한번 물면 놓아줄 줄을 모르거든. 다 왔다. 그들이 우리를 기다리고 있군."

우리는 오전에 다녀간 혼잡한 거리에 도착했다. 마차를 돌려보내고, 메리웨더 씨가 이끄는 대로 좁은 통로를 내려간 우리는 그가 열어준 옆문으로 들어갔다. 안에는 작은 복도가 있었고, 그 끝에 육중한 철문이 가로막고 있었다. 이 철문도 열고 들어가서, 나선형의 돌계단을 내려가자, 또다시 으스스한 문이 가로막고 있었다. 메리웨더 씨가 멈춰 서서 랜턴 불을 밝혔다. 그는 흙냄새 풍기는 어두운 통로로 우리를 이끌고 내려갔다. 세 번째 문을 열고 거대한 지하 금고실로 들어가니, 나무궤짝과 육중한 상자가 사방에 수북이 쌓여 있었다.

"위에서 내려오는 길은 허술

하지 않군요." 홈즈가 랜턴을 쳐들고 주위를 둘러보며 말했다.

"아래쪽도 마찬가지요." 메리웨더 씨가 바닥에 줄지어 깐 판석을 지팡이로 두드리다가 깜짝 놀라서 고개를 들고 말했다. "아니, 맙소사, 텅 비어 있는 소리가 나잖아!"

"제발 조용히 좀 해주세요!" 홈즈가 모질게 말했다. "이래서야 이번 원정이 성공할 수 있겠어요? 제발 방해하지 마시고 저 상자 가운데 아무데나 앉아 계십시오."

근엄한 메리웨더 씨는 기분이 팍 상한 얼굴로 궤짝에 웅크리고 앉았다. 이때 홈즈는 바닥에 무릎을 꿇고서, 랜턴과 돋보기를 들고 판석에 금이 간 데가 있는지 꼼꼼히 살펴보기 시작했다. 몇 초 만에 만족스러운 결과를 얻은 그는 다시 벌떡 일어나 돋보기를 주머니에 집어넣고 말했다.

"앞으로 적어도 한 시간은 남아 있습니다. 놈들은 선량한 그 전당포 주인이 안전하게 잠자리에 들기 전에는 행동에 나서기 어려울 테니까요. 하지만 일단 나서면 지체하지 않을 겁니다. 빨리 작업을 끝낼수록 도망칠 시간이 많아지니까요. 의사 선생, 자네도 알아차렸겠지만, 우린 지금 런던에서 가장 큰 축에 속하는 은행의 시티 지점 지하 금고실에 와 있어. 점점 대담해지고 있는 런던의 범죄자들이 지금 이 금고실을 노리는 이유에 대해서는 은행장이신 메리웨더 씨가 설명을 좀 해주시죠."

"그건 프랑스 금화 때문입니다." 은행장이 나직이 말했다. "누군가 그걸 노릴 거라는 경고를 여러 차례 받은 적도 있지요."

"프랑스 금화?"

"네. 우리는 몇 달 전 재원을 늘릴 필요가 있어서, 프랑스 은행에서 3만 나폴레옹(옛 프랑스 금화—옮긴이)을 차입했습니다. 아직 이 돈을 풀 일이 없어서, 이게 여전히 우리 금고에 보관되어 있다는 소문이 났지요. 내가 걸터앉아 있는 이런 궤짝 하나마다 2,000나폴레옹이 납종이에 싸여 차곡차곡 담겨 있답니다. 지금 이곳에는 은행 지점에서 평소 보관하는 것보다 훨씬 많은 금을 보유하고 있는 셈이어서, 은행 임원들이 꽤나 걱정을 했지요."

"걱정할 만하군요." 홈즈가 말했다. "그럼 이제 우리가 계획한 것을 실천에 옮길 때입니다. 한 시간 안에 문제가 곪아 터질 거라고 봐요. 그런데 메리웨더 씨, 그 다크랜턴 가리개 좀 씌워주세요."

"그럼 어둠 속에 앉아 있으라고요?"

"그러는 게 좋겠어요. 실은 주머니에 카드 한 벌을 담아왔는데, 우리가 '파티 카레'(partie carrée. 남녀 두 쌍으로 이루어진 놀이 모임—옮긴이)니까 메리웨더 씨가 러버를 할 수 있겠다고 생각한 거죠. 하지만 여기서 위험을 무릅쓰고 불을 밝혀놓기엔 적의 준비 상태가 너무 치밀해요. 자, 그럼 먼저 각자의 위치를 정합시다. 놈들은 아주 대담해요. 우린 놈들을 불시에 공격할 작정이지만, 조심하지 않으면 되레 우리가 다칠지도 몰라요. 나는 이 궤짝 뒤에 서 있겠습니다. 여러분도 각자 궤짝 뒤에 숨으세요. 나중에 내가 그들에게 불을 비추면, 재빨리 포위하세요. 왓슨, 놈들이 총을 쏘면 가차 없이 놈들을 해치워야 해."

나는 권총의 공이치기를 잡아당겨서, 내가 웅크리고 몸을 숨긴 궤짝 위에 얹어놓았다. 홈즈가 랜턴 앞쪽의 불빛 가리개를 씌우자, 우리는 이내 칠흑 같은 어둠에 잠겼다. 그건 내가 전에 겪어보지 못한 완전한 어둠이었다. 달궈진 금속 냄새가 계속 감돌고 있어서, 순간적으로 빛을 뿜어낼 준비를 갖춘 채 여전히 등불이 켜져 있다는 것을 알 수 있었다. 나는 점점 기대가 고조되며 가슴이 조마조마했다. 갑작스레 엄습한 어둠 속, 지하실의 축축한 냉기 속에는 사람을 위압하고 짓누르는 분위기가 감도는 듯했다.

"퇴로는 하나뿐입니다." 홈즈가 나직이 말했다. "그건 전당포를 통해 색스코버그 광장으로 빠져나가는 길이죠. 존스, 내가 요청한 대로 해놓았겠지요?"

"경위 한 명과 순경 두 명을 정문 앞에 잠복시켜 놓았습니다."

"그러면 모든 구멍을 틀어막은 셈입니다. 이제부터 조용히 기다립시다."

그 묘한 시간의 느낌이라니! 나중에 알고 보니 고작 한 시간 15분을 기다렸는데, 나는 밤을 꼬박 새고 어느덧 동이 트고 있는 기분이 들었다. 나는 팔다리가 뻣뻣하고 기운이 없었다. 자세를 바꿀 엄두를 내지 못한 탓이다. 하지만 갈수록 신경은 날카로워져서 긴장이 최고조로 치달았고, 청각은 아주 예민해져서 동료들의 나직한 숨소리를 들을 수 있었을 뿐만 아니라, 은행장이 가녀리게 토해내는 숨소리와 덩치 큰 존스가 깊고 무겁게 숨을 들이켜는 소리를 구분할 수 있을 정도였다. 내 자리에서는 궤짝 너머로 금고실 바닥을 굽어볼 수 있었다. 돌연 한 줄기 흐린 빛이 반짝했다.

처음에는 바닥 판석에 불그레한 빛이 살짝 스쳤다. 그러다 빛줄기가 점점 길어져서 노란 광선으로 바뀌었다. 그때 어떤 경고도, 소리 한 마디도 없이, 바닥이 쩍 갈라지는 듯하더니, 여자 손 같은 하얀 손이 쓱 나타나 불빛이 비친 곳을 중심으로 해서 여기저기를 더듬거렸다. 바닥 위로 비어져 나온 그 손은 1분 남짓 꿈틀거리더니, 나타날 때처럼 홀연히 사라졌다. 다시 주위가 어두워지고, 판석에 갈라진 틈이 있다는 것을 나타내는 한 줄기 흐린 불빛만 남았다.

그러나 손이 사라진 것은 잠깐뿐이었다. 한차례 쩌렁하는 소리와 함께 널따란 흰 판석 하나가 옆으로 뒤집어지며 네모난 구멍이 생기더니, 그곳으로 랜턴 불빛이 쏟아져 나왔다. 그리고 구멍 위로 소년처럼 말끔한 얼굴이 슬그머니 나타나서 주위를 날카롭게 둘러보고는, 구멍 한쪽으로 팔을 먼저 꺼낸 후 어깨에 이어 허리를 뽑아 올리고, 이윽고 구멍 가장자리에 한쪽 무릎을 걸쳤다. 재빨리 올라와서 구멍 옆으로 비켜선 그는 뒤따라온 동료를 끌어올렸다. 동료도 체구가 작고 날렵했는데, 얼굴은 창백하고 머리카락이 매우 붉었다.

"이상 없어." 먼저 나온 남자가 나직이 말했다. "끌과 자루 가져왔지? 경찰이다! 튀어, 아치, 튀어. 잡히면 난 끝장이야!"

이미 뛰쳐나간 셜록 홈즈가 침입자의 멱살을 와락 그러쥐었다. 다른 침입자가 구멍으로 뛰어내리는 순간, 존스가 그의 옷자락을 붙잡자 옷이 북 찢어지는 소리가 들렸다. 권총 총신이 번뜩였지만, 홈즈가 채찍으로 그 남자의 손목을 내리쳐서, 권총이 쩔그렁하고 돌바닥에 떨어졌다.

"그래봐야 소용없어, 존 클레이. 이제 넌 가망 없어." 홈즈가 나긋하게 말했다.

"내가 보기에도 그렇군." 클레이가 아주 싸늘하게 대꾸했다. "그래도 내 친구는 달아났어. 옷자락은 잡은 모양이지만."

"세 명이 문간에서 그를 기다리고 있지." 홈즈가 말했다.

"그것 참. 일을 빈틈없이 처리한 모양이군. 칭찬해주지 않을 수 없겠어."

"나도 마찬가지야. 빨강머리 아이디어는 아주 참신하고 효과 만점이었어." 홈즈가 응수했다.

"네 친구는 머지않아 다시 만나게 될 거다." 존스가 말했다. "녀석이 구멍으로 내빼는 건 나보다 날렵하더군. 수갑을 채우게 손 내밀어."

"그 더러운 손으로 내 몸을 건들지 마." 손목에 수갑을 채우는 동안 우리의 죄수가 말했다. "나한테는 왕족의 피가 흐른다는 것을 모르나 본데, 내게 또 할 말이 있으면 항상 공손하게 말하도록 해."

"암, 그러고말고요." 존스가 눈을 말똥거리고 낄낄 웃으며 말했다. "그럼 각하, 위층으로 행차하소서. 우리가 마차를 대령해서 경찰서로 모시겠나이다."

"한결 낫군."

존 클레이가 태연히 말했다. 그는 우리 세 사람 모두를 향해 고개를 살짝 숙여 보인 후, 형사에게 붙들린 채 말없이 발걸음을 뗐다.

"정말이지 홈즈 씨, 우리 은행에서 어떻게 감사의 말씀을 드려야 할지, 아니, 어떻게 보답을 해야 할지 모르겠습니다." 두 사람을 따라

금고실을 벗어나며 메리웨더 씨가 말했다. "홈즈 씨는 정녕 내가 겪어본 것 가운데 가장 그악스러운 은행 강도 짓을 미리 간파해서 가장 완벽하게 무산시켰습니다."

"나는 존 클레이 씨와 풀어야 할 한두 가지 묵은 원한이 좀 있었습니다." 홈즈가 말했다. "이번 사건으로 비용이 좀 들었으니, 그걸 은행에서 대주시길 기대합니다만, 그것을 떠나 여러 면에서 아주 독특한 경험을 했고, 빨강머리 연맹이라는 아주 대단한 얘기를 들은 것만으로도 나는 큰 보상을 받은 셈입니다."

이른 새벽에 베이커 스트리트에서 우리가 소다수를 탄 위스키 잔을 기울이고 앉아 있을 때 홈즈가 이야기를 풀어놓았다.

"왓슨, 그러니까, 그 연맹에 대한 광고를 내고 백과사전을 베끼게 하는 좀 해괴한 일을 벌인 목적은 오로지 한 가지일 수밖에 없다는 것이 처음부터 빤히 들여다보였어. 그건 다소 어수룩한 전당포 주인을 날마다 몇 시간씩 밖으로 내보내려는 수작이었지. 그러기 위해 참 얄궂은 방법을 쓰긴 했지만, 그보다 더 좋은 대안을 제시하긴 어렵겠어. 클레이는 공범자의 머리칼을 보고 그런 독창적인 발상을 한 것이 분명해. 일주일에 4파운드라면 전당포 주인을 충분히 호릴 만한 미끼였지. 떼돈을 노리는 판에 그까짓 게 대수였어? 그들은 광고를 냈지. 한 녀석은 임시 사무실을 지키고 앉아 있고, 한 녀석은 전당포 주인에게 응모하라고 꼬드겨, 주중에 아침마다 주인을 밖으로 내보내는 데 성공했어. 그 점원이 급료를 반만 받으려고 했다는 말을 듣는 순간 알 수 있었지. 그에게는 기필코 그 일자리를 따내야 할 동기가 있다는 것을 말이야."

"하지만 동기가 무엇인지는 어떻게 알아낸 거야?"

"그 집에 여자들이라도 있다면 불륜을 의심할 수도 있었겠지. 하지만 그건 불가능했어. 전당포 주인의 가게는 조그마해서, 그렇게 공을 들이고, 그렇게 비싼 대가를 치러가면서까지 노릴 만한 게 집 안에는 없었어. 그렇다면 그들이 노리는 건 틀림없이 집 밖에 있다는 얘기지. 과연 그게 뭘까? 나는 점원이 사진을 좋아한다는 것을 떠올렸어. 지하실로 사라지는 버릇이 있다는 것 말이야. 지하실이라! 거기에 실마리가 있었어. 그래서 수수께끼 같은 점원에 대해 윌슨 씨에게 물어본 결과, 나는 런던에서 가장 냉혹하고 가장 대담한 범죄자와 맞붙어야 한다는 것을 알아냈지. 그는 지하실에서 뭔가 하고 있었어. 날마다 몇 시간씩 몇 달에 걸쳐 계속해야 할 무엇인가를. 또다시, 과연 그게 뭘까? 달리 짐작이 가는 게 없더군. 다른 건물을 향해 굴을 파고 있다는 것밖에는.

우리가 사건 현장에 들렀을 때 내가 생각한 것은 거기까지였어. 나는 지팡이로 길바닥을 두드려서 자네를 좀 놀라게 했지. 그건 지하의 굴이 집 앞으로 뻗었는지 뒤로 뻗었는지 확인해보려고 그랬던 거야. 앞쪽은 아니었어. 그 후 문을 두드렸더니, 내가 바란 대로 점원이 문을 열어주었지. 우린 지난날 몇 차례 작은 접전을 벌였지만, 직접 얼굴을 맞댄 적은 없었어. 나는 그의 얼굴을 뜯어보진 않았어. 내가 보고 싶은 것은 그의 무릎이었지. 무릎이 잔뜩 닳고, 구겨지고, 꽤나 더럽다는 것을 자네도 알아봤을 거야. 그게 바로 오랫동안 굴을 팠다는 것을 웅변해주었지. 과연 어디로 굴을 팠을까? 그게 마지막 남은 핵심 문제지.

모퉁이를 돌아가서, 시티 앤드 서버번 은행이 우리 의뢰인의 집과 등을 맞대고 있는 것을 보자 마침내 문제가 풀렸다는 생각이 들더군. 연주회가 끝나고 자네가 집에 돌아갔을 때, 나는 런던 경찰국과 그 은행장을 찾아갔지. 결과는 자네가 본 대로야."

"그런데 그들이 오늘 밤 일을 벌일 거라는 사실은 어떻게 알아낸 거야?"

"음, 놈들이 연맹 사무실을 폐쇄했다는 것은 제이비즈 윌슨 씨가 가게에 있든 없든 이제 상관이 없다는 뜻이지. 다시 말하면, 굴을 다 팠다는 뜻이야. 그렇다면 곧바로 굴을 이용해야 해. 자칫 들통이 날 수도 있고, 금화가 딴 데로 옮겨질지도 모르니까. 토요일보다 더 적당한 날은 없을 거야. 도피하는 데 이틀을 벌 수 있잖아? 이 모든 이유 때문에 나는 놈들이 오늘 밤 덮칠 거라고 예상했지."

"자네의 추리는 정말 멋져." 나는 꾸밈없는 감탄의 말을 터트렸다. "추리가 정말 기나긴 사슬처럼 이어져 있는데, 연결고리가 어느 한 군데도 허점이 없는 것 같아."

"덕분에 나는 '앙뉘'(ennui. 권태ー옮긴이)에서 벗어날 수 있었어." 그가 하품을 하며 말했다. "맙소사! 벌써 다시 앙뉘가 밀려드는 것 같아. 존재의 진부함에서 벗어나려고 허구한 날 애면글면하며 지내는 게 내 인생이야. 이런 작은 문제들이 존재의 진부함에서 벗어나는 데 도움이 되지."

"그러면서 자네는 사람들에게 은혜를 베풀지." 내가 말했다.

홈즈가 어깨를 으쓱해 보이고 말했다.

"음, 아마 결과적으로, 조금은 도움이 되겠지. 귀스타브 플로베르 가 조르주 상드에게 이런 편지를 보낸 적이 있어. '롬 세 리앵, 뢰브르 세 투 L'homme c'est rien-l'oeuvre c'est tout' (인간은 하잘것없다. 다만 무 엇을 해냈는지가 중요하다)."

A Case of Identity

정체의 문제

우리가 베이커 스트리트의 하숙집 벽난로 앞에 마주 앉아 있을 때 셜록 홈즈가 말했다.

"인생은 인간의 정신으로 생각해낼 수 있는 그 어떤 이야기보다 무한히 더 기묘해. 실은 존재의 진부함에 지나지 않는 것들을 인생이라고 속단해선 안 되는 거야. 우리가 손을 잡고 저 창밖으로 날아가서 이 거대한 도시의 상공을 배회하며, 슬그머니 지붕을 걷어내고, 안에서 벌어지는 이상한 일들을 엿볼 수 있다면, 예컨대 기묘한 우연의 일치, 저마다의 꿍꿍이, 동상이몽, 꼬리를 물고 일어나는 놀라운 사건의 연쇄가 여러 세대에 걸쳐 진행되어 그지없이 기기묘묘한 결말에 이르는 것을 엿볼 수 있다면, 결말이 빤히 내다보이는 양식화된 소설 따위는 되레 더없이 진부하고 부질없어 보일 거야."

"하지만 나는 그렇게 생각하지 않아." 내가 응수했다. "신문에서 조명하고 있는 사건들을 보면 대체로 기묘하기보다는 아주 빤하고 저속해. 경찰 발표문은 사실주의의 극한이라고 할 수 있지. 하지만 그 사실의 결말이라는 게 기묘하지도 않고, 멋대가리도 없다는 걸 인정하지 않을 수 없을걸?"

"사실을 제대로 제시하려면 무엇을 말해야 할지 신중히 선택해야 해. 경찰 발표문은 그게 부족하지. 제3자에게는 자세히 얘길 해줘야 사건 전체의 생생한 본질을 알 수 있는데, 그러기보다는 치안관의 진부한 의견을 밝히는 데 급급하거든. 장담컨대, 진부한 것만큼 부자연스러운 것도 없어."

나는 빙그레 웃으며 고개를 내두르고 말했다.

"그런 생각을 내가 이해하지 못하는 건 아냐. 세 개의 대륙에서 완전히 미궁에 빠진 온갖 사람에게 개인적으로 조언과 도움을 주고 있는 자네 입장에서는, 기묘하고 이상야릇한 온갖 일을 접하게 마련이지. 하지만 이 자리에서"—하며 나는 바닥에 떨어진 조간신문을 집어들었다—"어디 한번 현실을 돌아볼까? 여기서 첫눈에 들어오는 머리기사는 이거야. '남편의 아내 학대.' 기사가 꽤 길지만, 무슨 내용인지는 읽어보지 않아도 빤해. 두말할 것 없이 남자에게 딴 여자가 있고, 술을 퍼마시고, 치고 박고 멍드는데, 옆에서는 여동생이나 집주인 여자가 혀를 끌끌 차겠지. 아무리 형편없는 글쟁이라도 이보다 더 형편없는 애길 꾸며낼 순 없을 거야."

"저런, 하필이면 스스로 불리한 예를 들고 말았군그래."

홈즈가 신문을 받아서 슬쩍 훑어보며 말했다.

"이건 던대스 부부의 별거 사건이야. 공교롭게도 내가 이 사건에 관여해서, 몇 가지 사소한 문제점을 해결해주었지. 남편은 술 근처에도 안 가고 딴 여자도 없었어. 그런데 식사가 끝나기만 하면 틀니를 뽑아서 냅다 아내에게 내동댕이치는 버릇이 있다는 게 문제였지. 이만하면 웬만한 이야기꾼은 상상도 할 수 없는 행동 아니겠어? 의사 선생, 코담배 한 자밤 먹고, 이번엔 졌다는 걸 순순히 시인하지그래."

그는 뚜껑 한가운데 큼직한 자수정이 박힌 해묵은 금빛의 코담뱃갑을 내밀었다. 호사스러운 이 물건이 그의 검소하고 단순한 생활과는 전혀 어울리지 않는 듯해서 나는 한마디 하지 않을 수 없었다.

"아, 자네를 몇 주 동안 보지 못했다는 것을 깜빡했군." 그가 말했다. "이건 아이린 애들러 문서 사건을 도와준 보답으로 보헤미아의 왕한테 받은 작은 기념품이야.

"그럼 그 반지는?"

그의 손가락에서 유난히 반짝이는 브릴리언트를 슬쩍 바라보며 내가 물었다.

"이건 네덜란드의 지배 가문이 준 거야. 그들을 위해 내가 해준 일은 워낙 미묘해서 자네한테도 털어놓을 수가 없어. 한두 가지 내 사건을 자상하게 기록해준 자네한테도 말이야."

"지금도 뭔가 맡은 사건이 있겠지?" 나는 자못 궁금했다.

"여남은 건의 사건을 맡고 있는데 흥미로운 것은 하나도 없어. 흥미로울 것도 없으면서 중요하기만 해. 정말이지, 관찰을 하고 원인과 결과를 재빨리 분석하면서 조사의 재미를 만끽할 수 있는 사건은 모두가 중요하지 않은 사건이더군. 더 큰 범죄일수록 더 단순한 경향이 있어. 그럴수록 동기가 더 명백하게 마련이거든. 이 사건들 가운데 마르세유에서 내게 맡긴 좀 복잡한 사건 말고는 통 흥미로운 게 없어. 하지만 잠깐만 기다리면 한결 나은 사건을 맡게 될 것 같군. 내가 잘못 안 게 아니라면, 저 여자가 나를 찾아온 듯하니까 말이야."

그는 자리에서 일어나더니 벌어진 커튼 사이에 서서 음울한 잿빛의 런던 거리를 굽어보았다. 그의 어깨 너머로 보니, 맞은편 보도에 덩치 큰 여자가 서 있었다. 그녀는 묵직한 모피 목도리를 두르고, 요염한 데 번셔 공작부인풍으로, 둥글게 말린 커다란 붉은 깃털이 달린 챙 넓은 모자를 한쪽 귀가 덮이도록 비스듬히 쓰고 있었다.

그 거창한 모자 아래서 그녀는 망설이는 듯 다소 불안하게 우리의 창문을 슬쩍슬쩍 올려다보았다. 그녀는 몸을 앞뒤로 건들거리며 손가락으로 초조하게 연신 장갑 단추를 만지작거렸다. 그러다 느닷없이 수영선수가 강둑을 박차고 물에 뛰어드는 것처럼 성큼 길을 건너더니, 곧이어 날카로운 초인종 소리가 울렸다.

"저런 모습은 전에도 몇 번 본 적이 있지."

홈즈가 담배를 벽난로 안에 던져 넣으며 말했다.

"길에서 오락가락한다는 것은 보나마나 '아페르 드 쾨르'(affaire de coeur. 프랑스어로 '가슴의 문제', 곧 애정 문제—옮긴이)를 뜻하는 거야. 조언을 구하고 싶어하지만, 워낙 은밀한 문제라서 그걸 털어놓아도 될지 망설이는 거지. 하지만 저런 모습도 좀 더 세분해볼 수 있어. 여자가 남자에게 심각하게 당했다면 전혀 망설이지 않고 대뜸 초인종 줄을 끊어져라 잡아당기는 것이 보통이야. 이번 건도 그런 애정 문제 라고 볼 수 있는데, 저 아가씨는 어째 화가 났다기보다는 당황해하고 슬퍼하는 것 같아. 그런데도 우리의 의문을 풀어주기 위해 몸소 찾아오는군그래."

홈즈의 말이 끝나자마자 노크 소리가 나더니, 금단추 제복을 입은 소년이 들어와 메리 서덜런드 양이 찾아왔다고 알렸다. 그동안 예의 그 숙녀는 작은 수로 안내선 뒤에 잔뜩 돛을 올리고 있는 상선처럼, 검은 옷을 입은 소년의 자그마한 몸집 뒤에 우람하게 우뚝 서 있었다. 각별히 예의범절을 갖추고 셜록 홈즈가 그녀를 따뜻이 맞이했다. 그는 문을 닫은 다음, 정중한 몸짓으로 안락의자를 권했다. 그러고서 아주 세심히, 그러나 홈즈 특유의 방심한 듯한 자세로, 그녀를 물끄러미 바라보았다.

"눈이 나쁜데도 타이핑을 그토록 많이 하면 좀 힘들지 않으신가요?" 홈즈가 말했다.

"처음엔 힘들었어요." 그녀가 답했다. "하지만 지금은 자판을 보지 않고도 타이핑을 할 수 있어요." 그러다 홈즈가 무슨 말을 한 것인지 비로소 깨달은 그녀가 화들짝 놀랐다. 그녀는 서글서글해 보이는 넓적한 얼굴에 두려움과 놀라움의 표정을 짓고 홈즈를 물끄러미 쳐다보았다.

"무슨 소문을 들으셨군요, 홈즈 씨." 그녀가 외쳤다.

"그렇지 않다면 그딴 걸 알 리가 없어요."

"염려하지 마세요." 홈즈가 웃으며 말했다. "그딴 걸 알아맞히는 게 내 본업이랍니다. 남들이 놓치고 못 보는 것을 보는 훈련을 했다고나 할까요. 그러지 않았다면 누가 나를 찾아와 상담을 하겠습니까?"

"저는 에서리지 부인의 얘길 듣고 찾아온 거예요. 그분의 남편이 실종되었을 때 경찰을 비롯한 모든 사람이 다 죽었을 거라고 포기했는데도 홈즈 씨가 아주 쉽게 찾아내셨다면서요. 아, 홈즈 씨, 저에게도 제발 그렇게 좀 해주세요. 제가 부자는 아니지만, 1년에 100파운드씩 생기는 돈이 있고, 그 밖에도 타이핑으로 버는 돈이 좀 있어요. 호스머 에인절 씨가 어떻게 되었는지만 밝혀주시면 그걸 모두 드리겠어요."

"그런데 왜 이리 다급히 상담하러 오셨나요?" 홈즈가 양손 손가락 끝을 맞대고 천장을 바라보며 물었다.

다소 멍한 메리 서덜런드 양의 얼굴에 다시 놀란 표정이 떠올랐다.

"네, 저는 정말 집을 박차고 뛰쳐나왔어요." 그녀가 말했다. "윈디뱅크 씨, 그러니까 명색이 제 아버지라는 사람이 그 일을 아무렇지도 않게 생각하는 것을 참을 수가 없었거든요. 아버지는 경찰한테도, 홈즈 씨한테도 찾아가려 하지 않았어요. 문제될 게 뭐가 있느냐는 말만 되풀이하면서 손 하나 까딱하지 않으려고 하니까 제가 분통이 터지지 뭐예요. 그래서 저는 바로 옷가지를 챙겨 입고 곧장 홈즈 씨에게 온 거예요."

"아버지가 계부이신가 보군요. 성씨가 다른 걸 보니." 홈즈가 말했다.

"네, 계부예요. 어쭙잖지만 그래도 전 아버지라고 불러요. 저보다 나이를 다섯 살하고 두 달 더 먹었을 뿐이거든요."

"어머니는 살아 계시나요?"

"아, 네. 어머니는 잘 살고 계세요. 아버지가 돌아가시자마자 재혼하시는 걸 보고 저는 그리 달갑지 않았어요, 홈즈 씨. 게다가 거의 열다섯 살이나 연하인 남자와 재혼을 하다니요. 아버지는 토트넘코트 로드에서 배관업을 하셨는데, 작은 가게를 유산으로 남기셨어요. 어머니는 십장이었던 하디 씨와 함께 그걸 운영했지요. 하지만 윈디뱅크 씨가 어머니에게 가게를 팔아버리게 했어요. 포도주 외판원이라고 으스대며 배관업을 천하게 본 거죠. 가게 영업권과 재산권을 넘기고 4,700파운드를 받았는데 아버지가 살아 계셨다면 그런 헐값에 넘기는 일은 없었을 거예요."

나는 셜록 홈즈가 밑도 끝도 없는 이런 군소리에 질색을 할 거라고 생각했지만, 정반대로 잔뜩 귀를 기울여 듣고 있었다.

"서덜런드 양의 수입 말입니다. 그게 가게에서 나온 것이었나요?" 홈즈가 물었다.

"아, 그건 전혀 다른 거예요. 오클랜드의 네드 숙부께서 남겨주신 거죠. 뉴질랜드 국채에 투자를 해서 해마다 4.5퍼센트의 이자를 받아요. 투자 원금은 2,500파운드인데, 저는 이자만 받고 원금은 손댈 수 없어요."

"아주 흥미로운 얘기로군요." 홈즈가 말했다. "1년에 100파운드나 되는 돈을 받고, 덤으로 벌어들이는 수입도 있으니, 여행도 좀 하면서 여러 가지로 즐기며 사시겠군요. 혼자 사는 여성이라면 1년 소득이 60파운드만 되어도 아주 풍족하게 살 수 있는 것으로 알고 있습니다만."

"저는 그보다 훨씬 적은 돈으로도 잘살 수 있어요, 홈즈 씨. 하지만 저는 얹혀 지낼 생각이 없어서, 함께 지내는 동안에는 그분들더러 그 돈을 쓰시라고 했어요. 물론 그것도 당분간이지만요. 윈디뱅크 씨는 3개월마다 제 이자를 모두 찾아서 어머니에게 넘겨요. 저는 타이핑으로 번 돈만으로도 잘살 수 있거든요. 한 장에 2페니를 받는데, 하루에 열다섯 장에서 스무 장은 타이핑을 할 수 있답니다."

"자신의 처지를 아주 잘 설명해주셨습니다." 홈즈가 말했다. "이쪽은 의사인 내 친구 왓슨입니다. 이 친구에게는 내게 말하듯 허물없이 말씀하셔도 됩니다. 이제 호스머 에인절 씨와의 관계에 대해 모두 말씀해주세요."

서덜런드 양이 살짝 얼굴을 붉히며 난처한 듯 옷자락을 만지작거렸다.

"그이를 처음 만난 것은 가스 배관공들의 무도회에서였어요. 그분들은 아버지가 살아 계실 때 초대권을 보내주곤 했는데, 아버지가 돌아가신 뒤에도 우리를 잊지 않고 어머니에게 초대권을 보내주었답니다. 윈디뱅크 씨는 우리가 무도회에 가는 것을 싫어했어요. 다른 어디에도 가는 걸 원치 않았죠. 제가 주일학교 소풍을 간다고 해도 아주 질색을 할 정도였어요. 하지만 그때는 꼭 가겠다고 마음먹었어요. 기어이 가려고 한 거죠. 그가 대체 무슨 권리로 우릴 못 가게 하냔 말예요. 그들을 사귀어봐야 우리와 어울리지 않는다고 핑계를 대더군요. 아버지의 친구이셨던 분들이 모두 오시는데 말예요. 또 제가 입을 만한 옷도 없다는 거예요. 옷장에서 몇 번 꺼내보지도 못한 자줏빛 플러시(두꺼운 무명 벨벳이나 명주 벨벳 혹은 그런 옷감으로 만든 옷—옮긴이)가 있는데 말이죠. 마침내 어떤 말도 안 통하자, 그는 프랑스로 떠나버렸어요. 회사일을 보러 간 거죠. 그래도 우리는 어머니랑 저랑, 전에 우리의 십장이었던 하디 씨랑 무도회에 갔고, 거기서 호스머 에인절 씨를 만났어요.

"윈디뱅크 씨가 프랑스에서 돌아와 꽤나 화를 냈겠군요." 홈즈가 말했다.

"아, 그게 아니라, 아주 너그러웠어요. 껄껄 웃으면서 어깨를 으쓱해 보이더니, 여자들은 제멋대로라서 말려봐야 소용이 없다고 말한 기억이 나네요."

"그랬군요. 그러니까 가스 배관공들의 무도회에서 호스머 에인절 씨라는 신사를 만났다 이거죠?"

"네, 홈즈 씨. 그날 밤 그이를 만났고, 우리가 무사히 집에 돌아갔는지 알아보려고 이튿날 그이가 찾아왔어요. 그 후에도 우린 또 그이를 만났어요. 그러니까 제가 만난 거죠. 두 번 만나서 산책을 했어요. 하지만 그 후 아버지가 돌아왔고, 호스머 에인절 씨는 더 이상 집에 찾아올 수 없었어요."

"왜요?"

"그러니까, 아시다시피, 아버지가 그걸 좋아하지 않았거든요. 아버지는 가능하면 어떤 손님도 불러들이려고 하지 않았어요. 그러면서 여자라면 모름지기 가정의 울타리 안에서 행복할 줄 알아야 한다고 말하곤 했죠. 하지만 어머니에게 말했듯이, 과년한 여자라면 자기 울타리를 만들어서 새 인생을 살고 싶은 법인데, 전 아직 제 울타리가 없잖아요."

"그런데 호스머 에인절 씨는 어쨌나요? 어떻게든 당신을 만나려고 하지 않았나요?"

"아버지는 일주일 후 다시 프랑스로 떠날 예정이었어요. 그래서 호스머는 아버지가 떠난 후 만나는 게 좋겠다는 편지를 보내왔어요. 그동안 우리는 편지를 주고받을 수 있었어요. 그이는 날마다 편지를 보냈답니다. 아침에 제가 직접 편지를 받았기 때문에 아버지한테 들킬 일은 없었어요."

"그 신사와는 결혼을 약속하셨나요?"

"네, 홈즈 씨. 처음 산책한 후 결혼을 약속했어요. 호스머, 그러니까 에인절 씨는, 레든홀 스트리트의 어떤 회사에서 회계원으로 일했는데 그게……."

"그게 어떤 회사였나요?"

"그게 문제예요, 홈즈 씨. 그걸 몰라요."

"그럼 그는 어디서 살았나요?"

"그이는 회사에서 잔다고 했어요."

"회사 주소를 모르시나요?"

"네. 그게 레든홀 스트리트라는 것밖에 몰라요."

"그럼 편지는 어디로 보낸 거죠?"

"레든홀 스트리트 우체국으로 보내면 그이가 찾아갔어요. 사무실로 보내면 여자한테서 편지가 왔다고 다른 직원들이 놀릴 거라더군요. 그래서 그이처럼 저도 타이핑을 해서 보내겠다고 했더니 그것도 반대를 했어요. 손으로 써 보내면 정말 제가 보낸 편지라는 느낌이 들지만, 타이핑을 하면 기계가 우리 사이를 가로막고 있다는 기분이 든다는 거예요. 홈즈 씨, 그것만 봐도 그이가 저를 얼마나 좋아하는지 아실 거예요. 얼마나 저를 좋아하면 그런 사소한 것까지 마음을 쓰겠어요?"

"아주 뜻깊은 말씀을 하셨습니다." 홈즈가 말했다. "사소한 것이야말로 무한히 가장 중요한 것이라는 게 오랜 내 격언이지요. 호스머 에인절 씨에 대해 생각나는 다른 사소한 것은 또 없나요?"

"그이는 부끄러움을 많이 탔어요, 홈즈 씨. 저랑 산책을 하는 것도 대낮보다는 저녁에 하려고 했죠. 남들의 눈길을 끄는 것이 싫다는 거죠. 그이는 무척이나 내향적이고 점잖았어요. 목소리도 아주 부드러웠죠. 어렸을 때 편도선염을 앓아서 목이 약해졌다고 하더군요. 그래서 더듬거리며 속삭이듯 말을 해요. 그이는 항상 옷을 잘 차려입었어요. 아주 단정하고 깔끔하게요. 하지만 저처럼 눈이 나빠서, 눈이 부시지 않도록 색안경을 끼었어요."

"그러다가 계부인 윈디뱅크 씨가 다시 프랑스에 간 후에는 어떻게 되었죠?"

"호스머 에인절 씨가 다시 집에 찾아와서 프러포즈를 했어요. 아버지가 돌아오기 전에 서둘러 결혼을 해야 한다는 것이었죠. 그이는 무서울 정도로 열렬했어요. 성경에 제 손을 얹고 맹세까지 시켰죠. 무슨 일이 있어도 항상 그이에게 충실하겠다는 맹세를 말예요. 어머니는 그이가 제게 맹세를 시키는 게 아주 당연한 일이고, 그게 바로 사랑한다는 증거라고 말씀하시더군요. 어머니는 처음부터 무조건 그이 편을 들었고, 저보다 더 그이를 좋아했어요. 두 분이 그 주일 안에 결혼하는 게 좋겠다고 말하기에, 아버지는 어떡할 거냐고 제가 물었죠. 하지만 두 분 다 아버지에 대해서는 염려하지 말라고 하더군요. 아버지한테는 나중에 알리면 된다는 것이었죠. 어머니가 알아서 잘 말하겠다는 것이었어요. 저는 그게 그리 마땅치 않았어요, 홈즈 씨. 아버지가 저보다 몇 살 더 많을 뿐인데 허락을 받아야 한다는 것도 우습지만, 그렇다고 해서 아버지 몰래 결혼을 하고 싶지도 않았어요. 그래서 저는 보르도에 있는 아버지에게 편지를 보냈죠. 보르도에 아버지 회사의 프랑스 사무소가 있거든요. 그런데 결혼하는 날 아침에 그 편지가 반송되어 제게 다시 돌아왔어요.

"계부가 편지를 못 받았다는 거죠?"

"네. 편지가 도착하기 직전에 귀국길에 오른 거죠."

"하! 그것 참 공교롭게도! 결혼일은 정해졌는데, 음, 그건 금요일이었겠죠? 교회에서 하기로 했나요?"

"네. 하지만 아주 조촐하게요. 킹스크로스 근처의 세인트세이비어 교회에서 결혼식을 올리고, 식이 끝난 후에는 세인트팬크라스 호텔에서 아침 식사를 할 예정이었어요. 호스머가 핸섬 마차를 타고 집에 왔는데, 어머니와 저 이렇게 두 명이 있으니까 우리를 핸섬 마차에 태우고, 그이는 때마침 지나가던 사륜마차를 잡아탔어요. 우리가 먼저 교회에 도착했고, 사륜마차가 뒤따라왔죠. 우린 그가 내리길 기다렸는

데, 내리질 않는 거예요. 마부가 문을 열어보니 마차 안에는 아무도 없었어요! 마부는 어떻게 된 영문인지 모르겠다고 하더군요. 하지만 그이가 마차에 타는 것은 분명히 봤다는 거예요. 그게 지난 금요일이었어요, 홈즈 씨. 그 후 저는 그이가 어떻게 되었는지 밝혀줄 단서가 될 만한 것을 전혀 듣지도 보지도 못했어요."

"아주 치욕적인 대우를 받으신 듯하군요." 홈즈가 말했다.

"아니에요, 홈즈 씨! 그이는 얼마나 선량하고 친절한 분인지 몰라요. 그이가 그렇게 저를 떠날 리는 없어요. 게다가 그날 아침 내내 그이는 제게 이런 말을 되풀이했어요. 무슨 일이 있더라도 제가 충실해야 한다고요. 전혀 예상치 못한 일이 일어나서 우리를 갈라놓는다 해도, 전 그이에게 맹세한 것을 결코 잊으면 안 돼요. 머잖아 그가 돌아와서, 제가 맹세를 지켰는지 확인할 거라고요. 결혼하는 날 아침에는 그런 얘기를 왜 하나 했는데, 그런 일이 일어나고 보니 비로소 그 뜻을 알겠어요."

"그건 과연 그렇군요. 그렇다면 그가 예상치 못한 무슨 변고가 생겼다고 보시나요?"

"그래요. 그이는 뭔가 불길한 일을 예감한 것 같아요. 아니면 그런 말을 했을 리가 없잖아요. 그이가 예감한 일이 정말 일어난 거예요."

"하지만 그게 정작 무슨 일인지는 전혀 모르시죠?"

"네."

"한 가지만 더 묻겠어요. 어머니는 그 일을 어떻게 받아들이시던가요?"

"어머니는 화를 내셨어요. 그리고 그 일에 대해서는 두 번 다시 입도 뻥긋하지 말라고 하셨어요."

"그럼 아버지는? 아버지에게 말씀드렸죠?"

"네. 아버지도 저처럼 무슨 변고가 생겼다고 생각하시는 듯했어요. 호스머에게서 다시 무슨 소식이 들려올 거라고 생각하시는 거죠. 아버지 말마따나, 저를 교회 문 앞까지 데려다놓고 홀연히 사라진다고 해서 그게 그에게 무슨 득이 되겠어요? 혹시 그이가 제 돈을 빌려가기라도 했다면, 저랑 결혼해서 제 돈을 챙기기라도 했다면 또 몰라요. 하지만 호스머는 돈에 대해 아주 초연했고, 제 돈은 한 푼도 넘보지 않았어요. 그런데 대체 이게 무슨 영문이냐고요. 그이는 왜 편지도 보낼 수 없는 걸까요? 아, 그 생각만 하면 거의 미칠 것만 같아요! 밤에 잠도

오지 않아요."

그녀는 토시 속에서 작은 손수건을 꺼내더니, 거기에 흠뻑 눈물을 쏟기 시작했다.

"제가 조사를 해보겠습니다." 홈즈가 일어서며 말했다. "뭐든 확실한 결과를 얻게 될 테니, 이 문제의 짐은 이제 저에게 맡기시고 더 이상 고민하지 마세요. 무엇보다도 호스머 에인절 씨를 기억 속에서 지워버리세요. 그가 당신의 인생에서 사라졌듯이."

"그럼 다시는 만나지 못할 거라고 보시는 건가요?"

"그럴 것 같습니다."

"무슨 변고가 생긴 걸까요?"

"그 문제는 이제 저에게 맡기세요. 그런데 정확한 인상착의가 필요합니다. 그리고 그가 보낸 편지도."

"지난 토요일자《크로니클》지에 그이를 찾는 광고를 냈어요. 이게 그 신문이에요. 그리고 이건 그이가 보낸 편지 네 통이에요."

"고맙습니다. 그런데 집 주소가 어떻게 되시죠?"

"캠버웰, 리온플레이스 31번지예요."

"에인절 씨의 주소는 모른다고 하셨는데, 아버지의 회사는 어디에 있나요?"

"펜처치 스트리트에 있어요. 아버지는 대규모 클라레 수입상인 '웨스트하우스 & 마뱅크' 사의 세일즈맨이죠."

"고맙습니다. 말씀을 아주 명료하게 잘 해주셨습니다. 신문과 편지는 여기 두고 가세요. 그리고 제가 드린 충고를 잊지 마세요. 이제 모든 사건을 덮어두시고, 마음 쓰지 마세요."

"정말 자상하시군요, 홈즈 씨. 하지만 그럴 수 없어요. 저는 호스머에게 충실할 거예요. 그이가 언제 돌아오든 저는 결혼할 준비가 되어 있을 거예요."

모자가 생뚱맞고 그녀의 표정이 멍한데도, 그 소박한 믿음에는 고개가 절로 수그러지는 어떤 고귀함이 깃들어 있었다. 그녀는 신문과 편지를 탁자에 내려놓았다. 그러고는 언제든 부르면 다시 찾아오겠다는 약속을 하고 돌아갔다.

셜록 홈즈는 양손의 손가락을 지그시 맞댄 채, 두 다리를 앞으로 쭉 뻗고, 천장을 쳐다보며 몇 분 동안 묵묵히 앉아 있었다. 그러다 시렁에서 해묵어 반질거리는 사기 파이프를 꺼냈다. 그의 상담자라고 할 수 있는 파이프에 불을 댕긴 그는 의자에 편히 등을 기대고, 희푸른 연기 고리를 뭉클 뿜어 올리며, 얼굴에 무한히 나른한 표정을 지은 채 앉아 있었다.

"정말 흥미로운 연구 대상이야, 그 아가씨." 그가 말했다. "그녀의 문제보다 오히려 그녀가 더 흥미로워. 문제는 사실 진부해. 자네가 내 색인을 보면 비슷한 사건들을 여럿 찾아낼 수 있을 거야. 1877년 앤도버 사건도 그렇고, 지난해 헤이그에서도 비슷한 일이 있었지. 발상은 진부하지만, 그래도 세부사항은 한두 가지 새로운 데가 있긴 하군. 그러나 그보다는 그 아가씨 본인한테서 더 배울 만한 게 많았어."

"나한테는 보이지 않은 것을 많이 읽어낸 모양이군."

"보이지 않은 게 아니라 보지 않은 거야, 왓슨. 자네는 무엇을 봐야 하는지 몰랐던 거지. 그래서 중요한 것을 모두 놓치고 말았어. 어떻게 해야 그걸 깨닫게 할 수 있을지 모르겠군. 소매가 얼마나 중요한지, 엄지손톱에는 얼마나 많은 이야기가 깃들어 있는지, 구두끈에는 또 얼마나 커다란 쟁점이 매달려 있는지를 말이야. 그래, 그 여자의 차림새를 보고 뭘 알아냈지? 어디 말해봐."

"음, 그녀는 푸른빛이 도는 회색의 챙이 넓은 밀짚모자를 쓰고, 벽돌색 붉은 깃털을 꽂았지. 재킷은 검정색인데 검은 구슬로 수를 놓았고, 옷단에는 흑옥 장식을 했어. 드레스는 커피색보다 좀 더 어두운 갈색인데, 목과 소매에는 자줏빛 플러시 천을 살짝 둘렀더군. 장갑은 회색인데, 오른쪽 검지 부분이 닳았어. 부츠는 제대로 보지 못했어. 귀에는 대롱거리는 작고 동그란 금귀고리를 달았는데, 전체적으로 꽤 부유하면서도 서민적으로 안락하고 느긋하게 살고 있다는 분위기를 풍겼지."

셜록 홈즈는 싱그레 웃으며 나직이 박수를 쳤다.

"이럴 수가! 자네를 다시 봐야겠는걸. 정말 아주 잘했어. 중요한 것을 모두 놓치고 말았다는 것은 사실이지만, 뜻밖에도 요령은 터득했군. 색깔에도 예민하고. 그런데 막연한 인상을 믿지 말고, 구체적인 세부사항에 집중해봐. 나는 여자를 볼 때면 항상 소매를 먼저 보지. 남자라면 바지 무릎을 먼저 보는 게 나을 거야. 자네 말대로 그 여자는 양 소매에 플러시 천을 둘렀어. 천 중에서 플러시처럼 자국이 잘 남는 것도 없지. 손목 바로 위의 천에 두 줄의 선이 생긴 데에는 멋진 이유가 있어. 거긴 타이피스트가 책상 모서리에 손목을 걸치는 자리거든. 손으로 돌리는 재봉틀을 써도 비슷한 자국이 생기지만, 그럴 때에는 왼쪽에만 자국이 생기지. 그것도 손목에 널따랗게 생기지 않고 엄지에서 가장 먼 쪽에 생기는 거야. 그렇게 소매를 본 다음에는 여자의 얼굴을 보는데, 코 양쪽에 코안경 자국이 있는 것을 보고 그녀가 시력이 나쁘면서도 타자를 친다고 넘겨짚었지. 그 말을 듣고 그녀가 놀란 것 같더군."

"나도 놀랐어."

"하지만 그 정도는 아주 빤한 거야. 그다음에 발을 살펴본 나는 그녀의 부츠가 짝짝이라는 것을 알아차리고, 그게 무척 놀라우면서도 호기심이 동했어. 양쪽이 서로 닮지 않은 건 아니지만, 하나는 부츠 코에 약간 장식을 했는데, 다른 하나는 밋밋했지. 또 부츠 하나는 단추 다섯 개 가운데 아래쪽 두 개만 채워졌는데, 다른 하나는 첫 번째, 세 번째, 다섯 번째 단추가 채워져 있었어. 자, 젊은 여성이 다른 차림새는 깔끔한데, 부츠는 짝짝이로 신고, 부츠 단추도 반만 채운 채 집에서 나왔다는 사실을 안다면, 그녀가 아주 다급히 뛰쳐나왔다는 것을 알아맞히는 건 일도 아니지."

"그렇다면 다른 건?" 내가 물었다. 언제나 그랬지만, 나는 이번에도 친구의 예리한 추리에 매료되고 말았다.

"척 보고 또 이런 것도 알아차렸지. 그녀가 외출 준비를 마치고 집을 막 나서기 전에 허겁지겁 무슨 메모를 남겼다는 것을. 자네는 오른쪽 장갑 검지가 해진 것은 봤는데, 장갑과 손가락 피부에 보랏빛 잉크가 묻은 것은 보지 못했지? 그녀는 조급하게 글을 쓰느라고 잉크병에 펜을 너무 깊이 담갔어. 그건 오늘 아침의 일인 게 분명해. 그게 아니라면 손가락에 난 자국이 그렇게 또렷할 리가 없지. 좀 초보적인 추리이긴 해도, 이런 모든 것을 간파해내는 것은 제법 흥거운 일이야. 그건 그렇고 이젠 일을 해야겠어, 왓슨. 신문에 난 호스머 에인절 씨의 인상착의를 좀 읽어주지 않겠어?"

나는 신문 쪼가리를 불빛에 비춰보았다. 심인란에 이렇게 쓰여 있었다.

14일 아침, 호스머 에인절이라는 신사 실종. 키 170센티미터. 건장한 체구. 병적으로 누런 안색. 검은 머리카락. 정수리가 약간 대머리. 검고 무성한 구레나룻과 콧수염. 색안경을 썼고, 말이 좀 어눌함. 실종 당시 차림새는 비단으로 옷단을 댄 검정색 프록코트에 검정색 조끼, 앨버트 금시곗줄, 회색 해리스트위드 바지, 고무천 부츠 위에 갈색 각반脚絆. 레든홀 스트리트의 어느 회사 직원이었다고 함. 행방을 아시는 분은……

"그만 됐어." 홈즈가 말했다. "편지를 보자면." 홈즈는 편지를 훑어보며 이어서 말했다. "아주 진부하군. 편지에는 에인절 씨에 대한 어떤 단서도 없어. 그가 발자크의 말을 한 차례 인용했다는 것만 빼고 말이야. 하지만 눈길을 끄는 게 하나 있는데, 이건 분명 자네도 알 만한 거야."

"타이핑을 했다는 거지." 내가 말했다.

"내용만이 아니라 서명까지 타이핑을 했어. 맨 밑에 '호스머 에인절'이라고 깔끔하게 찍힌 것 좀 봐. 보다시피 날짜도 있는데 주소가 없어. 막연히 레든홀 스트리트라고만 쓰여 있지. 서명을 타이핑했다는 것은 무척 의미심장한 거야. 실은 결정적인 증거라고 할 수 있지."

"무엇에 대한?"

"이거야 원, 이 사건에서 그게 얼마나 의미심장한지를 어떻게 모를 수가 있지?"

"나중에 약혼을 깨게 될 경우 서명한 것을 부인하려고 그런 게 아니라면, 달리 무슨 이유로 그랬는지 모르겠는걸."

"아니, 그건 핵심이 아냐. 아무튼 이 문제를 해결하려면 먼저 편지 두 통을 써야겠군. 하나는 런던 시의 한 회사에, 다른 하나는 그 아가씨의 계부인 윈디뱅크 씨에게 보낼 거야. 내일 저녁 6시에 여기로 와주시면 고맙겠다는 편지지. 그 남자 친척을 만나서 일을 처리하는 게 순리야. 자 그럼, 의사 선생, 우린 답장이 올 때까지 딱히 할 일이 없으니, 그동안 이 문제는 시렁에 얹어두자구."

나는 친구의 불가사의한 추리력과 뛰어난 실천력에 혀를 내둘러 온 터라, 알아봐 달라고 의뢰를 받은 독특한 사건을 저렇게 자신만만하고 느긋하게 미루어두는 데에는 그럴 만한 근거가 있을 거라고 생각했다. 내가 알기로는 이제까지 그가 해결하지 못한 사건은 딱 한 건밖에 없었다. 보헤미아의 왕과 아이린 애들러의 사진 사건이 그것이다. 그러나 『네 사람의 서명』과 관련한 묘한 일이나 『주홍색 연구』를 둘러싼 별난 상황을 돌아볼 때, 그가 사건을 해결하지 못하면 도리어 이상한 일이라는 생각이 들었다.

그 후 홈즈는 줄곧 검정 사기 파이프를 물고 있었다. 내일 저녁에 다시 찾아오면, 홈즈가 메리 서덜런드 양의 사라진 신랑의 정체를 밝힐 모든 단서를 거머쥐고 있을 거라고 확신하며 나는 자리를 떴다.

당시 나는 아주 위중한 환자를 돌보고 있었기 때문에 이튿날은 그 환자 곁에서 바쁜 하루를 보냈다. 그러다 내가 자유로워진 것은 저녁 6시가 거의 다 되어서였다. 나는 부리나케 핸섬 마차를 잡아타고 베이커 스트리트로 달려갔다. 혹시 내가 너무 늦어서 수수께끼를 해결하는 데 한몫하지 못할까봐 조바심이 났다. 그러나 셜록 홈즈는 깊숙한 안락의자에 길고 여윈 체구를 파묻은 채 혼자 있었다.

그는 반쯤 잠들어 있었다. 여러 개의 병과 시험관이 잔뜩 어질러져 있고 염산 냄새가 코를 찌르는 것으로 보아, 그가 무척이나 좋아하는 화학실험을 하며 하루를 보낸 게 분명했다.

"그건 해결했어?" 방에 들어선 내가 물었다.

"그래. 그건 중정석에서 나온 중황산염이었어."

"아니, 내 말은 그 수수께끼 사건 말이야!"

"아, 그것! 난 또 여태 실험한 황산염 얘긴 줄 알았지. 그런데 그 사건은 수수께끼랄 것도 없어. 내가 어제 말했듯이, 몇 가지 세부사항이 흥미롭긴 하지만 말이야. 한 가지 아쉬운 것은 법적으로 그 악당을 처벌할 길이 없다는 거야."

"악당이 누구지? 서덜런드 양을 그렇게 버린 이유가 뭐야?"

질문이 채 끝나기 전에, 그리고 홈즈가 대답을 하려고 미처 입을 열기도 전에, 복도에서 무거운 발소리가 들리더니 누가 문을 두드렸다.

"그 아가씨의 계부, 제임스 윈디뱅크 씨야." 홈즈가 말했다. "그가 6시에 이곳에 오겠다는 답장을 보내왔지. 들어오세요!"

들어온 남자는 다부진 체격에 키는 보통이고, 나이는 줄잡아 서른 살, 깔끔하게 면도를 했고, 병적으로 누런 피부에 교묘히 환심을 사는 부드러운 태도를 지녔는데, 잿빛 두 눈은 상대를 꿰뚫어 볼 듯이 놀랍도록 예리했다. 그는 우리 두 사람을 탐문하듯 쏘아보더니, 윤기가 흐르는 중산모를 찬장 위에 올려놓고 살짝 고개를 숙여 보인 후 가장 가까이 있는 의자에 다소곳이 앉았다.

"안녕하세요, 제임스 윈디뱅크 씨." 홈즈가 말했다. "타이핑을 한 이 편지를 보내신 분 맞죠? 이 편지에는 6시에 만나기로 하셨습니다만."

"그렇습니다. 좀 늦었군요. 그러니까 요새 내가 정신이 좀 없어서요. 서덜런드 양이 사소한 문제로 폐를 끼친 것은 정말 유감입니다. 남부끄러운 집안일을 공개해서 하등 좋을 게 없는데 말입니다. 그 애가 이곳에 찾아온 것은 전혀 제 뜻이 아니었습니다. 하지만 아마 홈즈 씨도 아실 텐데, 그 애가 여간 흥분을 잘 하고, 여간 충동적인 게 아니라서요. 한 가지 일에 뜻을 두면 도무지 말릴 수가 없다니까요. 물론 홈즈 씨는 경찰과 상관이 없으시니 그리 염려되진 않지만, 집안의 이런 불행을 바깥에 퍼뜨리는 게 즐거울 순 없지요. 게다가 이건 돈만 낭비하는 일이죠. 홈즈 씨라도 호스머 에인절이라는 사람을 무슨 수로 찾겠어요?"

"천만에요." 홈즈가 조용히 말했다. "나는 호스머 에인절 씨를 거뜬히 찾아낼 거라고 확신할 만한 완벽한 근거를 가지고 있습니다."

윈디뱅크 씨는 화들짝 놀라서 장갑을 떨어뜨렸다.

"그 말씀을 들으니 반갑습니다." 그가 말했다.

"타자기가 실은 인간의 필적만큼이나 뚜렷한 개성을 지녔다는 것은 정말 묘한 일이죠." 홈즈가 말했다. "신제품만 아니라면, 세상에 정확히 똑같은 타자기는 없어요. 어떤 활자는 다른 활자보다 더 닳고, 어떤 것은 한쪽만 계속 닳죠. 윈디뱅크 씨, 당신의 이 편지를 보면, 모든 'e' 자의 윗부분이 좀 흐릿하고, 'r' 자는 꼬리가 살짝 떨어져 나갔다는 것을 알 수 있습니다. 그 밖에도 남다른 열네 가지 특징이 있지만, 가장 눈에 띄는 것은 그 두 가지입니다."

"우리 회사에서는 모두 이 타자기로 발송문서를 만들죠. 그러니 보나마나 좀 닳았을 겁니다." 우리의 손님이 반짝이는 작은 눈으로 홈즈를 예리하게 쏘아보며 말했다.

"그럼 이제 정말 아주 흥미로운 연구 결과를 보여드리겠습니다, 윈디뱅크 씨."

홈즈가 이어서 말했다.

"나는 요즘 타자기와 범죄의 관계에 대해 수수한 논문을 하나 쓸까 합니다. 그건 내가 꽤 열심히 파고든 주제지요. 여기 실종된 남자가 보냈다는 네 통의 편지가 있습니다. 모두 타이핑을 한 편지입니다. 그런데 죄다 'e' 자가 흐리고 'r' 자 꼬리가 없을 뿐 아니라, 돋보기로 살펴보면 잘 아시겠지만, 앞서 내가 언급하지 않은 다른 열네 가지 특징까지 고스란히 똑같습니다."

윈디뱅크 씨는 의자에서 벌떡 일어나서 모자를 집어들었다.

"이따위 허무맹랑한 얘기나 들으며 시간을 낭비하고 있을 순 없습니다, 홈즈 씨." 그가 말했다. "그 남자를 잡을 수 있다면 잡아보시오. 그런 다음 내게 알려주시오."

"그러죠."

홈즈가 말하며 성큼 걸어가서 열쇠를 돌려 문을 잠갔다.

"그럼 알려드리겠습니다. 그를 잡았다는 것을!"

"뭐라고! 어디?" 윈디뱅크 씨가 외쳤다. 입술에 핏기가 사라진 그는 덫에 걸린 쥐처럼 사방을 두리번거렸다.

"아, 그건 안 통해요. 그래봐야 소용없을 겁니다." 홈즈가 나긋하게 말했다. "빠져나갈 길은 없어요, 윈디뱅크 씨. 이건 너무나 빤한 사건인데, 내가 이렇게 간단한 문제 하나 해결하지 못할 거라고 하다니 그것 참 쓸쓸한 칭찬을 들은 셈이 되었군. 아무렴! 자, 앉아서 차분히 그 문제를 논의해봅시다."

손님은 의자에 털썩 주저앉았다. 얼굴은 유령처럼 창백하고, 이마에는 땀이 번들거렸다.

"그래도, 그래도 날 기소할 순 없어." 그가 말을 더듬거렸다.

"그건 나도 익히 알고 있지. 하지만 윈디뱅크, 우리끼리니까 하는 말인데, 이건 일찍이 내가 겪어본 여느 사건 못지않게 잔인하고 이기적이고 몰인정한 농간이었어. 규모만 작았을 뿐이지. 자, 내가 사건의 경위를 대강 짚어볼 테니, 어디 틀린 데가 있으면 반박을 해봐."

그 남자는 완전히 묵사발이 되기라도 한 듯 고개를 푹 떨구고 몸을 잔뜩 웅크린 채 의자에 앉아 있었다. 홈즈는 벽난로 모퉁이에 꼼짝 않고 서서 등을 벽에 기대고, 두 손은 주머니에 찔러 넣은 채 말문을 열었는데, 우리에게 말하는 게 아니라 마치 혼자 중얼거리는 듯했다.

"그 남자는 자기보다 나이가 월등히 많은 여자와 결혼했지. 돈을 보고서. 게다가 수양딸의 돈까지 먹어치울 수 있었어. 수양딸이 그들과 같이 사는 동안뿐이긴 했지만. 그건 그들에게 분에 넘치게 큰돈이어서, 그걸 잃으면 심각한 타격을 받게 되지. 그건 애써 지킬 만한 가치가 있었어. 수양딸은 선량하고 마음씨가 고왔지만, 나름대로 가슴이 뜨겁고 열정적이었지. 그녀는 인간적인 미덕도 상당한데 수입도 쏠쏠하니, 노처녀로 늙어갈 리가 없었어. 그녀가 결혼을 한다는 것은 연간 100파운드를 날린다는 뜻이지. 그렇다면 그녀의 계부는 그걸 어떻게 막을까? 그는 그녀를 집에 붙잡아 두고, 또래의 남자들과 어울리지 못하게 하는 속 보이는 짓을 했지. 하지만 마냥 그럴 수만은 없다는 것을 이내 알게 됐어. 그녀가 반항적이 되어 자기 권리를 주장하더니, 이윽고 어떤 무도회에 참석하겠다고 선언을 하기에 이른 거야. 그러자 영리한 계부는 어떻게 했을까? 가슴으로는 불명예스러워도, 머리로는 명예스러운 아이디어를 떠올렸지. 아내의 묵인과 지원을 등에 업고 딴 남자로 둔갑한다는 아이디어였어. 날카로운 두 눈은 색안경으로 감추고, 얼굴은 콧수염과 무성한 구레나룻으로 가리고, 맑은 음성은 가라앉혀서 어눌한 속삭임으로 바꾸었지. 그 아가씨가 눈이 나빠서 곱으로 안전한 터라, 호스머 에인절 씨로 둔갑해서 등장한 그는 그녀가 자기를 사랑하게 함으로써 다른 연인이 얼씬거리지 못하게 했지."

"처음에는 장난이었어." 우리의 손님이 앓는 소리를 냈다. "우린 그녀가 그렇게까지 넋을 잃을 줄은 몰랐어."

"그랬겠지. 어쨌든 젊은 아가씨는 아주 넋을 잃어버렸어. 계부가 프랑스에 있다고 단단히 믿은 탓에, 계부가 사기를 치고 있을지도 모른다는 생각은 털끝만큼도 들지 않았어. 환심을 사려는 그 신사의 배려에 가슴이 달뜨기만 했지. 어머니가 신사를 한껏 추켜세우니 더욱 후끈 달아올랐겠지. 그 후 에인절 씨가 찾아오기 시작했어. 제대로 효과를 거두려면 그런 일은 아주 끝장을 봐야 하는 게 정석이니까. 데이트를 하고 결혼 약속까지 하자, 마침내 그 아가씨의 애정이 다른 남자에게 향하는 것을 막을 수 있게 되었지. 하지만 언제까지 속이고 있을 수는 없었어. 프랑스로 출장을 떠난 척하는 것도 성가신 노릇이었지. 이제 할 일은 뻔했어. 지금까지 해온 짓을 아주 극적으로 끝장내서, 젊은 아가씨의 마음에 지울 수 없는 인상을 남김으로써 한동안 다른 어떤 구혼자도 거들떠보지 않게 만들면 되는 거지. 성서에 손을 얹고 충실하겠다는 맹세를 하도록 몰아붙이고, 결혼식 날 아침에 무슨 일이 일어날 것처럼 암시를 준 것도 그래서였어. 서덜런드 양이 호스머 에인절에게 마음을 빼앗긴 채 그에게 무슨 일이 일어났는지 몰라 전전긍긍하며, 앞으로 한 10년간은 어떻게든 다른 남자에게 한눈을 팔지 않기를 바란 거지. 그는 그녀를 교회 문 앞으로 보내놓고, 자신은 사륜마차 한쪽 문으로 타서 반대쪽으로 내리는 케케묵은 수법을 써서 감쪽같이 사라져버렸어. 더 이상 에인절 행세를 계속할 수 없었으니까. 이게 이 사건의 경위에 대한 내 생각이올시다, 윈디뱅크 씨!"

우리의 손님은 홈즈가 이야기하는 동안 뻔뻔스러움을 좀 회복했는지, 창백한 얼굴에 냉소를 머금고 자리에서 일어섰다.

"그럴 수도 있고, 그게 아닐 수도 있을 거요, 홈즈 씨." 그가 말했다. "하지만 당신이 그렇게 영리하다면, 지금 법을 어기고 있는 것은 내가 아니라 당신이라는 것을 알 만큼은 영리해야 하지 않겠소? 나는 처음부터 기소당할 만한 짓은 전혀 하지 않았소. 하지만 당신이 저 문을 잠가놓는 한, 당신은 폭행과 불법 감금죄로 기소당할 길을 활짝 열어둔 셈이지."

"당신 말대로 법은 당신을 어쩔 수 없어."

홈즈는 잠금장치를 열고 문을 와락 열어젖혔다.

"하지만 당신 이상으로 처벌받아 마땅한 인간은 일찍이 없었어. 그 아가씨한테 오빠나 남자친구가 있다면, 당신에게 본때를 보여주었을 거야. 기필코!" 홈즈는 그 남자의 얼굴에 더욱 비릿한 냉소가 떠오른 것을 보고 발끈해서 이어 말했다. "이건 내가 의뢰인을 위해 꼭 해줘야 할 일은 아니지만, 여기 마침 채찍이 있으니, 내가 직접 본때를……"

그는 날렵하게 두 걸음 내디뎌 채찍을 잡았다. 하지만 사냥용 말채찍을 그러쥐기 전에 계단에서 우당탕하는 소리가 나더니 이어 육중한 현관문이 쾅 닫혔다. 우리가 창문으로 내다보니, 제임스 윈디뱅크 씨가 오금에서 불바람 나게 달아나고 있었다.

"저런 냉혈한 같으니라고!"

홈즈가 껄껄 웃으며 다시 의자에 몸을 던졌다.

"저런 인간은 범죄 행각을 일삼다가 언젠가는 아주 못된 짓을 저질러 교수대에서 종말을 맞을 거야. 어느 면에서는 이 사건도 전혀 흥미가 없는 건 아니었어."

"지금도 난 자네의 추리 과정을 속속들이 이해하진 못하겠어." 내가 말했다.

"음, 물론 호스머 에인절 씨라는 자가 이상한 행동을 한 데에는 틀림없이 뭔가 뚜렷한 목적이 있는 게 분명했지. 마찬가지로 그 사건 때문에 막상 득을 보는 유일한 사람은 계부라는 것도 분명했어. 그런데 두 남자는 함께 있은 적이 없고, 언제나 한 사람이 사라져야만 다른 사람이 나타났다는 사실이 아주 의미심장했지. 색안경과 이상한 목소리도 마찬가지였어. 둘 다 변장했다는 것을 암시하는데, 무성한 구레나룻도 그렇지. 자기 이름까지 타이핑을 한 별난 행동을 보고 내 의심은 더욱 굳어졌어. 물론 그 아가씨는 그가 손으로 쓴 것을 몇 글자만 봐도 알아차릴 정도로 그의 필적을 잘 알고 있었던 거야. 그 밖의 많은 사소한 사실도 그렇지만, 별개처럼 보이는 이 모든 사실은 한결같이 같은 곳을 가리키고 있었지."

"그럼 그것이 옳다는 것은 어떻게 입증했지?"

"일단 범인을 알아냈으니, 확증을 잡는 거야 식은 죽 먹기였지. 나는 그의 직장을 알고 있었어. 신문에 난 인상착의도 알고 있었으니, 거기서 변장한 부분을 모두 제거했지. 구레나룻과 색안경, 목소리 말이야. 그리고 인상착의를 회사에 보내서, 외판원 가운데 그런 사람이 있느냐고 물었지. 타자기의 특성은 일찌감치 알고 있었어. 그래서 그가 일하는 곳으로 편지를 보내 이곳에 와줄 수 있겠느냐고 물었더니, 기대한 대로 그가 타이핑한 회신을 보내왔더군. 회신에는 그 타자기만의 사소한 결함들이 고스란히 드러나 있었지. 펜처치 스트리트의 웨스트하우스 & 마뱅크 사에서 보낸 회신도 같은 집배원이 가져왔어. 그 인상착의가 모든 면에서 그들의 외판원 제임스 윈디뱅크와 일치한다는 회신이었지. 부알라 투!(Voilà tout. '그것이 전부다' '그뿐이다'라는 뜻의 프랑스어—옮긴이)"

"그럼 서덜런드 양은?"

"그녀는 내가 무슨 말을 해도 믿지 않을 거야. 고대 페르시아의 격언에 이런 게 있지. '어미에게서 새끼 호랑이를 빼앗은 자에게 화 있듯이, 여자에게서 환상을 빼앗은 자에게도 화 있을진저.' 의미로 보나 세상살이의 지혜로 보나, 하페즈의 이 격언은 호라티우스의 격언을 뺨친다니까."

The Boscombe Valley Mystery

보스콤밸리 사건

어느 날 아내와 내가 아침 식사를 하고 있을 때, 하녀가 전보를 가져왔다. 셜록 홈즈가 띄운 전보였는데, 내용은 이랬다.

한 이틀 시간 있나? 잉글랜드 서부에서 띄운 보스콤밸리의 비극에 관한 전보를 방금 받았는데, 같이 가면 좋겠어. 공기도 경치도 최고. 11:15 패딩턴 역 출발.

"어쩌실 거예요? 갈 건가요?" 아내가 나를 건너다보며 물었다.

"어째야 할지 모르겠군. 지금은 꽤 바쁜데."

"일은 앤스트루서에게 맡기면 돼요. 요즘 당신 안색이 좀 안 좋아 보여요. 기분 전환이라도 하면 나아질 거예요. 게다가 셜록 홈즈 씨 사건이라면 언제나 사족을 못 쓰시잖아요?"

"그러지 않으면 난 은혜를 모르는 인간이겠지. 그의 사건 덕분에 내가 얻은 게 뭔지 안다면." 내가 능청스레 답했다. "하지만 거길 가려면 지금 당장 짐을 꾸려야겠소. 30분밖에 안 남았으니."

아프가니스탄에서 군대 생활을 해본 덕분에 얻은 게 하나 있다면, 그건 언제든 재깍 길을 떠날 준비가 되어 있다는 것이다. 내게 필요한 것은 몇 가지 간단한 것뿐이었다. 그래서 나는 댓바람에 여행가방을 꾸려서, 마차를 타고 덜컹거리며 패딩턴 역으로 향했다. 셜록 홈즈가 승강장에서 오락가락하고 있었다. 키가 늘씬하고 수척한 그의 모습은 회색의 기다란 여행용 망토 차림과 머리에 꼭 맞는 천 모자 때문에 한결 더 수척하고 키도 더 커 보였다.

"왓슨, 자네가 온 것을 보니 정말 마음이 푹 놓여." 그가 말했다. "내가 전적으로 의지할 수 있는 사람과 함께 있느냐 없느냐는 실로 큰 차이가 있거든. 현지 사람들은 언제나 불필요하거나 일방적인 도움만 주니까 말이야. 내가 표를 끊어올 테니 자네는 구석 자리 두 개를 맡아줘."

홈즈가 가져온 막대한 문서 나부랭이가 한 자리 차지한 것 말고는 우리가 객실을 독차지했다. 레딩 역에 이를 때까지 홈즈는 문서를 샅샅이 읽다가 때로 메모를 하거나 깊은 생각에 잠겼다. 그러다 느닷없이 문서를 한 뭉치로 둘둘 말더니 선반에 턱 올려놓았다.

"이 사건에 대해 좀 들어봤어?" 그가 물었다.

"전혀. 요즘은 신문도 보지 못했어."

"런던 신문기사에는 신통한 내용이 없었어. 자초지종을 알아보려고 최근 신문을 모조리 읽어보았지만 말이야. 내가 수집한 정보에 의하면, 이 사건은 워낙 단순해서 극히 까다로운 사건에 속하는 것 같아."

"그것 참 역설적으로 들리는군."

"하지만 그건 어김없는 사실이야. 사건이 독특하면 그게 곧 단서가 되게 마련이지. 사건이 진부하고 아무런 특징이 없을수록 그만큼 더 까다로울 수밖에 없어. 그런데 이번 사건에서는 피살자의 아들이 강력한 용의자라고 하더군."

"그렇다면 살인사건이란 말이지?"

"음, 그렇게 추정되고 있어. 하지만 직접 조사해보기 전에는 아무것도 단정 짓지 않을 거야. 내가 아는 범위 안에서 간단히 이 사건을 설명해주지.

보스콤밸리는 헤리퍼드셔 주의 로스에서 그리 멀지 않은 시골 지역이야. 그곳의 최대 지주는 존 터너 씨라는 사람인데, 오스트레일리아에서 큰돈을 벌어서 몇 년 전 귀국한 사람이지. 그가 가진 농장 가운데 해설리 농장을 찰스 매카시 씨한테 소작을 주었어. 매카시 씨도 오스트레일리아에서 온 사람이야. 두 남자는 그 식민지에서 서로 알고 지내던 사이였지. 그래서 그들이 정착해 살면서 아주 가까이 지내는 게 이상한 일은 아니었어. 터너가 더 부자인 게 분명해서 매카시가 소작인이 되었지만, 그들은 자주 만나면서 여전히 전적으로 평등한 관계를 지속한 모양이야. 매카시는 열여덟 살 된 아들만 하나 두었고, 터너는 같은 나이의 딸만 하나였어. 두 사람 다 아내와 사별을 했지. 그들은 이웃 영국인 가족들과는 어울리려 하지 않고 은둔 생활을 했나봐. 하지만 매카시 부자는 스포츠를 좋아해서, 이웃 사람들의 경마 모임에 곧잘 모습을 드러냈다더군. 매카시는 남녀 하인을 한 명씩 두었는데, 터너는 하인을 줄잡아 여섯 명은 두었어. 가족 사항에 대해 내가 알아 낸 것은 이게 전부야. 자 이제 사건 얘기로 넘어가 볼까?

6월 3일, 그러니까 지난 월요일, 매카시는 오후 3시경에 해설리 농장 집을 떠나 보스콤 연못으로 걸어갔어. 그 연못은 보스콤밸리 저지 대로 흐르는 물줄기가 모여서 자연스레 형성된 거야. 매카시는 아침에 남자 하인과 함께 로스에 나갔다가, 3시에 중요한 약속이 있어서 서둘 러야 한다고 말했다더군. 그는 이 약속을 지키러 갔다가 살아서 돌아 오지 못했지.

해설리 농장에서 보스콤 연못까지는 400미터 거리인데, 그가 그곳 을 지나가는 모습을 본 사람이 두 사람 있어. 한 사람은 이름을 알 수 없는 노파이고, 다른 한 사람은 터너 씨에게 고용된 사냥터지기인 윌 리엄 크로더라는 남자야. 두 목격자가 모두 매카시 씨 혼자 걸어가는 걸 보았다고 증언했어. 사냥터지기는 매카시 씨가 지나가는 것을 본 뒤 몇 분 있다가 아들인 제임스 매카시가 겨드랑이에 엽총을 끼고 같 은 길을 가는 걸 보았다는 증언을 덧붙였지. 그때 사실상 두 사람은 그 리 멀리 떨어져 있지 않아서, 아들이 아버지를 뒤따라가고 있나 보다 하고 생각했다더군. 사냥터지기는 그 일을 잊고 있다가, 비극적인 사 건이 일어났다는 얘기를 저녁에 듣고 그 일을 떠올린 거야.

매카시 부자는 사냥터지기 윌리엄 크로더의 시야에서 사라진 후 다 른 사람에게 또 목격되었어. 보스콤 연못 주위에는 숲이 무성한데, 연못 둘레에 갈대가 자라고, 갈대와 숲 사이에 좁다란 풀밭이 있지. 그 숲에서 열네 살 소녀 페이션스 모런이 꽃을 꺾고 있었어. 그 애는 보스콤밸리 사유지의 별장지기 딸이야. 그 애는 연못과 가까운 숲 언저리에 있다가 매카시 씨와 아들을 보았다고 증언했어. 두 사람은 심하게 말다툼을 하는 것 같았어. 아버지가 아들에게 아주 심한 말을 하는 것을 들었고, 아들이 아버지를 칠 것처럼 팔을 치켜드는 것을 보았지. 두 사람의 험악한 모습에 놀란 모런은 부리나케 집에 가서 자기 엄마한테 일렀어. 그 애는 보스콤 연못 근처에서 옥신각신하는 매카시 부자가 대판 싸움을 벌일 줄 안 거야.

그런데 그 애가 미처 말을 다 끝내기도 전에 아들 매카시가 별장으로 헐레벌떡 달려오더니, 아버지가 숲에 죽어 있는 것을 보았다며 별장지기에게 도와달라고 했어. 아들 매카시는 몹시 흥분해 있었고, 총도 모자도 없었지. 오른손과 소매에는 선혈이 묻어 있는 게 보였어. 사람들이 그를 따라가 보니 연못가 풀밭에 시체가 널브러져 있는 거야. 뭔가 묵직한 둔기로 여러 차례 머리를 가격당한 상처가 나 있었는데, 그건 아들의 엽총 개머리판에 맞아서 생긴 듯한 상처였어. 엽총은 시체에서 몇 걸음 떨어진 풀밭에 놓여 있었지. 정황이 이러하니 피살자의 아들이 곧 체포되었고, 화요일 검시 때 '고의 살인'이라는 평결이 내려졌어. 그는 수요일에 로스의 치안판사에게 넘어갔고, 치안판사는 이 사건을 다음 순회재판에 회부키로 했지. 이것이 검시관과 치안판사 앞에서 진술된 이 사건의 주요 진상이야."

"정말 끔찍한 패륜이로군. 정황증거가 가리키는 대로 아들이 범인

이라면 말이야." 내가 말했다.

"정황증거는 아주 간사한 거야." 홈즈가 사려 깊게 대꾸했다. "정황증거가 영락없는 범인을 가리키고 있는 것처럼 보일 수도 있지만, 관점을 조금만 바꾸면 전혀 다른 사람이 마찬가지로 영락없는 범인으로 보일 수 있어. 하지만 솔직히 말해서 이번 사건은 그 청년에게 지나치게 많은 혐의를 두고 있는 것 같아. 정말 그가 범인일 가능성도 높긴 하지만, 이웃에 사는 지주의 딸인 터너 양을 비롯해서 그의 결백을 믿는 사람이 여러 명 있어. 레스트레이드를 고용한 것도 그들이야. 레스트레이드는 『주홍색 연구』와 관련이 있는 사람이니 물론 잘 알고 있겠지? 레스트레이드는 젊은 매카시의 혐의를 풀어달라는 뜻에서 고용된 거야. 하지만 정황을 알고 난 레스트레이드는 난감해졌지. 그래서 그가 이 사건을 내게 넘기는 바람에, 중년의 두 신사가 아침 식사나 소화시키며 조용히 집에 있지 않고 이렇게 시속 80킬로미터의 속도로 서쪽으로 날아가게 된 거야."

"드러난 사실이 너무 명백하니, 자네가 새삼스레 공을 세울 일은 없겠는걸." 내가 말했다.

"명백해 보이는 사실보다 더 기만적인 것도 없어." 그가 웃으며 응수했다. "게다가 레스트레이드 씨에게는 전혀 명백하지 않은 다른 명백한 사실을 우리가 알아낼 가능성도 있지. 나는 레스트레이드가 전혀 사용할 수 없고, 심지어 이해할 수도 없는 방법으로 그의 이론을 확증하거나 반증하게 될 거야. 자네는 나를 워낙 잘 알고 있으니 이런 내 말이 허풍이라고 생각진 않겠지. 당장 눈앞에 보이는 예를 하나 들어

볼까? 나는 자네가 침실에서 창문을 늘 오른쪽에 끼고 생활한다는 것을 알 수 있어. 하지만 레스트레이드는 그렇게 자명한 것조차 알아차리지 못할걸?"

"아니 어떻게……!"

"나는 자네를 잘 알아. 군인의 깔끔함이 몸에 배었다는 것도 알고. 자네는 아침마다 면도를 하는데, 이런 계절에는 아침 햇빛을 조명 삼아 면도를 하게 마련이지. 그런데 얼굴 왼쪽으로 갈수록 면도 상태가 부실해지다가 이윽고 왼쪽 턱 선에 이르면 통 깔끔하지가 않아. 얼굴 왼쪽이 오른쪽보다 조명을 덜 받은 게 분명해. 자신을 객관적으로 조명해보는 습관을 가진 자네 같은 사람한테 어떻게 이런 일이 일어나는지 모르겠어. 이건 그저 관찰과 추리의 사소한 예일 뿐이야. 그게 내 장기니까, 장차 우리가 조사해야 할 일에도 그게 당연히 도움이 될 거야. 그리고 검시를 할 때 불거져 나온 한두 가지 사소한 사실이 있는데, 그건 좀 생각해볼 가치가 있어."

"그게 뭔데?"

"젊은 매카시는 현장에서 체포된 게 아니라, 해설리 농장 집으로 돌아간 다음에 체포된 모양이야. 그런데 경찰이 그를 체포하겠다고 밝히자, 그런 말을 듣고도 놀라기는커녕 오히려 자기가 벌을 받아 마땅하다고 말했다는 거야. 그의 혐의를 의심하던 검시 배심원들도 그런 말 때문에 말끔히 의심을 거두고 말았지."

"자백을 했군그래." 내가 불쑥 말했다.

"아냐. 그는 나중에 무죄라고 주장했어."

"그런 몹쓸 일들이 있고 나서, 뒤늦게 나온 그런 말은 아무래도 신빙성이 떨어지잖아."

"그 반대야. 그건 캄캄한 먹구름을 뚫고 비친 햇살과도 같아. 그가 아무리 순진한 사람이라 해도, 정황이 자기에게 매우 불리하다는 것을 모를 수는 없지. 자기를 체포한다는 말에 놀란 모습을 보였거나, 부당하다고 화를 내는 척이라도 했다면, 나는 그에게 강한 혐의를 두지 않을 수 없었을 거야. 그렇게 놀라거나 화를 내는 것은 그런 상황에서 그리 자연스러운 게 아니지만, 그래도 교활한 인간이라면 그랬을 게 분명하거든. 정황을 순순히 인정했다는 것은 그가 순진한 사람이거나, 아니면 자제력이 아주 강한 사람이라는 뜻이지. 그가 아버지의 시체 옆에 서 있었다는 것을 생각해보면, 벌을 받아 마땅하다고 말한 게 그리 부자연스러운 것 같지 않아. 게다가 아버지와 언쟁을 했고, 심지어 한 소녀의 아주 중요한 증언에 따르면, 아버지를 치려고 팔을 치켜들기까지 할 정도로 자식으로서 도리를 저버린 게 분명하잖아? 그의 말에는 자책을 하고 뉘우치는 기색이 역력한데, 내게는 그게 범인이라는 증거라기보다 오히려 건전한 정신을 지녔다는 증거로 보여."

그의 말에 나는 고개를 내둘렀다.

"그보다 훨씬 사소한 증거만으로도 교수형을 당한 사람이 숱해."
내가 말했다.

"맞아. 억울하게 교수형을 당한 사람이 정말 숱하지."

"그렇다면 그 청년은 뭐라고 증언했지?"

"그게 아무래도 그의 결백을 뒷받침할 만한 얘기는 못 되는 것 같아. 그래도 의미심장한 대목이 한두 군데 있긴 하지. 여기 증언이 있으니 직접 읽어봐."

그가 문서 뭉치에서 헤리퍼드셔 지역 신문을 꺼내 펼치더니, 그 불운한 청년이 사건에 대해 직접 진술한 대목을 가리켜 보였다. 나는 열차 구석 자리에 앉은 채 아주 꼼꼼히 읽어보았다. 내용은 이러했다.

그 후 고인의 외아들 제임스 매카시 씨가 소환되어 이렇게 증언했다. "저는 사흘 동안 집을 떠나 브리스틀에 있다가, 지난 월요일인 3일 오전에 귀가했습니다. 집에 도착했을 때는 아버지가 안 계셨어요. 마부인 존 코브와 함께 마차로 로스에 가셨다고 하녀가 말해주더군요. 귀가한 직후에 나는 마당에서 아버지의 이륜 경마차 소리가 나는 것을 들었어요. 창밖을 내다보니, 아버지가 마차에서 내려 황급히 밖으로 나가는 모습이 보였습니다. 어디로 가시는지는 알 수 없었어요. 그 후 나는 엽총을 챙겨 들고, 보스콤 연못 쪽으로 천천히 걸어갔어요. 건너편에 있는 토끼 굴에 들러볼 작정이었죠. 가는 길에 사냥터지기인 윌리엄 크로더를 보았는데, 그건 그가 증언한 대로입니다. 하지만 내가 아버지를 뒤따라가는 중이라고 생각한 건 틀렸어요. 나는 아버지가 내 앞에 있는 줄 몰랐거든요. 연못까지 한 100미터 남아 있을 때, '쿠우이!' 하고 외치는 소리가 들렸어요. 그건 아버지와 내가 평소에 서로를 부르는 신호였죠. 그걸 듣고 앞으로 달려갔더니, 아버지가 연못가에서 계셨어요. 아버지는 나를 보고 무척 놀란 눈치였어요. 그러면서 나더러 여기서 뭘 하느냐고 역정을 내시더군요. 얘기를 나누다가 고성이 오가서 하마터면 주먹질로 이어질 뻔했어요. 아버지는 성미가 워낙 불같은 분이거든요. 걷잡을 수 없이 역정을 내시는 걸 보고 나는 자리를 떴어요. 해설리 농장으로 돌아가려고요. 하지만 150미터나 갔을까 싶을 때, 등 뒤에서 섬뜩한 비명이 들렸죠. 그래서 다시 달려가 보니, 아버지가 머리에 심한 상처를 입은 채 땅에 쓰러져서 곧 돌아가실 것만 같았어요. 나는 총을 내던지고 아버지를 안았습니다. 하지만 아버지는 곧 숨을 거두셨어요. 몇 분 동안 아버지 곁에 무릎을 꿇고 있다가, 가장 가까이 있는 터너 씨의 별장지기 집에 가서 도와달라고 부탁했습니다. 나는 쓰러진 아버지 가까이 누가 있는 것은 보지 못했고, 아버지가 어떻게 그런 상처를 입었는지도 몰라요. 아버지는 남들이 좋아할 만한 분은 아니었어요. 태도가 좀 쌀쌀맞고 무서웠거든요. 하지만 내가 알기로는 아버지에게 앙심을 품고 해치려 들 만한 사람은 없었어요. 이사건에 대해서는 더 이상 아는 게 없습니다."

검시관 : "증인의 부친이 사망하기 전에 무슨 말씀을 남기지 않으셨나요?"

증인 : "몇 마디 중얼거리셨지만, 쥐a rat라고 하는 말밖에 듣지 못했어요."

검시관 : "그 말을 듣고 생각나는 게 있었나요?"

증인 : "그 말은 내게 아무런 의미도 없었어요. 나는 아버지가 헛소리를 한다고 생각했어요."

검시관 : "증인과 아버지가 그때 말다툼을 한 이유는 뭐죠?"

증인 : "얘기하고 싶지 않아요."

검시관 : "꼭 들어야겠습니다."

증인 : "정말 얘기할 수 없어요. 그 얘기는 그 후의 비극과는 아무런
관계도 없는 게 확실해요."

검시관 : "그건 법정에서 판단할 일입니다. 증인이 대답을 기피하면
앞으로 있을 재판 과정에서 상당히 불리해질 거라는 점은
두말할 나위가 없습니다."

증인 : "그래도 얘기하지 않겠어요."

검시관 : "'쿠우이'라는 외침이 증인과 아버지가 평소에 서로를 부
르는 신호라고요?"

증인 : "그래요."

검시관 : "그렇다면 증인의 아버지는 어째서 그런 신호를 보낸 겁니
까? 증인을 보지 못했고, 심지어 증인이 브리스틀에서 돌
아온 것조차 알지 못했는데."

증인 : (상당히 곤혹스러워하며) "저도 모르겠어요."

어느 배심원 : "증인은 비명을 듣고 달려가서 아버지가 치명적인 부
상을 당한 것을 알았을 때, 뭔가 의심스러운 것을 목
격하지 못했나요?"

증인 : "분명하게 본 건 없어요."

검시관 : "그게 무슨 뜻이죠?"

증인 : "풀밭으로 달려갈 때 저는 제정신이 아니었어요. 아버지에
대한 걱정뿐이었죠. 하지만 앞으로 달려가면서 왼쪽 바닥에

뭔가 놓여 있는 것을 어렴풋이 본 듯해요. 무슨 회색의 외투나 망토 같아 보였어요. 그런데 아버지 곁에 있다가 나중에 일어서서 둘러보았더니, 사라지고 없었어요."

"도움을 구하러 가기 전에 그게 사라졌다는 말씀인가요?"

"네, 그랬어요."

"그것이 무엇인지는 모르시죠?"

"네. 뭔가 거기 있었다는 것만 느낀 거예요."

"시체에서 얼마나 떨어져 있었나요?"

"10여 미터쯤."

"숲에서는 얼마나 떨어져 있었나요?"

"비슷한 거리였어요."

"그렇다면 증인이 10여 미터 떨어진 곳에 있을 때 누가 그걸 가져갔겠군요?"

"그래요. 하지만 나는 그것을 등지고 있었어요."

이것으로 증인 심문이 끝났다.

"알 만하군." 내가 여전히 신문을 굽어보며 말했다. "검시관은 심문을 끝내면서 젊은 매카시를 궁지로 몰아붙였어. 아버지가 그를 보지도 못했는데 신호를 보냈다는 모순이나, 아버지와 무슨 대화를 나누었는지 밝히길 거부했다는 것, 아버지가 죽어가면서 무슨 희한한 말을 남겼다는 그의 증언, 그런 것에 검시관이 주목한 것은 일리가 있어. 검시관 말마따나 그건 모두 그 청년에게 상당히 불리한 사실들이야."

홈즈는 혼자 나직이 웃더니 푹신한 의자에 앉은 채 몸을 쭉 뻗었다.

"자네나 검시관 모두 그 청년에게 가장 유리한 점을 한사코 외면하려고 애를 쓰는군. 자네는 그 청년이 어떤 때는 상상력이 너무 빈곤하고, 어떤 때는 상상력이 너무 풍부하다고 탓하며 오락가락했다는 생각 안 드나? 죽어가는 사람이 뚱딴지같이 무슨 쥐라는 말을 하고, 무슨 옷이 감쪽같이 사라졌다는 엉뚱한 얘기를 만들어낼 정도라면 그는 상상력이 지나치게 풍부한 거야. 그런데 동시에 상상력이 너무 빈곤해서, 배심원들의 동정을 살 수 있는 말다툼 이유 하나 꾸며내지 못했다 이거지. 그건 아냐. 나는 그 청년의 말이 모두 사실이라는 관점에서 이 사건에 접근할 거야. 그리고 그런 가설이 우리를 어디로 이끄는지 알아볼 거야. 그럼 이제 페트라르카(이탈리아의 시인 프란체스코 페트라르카—옮긴이) 포켓북이나 좀 읽어볼까? 사건 현장에 도착할 때까지 이 사건에 대해서는 더 이상 얘기하지 않겠어. 점심은 스윈던 역에서 먹기로 하지. 20분이면 거기에 도착할 거야."

아름다운 스트라우드밸리를 지나고, 은은히 빛나는 널따란 세번 강을 건너, 마침내 아름다운 작은 전원도시 로스에 도착한 것은 거의 4시가 다 되어서였다. 은밀하고 교활해 보이는 깡마른 족제비처럼 생긴 남자가 승강장에서 기다리고 있었다. 시골에 어울리게 연갈색의 먼지 막이 덧옷과 가죽 각반을 차고 있었지만, 그가 런던 경찰국의 레스트레이드 경위라는 것을 금세 알아볼 수 있었다. 우리는 그와 함께 마차를 타고, 방을 예약해놓은 헤리퍼드 암스 호텔로 갔다.

"마차를 불러두었습니다." 차를 마시며 앉아 있을 때 레스트레이드가 말했다. "당신은 워낙 에너지가 넘치는 사람이라서, 당장 범죄 현장에 달려가고 싶어할 줄 알았소이다만."

"그것 참 친절하게 접대를 잘 해주시는군요." 홈즈가 응수했다. "그런데 그건 전적으로 기압에 달려 있습니다."

"그게 무슨 말인지?" 레스트레이드가 어리둥절한 표정을 짓고 말했다.

"어디 청우계晴雨計 좀 볼까? 음, 29로군. 바람도 없고, 하늘에는 구름 한 점 없고. 담배는 여기 한 갑 가득 있고, 소파도 보통의 시골 호텔치고는 썩 좋군. 그렇다면 오늘 밤에 마차를 쓸 일은 없을 것 같습니다."

레스트레이드가 히죽 웃으며 말했다.

"신문을 보고 이미 결론을 내린 모양이군요. 이 사건은 불을 보듯 뻔해요. 들여다볼수록 더 분명해지죠. 하지만 아가씨의 청을 나 몰라라 할 수가 없어요. 더구나 그렇게 적극적이니 원. 그 아가씨는 당신 얘기를 어디서 들었는지, 당신의 의견을 듣고 싶어해요. 홈즈 씨라고 해서 무슨 뾰족한 수가 있을 턱이 없다고 내가 거듭 얘기를 했건만. 이런 맙소사! 저 문 앞에 있는 게 그녀의 마차 아냐."

레스트레이드가 말을 마치기도 전에 내가 평생 본 여자 가운데 가장 사랑스러운 축에 드는 젊은 여성이 방 안으로 들이닥쳤다. 두 눈동자는 보랏빛으로 빛나고, 입술은 살포시 벌어지고, 두 뺨이 분홍빛으로 물든 그녀는 과도한 흥분과 걱정에 사로잡혀 과묵한 천성조차 잊어버렸다.

"아, 셜록 홈즈 씨!"

그녀가 외치며 우리 둘을 번갈아 바라보더니, 이윽고 여자의 재빠른 직감으로 내 친구에게 눈길을 고정했다.

"와주셔서 정말 기뻐요. 이 말씀을 드리려고 이렇게 달려왔어요. 저는 제임스가 그런 짓을 하지 않았다는 것을 알아요, 확실해요. 그래서 저는 홈즈 씨도 그렇게 아시고 일에 착수해주시길 바라요. 그 점은 제발 의심치 말아주세요. 우리는 소꿉동무랍니다. 저는 다른 사람이 모르는 그의 단점까지 속속들이 알고 있어요. 그는 마음이 워낙 여려서 파리 한 마리 못 죽여요. 그를 잘 아는 사람이 보면, 그가 그런 짓을 했다는 건 말도 안 돼요."

"우리가 혐의를 벗겨드릴 수 있기를 바랍니다, 터너 양. 최선을 다할 테니 믿으셔도 좋습니다." 셜록 홈즈가 말했다.

"하지만 신문에 난 증언을 보고 벌써 결론을 내리신 건 아닌가요? 증언에 뭔가 구멍이, 그러니까 허점이 있는 것 같지 않던가요? 그가 결백하다고 생각지 않으시나요?"

"결백할 가능성이 매우 높다고 봅니다."

"그거 봐요!" 하며 그녀는 고개를 홱 돌리고 레스트레이드를 쏘아보았다. "들으셨죠! 이분은 저에게 희망을 주시잖아요."

레스트레이드는 어깨를 으쓱해 보였다. "이 친구가 결론을 좀 성급하게 내린 듯합니다."

"하지만 이분 말씀이 옳아요! 아! 전 이분 말씀이 옳다는 것을 알아요. 제임스는 그런 짓을 하지 않았다고요. 자기 아버지와 말다툼을

한 것에 대해 검시관에게 얘기를 하지 않은 이유는 제가 그 일과 관련되어 있기 때문인 게 분명해요."

"어떻게요?" 홈즈가 물었다.

"저로서는 지금 뭘 감출 때가 아니에요. 제임스와 그의 아버지는 저 때문에 곧잘 옥신각신했어요. 매카시 씨는 우리가 결혼을 해야 한다고 성화셨어요. 제임스와 저는 서로 오누이처럼 다정했죠. 물론 그는 아직 젊고 세상 경험도 없어서, 그래서, 음, 그는 당연히 아직 그런 건 원하지 않았어요. 그래서 곧잘 말다툼을 했는데, 그때도 그런 말다툼을 한 게 분명해요."

"그럼 부친은? 터너 양의 부친께서는 두 사람의 결합을 바라셨나요?"

"아니요. 아버지도 반대하셨어요. 매카시 씨 외에는 아무도 그걸 바라지 않았어요."

홈즈가 예리하게 캐묻는 듯한 눈길을 던지자 풋풋한 그녀의 얼굴에 살짝 홍조가 비쳤다.

"알려주셔서 감사합니다. 내일 들러서 부친을 좀 뵐 수 있을까요?"

"의사 선생님이 허락하지 않을 거예요."

"의사?"

"네. 못 들으셨어요? 딱하게도 아버지는 몇 년째 몸이 편찮으세요. 그런데 이번 일로 완전히 건강을 해치고 말았어요. 아예 몸져누우신 거죠. 윌로즈 의사 선생님 말씀에 따르면, 아버지는 크게 상심하셔서 신경쇠약에 걸리셨대요. 매카시 씨는 옛날 빅토리아에 살 때 친하게 지내던 사람 가운데 유일하게 살아 계신 분이었거든요."

"하! 빅토리아에서! 그건 중요한 사실이군요."

"네. 광산에서요."

"그랬군요. 금광이었겠죠. 거기서 터너 씨가 큰돈을 번 것으로 알고 있습니다."

"네, 맞아요."

"고맙습니다. 터너 양. 정말 큰 도움이 되었습니다."

"내일 뭐든 새로운 사실을 알아내시면 알려주세요. 구치소에 가서 제임스를 만나보실 거죠? 아, 홈즈 씨, 만일 그러시면 그가 결백하다는 것을 제가 알고 있다고 꼭 좀 전해주세요."

"그러죠. 터너 양."

"저는 이만 집에 가봐야겠어요. 아버지가 몹시 편찮으셔서요. 아버지는 제가 곁에 없으면 늘 보고 싶어하시죠. 그럼 안녕히 계세요. 하느님이 도우시길 빌겠어요."

그녀는 왔을 때처럼 총총히 떠났다. 거리에서 그녀의 마차 바퀴가 덜컹거리며 굴러가는 소리가 들렸다.

몇 분 동안 침묵이 흐른 후 레스트레이드가 점잖게 말했다.

"홈즈, 그러면 못써요. 실망시킬 게 뻔한데 희망은 왜 심어주는 겁니까? 나도 그리 자상한 사람은 아니지만, 그거야말로 잔인한 짓이오."

"나는 제임스 매카시의 혐의를 벗겨줄 방법을 알고 있습니다. 그를 면회할 수 있는 허가서는 가지고 계시죠?"

"네. 하지만 우리 둘만 됩니다."

"그렇다면 외출하지 않겠다는 결심을 재고해야겠군요. 헤리퍼드까지 기차를 타고 가서 오늘 밤 그를 만날까 하는데 시간이 될까요?"

"넉넉합니다."

"그럼 그렇게 합시다. 왓슨, 자네한테는 긴 시간처럼 느껴질지 모르겠지만, 몇 시간 나갔다 와야겠어."

나는 두 사람과 함께 역까지 걸어가서 배웅한 후, 작은 읍내 거리를 여기저기 배회했다. 결국 호텔로 돌아와 소파에 드러누운 나는 노란 표지 소설(당시 장편소설은 대개 두꺼운 노란 표지로 철을 했다. '선정 소설'로 알려진 이런 장르의 책은 탈선과 살인, 위법행위를 주로 다뤘다—옮긴이)에 재미를 붙여보려고 했다. 그러나 우리가 다루고 있는 심층적인 사건에 비하면 이 소설은 줄거리가 너무 얄팍했다. 나는

소설을 읽다가도 줄곧 이번 사건에 너무
마음이 쓰여서, 결국 소설책을 내동댕
이치고 오늘 일을 골똘히
생각해보기 시작했다.
불행한 그 청년의 이
야기가 전적으로 사실
이라면, 그가 아버지와

헤어지고 나서 비명을 듣고 숲 속의 빈터로 도로 달려갔을 때까지 잠
깐 사이에 대체 무슨 일이 일어난 것일까? 도무지 감을 잡을 수 없는
무슨 날벼락 같은 변고가 일어날 수 있단 말인가? 그건 참혹하고 치명
적이었다. 대체 무슨 일이 있었던 것일까?

　상처의 특징을 짚어보면 내 의학적 직감으로 뭔가를 포착할 수 있
지 않을까? 나는 초인종을 울려서, 검시 보고서가 고스란히 실린 이
고장의 주간지를 가져오게 했다. 외과 조서에는, 왼쪽 후두골 절반과
왼쪽 두정골 뒷부분 3분의 1이 둔기에 강타당해 부서졌다고 나와 있
었다. 내 머리의 해당 부위를 짚어보았다. 뒤에서 가격을 당한 것이 분
명했다. 그건 어느 정도 피고에게 유리한 사실이었다. 그가 아버지와
말다툼을 할 때에는 마주 보고 있었기 때문이다. 그렇다고 해서 크게
유리할 것은 없었다. 노인이 등을 돌렸다가 가격을 당했을 수도 있기
때문이다. 어쨌든 그건 홈즈의 주의를 끌 만한 사실이었다. 그다음에
죽어가면서 뚱딴지같이 쥐에 관한 이야기를 했다는 내용이 나왔다. 무
슨 뜻일까? 그것이 헛소리일 수만은 없었다. 느닷없이 가격을 당해 죽

어가는 사람은 일반적으로 헛소리를 하지 않는다. 그래, 그건 자기가 당한 일을 설명하려고 한 말일 가능성이 높다. 하지만 대체 무슨 말을 하려고 한 것일까? 나는 해답을 찾으려고 머리를 쥐어짰다.

그다음에는 젊은 매카시가 보았다는 회색 옷. 그것이 사실이라면, 살인자는 현장에서 도주하며 망토 같은 것을 흘렸다가, 대담하게도 그 것을 되찾으려고 돌아온 것이 분명하다. 그래서 피살자의 아들이 여남 은 걸음밖에 떨어져 있지 않은 곳에서 잠깐 등을 돌리고 있을 때 집어 간 것이다. 이건 정말 의혹투성이에 전혀 있음 직하지 않은 일들의 연 속이 아닌가! 나는 레스트레이드의 생각에도 수긍이 갔다. 하지만 나 는 셜록 홈즈의 통찰을 굳게 믿고 있어서, 젊은 매카시가 결백하다는 그의 확신을 뒷받침하는 듯이 보이는 새로운 증거가 나타나는 한 희망 을 버릴 수는 없었다.

셜록 홈즈는 느지막이 돌아왔다. 레스트레이드는 읍내의 숙소에 머물고 있었기 때문에 홈즈는 혼자 돌아왔다.

"기압이 여전히 아주 높군." 그가 자리에 앉으며 말했다. "우리가 현장에 가보기 전에 비가 오면 안 되지. 아무튼 그런 일을 잘 해내려면 최고의 컨디션을 유지해야 하니까, 긴 여행으로 피곤해진 상태에서 현 장에 가보고 싶진 않았어. 젊은 매카시는 만나보고 왔지."

"뭘 좀 알아냈어?"

"아니."

"그가 해결의 실마리를 좀 던져주지 않은 거야?"

"전혀. 누가 그런 짓을 했는지 알면서도 감싸주려고 하는 게 아닌가 하는 생각을 잠깐 한 적이 있는데, 알고 보니 그 역시 아무것도 모르기는 마찬가지인 것 같아. 그는 그리 영리한 청년이 아니더군. 얼굴도 잘생겼고 마음도 올곧은 청년으로 보이긴 하지만."

"그에게 무슨 안목이 있다고 하긴 어렵지. 터너 양같이 매력적인 아가씨와 결혼하기 싫다는 게 사실이라면." 내가 말했다.

"아, 거기엔 좀 가슴 아픈 사연이 있어. 그 친구는 미친 듯이, 정말 미치도록 그녀를 사랑해. 그런데 한 2년 전 혈기왕성했을 때 이 천치가 그만 브리스틀에 있는 한 술집 여자의 유혹에 넘어가 등기소에서 덜컥 결혼을 해버린 거야. 터너 양은 5년 동안 기숙학교에 가 있었기 때문에 사실상 그녀를 잘 알지 못하던 때였지. 이 사실을 아는 사람은 아무도 없지만, 한번 상상해봐. 할 수만 있다면 간이라도 빼주고 싶은 마음인데, 도저히 할 수 없는 일을 하지 않는다고 비난을 당할 때 그의 심정이 오죽했겠어. 그가 아버지와 마지막 상면을 했을 때 아버지가 터너 양과 결혼하라고 다그치자 팔을 치켜들기까지 한 것도 순전히 그런 이유에서였지. 또 한편으로, 누가 봐도 성미가 꼬장꼬장한 아버지가 그런 사실을 알았다가는 당장 쫓겨날지도 모르는데, 그는 생계를 꾸려갈 능력도 없잖아. 그가 브리스틀에서 지난 사흘을 보낸 것도 바로 그 아내 때문이었어. 아버지는 그가 어디 갔는지 몰랐지. 그 점을 주목해야 해. 그게 아주 중요하거든. 그런데 악에서 선이 나왔어. 그 술집 여자가 신문을 보고, 그가 심각한 곤경에 빠져서 교수형을 당할지도 모른다는 것을 알고 그를 헌신짝처럼 내버린 거야. 그리고 이미 남편이 있는 몸이라는 편지를 보내왔어. 남편이 버뮤다 조선소에 있다면서, 매카시와는 사실상 아무런 관계도 아니라는 것을 밝힌 거지. 젊은 매카시는 모진 곤욕을 치르면서도 그런 소식을 듣고 위안을 받은 것 같아."

"하지만 그가 결백하다면, 누가 그런 짓을 한 거지?"

"아! 그게 누구냐고? 먼저 각별히 주의해야 할 점이 두 가지 있어. 하나는 피살자가 연못에서 누구를 만나기로 했다는 거야. 그 누구는 자기 아들일 리가 없어. 아들은 외출 중이었고, 언제 돌아올지도 몰랐으니까. 다른 하나는 아들이 돌아온 줄도 모르는 피살자가 '쿠우이!' 하고 외쳤다는 거야. 이 사건의 열쇠가 될 핵심이 바로 거기에 있어. 그럼 이제 조지 메러디스에 대한 얘기나 나누는 게 어때? 모든 자잘한 문제는 내일로 미뤄두고."

홈즈가 예상한 대로 비는 오지 않았다. 맑은 아침 하늘에는 구름 한 점 없었다. 9시에 레스트레이드가 마차를 가지고 찾아와서, 우리는 해설리 농장과 보스콤 연못으로 출발했다.

"오늘 아침에 심각한 소식을 들었습니다. 터너 씨가 매우 아파서 가망이 없다고 합니다." 레스트레이드가 말했다.

"그는 나이가 지긋하지요?" 홈즈가 말했다.

"예순 살쯤 됩니다만, 해외에 살면서 건강을 해치는 바람에 오랫동안 편찮았지요. 이번 일도 그에게 아주 나쁜 영향을 미쳤습니다. 그는 매카시의 오랜 친구였지요. 덧붙여 말하자면, 큰 은인이었다고 할 수 있습니다. 해설리 농장을 매카시에게 무료로 빌려주었다고 들었거든요."

"아하! 그것 참 흥미롭군요." 홈즈가 말했다.

"아, 그럼요! 그는 백방으로 매카시를 도왔지요. 이곳 사람치고 그가 매카시에게 친절한 것을 모르는 이가 없답니다."

"그래요? 그것 참 얄궂다는 생각이 들지 않습니까? 매카시 씨는 터너 씨에게 신세나 지고 있는 빈털터리 주제에, 재산을 상속받게 될 터너 씨의 딸과 자기 아들을 결혼시키겠다는 얘기를 줄곧 했다는데, 마치 청혼만 하면 아무도 거절하지 못할 거라는 절대적인 확신을 갖고 있는 듯했다 이거예요. 터너 씨가 결혼에 반대를 하는데도 그랬다니 더욱 이상한 일이죠. 그건 우리가 그의 딸한테 들은 사실입니다. 그런 사실에서 뭔가 짚이는 게 없습니까?"

"드디어 추리 얘기가 나왔군요." 레스트레이드가 내게 눈을 찡긋해 보이며 말했다. "가설과 상상을 펼쳐서 비약하지 않고는 사실을 다루기가 어렵다는 것이야 나도 압니다, 홈즈."

"그래요. 사실을 다루기가 아주 어렵다는 것을 정말 알긴 아는 모양이군요." 홈즈가 태연히 받아넘겼다.

"아무튼 내가 간파한 사실이 하나 있는데, 당신은 통 그걸 알아차리지 못하는 모양이오." 레스트레이드가 여유만만하게 말했다.

"그러니까 그건……."

"그건 아버지 매카시를 아들 매카시가 죽였다는 것이오. 이것을 부정하는 다른 가설을 세우는 것은 개가 달을 보고 짖는 격이지."

"실은 밤손님을 보고 짖는 건지 누가 압니까?" 홈즈가 껄껄 웃으며 말했다. "저기 왼쪽에 보이는 게 해설리 농장인가 봅니다."

"그렇습니다."

농장 건물은 널따랗고 편안해 보이는 이층집이었다. 지붕에 슬레이트를 올린 집의 잿빛 벽에는 노란 지의류(균류와 조류가 한데 섞여 공생하는 식물군-옮긴이)가 덕지덕지 붙어 있었다. 그런데 커튼이 쳐져 있고 굴뚝 연기도 오르지 않아서, 이번 사건에 대한 공포가 여전히 무겁게 집안을 짓누르고 있는 인상을  주었다. 우리는 문을 두드렸고, 홈즈의 요청대로 하녀가 부츠를 보여주었다. 주인이 사망 당시 신었던 부츠와 그 아들의 부츠였다. 아들의 부츠는 그날 신었던 것이 아니었다. 홈즈는 일여덟 군데의 치수를 아주 꼼꼼히 잰 후, 마당을 보여달라고 했다. 마당에서 우리는 보스콤 연못으로 이어지는 굽이진 길을 따라갔다.

셜록 홈즈는 단서를 잡는 데 열중하고 있을 때면 완전히 딴사람으로 보였다. 홈즈를 베이커 스트리트의 조용하고 논리적인 사색가로만 알고 있는 사람이라면 그럴 때 그를 알아보지 못할 것이다. 그는 얼굴이 달아오르며 표정이 어두워졌다. 찌푸린 눈살에 두 줄의 굵은 주름이 잡혔고, 두 눈은 번뜩이는 강철처럼 차갑게 빛났다. 고개를 숙이고, 어깨는 구부정하게 구부리고, 입을 앙다물어서 힘줄이 돋은 긴 목에는 노끈 같은 정맥이 불거질 정도였다. 그의 콧구멍은 순전히 동물적인 추적 욕구로 벌름거리는 듯했고, 정신은 자기 앞의 문제에 완전히 몰입해 있어서 무슨 말이나 질문을 건네도 귓등으로 흘려버리거나, 고작

해야 외마디 으르렁거리는 소리로 성마르게 대꾸할 뿐이었다. 그는 말 없이 민첩하게 풀밭을 지나 보스콤 연못으로 이어지는 숲 속의 작은 길을 따라 나아갔다. 그 지역이 모두 그렇듯이 땅바닥이 질척해서, 길 바닥이나 양쪽의 좁다란 풀밭에도 많은 발자국이 나 있었다. 홈즈는 때로 걸음을 서두르다가 때로는 멈춰 서서 꼼짝도 하지 않았다. 한번 은 풀밭을 조금 우회하기도 했다. 레스트레이드와 나는 그를 뒤따라갔 다. 형사는 차갑게 코웃음을 쳤지만, 나는 그의 낱낱의 행동이 분명한 목적을 지향하고 있다는 확신에서 나오는 관심을 지니고 친구를 지켜 보았다.

　갈대로 둘러싸인 50미터 너비의 보스콤 연못은 부유한 터너 씨의 사유 공원과 해설리 농장 사이의 경계에 위치해 있었다. 멀리 숲 너머 로 부유한 지주가 사는 곳을 나타내는 빨간 첨탑이 솟아 있는 게 보였 다. 연못에서 해설리 농장 쪽으로는 숲이 아주 무성했고, 숲 언저리와 연못 둘레의 갈대 사이에 너비 스무 걸음쯤 되는 젖은 풀밭이 좁다란 띠처럼 길게 뻗어 있었다. 레스트레이드는 우리에게 시체가 발견된 정 확한 지점을 가르쳐주었다. 대지는 무척이나 촉촉이 젖어 있어서, 가 격당한 남자가 쓰러지면서 남긴 자국까지 분명하게 알아볼 수 있었다. 홈즈가 짓눌린 풀밭에서 아주 많은 것을 읽어내고 있다는 것은 그의 열띤 얼굴과 골똘히 응시하는 두 눈만 봐도 알 수 있었다. 그는 냄새를 좇는 개처럼 이리저리 뛰어다니다가 동행을 돌아보았다.

　"연못에는 뭐 하러 들어간 겁니까?" 그가 물었다.

　"갈퀴로 뭐 좀 걸어 올리려고 했소. 무기 같은 무슨 증거물이 있을 거라고 봤지. 그런데 어떻게……?"

"이런, 쯧쯧! 서둘러야겠군! 안쪽으로 굽은 당신의 왼쪽 발자국이 사방에 찍혀 있어요. 그건 눈먼 두더지라도 찾아낼 수 있을 겁니다. 그런데 당신 발자국이 갈대 사이로 사라졌으니 그게 무슨 뜻이겠습니까. 아, 사람들이 버펄로 떼처럼 몰려와서 이곳을 갈아엎기 전에 내가 먼저 왔더라면 일이 한결 수월했으련만. 이건 별장지기 일행이 다녀간 자국이로군. 시체가 있던 곳 둘레에 서너 명의 발자국이 잔뜩 찍혀 있어. 그런데 동일한 발자국이 따로 세 줄로 찍혀 있군."

그는 돋보기를 꺼내더니 더 잘 보기 위해 레인코트를 깔고 엎드려서, 우리에게 말하기보다는 혼자 말하듯 줄곧 얘기를 계속했다.

"이건 젊은 매카시의 발자국이로군. 두 줄은 걸어간 자국이고 한 줄은 재빨리 달린 자국이야. 그래서 뒤꿈치 자국은 거의 보이지 않고 발바닥 앞쪽만 깊이 찍혔지. 이건 그의 얘기를 뒷받침하는 증거야. 그는 아버지가 쓰러져 있는 것을 보고 달려왔어. 그렇다면 이건 그의 아버지가 오락가락한 흔적이로군. 그럼 이건 뭐지? 이건 아들이 얘기를 들으며 서 있는 동안에 찍힌 엽총 개머리판 자국이야. 하, 하! 마침내 찾았군. 까치발! 까치발로 걸은 자국이야! 그런데 신발 코가 네모난, 아주 흔치 않은 부츠야! 이 자국이 오고, 가고, 다시 왔군. 물론 이건 망토를 찾으러 온 거지. 이제 이게 어디서 왔나 볼까?"

그는 이리저리 뛰어다니며 때로 흔적을 잃었다가 다시 찾아냈고, 결국 우리는 숲 안쪽의 커다란 너도밤나무 그늘 아래로 들어서게 되었다. 그것은 근처에서 가장 큰 나무였다. 홈즈는 너도밤나무 뒤쪽으로

돌아가서 다시 바짝 엎드리더니 만족의 작은 탄성을 올렸다. 그는 한동안 그곳에 머물러 있었다. 낙엽과 삭정이를 뒤집어보고, 내게는 그저 흙으로만 보이는 것을 봉투에 담고, 땅바닥만이 아니라 눈길이 닿는 높이의 나무껍질에까지 돋보기를 들이댔다. 이끼 사이에 울퉁불퉁한 돌멩이 하나가 떨어져 있었는데, 그것도 세심하게 살펴보더니 냉큼 집어들었다. 그런 다음 숲 속 길을 지나 큰길로 나왔고, 거기서부터는 모든 흔적이 지워져 있었다.

"상당히 흥미로운 사건이야." 자연스러운 태도를 회복한 그가 말했다. "오른쪽의 저 회색 집이 별장인 모양이군. 들어가서 모런과 얘기를 나눠봐야겠어. 그리고 간단한 전갈을 남긴 후 돌아가서 점심을 들기로 하지. 두 사람은 먼저 마차로 가 있어요. 내가 곧 따라갈 테니까."

우리가 마차까지 걸어가는 데에는 10분쯤 걸렸다. 마차를 타고 로스로 돌아가는 길에 홈즈는 숲에서 집어든 돌멩이를 여전히 가지고 있었다.

"이것에 관심이 갈 겁니다, 레스트레이드." 그가 돌멩이를 내밀며 말했다. "이것으로 살인을 했지요."

"아무 흔적도 없잖소."

"그렇습니다."

"그런데 그걸 어떻게 안단 말입니까?"

"이 돌멩이 아래 풀이 자라고 있었습니다. 며칠 전에 그곳에 떨어진 거죠. 이것을 집어든 장소는 찾지 못했습니다. 이것은 상처와 일치합니다. 다른 무기를 쓴 흔적은 없어요."

"그럼 살인자는?"

"키가 크고, 왼손잡이에다, 오른쪽 다리를 절고, 밑창이 두꺼운 사냥용 부츠를 신고, 회색 망토 차림에, 물부리를 써서 인도산 시가를 피우고, 날이 무딘 주머니칼을 가지고 다닙니다. 그 밖에도 여러 가지 다른 특징이 있지만, 그를 찾아내는 데에는 이것만으로도 충분할 겁니다."

레스트레이드가 웃음을 터트리고 말했다.

"나는 여전히 미덥지 않소. 가설이 아무리 그럴듯해도, 우리는 고지식한 영국 배심원들을 상대해야 합니다."

"누 베롱." (Nous verrons. '두고 봅시다'를 뜻하는 프랑스어—옮긴이) 홈즈가 태연히 응수했다. "당신은 당신 방식대로 하시오. 나는 내 방식대로 하겠소. 오후에는 좀 바쁘겠군요. 저녁 열차로 런던으로 돌아가야 할 것 같으니까."

"사건을 해결하지도 않고 떠난다고요?"

"아니요, 해결하고 떠납니다."

"하지만 수수께끼는?"

"이미 풀렸습니다."

"그럼 누가 범인입니까?"

"내가 말한 신사."

"하지만 그게 누구죠?"

"그걸 알아내기는 어렵지 않을 겁니다. 이곳 인구가 많은 것도 아니니까."

레스트레이드는 어깨를 으쓱하고 말했다. "나는 현실적인 사람입니다. 오른쪽 다리를 저는 왼손잡이 신사를 찾으려고 이 고장을 헤매고 다닐 수는 없어요. 그랬다가는 런던 경찰국의 웃음거리가 될 겁니다."

"알아서 하세요." 홈즈가 나직이 말했다. "당신에게 기회를 주겠습니다. 당신의 숙소에 다 왔군요. 안녕히 가십시오. 떠나기 전에 연락하겠습니다."

레스트레이드를 숙소에 내려주고 우리는 호텔로 계속 마차를 타고 갔다. 객실 식탁에는 점심이 차려져 있었다. 홈즈는 곤란한 처지에 놓인 사람처럼 고민스러운 표정을 짓고 말없이 생각에 잠겼다.

식탁을 치운 후 그가 말했다.

"이봐, 왓슨. 이 의자에 앉아서 잠깐 내 얘기 좀 들어줘. 난 어째야 좋을지 모르겠어. 자네의 조언이 필요해. 시가에 불을 붙이고 내 말을 들어봐."

"그러지."

"그러니까, 음, 이 사건을 고려해볼 때 젊은 매카시가 얘기한 것에서 우리 둘 다 즉각 주목한 게 두 가지 있어. 똑같은 얘기를 듣고 나는 그가 결백하다고 생각했고, 자네는 그 반대였지만. 하나는, 아버지가 그를 보기도 전에 '쿠우이!' 하고 외쳤다는 사실이야. 다른 하나는 죽어가면서 뚱딴지같이 쥐 얘기를 했다는 사실이지. 몇 마디를 중얼거렸다는데, 아들이 알아들은 말은 그것이 전부였어. 바로 이 두 가지 사실에서 우리는 조사를 시작해야 해. 우리는 그 청년이 전적으로 사실을 얘기했다는 가정 아래서 시작할 거야."

"그렇다면 '쿠우이!'는 뭐지?"

"음, 분명 그건 아들을 부르는 소리였을 리가 없어. 그는 아들이 어디 있는지도 몰랐으니까. 그 소리가 아들의 귀에 들린 것은 순전히 우연이었어. '쿠우이!'는 그게 누군지 몰라도 그때 만나기로 약속한 사람을 부르는 소리였어. 그런데 '쿠우이'는 의심할 나위 없이 오스트레일리아에서 사람을 부르는 소리야. 오스트레일리아 사람들 사이에 사용되는 신호인 거지. 따라서 매카시가 보스콤 연못에서 만나려고 한 사람은 오스트레일리아에서 살았던 사람이라는 유력한 가정이 성립하지."

"그렇다면 쥐 얘기는 뭐지?"

셜록 홈즈는 주머니에서 접힌 종이를 꺼내 탁자에 펼쳐놓았다.

"이건 빅토리아 여왕의 식민지 지도야. 간밤에 브리스틀에 전보를 쳐서 이것을 구했지." 그가 지도의 한 부분을 손가락으로 짚고 말했다. "이걸 읽어봐."

"어래트ARAT." 내가 읽었다.

"그럼 지금은?" 그가 손을 들어올렸다.

"밸러래트BALLARAT."

"그래. 피살자가 말한 게 바로 이 말이었어. 아들은 이 낱말 가운데 마지막 두 음절만 들은 거지. 그는 살인자의 이름을 말하려고 했던 거야. 밸러래트의 아무개라고."

"놀랍군!" 나는 탄복했다.

"그건 분명해. 그럼 이제 용의자의 범위를 상당히 좁힌 셈이야. 아들의 진술이 정확하다고 인정하면, 회색 망토를 가졌다는 것이 확실한 세 번째 요점이야. 우리는 이제 아주 막연했던 것에서 명확한 개념을 끌어냈어. 회색 망토를 입은 오스트레일리아 밸러래트 출신의 사람이라는 것."

"그렇군."

"그리고 그건 그 지역에 사는 사람이야. 연못은 농장이나 사유지를 통해서만 갈 수 있어서, 외부인이 돌아다닐 수 있는 곳이 아니니까."

"그렇겠어."

"그럼 이제 오늘의 원정 얘기를 할 때가 되었군. 현장 조사를 통해 나는 범인의 특징에 관한 구체적인 세부사항을 알아냈고, 그걸 백치 같은 레스트레이드에게 가르쳐주었지."

"그런데 그건 어떻게 알아낸 거야?"

"내 방법을 알잖아. 그건 사소한 것들에 대한 관찰을 토대로 해서 알아낸 거야."

"키는 보폭을 보고 어림짐작했겠지. 부츠도 발자국을 보면 알 수 있을 테고."

"그래. 그건 특이한 부츠였지."

"하지만 그가 오른쪽 다리를 전다는 건?"

"오른쪽 발자국이 항상 왼쪽보다 희미했어. 오른발에 힘을 덜 싣는다는 뜻이지. 왜? 그야 발을 절기 때문이지. 그는 절름발이인 거야."

"하지만 왼손잡이라는 건?"

"검시 때 외과의사가 기록한 상처의 특징을 보고 자네도 놀랐잖아. 그건 바로 뒤에서, 머리 왼쪽을 가격한 상처였어. 왼손잡이가 아니라면 그럴 수가 없지. 부자가 상면하고 있는 동안 그는 나무 뒤에 서 있었어. 거기서 담배도 피웠지. 나는 시가 재를 발견했어. 담뱃재에 대한 전문지식 덕분에 그게 인도산 시가라는 것을 알 수 있었지. 알다시피 전에 그 주제에 꽤 열중해서 파이프와 시가, 궐련 등의 담뱃재 140종에 관한 논문을 하나 쓴 적도 있잖아. 담뱃재를 발견한 후 나는 주위를 살펴보고 그가 이끼 사이에 내던진 꽁초를 찾아냈어. 역시 인도산 시가였어. 네덜란드 로테르담에서 담배를 말긴 했지만."

"그렇다면 물부리는?"

"꽁초가 입에 물린 적이 없다는 것을 알 수 있었어. 따라서 물부리를 썼다는 얘기가 되지. 끄트머리를 절단했는데 입으로 뜯어낸 건 아니었어. 그런데 깔끔하게 절단되지 않은 것으로 보아, 날이 무딘 주머니칼을 쓴 것으로 추리했지."

"홈즈, 그 용의자는 자네가 친 그물에서 빠져나갈 수 없겠어. 자네는 무고한 사람의 목숨을 구한 거야. 이미 교수대에 매달린 사람의 밧줄을 끊어준 셈이지. 그 모든 것이 가리키는 방향을 볼 때 범인은……"

"존 터너 씨입니다." 호텔 웨이터가 외쳤다. 그는 우리 거실의 문을 열고 손님을 안으로 모셨다.

안으로 들어선 사람은 기묘하고 인상적인 모습이었다. 다리를 절면서 느릿느릿 걷는 데다가 어깨가 구부정해서 무척 노쇠해 보였지만, 윤곽이 또렷하고 우락부락한 이목구비에 기골이 장대해서 신체나 성격이 보기 드물게 강인해 보였다. 뒤엉킨 턱수염과 반백의 머리카락, 무성하게 자라서 아래로 쳐진 눈썹이 어우러진 외모는 위엄과 힘이 깃든 인상을 풍겼다. 그러나 안색이 회백색인 데다 입술과 콧방울이 '푸른 석류석'의 음영 같은 빛을 띠고 있어서, 내가 척 보기에 그는 만성 질환에 시달려서 곧 죽음을 앞두고 있는 게 분명해 보였다.

"그 소파에 앉으십시오." 홈즈가 점잖게 말했다. "제 전갈을 받으신 거죠?"

"그렇소. 별장지기가 갖다 주더군. 남들의 이목을 피하기 위해 여기서 나를 보자고 했던데."

"제가 댁에 들르면 남들이 입방아를 찧을 것 같았습니다."

"대체 나를 왜 만나자고 한 겁니까?"

그는 대답을 듣지 않아도 안다는 듯이, 지치고 절망 어린 두 눈으로 내 친구를 건너다보았다.

"그래요." 홈즈는 질문이 아닌 표정에 답했다. "그렇습니다. 저는 매카시에 대한 모든 것을 알고 있어요."

노인이 두 손에 얼굴을 묻었다. "맙소사!" 그가 외쳤다. "하지만 그 젊은이에게 해를 끼칠 생각은 없었소. 순회재판이 그에게 불리하게 진행되면 자백을 할 참이었습니다."

"그런 말씀을 들으니 반갑습니다." 홈즈가 정중하게 말했다.

"사랑하는 딸아이만 없었으면 이미 자백했을 겁니다. 그러면 그 애는 가슴이 무너지겠지. 내가 체포되면 그 애는 가슴이 미어질 것이오."

"그런 일은 없을 겁니다." 홈즈가 말했다.

"정말입니까?"

"나는 경찰이 아닙니다. 이곳으로 나를 부른 사람이 바로 따님이셨습니다. 지금 나는 그녀를 위해 일하고 있습니다. 하지만 젊은 매카시는 풀려나야 합니다."

"나는 죽어가고 있소." 터너 노인이 말했다. "당뇨병을 앓은 지 오래되었지요. 의사 말로는 한 달이나 살 수 있을지 모르겠다고 합니다. 하지만 감옥에서보다는 내 집 지붕 아래서 죽고 싶소."

홈즈가 일어서더니 종이 한 다발을 챙겨서 펜을 쥐고 식탁에 앉았다.

"우리에게 사실을 말씀하시기만 하면 됩니다." 홈즈가 말했다. "내가 사실을 받아쓸 테니 거기에 서명을 하십시오. 왓슨이 증인이 되어 줄 겁니다. 나중에 젊은 매카시를 구해야 할 결정적인 순간이 오면 그때 이 자백서를 제출하면 됩니다. 반드시 필요한 경우가 아니라면 이것을 공개할 일은 없을 겁니다."

"그렇다면 좋습니다." 노인이 말했다. "내가 순회재판 때까지 살아 있을지도 의문입니다. 그러니 나로선 아무래도 좋은데, 앨리스가 충격을 받지 않기만 바랄 따름입니다. 그럼 이제 모든 것을 밝히겠습니다. 사건의 발단은 오래되었지만, 얘기는 오래 걸리지 않을 겁니다.

여러분은 죽은 매카시가 어떤 인간인지 몰라요. 그는 악마의 화신이었습니다. 내 말을 들어보시오. 여러분은 제발 그런 인간의 마수에 걸리지 않기를 바랍니다. 그의 마수가 뻗친 것은 20년 전이었는데, 그때 내 인생은 풍비박산이 나고 말았습니다. 처음에 내가 어떻게 그의 수중에 놓이고 말았는지 말해주리다.

때는 1860년대 초 광산에서였습니다. 그때 나는 젊고 혈기방장하고 무모해서, 무슨 일이든 거칠 게 없었지요. 그러다 나쁜 친구들과 어울려서 술독에 빠졌고, 불하 받은 광산에서 헛물만 켜고 그만 탈선을 하게 되었습니다. 한마디로 노상강도가 된 겁니다. 일당이 여섯 명이었는데, 제멋대로 거칠게 살면서, 이따금 목장을 털거나 광산으로 가는 마차를 세우기도 했지요. 나는 밸러래트의 블랙잭으로 통했는데, 지금도 그 식민지에서는 밸러래트 갱으로 알려진 우리 일당을 모르는 사람이 없습니다.

어느 날 금궤 호송마차가 밸러래트에서 멜버른으로 향했습니다. 우리는 잠복해서 기다리고 있다가 덮쳤지요. 그쪽 호위대는 여섯 명이었고 우리도 여섯 명이어서 막상막하였지만, 처음 기습공격으로 네 명을 말에서 떨어뜨렸습니다. 하지만 우리도 세 명이 죽은 후에야 가까스로 장물을 챙길 수 있었지요. 나는 마부의 머리에 총을 겨누었는데, 그 마부가 바로 매카시였소. 아, 그때 차라리 방아쇠를 당겼으면 좋았으련만. 그가 내 이목구비를 낱낱이 기억하겠다는 듯이 사악한 눈으로 나를 뚫어지게 바라본 것을 알면서도 그의 목숨을 살려주었습니다. 우리는 금궤를 가지고 달아나서 부자가 되어 아무런 의심도 받지 않고 잉글랜드로 건너왔습니다. 도착한 후 친구들과 헤어진 나는 어딘가 조용한 곳에 정착해서 존경받는 삶을 살기로 결심했지요. 마침 누군가 내놓은 이 부동산을 샀고, 돈을 번 방식을 참회하는 뜻에서 푼돈으로 선행을 하기도 했습니다. 결혼도 했지만 아내는 사랑스러운 앨리스를 남기고 젊어서 죽고 말았지요. 앨리스는 아기였을 때에도 고사리 같은 손으로 나를 바른 길로 이끌어주는 것만 같았소. 다른 어떤 것도 나를 그리하진 못했지요. 한마디로 나는 새 출발을 해서, 과거를 속죄하기 위해 최선을 다하게 되었습니다. 매카시의 마수가 뻗치기 전까지는 모든 일이 잘 돌아갔지요.

그를 만난 것은 투자차 런던에 올라갔을 때였습니다. 그는 망토나 부츠 하나 없이 영락없는 거지꼴이었소.

'드디어 만났군, 잭.' 그가 내 팔을 치며 말했습니다. '우린 자네와 가족만큼이나 잘 지낼 수 있을 거야. 나와 내 아들, 이렇게 둘 말이야. 자네가 우리를 좀 돌봐주면 좋겠군. 싫다면 그것도 좋지. 여긴 법치국가인 잉글랜드 아닌가. 여기선 소리만 지르면 언제나 경찰이 득달같이 달려오지.'

그래서 그들이 이곳 서부 지방으로 내려오게 되었습니다. 그들을 떼어낼 길이 없었지요. 그들은 그 후 최고의 내 땅을 거저 차지하고 살았습니다. 그때부터 내게는 마음의 여유도 평안도 없었고, 잊을 수도 없었소. 어디를 돌아보아도, 냉소를 머금은 그의 교활한 얼굴이 나를 지켜보고 있었지요. 앨리스가 성장하자 상황이 더욱 악화되었습니다. 경찰보다 앨리스에게 내 과거가 알려지는 것을 더 두려워한다는 것을 그가 알게 되었기 때문이오. 그는 갖고 싶은 것이라면 무엇이든 가지려 했고, 그게 무엇이 되었든 나는 두말 않고 주었소. 땅도, 돈도, 집도 주었는데, 마침내 내가 줄 수 없는 것을 요구했어요. 바로 앨리스를 달라고 한 겁니다.

아시다시피 그의 아들이 다 컸고 내 딸도 다 컸는데, 내 건강이 좋지 않다는 것이 알려지자 그는 자기 아들이 내 전 재산을 거저먹어야 마땅하다는 멋진 생각을 떠올린 모양입니다. 하지만 나는 단호했어요. 그의 저주받은 혈통을 내 혈통과 섞는 일은 결단코 없을 겁니다. 그렇다고 그의 아들을 내가 싫어하는 건 아닙니다. 그의 피를 물려받았다는 것, 그것만으로도 이유는 충분하지요. 나는 꿋꿋하게 버텼소. 매카시는 위협을 했지요. 나는 무슨 짓이든 해볼 테면 해보라고 버텼습니다. 우리는 그 문제를 결판내기 위해 두 집 사이에 있는 연못에서 만나기로 했지요.

내가 연못으로 가보니, 그가 아들과 얘기를 나누고 있었습니다. 그래서 나는 시가를 피우며, 그가 혼자 남을 때까지 나무 뒤에서 기다렸지요. 그런데 그의 말을 듣고 있자니 환멸과 분노가 머리끝까지 치밀어 오르더군요. 그는 자기 아들에게 내 딸과 결혼하라고 다그쳤는데, 내 딸이 어떻게 생각할지는 안중에도 없었습니다. 내 딸이 거리의 매춘부라도 된다는 듯이 말이오. 나 자신은 물론이고 내가 소중히 여기는 모든 것이 그런 인간의 수중에서 놀아난다는 생각을 하니 눈이 뒤집히더군요. 내가 이런 굴레에서 과연 벗어날 수 있을까? 나는 이미 죽어가는 절망적인 인간이었습니다. 정신이야 또렷하고 사지의 근력도 꽤 강하지만, 내 목숨이 얼마 남지 않았다는 것을 나는 알고 있었어요. 하지만 내 과거와 내 딸! 그 둘은 구할 수 있었습니다. 저 못된 혓바닥만 침묵케 할 수 있다면 말이오. 나는 그렇게 했습니다, 홈즈 씨. 그런 일이 생기면 또 그렇게 할 겁니다. 내 죄가 막중하지만, 나는 속죄하기 위해 순교자처럼 살아왔어요. 하지만 내 딸이 나와 똑같이 올가미에 걸리게 될 것을 생각하니 견딜 수가 없었소. 나는 해로운 몹쓸 짐승을 해치우듯 아무런 양심의 가책 없이 그를 내리쳤습니다. 그의 비명을 듣고 아들이 돌아왔어요. 하지만 나는 이미 숲 속에 몸을 숨긴 뒤였습니다. 그런데 달아나다가 떨어뜨린 망토를 가지러 돌아가지 않을 수 없었지요. 신사 여러분, 이것이 그 모든 일의 진상입니다."

"음, 노인장을 심판하는 것은 내가 할 일이 아닙니다." 작성된 진술서에 노인이 서명을 할 때 홈즈가 말했다. "우리가 그런 시험에 들지 않기를 바랄 뿐입니다."

"나 또한 그러길 바랍니다. 그럼 이제 어떡하시겠소?"

"노인장의 건강을 고려해서, 두고 보기로 하겠습니다. 순회재판보다 더 높은 법정에서 곧 죄의 대가를 받게 되리라는 것은 잘 알고 계실 겁니다. 나는 이 자백서를 보관해두겠습니다. 매카시가 유죄판결을 받게 되면 이것을 사용하지 않을 수 없겠지요. 혐의가 풀린다면 이것

이 인간의 눈에 띄는 일은 없을 겁니다. 노인장의 생사와 무관하게 비밀은 안전하게 지켜질 것입니다."

"그럼 안녕히!" 노인이 엄숙하게 말했다. "내 임종을 평안케 해준 것을 훗날 돌이켜 보시면, 두 분의 임종의 자리가 한결 더 평안할 것입니다."

그는 거구의 몸을 후들거리며 비틀비틀 느린 걸음으로 떠났다. 홈즈가 오래 침묵을 지키다가 말했다.

"어쩌면 이럴 수가 있나! 운명은 가련한 미물들에게 왜 이런 장난을 치는 것일까? 이런 이야기를 듣고 보니 백스터 식의 말이 떠오르는군. 가라사대, '신의 은총이 없었으면 셜록 홈즈도 무사하지 못했으리.'" (영국의 청교도 목사 리처드 백스터가 이런 말을 했다는 것은 홈즈의 착각이다. 이 말은 존 브래드퍼드가 한 말이다―옮긴이)

제임스 매카시는 순회재판에서 풀려났다. 홈즈가 작성해서 변호사에게 넘겨준 수많은 이의 제기가 받아들여진 덕분이었다. 터너 노인은 우리와 만난 후 일곱 달을 더 살았고 지금은 이 세상에 없다. 그 아들과 딸은 그들의 과거에 먹구름이 드리워진 적이 있다는 것을 모른 채 함께 행복하게 살 가능성이 아주 높다.

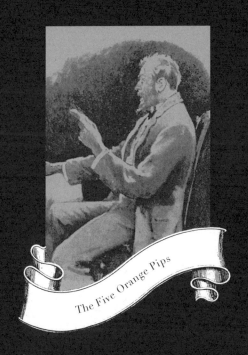

The Five Orange Pips

다섯 개의 오렌지 씨앗

1882년부터 1890년까지 홈즈가 다룬 사건들에 대
해 내가 기록해둔 것을 훑어보니, 진기하고 흥미로운 얘깃거리가 워낙
많아서 어느 것을 먼저 이야기하고 어느 것을 묵혀둘지 판별하기가 쉽
지 않다. 그러나 일부 사건은 이미 신문 보도를 통해 널리 알려졌고,
일부 사건은 내 친구가 지닌 아주 고도의 특별한 능력을 발휘할 만한
건더기가 없었다. 이런 글의 목적이 바로 그 능력을 보여주고자 하는
것인데 말이다. 또 일부 사건은 그의 분석 능력으로도 설명이 되지 않
아서, 그런 것을 이야기해서는 운만 떼고 마무리를 못 하게 될 것이다.
한편 어떤 사건은 수수께끼가 일부만 풀려서, 그런 사건을 설명하려면
그가 그토록 소중히 여기는 완벽한 논리적 증거보다는 추측과 어림짐
작을 토대로 할 수밖에 없다. 그러나 방금 얘기한 유형의 사건 가운데
이야기보따리를 풀어놓고 싶은 유혹을 느끼는 사건이 하나 있다. 그
사건의 수수께끼가 낱낱이 풀리지는 않았고, 앞으로도 그럴 가망이 없
지만, 사건의 내용이 아주 진기하고 결말 또한 몹시 놀랍기 때문이다.
　　1887년은 흥미진진한 사건부터 시큰둥한 사건까지 별의별 사건으

로 점철된 한 해였다. 나는 그 사건들의 기록을 고스란히 간직하고 있다. 이 열두 달 동안의 사건 목록만 훑어보면, 패러돌 챔버 사건, 가구 도매상점 지하실에 화려한 회관을 갖춘 아마추어 탁발 협회 사건, 영국 범선 '소피앤더슨호'에서의 분실 사건, 그라이스 패터슨 씨네가 우파 섬에서 겪은 특이한 모험, 끝으로 캠버웰 독살 사건 등이 눈에 띈다. 지금도 기억이 생생한 마지막 사건에서 셜록 홈즈는 피살자의 회중시계 태엽을 감아봄으로써, 피살자가 태엽을 감은 지 두 시간이 넘지 않았다는 것을 입증할 수 있었다. 따라서 피살자가 잠자리에 든 지 두 시간이 넘지 않는다는 것을 알아냈고, 그것이 사건을 해결하는 데 결정적인 단서가 되었다. 이 사건들도 장차 언젠가는 이야기하게 될지 모르지만, 지금 이야기보따리를 풀고자 하는 사건에 비하면 썩 기묘하거나 독특한 데가 없다.

때는 9월 하순, 추분의 강풍이 유난히 세차게 부는 어느 날이었다. 종일 바람이 울부짖고 빗줄기가 유리창을 두드렸다. 그래서 거대한 인공 도시 런던의 심장부에서 판에 박힌 일상의 삶에 묻혀 살아온 우리도 잠시나마 정신을 차리고 위력적인 대자연의 존재를 인식하지 않을 수 없었다. 대자연은 우리 속의 야수처럼 문명의 창살 사이로 인류를 향해 울부짖었다. 날이 저물면서 폭풍우가 더욱 거세어지자, 바람은 굴뚝 속에서 아이처럼 흐느껴 울었다.

셜록 홈즈는 침울하게 벽난로 한쪽에 앉아 사건 기록에 대한 색인을 만들고 있었다. 나는 맞은편에 앉아 클라크 러셀의 멋진 해양소설에 심취한 나머지, 어디서 불어오는지 알 수 없는 바람의 울부짖음이 소설 속으로 넘나들고, 창을 두드리는 빗소리는 뱃전을 강타하는 파도소리로 들렸다. 아내는 친정어머니에게 가 있어서, 나는 또다시 베이커 스트리트의 옛 숙소에서 며칠 묵고 있었다.

나는 고개를 들고 홈즈를 슬쩍 바라보며 말했다.

"누가 초인종을 울린 게 분명해. 이런 밤중에 누가 온 거지? 자네 친구일까?"

"내게 친구는 자네밖에 없어. 나는 손님을 부르지도 않아."

"그럼 의뢰인인가?"

"그렇다면 심각한 사건이겠지. 그게 아니라면 이런 날 이런 시간에 찾아올 리가 없어. 하지만 아마 주인아주머니의 친구일 거야."

그러나 셜록 홈즈의 추측은 틀렸다. 복도에서 발소리가 나더니 누군가 문을 두드렸다. 홈즈는 긴 팔을 쭉 뻗어서, 자기에게 향해 있던 램프를 빈 의자 쪽으로 돌려놓았다. 그건 손님이 앉게 될 의자였다.

"들어오세요!" 그가 말했다.

들어온 젊은이는 기껏해야 스물두 살쯤 되어 보였지만, 단정하고 말끔한 차림새에 태도가 세련되고 우아했다. 번들거리는 긴 우의를 입고 물이 뚝뚝 떨어지는 우산을 손에 들고 있는 모습은 악천후를 헤치고 왔다는 것을 여실히 보여주었다. 환한 램프 불빛 속에서 그는 불안하게 두리번거렸다. 크나큰 근심에 시달린 사람처럼 눈빛이 어둡고, 얼굴은 창백했다.

"사과드리겠습니다." 그가 금테 코안경을 치켜 쓰며 말했다. "폐를 끼칠 생각은 없었습니다만, 아늑한 실내로 폭풍우의 여파를 끌어들이고 말았군요."

"외투와 우산을 이리 주세요." 홈즈가 말했
다. "여기 이 옷걸이에 걸어두면 곧 마를 겁니
다. 보아하니 남서부에서 왔군요."

"네, 호섬에서요."

"부츠 콧등에 묻은 점토와 백악의 혼합물이 아
주 특이해서 그걸 알 수 있지요."

"저는 조언을 구하러 왔습니다."

"그거야 쉽지요."

"그리고 도움도요."

"그건 항상 쉽지만은 않아요."

"홈즈 씨에 대한 얘기를 듣고 찾아왔어요. 프렌더
개스트 소령님에게 들었는데, 탱커빌 클럽 스캔들 사건 때 소령님을
구해주었다면서요?"

"아, 그래요. 그는 카드 게임을 하며 속임수를 썼다는 누명을 썼
지요."

"소령님 말로는, 홈즈 씨라면 해결 못 할 게 없다더군요."

"과찬입니다."

"홈즈 씨는 실패하신 적이 없다면서요?"

"나는 네 번 실패했어요. 세 번은 남자들한테, 한 번은 여자한테 당
했지요."

"하지만 성공한 수많은 사건에 비하면 그건 아무것도 아니잖아요."

"대체로 성공을 했다는 건 사실이지요."

"그럼 제 경우도 그럴 수 있을 거예요."

"벽난로 가까이 의자를 당겨 앉으세요. 그리고 무슨 사건인지 자세히 얘기를 해봐요."

"이건 범상치 않은 사건이에요."

"나를 찾아오는 사람들의 사건은 다 그렇답니다. 나는 최후의 상소 재판소거든요."

"하지만 우리 집안에서 일어난 이번 사건보다 더 불가해한 사건은 들어보신 적도 없을 거예요."

"귀가 솔깃하군요. 중요한 사실들을 처음부터 차근차근 얘기해주세요. 특히 중요해 보이는 것에 대해서는 내가 나중에 질문을 하도록 하겠습니다."

젊은이는 의자를 끌어당기고 벽난로 쪽으로 젖은 발을 쭉 뻗었다.

"제 이름은 존 오픈쇼입니다. 하지만 끔찍한 이번 사건이 저와 무슨 상관이 있는 것 같지는 않아요. 이건 상속 문제인데, 관련 사실들을 제대로 이해하시려면, 처음부터 말씀드려야 할 것 같아요.

먼저 아셔야 할 것은, 제 할아버지에게 아들이 두 명 있었다는 거예요. 큰아버지와 아버지죠. 큰아버지 함자는 일리어스, 아버지 함자는 조지프예요. 아버지는 코번트리에서 작은 공장을 운영하셨는데, 자전거가 발명되면서 공장을 확장했죠. 파손되지 않는 오픈쇼 타이어 전매 특허를 가지고 계셨기 때문에 사업이 큰 성공을 거두었어요. 그래서 그것을 팔고 은퇴하셨을 때에는 재산이 상당했죠.

큰아버지는 젊어서 미국으로 이민을 가, 남부 플로리다 주에서 농장을 운영하셨다는데, 듣기로는 농장이 아주 잘되었다더군요. 남북전쟁 때에는 잭슨의 부대에서 싸웠고, 그 후 후드 밑으로 들어가서 대령까지 승진을 했답니다. 리 장군이 항복하자 큰아버지는 농장으로 돌아가서 4년쯤 농장을 더 운영하셨죠.

그러다 1869년인가 1870년에 유럽으로 돌아와서; 호섬 근처의 서식스에 정원이 있는 아담한 별장을 구입하셨죠. 미국에서 상당한 재산을 모았는데, 흑인이 싫은 데다가 흑인에게 투표권을 주려는 공화당 정책도 싫어서 미국을 등졌다고 하시더군요. 큰아버지는 특이한 분이세요. 다혈질이고, 화가 나면 입이 여간 험하지 않은데, 무엇보다도 은둔 기질을 갖고 계시죠. 큰아버지가 호섬에서 살아온 지난 몇 년 동안 읍내에 한 번이라도 발을 들여놓으신 적이 있는지 의심스러워요. 큰아버지의 별장 주위에는 정원이 있고 목초지도 두어 군데 있어서, 거기서 운동을 하시곤 했어요. 하지만 몇 주 동안 내리 방에서 나오지 않기 일쑤였답니다. 골초에 브랜디를 엄청 마셨지만, 사람들과 어울리는 법이 없었고 친구도 원치 않았어요. 동생조차도 멀리하셨죠.

저를 멀리하진 않으셨어요. 실은 애지중지하셨죠. 큰아버지가 저를 처음 보신 것은 제가 열두 살 때쯤이었어요. 잉글랜드에 오신 지 8-9년이 된 1878년이었을 거예요. 그분이 아버지에게 부탁해서 저를 데리고 살게 되었는데, 저에게는 나름대로 아주 자상하셨어요. 술에 취하지 않으셨을 때에는 둘이서 주사위 놀이나 체스를 했지요. 하인이나 상인을 상대하는 것은 모두 저한테 맡기는 바람에, 열여섯 살 무렵에 저는 아예 집주인이 되어 있었죠. 모든 열쇠를 관리하면서, 큰아버지의 프라이버시를 침해하지 않는 한, 집 안에서 가고 싶은 곳은 어디든 가고, 하고 싶은 일은 뭐든 할 수 있었어요. 하지만 다락방 가운데 헛간으로 쓰는 방 하나만은 예외였어요. 그곳은 항상 잠겨 있었는데, 큰아버지는 저뿐 아니라 아무도 그곳에 들어가지 못하게 하셨어요. 저는 소년다운 호기심에 열쇠구멍으로 들여다보았지만, 여느 헛간에나 있음 직한 낡은 트렁크와 짐 꾸러미밖에 보이지 않았어요.

1883년 3월의 어느 날 아침이었어요. 외국 우표가 붙은 편지가 대령님의 요리접시들 앞에 놓여 있었죠. 편지를 받는 것은 흔히 있는 일이 아니었어요. 항상 현금을 내고 물건을 샀기 때문에 무슨 청구서가 날아올 일도 없었고, 편지를 보낼 만한 친구도 없었거든요. 편지를 집어든 큰아버지가 말했어요.

'인도에서! 퐁디셰리 우체국 소인이야! 이게 대체 뭐지?'

서둘러 개봉을 하자, 마른 오렌지 씨앗 다섯 개가 큰아버지의 접시에 후두둑 떨어졌어요. 나는 그것을 보고 웃음이 나왔지만, 큰아버지의 얼굴을 보자 웃음이 싹 달아났죠. 큰아버지는 입을 쩍 벌린 채, 두 눈이 툭 튀어나올 듯했고, 안색은 납빛이었어요. 부들부들 떨리는 두 손에 계속 쥐고 계신 봉투를 노려보며 큰아버지가 외쳤어요.

'KKK! 맙소사, 하느님 맙소사, 기어이 내가 죄값을 치르는구나!'

'그게 뭐예요, 큰아버지?' 내가 놀라서 물었어요.

'죽음이야.' 큰아버지가 말했습니다.

겁에 질려 가슴이 콩닥거리는 나만 남기고, 큰아버지는 식탁에서 일어나 당신의 방으로 들어가 버렸어요. 편지봉투를 살펴보았더니, 고무풀 바로 위의 봉투 뚜껑 안쪽에 빨간 잉크로 K 자 세 개를 휘갈겨 써놓았더군요. 다섯 개의 마른 씨앗 말고 봉투 안에 또 들어 있는 것은 없었어요. 그런데 큰아버지가 그토록 겁에 질린 이유가 무엇이었을까요? 나는 식탁을 떠나 2층으로 올라가다가 아래로 내려오는 큰아버지와 마주쳤어요. 예의 다락방 열쇠인 게 분명한 녹슨 열쇠 하나를 한 손에 쥐고, 다른 손에는 금고로 보이는 작은 황동 상자를 들고 계셨죠.

'해볼 테면 해보라고 해. 나도 순순히 당하고만 있진 않을 거야.'

큰아버지가 단호하게 말했어요.

'오늘 밤 내 방에 불 좀 지피라고 메리에게 말하렴. 그리고 호섬에 가서 변호사 포덤을 모셔오라고 해.'

나는 시킨 대로 했습니다. 변호사가 도착하자 나도 올라오라고 부르시더군요. 벽난로 불이 활활 타고 있었어요. 종이를 태웠는지 땔감 받침 위에 부스스한 검은 재가 수북하고, 그 옆에 황동 상자가 열린 채 텅 비어 있더군요. 상자를 슬쩍 바라본 나는 깜짝 놀랐어요. 아침에 편지봉투에 적혀 있던 그 끔찍한 K 자가 상자 뚜껑에도 적혀 있거든요.

'애야, 내가 유언을 할 테니 네가 증인이 되도록 해라.' 큰아버지가 말했어요. '내 재산과 아울러 관련된 모든 권리와 채무를 내 동생인 네 아버지에게 물려줄 테니, 그것은 두말할 나위 없이 나중에 너에게 물려질 거야. 네가 이 재산을 향유할 수 있다면 썩 좋은 일이지! 네가 향유할 수 없다면, 애야, 내 충고를 듣도록 해라. 만일 그렇다면 네가 가장 저주하는 적에게 이 재산을 물려주도록 해. 너에게 이런 양날의 칼을 물려주어 안됐지만, 장차 무슨 일이 닥칠지 알 수가 없구나. 포덤 씨가 보여주는 문서에 서명해라.'

나는 시키는 대로 서명을 했고, 문서는 변호사가 가져갔어요. 짐작하시겠지만, 이런 별난 일이 저에게는 더없이 깊은 인상을 남겨서, 저는 생각을 곱씹으며 이런저런 가능성을 따져보았지만 전혀 종잡을 수가 없었어요. 이 일 뒤에 뭔가 공포가 도사리고 있다는 막연한 기분을 떨쳐버릴 수 없었지만, 몇 주가 지나자 차츰 두려움이 가시더군요. 일상의 삶을 뒤흔드는 어떤 일도 일어나지 않았거든요. 하지만 큰아버지는 달라지셨어요. 전보다 술을 더 많이 드셨고, 사람을 만나는 건 더욱 꺼리셨어요. 안에서 문을 잠근 채 방에서만 대부분의 시간을 보냈는데, 때로는 광란이라고 할 만큼 취한 채 나타나서, 밖으로 뛰쳐나가서는 권총을 들고 정원을 누비고 다니셨어요. 그러면서 아무도 두렵지 않다고, 인간이든 악마든 우리 속의 양처럼 자신을 가둘 수는 없다고, 고래고래 소리를 질러대셨죠. 하지만 그런 발작이 끝나면, 아주 요란하게 방 안으로 뛰어 들어가 문을 잠그고 빗장까지 질렀죠. 영혼의 심연에 자리 잡은 공포에 감히 더 이상 대항할 수 없다는 듯이 말예요. 그럴 때에는 날이 아무리 쌀쌀해도 큰아버지의 얼굴은 마치 대야의 물에 담갔다가 막 꺼낸 것처럼 땀으로 번들거렸어요.

홈즈 씨, 얘기가 막바지에 이르렀으니 조금만 더 참고 들어주세요. 어느 날 밤, 또 술에 취해서 밖으로 돌격을 하신 큰아버지가 다시는 살아 돌아오지 못했어요. 큰아버지를 찾아 나선 우리는 정원 아래로

내려갔다가, 녹조류가 더껑이처럼 떠 있
는 작은 연못에 큰아버지가 엎어져 있는 것
을 발견했습니다. 폭행당한 흔적은 없었는
데, 연못의 깊이는 고작 두 자밖에 되지
않았어요. 그래서 검시 배심원은 평
소의 기벽을 고려해서 자
살이라고 평결을 내렸
어요. 하지만 죽음이라
면 생각하기도 싫어하
셨다는 것을 잘 알고 있는 나로서는 큰아버지가 자진해서 죽음을 맞이
했다는 게 믿기지 않았어요. 아무튼 일은 그렇게 마무리되고, 부동산
과 1만 4,000파운드쯤의 예금을 아버지가 물려받았어요."

"잠깐." 홈즈가 말을 가로막았다. "이건 내가 전에 들어본 어느 사
건 못지않게 주목할 만한 사건이라는 예감이 드는군요. 큰아버지께서
그 편지를 받은 날과 자살로 추정되는 사건이 일어난 날이 며칠이죠?"

"편지가 온 것은 1883년 3월 10일이고, 돌아가신 것은 7주 뒤인 5월
2일 밤이었어요."

"그렇군요. 계속 말씀하세요."

"아버지가 호섬의 별장을 물려받은 후, 제가 부탁을 드려서, 늘 잠
겨 있던 다락방을 자세히 조사했답니다. 거기에서 황동 상자를 찾아냈
는데, 물론 내용물은 이미 소각된 뒤였죠. 뚜껑 안쪽에는 종이 딱지가
붙어 있었어요. 'KKK'라는 머리글자 아래 '편지, 비망록, 영수증, 명

부'라는 말이 쓰여 있더군요. 대령님이 소각한 문서가 바로 그런 것들이겠죠. 다락방에는 큰아버지의 미국 생활과 관계있는 많은 문서와 공책이 흩어져 있었고, 그 밖에는 중요한 게 없었어요. 어떤 것은 큰아버지가 군 생활을 잘 했고, 용감한 병사로 이름을 날렸다는 것을 보여주는 전시 문서였어요. 다른 것은 남부 여러 주의 전후 복구기에 작성된 문서였는데, 주로 정치에 관한 것들이었죠. 큰아버지는 북부에서 파견된 뜨내기 정치가들에 대한 반대 운동에 열렬히 동참한 게 분명했어요.

아무튼 아버지가 호섬에서 살게 된 것은 1884년 초부터였는데, 이듬해 벽두까지는 모든 일이 탈 없이 잘 돌아갔어요. 1885년 1월 4일, 우리가 아침 식사를 하며 식탁에 함께 앉아 있을 때, 아버지가 소스라치게 놀라서 새된 비명을 질렀어요. 아버지는 갓 개봉한 봉투를 한 손에 들고 앉아 계셨는데, 그 아래 펼친 다른 손바닥에 마른 오렌지 씨앗 다섯 개가 놓여 있었어요. 대령님에 대한 제 얘기가 얼토당토않은 소리라고 늘 코웃음친 아버지는 막상 같은 일을 당하니까 더럭 겁이 나서 어쩔 줄 모르는 듯했어요.

'아니, 애야, 이게 대체 무슨 뜻이냐?' 아버지가 말을 더듬었어요.

나는 가슴이 철렁했어요. 'KKK예요.' 제가 말했죠.

아버지가 봉투 안을 들여다보았어요. '그렇구나.' 아버지가 외쳤어요. '여기 바로 그런 글자가 있어. 하지만 그 위에 적힌 이 말은 뭐지?'

'문서를 해시계 위에 두어라.' 내가 아버지 어깨 너머로 읽어봤어요.

'문서라니? 해시계는 또 뭐야?' 아버지가 물었어요.

'정원의 해시계요. 그 밖에 다른 해시계는 없어요. 그런데 문서는 소각된 것들을 말하는 게 분명해요.' 내가 말했어요.

'흥!' 아버지가 애써 마음을 다잡고 말했어요. '여긴 문명국이야. 이 따위 광대짓거리는 용납할 수 없어. 그런데 이게 어디서 날아온 거야?'

'던디에서요.' 내가 힐끗 우표 소인을 보고 대답했어요.

'턱없이 짓궂은 장난이야.' 아버지가 말했어요. '해시계나 문서가 나와 무슨 상관이 있다는 거야? 이런 가당찮은 짓거리에는 아랑곳할 필요 없어.'

'경찰에 신고해야 해요.' 내가 말했어요.

'그래봐야 웃음거리만 돼. 그건 당치 않아.'

'제가 신고할게요.'

'안 돼, 그건 허락할 수 없어. 이런 가당찮은 짓거리를 가지고 괜히 수선을 피울 것 없다.'

아버지는 워낙 완고한 분이라서 설득하려고 해봐야 헛일이죠. 하지만 저는 여간 불안하지 않았어요.

편지가 온 지 사흘째 되는 날, 아버지가 옛 친구인 프리바디 소령님을 만나러 외출하셨어요. 소령님은 포츠다운힐의 여러 요새 가운데 한 곳의 사령관이시죠. 저는 아버지가 외출하시는 게 반가웠어요. 집에서 멀어지면 그만큼 위험에서도 더 멀어지는 것 같았거든요. 하지만 그건 제 착각이었어요. 아버지가 떠나신 지 이틀째 되는 날, 소령님이 저에게 급히 와달라는 전보를 보냈어요. 아버지가 그 일대에 널려 있는 깊은 백악 구덩이에 빠져서 두개골이 부서진 채 의식을 잃고 누워 계시다는 것이었죠. 당장 달려갔지만 아버지는 끝내 의식을 회복하지 못하고 세상을 뜨셨어요. 아버지는 해거름에 패어럼에서 돌아오시던 중이었는데, 그곳이 낯선 데다가 구덩이 둘레에 울타리를 쳐놓지도 않았나봐요. 검시 배심원은 주저하지 않고 '불의의 사고사'로 평결을 내렸답니다. 저는 아버지의 사망과 관련된 모든 사실을 꼼꼼히 헤아려보았지만, 그것이 살인이라는 단서는 발견하지 못했어요. 폭행의 흔적도, 발자국도, 도난도, 길에서 낯선 사람이 목격되었다는 증언도 없었어요. 하지만 두말할 나위 없이 제 마음은 편치 않았어요. 아버지는 뭔가 악랄한 음모에 희생된 거라고 저는 거의 확신했거든요.

저는 이처럼 불길하게 유산을 물려받았어요. 그걸 왜 처분해버리지 않느냐고 하실지도 모르겠군요. 그건 우리의 고난이 어느 면에서 큰아버지의 인생사와 뗄 수 없는 관계가 있으니 어느 집에 살든 위험하긴 마찬가지라고 확신하기 때문이에요.

아버지가 운명하신 것은 1885년 1월이었으니까, 어느덧 2년 8개월이 흘렀군요. 그동안 저는 호섭에서 행복하게 살았습니다. 우리 집안에서 저주가 사라졌다는 희망을 갖기 시작했죠. 저주가 윗대에서 끝났다고 본 거예요. 하지만 그건 속단이었어요. 어제 아침, 아버지에게 온 것과 똑같은 방식으로 불행이 덮쳐왔거든요."

젊은이가 조끼에서 구겨진 편지봉투를 꺼내더니, 탁자에 대고 편지봉투를 탈탈 털어서 다섯 개의 마른 오렌지 씨앗을 꺼냈다.

"이게 그 편지봉투예요." 그가 말했다. "우표에는 런던 동부 소인이 찍혔어요. 안에는 아버지가 받은 것과 똑같은 전갈이 적혀 있어요. 'KKK', 그다음에 '문서를 해시계 위에 두어라.'"

"그래서 어떻게 했나요?" 홈즈가 물었다.

"아무것도 하지 않았어요."

"아무것도?"

"실은," 하며 그는 희고 가녀린 두 손에 얼굴을 묻었다. "뭘 어떡할 수가 없는 것만 같았어요. 구렁이가 꿈틀꿈틀 다가오고 있는 것을 바라보고 있을 수밖에 없는 가련한 토끼 같은 심정이었어요. 맞서 싸울 수 없는 냉혹한 악마, 아무리 조심하고 경계해도 아무 소용이 없는 그런 악마의 수중에 사로잡힌 것만 같았어요."

"쯧쯧!" 셜록 홈즈가 탄식했다. "조치를 취해야지, 안 그러면 목숨을 잃어요. 힘을 내는 것만이 살 길입니다. 지금은 절망하고 있을 때가 아니에요."

"경찰도 만나봤어요."

"그래요?"

"하지만 제 얘기를 듣고 그냥 웃어넘기는 거예요. 그 형사는 편지들이 모두 짓궂은 장난이라고 생각하는 게 분명했어요. 큰아버지와 아버지의 죽음은 배심원과 마찬가지로 사고라고 생각해요. 경고와 아무런 관계도 없다고 보는 거예요."

"이런 멍청한 것들 같으니!" 홈즈가 두 주먹을 불끈 쥐고 허공을 치며 외쳤다.

"하지만 집에서 나를 지키라고 경찰을 한 명 붙여주었죠."

"이곳에 그 경찰과 함께 왔나요?"

"아니요. 그는 집에 붙어 있으라는 명령을 받았어요."

다시 홈즈가 흥분해서 허공을 쳤다.

"왜 나를 찾아온 겁니까?" 그가 말했다. "그리고 무엇보다도 왜 곧 바로 나를 찾아오지 않았느냐고요."

"전 몰랐어요. 프렌더개스트 소령님에게 고민을 털어놓고, 홈즈 씨에게 찾아가라는 조언을 들은 게 바로 오늘이에요."

"편지를 받은 지 벌써 이틀이 다 되어가는군요. 더 일찍 조치를 취해야 했어요. 우리 앞에 내놓은 것 외에 다른 증거는 없나요? 사소한 거라도 도움이 될 만한 것 말입니다."

"하나 있어요." 존 오픈쇼가 말했다. 그는 외투 주머니를 뒤져 빛바랜 푸르스름한 종이 한 장을 꺼내 탁자에 올려놓았다.

"큰아버지가 문서를 불태우시던 날, 미처 덜 탄 문서 쪼가리를 봤는데, 그게 이런 색이었던 기억이 나요. 이 한 장의 종이를 큰아버지의 방바닥에서 발견했어요. 아마도 다른 것들과 함께 있다가 날아가서 소각되는 걸 면한 모양이에요. 하지만 여기서 씨앗을 언급하고 있다는 것 말고는 도움이 될 만한 내용은 없는 것 같아요. 개인적인 일기장의 한 페이지 같은데, 큰아버지의 필적인 건 확실해요."

홈즈가 램프를 돌려놓았다. 우리 둘은 그 종이를 굽어보았다. 가장자리가 깔쭉깔쭉한 걸 보니 정말 일기장에서 찢어낸 것 같았다.

'1869년 3월'이라는 제목 아래 수수께끼 같은 이런 말이 적혀 있었다.

> 4일. 허드슨이 왔다. 여전한 플랫폼.
> 7일. 세인트오거스틴의 매콜리, 패러모어, 존 스웨인에게 씨앗을 뿌리다.
> 9일. 매콜리 해결.
> 10일. 존 스웨인 해결.
> 12일. 패러모어 방문. 만사형통.

"고맙습니다!" 홈즈가 종이를 접어서 손님에게 돌려주며 말했다. "이번에는 또다시 타이밍을 놓치는 일이 없어야 합니다. 우리는 시간이 없습니다. 방금 한 얘기에 대해 논의할 시간도 없어요. 당장 집에 돌아가서 조치를 취하도록 하세요."

"어떡해야 하죠?"

"할 일은 딱 한 가지입니다. 그건 즉시 해야 해요. 우리에게 보여준 그 종이를 앞서 얘기한 황동 상자 안에 넣으세요. 그리고 큰아버지가 모든 문서를 소각해서, 남은 건 이것 한 장뿐이라는 내용의 쪽지를 써서 상자에 넣으세요. 그 쪽지에는 그들에게 확신을 심어줄 수 있는 말을 써넣어야 합니다. 그렇게 한 후, 그들이 지시한 대로 즉시 해시계 위에 그 상자를 올려놓으세요. 아시겠습니까?"

"잘 알았습니다."

"복수나 뭐 그런 비슷한 것을 할 생각은 당분간 하지 마세요. 복수는 법적으로 이루어질 거라고 봅니다. 그들은 이미 그물을 쳐놓았는데, 우리는 지금부터 그물을 쳐야 합니다. 무엇보다 앞서 생각할 일은 당신에게 다가오고 있는 당장의 위험을 제거해야 한다는 것입니다. 수수께끼를 해결하고 죄인 일당을 처벌하는 것은 나중의 문제입니다."

"고마워요." 젊은이가 말하고 일어서서 외투를 걸쳤다. "덕분에 저는 새로운 생명과 희망을 얻었습니다. 반드시 조언해주신 대로 하겠어요."

"지체하지 마세요. 그리고 무엇보다도 당분간 몸조심을 하십시오. 의심할 여지가 없이 진짜 위험이 임박했으니까요. 집에는 어떻게 돌아갈 건가요?"

"워털루에서 기차로 돌아갈 거예요."

"아직 9시가 안 됐군요. 거리에는 사람이 많을 테니 별일 없을 거라고 믿습니다. 하지만 거듭 각별히 조심하세요."

"총을 가지고 있어요."

"다행이군요. 내일 당장 이 사건에 착수하겠습니다."

"그럼 호섬에서 뵐까요?"

"아닙니다. 이 사건의 열쇠는 런던에 있습니다. 나는 런던에서 열쇠를 찾을 겁니다."

"그럼 하루나 이틀 후 상자와 문서에 대한 소식을 가지고 다시 찾아뵙겠습니다. 조언해주신 그대로 하겠어요."

그는 우리와 악수를 나누고 떠났다. 밖에서는 여전히 바람이 울부짖고, 여전히 빗줄기가 유리창을 두드렸다. 이 기묘하고 험악한 이야기는 마치 광분한 대자연의 한복판에서 강풍에 실려 우리에게 날아든 해초 한 가닥처럼 불시에 우리에게 들이닥쳤다가, 다시 대자연에 홀연히 빨려 들어가 버린 듯했다.

셜록 홈즈는 한동안 고개를 숙이고 말없이 앉아서 이글거리는 벽난로 불빛만 응시했다. 그러다 파이프에 불을 댕기고 의자에 등을 기대고는, 서로 쫓고 쫓기듯 천장으로 올라가는 푸른 연기 고리를 지켜보았다.

"왓슨, 내가 보기엔 말이야." 마침내 그가 말문을 열었다. "우리가 다룬 사건 가운데 이보다 더 기묘한 것은 없었던 것 같아."

"아마도, '네 사람의 서명'만 빼고."

"그래, 맞아. 아마도, 그것만 빼고. 하지만 내가 보기에 존 오픈쇼는 숄토 씨네보다 훨씬 더 큰 위험에 맞닥뜨린 것 같아."

"그게 어떤 위험인지 자네는 이미 포착했겠지?"

"위험의 성격에 관해서는 알 만해." 그가 답했다.

"그럼 얘기해봐. KKK는 누구지? 그리고 왜 그 불행한 일가를 계속 뒤쫓는 거지?"

셜록 홈즈는 눈을 감고 안락의자에 두 팔꿈치를 얹은 채, 손가락 끝을 맞대고 말했다.

"단 하나의 사실이라도 그것을 모든 각도에서 조명해본 이상적인 사색가라

면, 그 하나의 사실만으로 현재에 이르기까지의 모든 사건의 연쇄를 추리해낼 수 있을 뿐 아니라, 그 후 뒤따라 일어나게 될 모든 결과까지 추리할 수 있을 거야. 퀴비에(조르주 퀴비에. 프랑스의 동물학자이자 정치가. 비교해부학과 고생물학을 확립한 사람―옮긴이)가 뼈다귀 하나만 보고도 그 동물의 전체 모습을 정확히 그려낼 수 있었던 것처럼, 관찰자가 일련의 사건들 간의 연결고리를 하나만 제대로 이해했다면, 그 앞이나 뒤의 다른 모든 연결고리에 대해서도 분명 정확히 진술할 수 있는 거지. 우린 결과를 추리해내야 하는데, 그건 이성으로만 가능한 일이야. 감각적으로 문제를 해결하려고 한 모든 사람이 헛물을 켜고 만 문제라도 이성적으로 연구하면 얼마든지 해결할 수 있어. 그러나 그 기술을 최고조로 끌어올리려면, 사색가는 알게 된 모든 사실을 활용할 수 있어야 해. 자네도 기꺼이 인정하겠지만, 바로 그러할 수 있을 때 비로소 제대로 안다고 할 수 있지. 누구나 교육받을 수 있고 백과사전까지 널려 있는 요즘에도 그렇게 제대로 안다는 것은 수월치 않은 일이야. 하지만 인간이 자기 일에 필요함 직한 지식을 제대로 갖춘다는 것이 불가능한 일만은 아냐. 내 경우에도 바로 그러기 위해 노력을 하고 있지. 언젠가 우리가 갓 친구가 되었을 때 자네는 내 한계를 아주 정확하게 규정한 적이 있는 것 같은데?"

"그래."

내가 웃으며 답했다.

"써놓고 보니 참 묘했어. 철학, 천문학, 정치에 대한 자네의 지식은 전무하다고 기록했지, 아마. 식물학 지식은 들쭉날쭉하고, 런던에서

80킬로미터 이내의 지역에서 묻혀온 흙이라면 그 지역을 알아맞힐 만큼 지질학에 해박하고, 화학지식은 기발하고, 해부학 지식은 체계적이지 못하고, 세상을 놀라게 한 문헌과 범죄 기록에 관한 지식은 전무후무하고, 바이올린 연주자이고, 권투선수이고, 칼잡이이고, 변호사이고, 코카인과 담배로 자기를 독살 중인 자. 내가 분석한 내용의 요지가 아마 그럴 거야."

홈즈가 마지막 분석 항목을 듣고 씨익 웃어 보였다.

"그래, 그때도 말한 적이 있지만 지금 다시 이 말을 하고 싶어. 인간은 자기 두뇌의 작은 다락방에 쓸모가 있음 직한 모든 가구를 잘 갖춰놓아야 한다고 말이야. 나머지는 원할 때 언제든 손에 넣을 수 있도록 헛간 같은 서재에 때려 넣어두면 돼. 자, 오늘 밤 우리에게 제기된 것과 같은 유형의 사건을 해결하기 위해서는 우리의 자료를 총동원할 필요가 있어. 자네 옆에 있는 책꽂이에서 미국 백과사전 K 항목 좀 꺼내줘. 고마워. 그럼 이제 상황을 검토해서 추리를 해볼까? 오픈쇼 대령이 미국을 떠난 데에는 몇 가지 뚜렷한 이유가 있었던 것으로 보이는데, 거기서부터 시작해보지. 그만한 연배의 사람이 새삼스레 자기 습성을 모두 바꾸는 일도 없지만, 미국 플로리다의 화창한 날씨를 마다하고 영국의 촌구석에서 외롭게 살겠다고 기꺼이 나설 리도 없어. 잉글랜드 촌구석에서 틀어박혀 사는 것을 그렇게 선호했다면 뭔가, 아니면 누군가를 두려워한 것이라고 볼 수 있어. 그래서 그가 미국을 등지게 된 것도 뭔가, 아니면 누군가에 대한 두려움 때문이었다는 유력한 가설을 세울 수 있지. 그가 두려워한 것이 무엇이었는가에 대해서는,

대령과 두 상속자가 받은 섬뜩한 편지로 추리해볼 수밖에 없어. 세 통의 편지 발송지가 어딘지 잘 새겨들었겠지?"

"첫 번째는 퐁디셰리, 두 번째는 던디, 세 번째는 런던이야."

"런던 동부. 그것을 통해 무엇을 추리할 수 있지?"

"세 곳 모두 항구도시야. 편지 발송자는 배를 탔어."

"훌륭해. 우린 이미 단서를 잡은 거야. 편지 발송자가 배를 탔을 가능성이 정말 매우 높아. 그럼 이제 다른 요점을 짚어볼까? 퐁디셰리의 경우, 협박에서 실행까지 7주가 걸렸고, 던디의 경우 고작 사나흘이 걸렸어. 그것은 무슨 의미일까?"

"그건 여행을 하는 데 걸리는 시간이겠지."

"하지만 편지가 도착하는 데에도 시간이 걸려."

"그래서 요점이 뭔데?"

"그 혹은 그들이 탄 배가 범선이었다는 가정을 해볼 수 있어. 그들은 임무에 착수하면서 사전에 반드시 한 차례 경고의 증표를 보내는 것 같아. 알다시피 던디에서 경고를 보낸 후에는 그것을 실행하는 데 얼마 걸리지 않았어. 그들이 퐁디셰리에서 증기선을 타고 왔다면, 편지에 못지않게 빨리 도착했을 텐데, 실제로는 7주나 더 걸렸어. 그 7주라는 시차는 바로 그 편지를 싣고 온 우편선과, 그들을 싣고 온 범선의 속도 차이였다고 봐."

"그럴듯해."

"그럴듯한 것 이상이야. 그럼 이제 자네도 알 거야. 목숨이 경각에 달려 있을 만큼 이 사건이 아주 긴박하다는 것을 말이야. 존 오픈쇼에게 거듭 조심하라고 한 것도 그래서야. 편지 발송자들이 도착했을 법한 시간에 항상 사건이 터졌어. 그런데 이번 편지는 런던에서 왔으니, 시차가 있을 거라고는 기대할 수 없어."

"맙소사! 그렇게 가차 없이 처형하는 이유가 대체 뭐지?"

"오픈쇼 대령이 가져온 문서는 분명 그 범선을 타고 온 자들에게 극히 중요한 문서일 거야. 내가 보기에 범인은 틀림없이 여러 명이야. 검시 배심원을 속일 수 있는 그런 식의 살인을 혼자서 두 번이나 저지를 수는 없어. 필경 여러 명이 저지른 짓인데, 그들은 기지에다 결단력까지 있는 게 분명해. 그들은 결단코 그 문서를 손에 넣으려 하고 있어. 그 문서를 누가 가지고 있든 간에 말이야. 이 모든 것으로 미루어 볼 때 KKK는 한 개인의 이름 머리글자가 아니라 어떤 집단의 명찰 같은 거야."

"그게 어떤 집단이지?"

셜록 홈즈는 내게 가까이 몸을 숙이고 목소리를 낮추어 말했다. "'쿠클럭스클랜'이라고 들어보지 못했어?"

"전혀."

홈즈는 무릎 위의 백과사전을 후루룩 넘기더니 곧이어 말했다. "여기 있군."

쿠클럭스클랜Ku Klux Klan. 소총의 공이치기를 뒤로 젖힐 때 나는 소리를 본떠서 기발하게 지은 이름. 무서운 이 비밀 테러 조직은 미국 남북전쟁이 끝난 후 일부 남군 출신 병사들이 만든 것으로 남부의 여러 주, 특히 테네시, 루이지애나, 캐롤라이나, 조지아, 플로리다 등지에 그

지부가 급속히 늘어났다. 정치적인 목적, 주로 흑인이 투표를 하지 못하게 위협하고, 자기 조직의 노선에 반대하는 이들을 그 지역에서 추방하거나 살해하는 데 힘을 행사했다. 요주의 인물에게 다소 기발하지만 누구나 알아차릴 수 있는 형태의 경고를 먼저 보내고 테러를 가하는 것이 보통이었는데, 어느 지역에서는 떡갈나무 잔가지를, 또 어느 지역에서는 멜론 씨앗이나 오렌지 씨앗을 보냈다. 이것을 받은 사람은 기존의 자기 노선을 완전히 바꾸겠다고 공언하거나 그 지역을 떠나야 했다. 용감하게 맞서려고 했다가는 대체로 기묘하고 예상치 못한 방식으로 여지없이 살해를 당했다. 이 테러 조직은 워낙 빈틈이 없고 살해 방법이 치밀해서, 그들에게 맞서고도 무사한 예를 찾아보기 힘들며, 테러를 가한 자를 추적하는 데 성공한 예도 거의 없다. 미국 정부와 남부의 양식 있는 사람들의 노력이 무색하게 이 조직은 한동안 세를 크게 과시했다. 결국 1869년에 이 운동은 느닷없이 해체되었지만, 그 후에도 같은 유형의 테러가 산발적으로 발생했다.

"자네도 알아차렸겠지만" 하고 말하며 홈즈는 백과사전을 내려놓았다. "KKK단이 느닷없이 해체된 것과 오픈쇼 대령이 그들의 문서를 가지고 미국을 떠난 시점이 공교롭게도 일치해. 아마 거기엔 인과관계가 있을 거야. 대령과 그 일가에 대한 추적이 집요한 것도 이상할 게 없어. 그 명부와 일기장에 남부 최고위층 인물들의 이름이 나올 수도 있고, 그걸 회수하지 않고는 편히 발을 뻗고 잘 수 없는 사람들이 많을 수도 있으니까."

"그럼 아까 우리가 본 것은……."

"우리 짐작대로일 거야. 내 기억이 맞다면, 거기에 'A, B, C에게 씨앗을 뿌리다'라는 말이 나오는데, 그건 그 단체가 경고를 보냈다는 뜻이지. 이어서 A와 B가 해결되고, 예컨대 그 지역을 떠나고, 마지막으로 C를 방문했다는 기록이 나오는데, C에게는 아주 불길한 일이 일어났을 거야. 아무튼 우리가 그 어둠을 걷어낼 수 있을 거야. 그사이에 젊은 오픈쇼가 목숨을 부지할 유일한 길은 내 말대로 하는 것뿐이야. 오늘 밤에는 이제 더 이상 할 말이 없고 할 일도 없으니, 내 바이올린이나 좀 건네줘. 한 30분 동안 이 비참한 날씨를 잊고, 우리 인간의 더욱 비참한 인생행로도 잠시 잊어버리게 말이야."

⟡

이튿날 아침 날이 개었다. 태양은 대도시 위에 드리워진 흐릿한 베일 같은 구름을 뚫고 부드러운 빛을 지상에 뿌렸다. 잠자리에서 나와 보니 셜록 홈즈가 먼저 아침 식사를 하고 있었다.

"기다리지 않고 먼저 먹어서 미안해." 그가 말했다. "오픈쇼 사건을 조사하려면 오늘 꽤나 바쁠 것 같거든."

"어떡할 건데?" 내가 물었다.

"첫 번째 조사 결과에 달려 있어. 결국에는 호섬에 가봐야 할지도 몰라."

"호섬에 먼저 가봐야 하는 거 아냐?"

"아냐. 런던에서 시작할 거야. 저 초인종을 울리면 하녀가 커피를

가져다줄 거야."

커피를 기다리는 동안 나는 홈즈가 아직 보지 않고 식탁에 놓아둔 신문을 집어들고 훑어보았다. 가슴 철렁하게 하는 기사가 1면에 있었다.

"홈즈, 이미 늦었어." 내가 외쳤다.

"아!" 그가 잔을 내려놓으며 말했다. "혹시나 했건만. 대체 어떻게 됐지?"

말은 침착하게 했지만, 그는 무척 동요하고 있는 게 분명했다.

"오픈쇼라는 이름이 눈에 띄어서 읽어봤어. 제목은 「워털루 다리 근처의 비극」인데, 이렇게 쓰여 있어.

엊저녁 9시에서 10시 사이에, 워털루 다리 근처에서 근무 중이던 H지구의 쿡 순경은 살려달라는 비명과 함께 사람이 물에 빠지는 소리를 들었다. 그러나 너무 어두운 데다 폭풍우까지 치고 있어서, 여러 행인이 도왔지만 목숨을 구하지는 못했다. 그래도 경보를 울려서 수상 경찰의 도움을 받아 시체는 수습할 수 있었다. 그의 주머니에서 발견된 봉투에 적힌 대로, 젊은 신사의 이름은 존 오픈쇼인 것으로 밝혀졌다. 그의 집은 호섬 근처다. 그는 워털루 역에서 마지막 열차를 타려고 길을 서둘렀던 것으로 보인다. 너무 서둔 데다 너무 어두워서 길을 잃은 그는 증기선용 작은 선착장 너머로 발을 헛디딘 것 같다. 시신에는 폭행의 흔적이 전혀 없는 것으로 보아, 고인은 불운한 사고로 희생된 것이 분명하다. 당국은 강변 선착장의 상태를 점검해야 할 것으로 보인다."

우리는 몇 분 동안 묵묵히 앉아 있었다. 홈즈가 그렇게 냉정을 잃고 침울해하는 모습을 보기는 이번이 처음이었다.

"왓슨, 내 자존심에 금이 갔어."

그가 마침내 말했다.

"대수로울 건 없지만, 내 자존심에 금이 가고 말았어. 이제 이건 내 개인의 문제가 되었어. 신이 내게 건강을 허락하는 한 이 악당들을 기필코 잡고야 말 거야. 내게 도움을 청하러 왔건만, 기껏 사지로 내몰고 말다니……!"

그는 자리에서 벌떡 일어나더니 걷잡을 수 없이 동요하며, 혈색이 안 좋은 두 뺨이 붉게 달아오른 채 길고 여윈 두 손을 불안하게 쥐었다 폈다 하며, 이리저리 방 안을 서성였다.

"교활한 악마 같은 놈들." 그가 마침내 외쳤다. "놈들은 대체 어떻게 그를 그곳으로 유인한 거지? 그 임뱅크먼트는 워털루 역으로 가는 지름길이 아냐. 그런 밤에도 워털루 다리는 그 쓰임새 때문에 지나다니는 사람이 많을 수밖에 없는데. 아무튼 왓슨, 결국에는 우리가 이기고야 말 거야. 나는 당장 나가봐야겠어!"

"경찰서로?"

"아냐. 나 자신이 경찰이 될 거야. 내가 거미줄을 쳐놓으면 비로소 경찰이 파리를 잡을 수 있겠지. 그러기 전에는 경찰도 무용지물이야."

나는 종일 환자를 돌보고 밤늦게야 베이커 스트리트로 돌아왔다. 셜록 홈즈는 아직 돌아오지 않았다. 그가 지치고 창백한 모습으로 돌아온 것은 10시가 다 되어서였다. 그는 찬장으로 가서 빵을 찢어 꾸역

구역 입에 밀어 넣더니, 한참 동안 물을 들이켰다.

"시장했군." 내가 한마디 했다.

"쫄쫄 굶었어. 그런데 밥 생각도 안 나더군. 아침을 먹고 나서 아무것도 안 먹었어."

"아무것도?"

"응. 밥 생각을 할 짬도 없었어."

"하려던 일은 잘 됐어?"

"응."

"단서를 잡은 거야?"

"단서는 아주 확실히 잡았어. 오픈쇼의 원수를 곧 갚아줄 수 있을 거야. 그래, 왓슨, 놈들의 악마 같은 트레이드마크를 놈들에게 뿌려주자구. 멋진 생각이잖아?"

"그게 무슨 말이야?"

홈즈는 벽장에서 오렌지 하나를 꺼내더니, 여러 조각으로 찢어서 씨를 발라냈다. 그중에서 다섯 개를 집어 편지봉투에 쑤셔 넣었다. 그리고 봉투 깃 안쪽에 'S. H.가 J. O.에게'라고 쓴 다음 봉투를 봉하고 주소를 썼다. '조지아 주 서배너 항, 범선 론스타호, 제임스 캘훈 선장 앞.'

"그가 항구에 들어섰을 때 이 편지가 그를 기다리고 있을 거야." 그가 나직이 웃으며 말했다. "이것 때문에 불면의 밤을 지새우겠지. 이게 오픈쇼에게 닥친 것과 같은 운명의 전조인 줄 알 거야."

"캘훈 선장은 누구지?"

"그 악당들의 우두머리야. 다른 자들도 가만두지 않겠지만, 우선 그가 먼저야."

"어떻게 알아낸 거야?"

그는 주머니에서 날짜와 이름이 빽빽이 적힌 큼직한 종이 한 장을 꺼냈다.

"온종일 로이드 선박등기소에서 명부와 해묵은 문서철을 뒤지며 시간을 보냈어. 1883년 1월과 2월에 퐁디셰리 항구에 들른 모든 배의 행선지를 추적했지. 두 달 동안 보고된 선박 가운데 조건에 맞는 배가 서른여섯 척 있더군. 그 가운데 하나인 '론스타호'가 바로 눈길을 끌었어. 이 배는 런던 항을 떠난 것으로 보고되었는데, 배 이름 론스타가 미국의 어느 주 이름이잖아."

"텍사스 주일 거야."

"어느 주인지는 몰랐어. 지금도 모르겠고. 아무튼 그것이 미국 국적의 배인 것만은 분명했어."

"그다음에는 뭘 했어?"

"던디 항의 기록을 뒤졌지. 범선 론스타호가 1885년 1월에 그곳에 있었다는 것을 알아내자, 내 의문은 확신으로 변했어. 그래서 최근 런던 항에 정박한 배들을 조사했지."

"그래서?"

"론스타호가 런던 항에 도착한 것은 지난주였어. 나는 앨버트 부두로 가서, 그 범선이 오늘 아침 썰물을 타고 강을 내려가서 조지아 주 서배너 항으로 향했다는 것을 알아냈지. 나는 그레이브젠드로 전보를 쳐서, 그 범선이 몇 시간 전에 통과했다는 것을 알아냈어. 동풍이 불고 있으니까, 지금쯤 굿윈샌즈를 지나 와이트 섬 근처에 이르렀겠지."

"그럼 이제 어떻게 할 거지?"

"아, 이미 손을 썼어. 알아봤더니, 그 배에 탄 사람 가운데 미국 토박이는 선장과 두 항해사뿐이야. 나머지는 핀란드와 독일 사람들이지. 그들 세 명이 모두 간밤에 배에서 내렸다는 것도 알아냈어. 그 배의 화물을 나른 하역회사에서 알아낸 거야. 그들의 범선이 서배너 항에 도착하기 전에 우편선으로 이 편지가 먼저 도착할 거야. 그리고 서배너 항 경찰은 그 세 명의 신사가 여기서 살인 용의자로 수배한 인물이라는 전보를 이미 받았을 테고."

하지만 인간이 세운 계획은 아무리 훌륭해도 항상 미흡한 데가 있게 마련이어서, 존 오픈쇼를 살해한 자들은 그들 못지않게 영리하고 단호한 자가 그들을 추적하고 있다는 것을 알려줄 오렌지 씨앗을 영영 받지 못했다. 그해에는 추분의 강풍이 아주 오래, 아주 심하게 불었다. 우리는 서배너 항에 론스타호가 도착했다는 소식을 애타게 기다렸지만, 그런 소식은 끝내 들려오지 않았다. 그러다 마침내 먼 대서양 어딘가에서 부서진 선미 판때기가 파도에 떠다니는 것이 발견되었는데, 거기에 'L. S.'라는 글자가 새겨져 있었다는 소식을 듣게 되었다. 그 밖에 론스타호의 운명에 대해 우리가 알아야 할 게 또 뭐가 있겠는가.

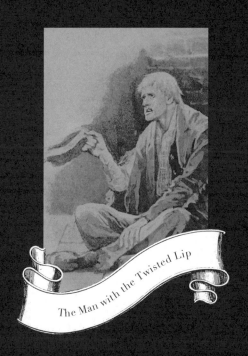

The Man with the Twisted Lip

입술이 뒤틀린 남자

아이자 휘트니는 심한 아편 중독자였다. 작고한 신학박사 일리어스 휘트니의 동생이자 세인트 조지 신학대학의 학장인 그가 아편에 중독된 것은 대학생 시절이었다. 그것은 어느 어리석은 아편쟁이 탓인 듯하다. 다름 아닌 드 퀸시(토머스 드 퀸시. 수필가이자 비평가로, 저서 『영국 아편쟁이의 고백』이 유명함─옮긴이)가 환각에 대해 쓴 글을 읽고 똑같은 체험을 해보기 위해 아편 팅크(생약을 알코올 등에 담가 녹이거나 우린 액체─옮긴이)에 적신 담배를 피우기 시작한 것이다. 다른 수많은 사람처럼 그 역시 그런 습관이 들이기보다 버리기가 훨씬 더 어렵다는 것을 알게 되었다. 그는 오랜 세월 마약의 노예로 지내며, 친구와 친지에게 혐오와 동시에 동정의 대상이 되었다. 망가지고 몰락한 이 귀족이 누렇게 뜬 헬쑥한 얼굴로 눈꺼풀이 축 처진 채, 눈동자가 졸아들어 바늘 끝만 하게 되어 의자에 웅크리고 앉아 있는 모습을 나는 지금도 볼 수 있다.

1889년 6월의 어느 날 밤이었다. 여느 남자라면 처음으로 하품을 하고 문득 벽시계를 쳐다보게 되는 그런 시간에 초인종이 울렸다.

나는 의자에서 몸을 곧추세워 앉았다. 아내는 바느질하던 것을 무릎에 내려놓고 다소 실망 어린 표정을 지었다.

"환자예요! 당신이 나가봐야 할 모양이에요." 그녀가 말했다.

고단한 하루를 보내고 이제 막 귀가한 나는 절로 한숨이 나왔다.

문이 열리는 소리가 들리고, 몇 마디 다급한 말이 오가더니, 리놀륨을 딛고 오는 빠른 발소리가 났다. 이어서 방문이 와락 열리더니, 어두운 색의 옷을 입고 검은 베일을 쓴 여성이 들어섰다.

"이처럼 밤늦게 찾아와서 미안해요." 그녀는 한마디 하기 무섭게 돌연 자제력을 잃어버리고, 앞으로 달려와서 아내의 목을 감싸고 어깨에 기대어 흐느껴 울었다. "아! 난 어쩌면 좋아! 나를 좀 도와줘." 그녀가 외쳤다.

"아니, 케이트 휘트니잖아." 아내가 그녀의 베일을 들어올리고 말했다. "케이트, 정말 놀랐잖아! 들어오는 걸 보고서도 설마 너일 줄은 몰랐어."

"어째야 좋을지 몰라서 이렇게 찾아왔어."

늘 이런 식이었다. 슬픔에 빠진 사람은 등대를 찾는 새들처럼 아내를 찾아왔다.

"잘 왔어. 자, 와인과 물을 좀 마셔. 그리고 여기 편안히 앉아서 무슨 일인지 얘기해봐. 제임스는 잠자리로 보내는 게 나을까?"

"아니, 아냐. 의사 선생님의 조언과 도움도 필요해. 아이자 때문이거든. 그이가 이틀째 집에 들어오지 않았어. 그이가 어떻게 되었을까 봐 너무 무서워!"

그녀가 우리에게, 그러니까 의사인 나와 동창이자 오랜 친구인 내 아내에게, 자기 남편 문제를 털어놓는 것은 이게 처음이 아니었다.

우리는 갖은 말로 그녀를 달래고 안심시켜 주었다. 남편이 있는 곳을 알고 있는지, 우리가 가면 그를 데려올 수 있겠는지 물었다.

가능할 듯했다. 그녀는 그가 최근 참을 수 없을 때마다 런던 시의 동쪽 끝에 있는 아편굴을 이용했다는 확실한 정보를 갖고 있었다. 지금까지 그의 아편 잔치는 하루를 넘기지 않아서, 저녁이 되면 진이 다 빠져서 경련을 일으키며 돌아오곤 했다. 그러나 이번에는 48시간 내리 아편의 마력에 사로잡혀 있었다. 그는 분명 독을 들이켜고 그 기운을 잠으로 삭이며 부두의 쓰레기 더미에 파묻혀 있는 게 분명했다. 그녀는 어퍼스완덤 레인의 '황금 목로'에 가면 그가 있을 거라고 확신했다. 하지만 그녀가 뭘 어쩔 수 있겠는가? 젊고 소심한 여성인 그녀가 어떻게 그런 곳에 가서 득실거리는 악당들 속에서 남편을 빼내 올 수 있겠는가?

사정이 그러했지만, 물론 해결책이 없지는 않았다. 내가 그녀를 데리고 그곳에 가면 되지 않겠는가? 그렇다면 다시 생각해보니, 굳이 그녀가 직접 갈 필요도 없는 것 같았다. 나는 아이자 휘트니의 주치의였다. 주치의로서 그를 움직일 힘이 있으니, 내가 혼자 가도 그 정도는 거뜬히 해결할 수 있었다. 그녀의 말대로 정말 그곳에 있다면 두 시간 안에 그를 마차에 태워 집에 돌려보내겠다고 나는 장담했다. 그래서 10분 후 안락의자와 아늑한 거실을 뒤로한 채 핸섬 마차를 타고 동쪽으로 달려갔다. 이때에도 얄궂은 임무라고는 생각했지만, 설마 그렇게나 얄궂을 줄은 나중에야 알게 되었다.

그러나 내 모험의 첫 단계는 순탄했다. 어퍼스완덤 레인은 런던교 동쪽으로 템스 강 북쪽에 높이 자리 잡은 부두 뒤편에 음산하게 도사리고 있는 골목이었다. 싸구려 기성복 가게와 술집 사이의 가파른 계단 몇 개를 내려가면 동굴 같은 검은 구멍이 입을 쩍 벌리고 있었다. 그곳이 바로 내가 찾는 아편굴이라는 것을 한눈에 알 수 있었다. 마부에게 기다리라고 한 후, 아편쟁이들의 줄기찬 발길에 닳아서 한복판이 움푹 파인 나무계단을 내려갔다. 문 위에 걸어둔 석유램프의 가물거리는 불빛에 비친 문고리를 발견한 나는 안으로 들어섰다. 천장이 낮고 길쭉한 실내에 갈색 아편 연기가 자욱했고, 이민선의 앞갑판 아래 선원실처럼 계단식 나무침상들이 늘어서 있었다.

어두운 실내에서 어깨를 오그리고 무릎은 구부린 채, 고개를 뒤로 젖히고 턱은 위로 쳐든 자세로 기묘하게 누워 있는 사람들의 어렴풋한 모습이 보였다. 여기저기서 사람들이 초점 잃은 멍한 눈길로 새로 들어온 사람을 바라보았다. 금속 파이프 끝의 대통에 눌러 담은 독이 화르르 타 들어가다 멈출 때마다, 어둠 속에서 빨간 빛의 동그라미가 환하게 부풀었다 희미해지곤 했다. 대부분 말없이 누워 있었지만 혼자 중얼거리는 사람도 있고, 낮고 단조로운 기묘한 음성으로 두런두런 이야기하는 사람도 있었다. 옆 사람이 뭐라고 하는지는 아랑곳하지 않고 저마다 자기 생각을 나지막이 게워내는 식이었다. 그들의 말소리는 불쑥 튀어나왔다가 홀연히 침묵 속으로 잦아들곤 했다. 멀찍이 한쪽 구석에는 작은 화로에 석탄을 지펴놓고 있었다. 그 옆의 삼발이 나무 걸

상에 키가 크고 여윈 노인이 앉아 있었다. 노인은 팔꿈치를 무릎에 얹고 두 주먹으로 턱을 괸 채 물끄러미 불을 응시하고 있었다.

내가 안으로 들어서자, 헬쑥한 말레이인 종업원이 부리나케 아편과 파이프를 챙겨 빈 침상 앞으로 가져가더니 어서 오라고 손짓했다.

"고맙습니다만, 나는 여기 묵으려고 온 것이 아닙니다." 내가 말했다. "아이자 휘트니라는 내 친구가 여기 있는데, 그 친구와 얘기를 좀 나누고 싶습니다."

내 오른쪽에서 한 차례 부스럭거리며 툴툴거리는 소리가 들렸다. 어둠 속을 들여다보니 창백하고 수척한 얼굴에 차림새가 궁상맞은 휘트니가 나를 빤히 바라보고 있었다.

"이런! 왓슨 아냐." 그가 말했다. 그는 가련하게도 완전히 무기력 상태에 빠져 몸을 파들파들 떨고 있었다. "어이, 왓슨. 지금 몇 시나 됐어?"

"11시가 다 됐어."

"오늘이 무슨 요일이지?"

"6월 19일 금요일이야."

"맙소사! 난 오늘이 수요일인 줄 알았어. 아냐, 수요일 맞아. 사람을 왜 놀라게 하는 거야?"

그는 두 팔에 얼굴을 파묻고 갈라진 목소리로 흐느껴 울기 시작했다.

"이 친구야, 금요일이라면 금요일인 줄 알아. 자네 아내가 이틀이나 자네를 기다렸어. 사람이 부끄러운 줄을 알아야지!"

"부끄러워. 하지만 왓슨, 자네가 잘못 안 거야. 나는 여기 온 지 세 시간밖에 안 됐어. 여태 서너 대밖에 피우지 않았단 말야. 아니 몇 대인지는 잘 모르겠군. 하지만 자네와 같이 집에 가지 뭐. 케이트를 놀라게 하진 말아야지. 불쌍한 우리 케이트. 나 좀 일으켜줘! 마차는 준비해뒀지?"

"그래. 대기시켜 놓았어."

"그럼 타고 가야지. 그런데 돈을 내야 해. 얼마인지 알아봐, 왓슨. 난 통 기운이 없어서, 손수 뭘 할 수가 없어."

양쪽으로 침상이 늘어선 좁은 통로를 걸어가며, 감각을 마비시키는 독한 아편 연기를 마시지 않으려고 숨을 꾹 참고서, 두리번거리며 매니저를 찾았다. 화로 옆에 앉아 있는 키 큰 노인 옆을 지나갈 때, 갑자기 누가 내 옷자락을 당기는 느낌과 더불어 낮게 속삭이는 소리가 들렸다.

"내 곁을 지나간 후 뒤를 돌아봐."

말소리는 아주 또렷이 들렸다. 힐끔 아래를 바라보았다. 곁에 있는 노인이 아니면 그런 말을 할 사람이 없었다. 하지만 노인은 전과 다름없이 줄곧 취한 듯 앉아 있었다. 몹시 여위고 나이 들어 등이 구부정하고, 주름살이 쪼글쪼글한 노인은 완전히 맥이 풀린 듯 손에 쥐고 있던 아편 파이프를 두 무릎 사이로 뗑그렁 떨어뜨렸다. 노인 말대로 두 걸음 더 걸어가서 뒤를 돌아보았다. 나는 놀라서 터져 나오는 탄성을 가까스로 삼켰다. 노인이 나만 볼 수 있도록 돌아앉은 순간 모습이 일변한 것이다. 놀랍게도 노인이 몸을 쭉 펴자 주름살이 사라지면서 흐릿하던 눈에 광채가 살아났는데, 화롯가에 앉아 씨익 웃는 그 사람은 바로 셜록 홈즈였다. 그는 내게 다가오라고 살짝 신호를 보내더니, 곧바로 다시 몸도 가누지 못하고 입이 싼 늙은이로 변해서 다른 사람들 쪽으로 반쯤 얼굴을 돌렸다.

"홈즈!" 내가 나직이 말했다. "이런 아편굴에서 대체 뭘 하고 있는 거야?"

"최대한 목소리를 낮춰. 난 가는귀먹지 않았어. 자네의 저 아편쟁이 친구를 아주 친절히 처리하고 나서 나 좀 봐. 꼭 하고 싶은 얘기가 있어."

"밖에 마차를 대기시켜 놓았어."

"그럼 그를 태워서 집에 보내. 혼자 보내도 될 거야. 나쁜 짓을 하려고 해도 할 힘이 없어 보이니까. 그리고 자네는 나와 운명을 함께하겠다는 내용의 쪽지를 마부 편에 아내에게 보내는 게 좋겠어. 밖에서 기다리면 내가 5분 안에 나갈게."

셜록 홈즈의 요청을 뿌리치긴 어려웠다. 그 요청이 워낙 일목요연하고, 은근히 사람을 휘어잡는 힘이 어려 있었기 때문이다. 아무튼 휘트니를 마차에 태워 보내는 것으로 내 임무는 사실상 끝나니까, 홈즈의 정상적인 존재 상태라고 할 수 있는 독특한 모험에 동참하는 것보다 더 바람직한 일도 없을 듯했다. 몇 분 후 나는 아내에게 보낼 쪽지를 쓰고, 휘트니의 아편 값을 치르고, 마차가 있는 곳으로 그를 데리고 나가서, 그가 어둠을 뚫고 달려가는 것을 지켜보았다. 잠시 후 늙수그레한 인물이 아편굴에서 나타났다. 나는 홈즈와 함께 거리를 걸어 내려갔다. 두 거리를 지나칠 때까지 그는 허리를 구부정하게 숙이고 발을 끌며 비틀비틀 걸었다. 그러다 재빨리 주위를 둘러보고 허리를 쭉 펴더니 한바탕 너털웃음을 터트렸다.

"왓슨, 자네는 내가 코카인 주사에서 아편 흡입으로 발을 넓혔다고 지레짐작하겠지. 안 그래도 몸을 망치는 별의별 짓을 다 한다는 의학적 소견을 내게 들려준 적까지 있는데 말이야."

"거기서 자네를 보고 정말 놀랐어."

"내가 자네를 보고 놀란 것에 비하려고."

"나는 친구를 찾으러 왔을 뿐이야."

"나는 적을 찾으러 왔을 뿐이지."

"적?"

"그래. 내 천적을, 아니 내 먹잇감을 찾으러 왔지. 왓슨, 한마디로 한창 아주 중요한 조사를 하는 중이었어. 예전에 그랬듯이, 아편쟁이들이 두서없이 지껄이는 소리를 엿듣고 단서를 좀 잡아보려고 한 거지. 그런 아편굴에서 내 신분이 들통 났다가는 한 시간도 목숨을 부지하지 못했을 거야. 전에도 같은 목적으로 그곳을 이용한 적이 있는데, 그곳을 운영하는 악당 래스커가 나한테 앙갚음을 하겠다고 단단히 벼르고 있거든. 아무튼 폴 부두에서 가까운 그 건물 뒤편에는 개구멍이 있는데, 달도 없는 밤이면 그곳으로 뭔가 버려진다는 묘한 이야기를 엿들을 수 있었어."

"뭐라고! 설마 시체를 버린다는 건 아니겠지?"

"아니긴. 바로 그거야, 왓슨. 그 아편굴에서 죽어나간 불쌍한 녀석들 한 명당 1,000파운드씩 받으면 엄청난 부자가 될 거야. 전체 템스 강변에서 가장 지독한 살인 시구문(시체를 내버리는 문—옮긴이)이 바로 그곳이야. 네빌 세인트클레어도 그곳에 들어갔다가 나오지 못한 것 같아. 그건 그렇고 우리의 경마차가 이쯤에 있을 텐데."

홈즈가 두 검지를 입에 넣고 날카롭게 휘파람을 불었다. 이 신호음에 응답하는 비슷한 소리가 멀리서 들리더니, 뒤이어 말발굽 소리와 마차 바퀴 구르는 소리가 들렸다.

도그카트(말 한 마리가 끄는 2륜 혹은 4륜의 경마차—옮긴이)가 양 옆의 랜턴 두 개에서 황금빛 터널 같은 노란 불빛을 쏘며 어둠 속을 치달려 올 때 홈즈가 말했다.

"왓슨, 나와 함께 갈 거지?"

"내가 도움이 된다면."

"아, 믿음직한 동지는 항상 도움이 되지. 연대기 작가는 더욱 큰 도움이 되고. 삼나무 저택의 내 방에는 더블 침대가 놓여 있어."

"삼나무 저택?"

"응. 그건 세인트클레어 씨의 집이야. 조사를 하는 동안 그곳에 묵고 있어."

"거기가 어디지?"

"켄트 주의 리 근처야. 여기서 11킬로미터 거리지."

"하지만 나는 아는 게 전혀 없는데."

"그야 지금은 그렇지. 곧 내가 죄다 알려줄게. 자 올라타! 존, 너는 없어도 되니까 그만 가봐. 자, 반 크라운 줄게. 내일 11시쯤 내게 들르도록 해. 말고삐는 이리 주고. 그럼 나중에 봐!"

홈즈가 채찍으로 가볍게 말을 쳤다. 우리가 탄 마차는 끝없이 이어진 어둡고 괴괴한 거리를 질주했다. 길이 점점 넓어져서 이윽고 우리는 난간을 두른 널따란 다리를 건넜다. 다리 아래로는 컴컴한 강물이 유유히 흐르고 있었다. 다리 건너편에도 벽돌과 회반죽으로 지은 집들이 즐비했지만, 순경의 규칙적이고 육중한 발소리나 때늦은 술꾼들의 노래와 고함 소리만이 거리의 침묵을 깨뜨리고 있었다. 하늘에는 우중충한 잔해가 느릿느릿 표류했고, 구름이 갈라진 틈으로 희미하게 빛나는 별 몇 개가 보였다. 홈즈는 고개를 숙이고 생각에 잠긴 채 묵묵히 마차를 몰았다. 그동안 나는 옆에 앉아 그의 능력을 그토록 절실히 필요로 하는 사건이 대체 어떤 것인지 무척이나 궁금했지만, 그의 생각의 흐름을 끊을 수는 없었다. 한참을 달려서 교외 주택단지에 접어들었을 때, 그가 몸을 부르르 떨고 어깨를 으쓱하더니, 최선을 다하고 있는 것이 스스로 흡족하다는 듯한 표정으로 파이프에 불을 댕겼다.

"왓슨, 자네는 침묵할 줄 아는 굉장한 재능을 지녔어." 그가 말했다. "길동무로서 그보다 더 값진 미덕은 없지. 정말이지 나한테는 얘기를 나눌 사람이 꼭 필요해. 생각만 하는 것은 그리 즐겁지 않거든. 나는 오늘 밤 아리따운 그 여성이 문간에서 나를 맞이할 때 무슨 말을 해야 하나 궁리하고 있었어."

"이 일에 대해 내가 아는 게 없다는 사실을 잊었나 보군."

"리 읍내에 도착하기 전에 다 얘기해줄게. 이건 그야말로 단순한 사건인데, 뭘 어떻게 해볼 길이 없어. 분명 단서가 즐비한데도 막상 손에 잡히는 게 없는 거야. 이제 이 사건을 간결하고 명료하게 얘기해줄게. 내게는 온통 어둠뿐인 곳에서 자네가 한 줄기 빛을 발견할지도 모르지."

"어서 얘기해봐."

"몇 년 전, 그러니까 1884년 5월에 재산깨나 있는 듯한 네빌 세인트 클레어라는 이름의 신사가 리 읍내에 나타났어. 그는 커다란 저택을 세내어, 정원을 아주 멋지게 가꾸면서 남 못지않게 잘살았지. 차츰 이웃에 친구가 생겼고, 1887년에는 양조장 주인의 딸과 결혼을 해서 두 자녀를 두었어. 그는 직업이 없었지만 여러 회사에 관여해서, 규칙적으로 아침마다 시내에 나갔다가, 저녁이면 캐논 스트리트에서 5시 14분 열차를 타고 귀가했지. 세인트클레어 씨는 이제 서른일곱인데, 사람이 참 검소하고, 좋은 남편이자 아주 다정한 아버지이고, 그를 아는 모든 사람에게 인기가 있다더군. 덧붙여 말하면, 현재 그의 부채 총액은 88파운드 10실링인데, 캐피탈 앤드 카운티스 은행에 220파운드의 예금이 있어. 그러니 돈 문제로 무슨 괴로움을 겪고 있다고 볼 수는 없지.

지난 월요일에 네빌 세인트클레어 씨는 평소보다 좀 일찍 시내로 나가면서, 중요하게 할 일이 두 가지 있다고 했어. 돌아올 때 아이에게 줄 장난감 블록을 사 오겠다고 했지. 그런데 참 공교롭게도 같은 날 남편이 떠난 직후 그의 아내는 전보를 받았어. 애버딘 선박회사 사무실로 와서 작은 소포 하나를 찾아가라는 전보였는데, 그건 그녀가 기다리던 값진 물건이었지. 런던 지리에 밝다면 자네도 잘 알 거야. 이 회사 사무실은 프레스노 스트리트에 있는데, 이곳은 오늘 밤 자네가 나를 발견한 어퍼스완덤 레인의 샛길이지. 세인트클레어 부인이 점심을 먹고 런던 시로 떠나서, 쇼핑을 좀 하고 선박회사에 가서 소포를 찾은 후, 기차역으로 돌아가기 위해 스완덤 레인을 걸을 때였어. 시간은 정확히 4시 35분. 지금까지 잘 알아들었지?"

"응."

"기억할지 모르겠는데, 월요일은 꽤나 무더웠어. 세인트클레어 부인은 천천히 걸으면서 지나가는 마차를 어서 잡아타려고 거리를 두리번거렸지. 음산한 거리가 마음에 들지 않았거든. 그런 식으로 스완덤 레인을 걷고 있을 때, 갑자기 탄성인지 비명인지 모를 외마디 소리가 들렸어. 그녀는 자기를 내려다보고 있는 남편을 발견하고 그만 가슴이 철렁했지. 2층 창문에서 남편이 그녀에게 손짓을 하고 있는 듯했는데, 활짝 열린 창문으로 또렷이 보인 남편의 얼굴은 몹시 불안에 떨고 있는 것 같았다는 거야. 그는 그녀에게 미친 듯이 두 손을 흔들었어. 그러다 갑자기 창문에서 사라졌어. 누군가 뒤에서 잡아당기기라도 한 것처럼 말이야. 그런데 그녀는 여성다운 눈썰미로 이상한 점을 하나 발견했어. 남편은 시내로 나갈 때와 똑같이 다소 어두운 색의 코트를 입고 있었는데, 목깃과 넥타이를 하고 있지 않았다는 거야.

그에게 뭔가 잘못된 일이 일어났다고 확신한 그녀는 계단을 내려갔어. 그 집은 자네가 오늘 밤 나를 발견한 바로 그 아편굴이었지. 앞쪽 방을 가로질러 치달려 간 그녀는 2층으로 이어진 계단을 올라가려고 했지만, 계단 발치에서 악당 래스커와 마주쳤어. 래스커는 그녀를 뒤로 떠밀었지. 거기서 조수로 일하는 덴마크 사람까지 나서서 그녀를 거리로 내몰았어. 미칠 것만 같은 의혹과 걱정에 사로잡힌 그녀는 그 길을 달려 내려가다가, 정말 운 좋게도 프레스노 스트리트에서 순찰 구역으로 가고 있던 경위와 몇 명의 순경을 만났어. 경위와 순경 두 명이 그녀를 따라나섰지. 그들은 집주인의 끈질긴 저항을 뿌리치고, 세인트클레어 씨가 마지막으로 모습을 비친 2층 방으로 올라갔지만, 그곳에는 그의 자취도 없었어. 사실 2층 전체에 있는 사람이라고는 흉측하게 생긴 가련한 불구자 한 명뿐이었어. 그 불구자는 그곳을 거처로 삼고 있는 듯했지. 그와 래스커 둘 다 그날 오후 2층에는 결단코 다른 사람이 아무도 없었다고 맹세했어. 그들이 워낙 완강히 부정을 해서 경위는 갈팡질팡하면서, 세인트클레어 부인이 착각을 했다는 쪽으로 거의 마음이 기울었어. 그때 부인이 비명을 지르며 탁자에 놓인 작은 전나무 상자가 있는 곳으로 달려가서 뚜껑을 열어젖혔어. 그 순간 장난감 블록이 와르르 쏟아졌지. 그건 남편이 사 오겠다고 약속한 바로 그 장난감이었어.

그런 물건을 발견한 데다 불구자가 역력히 당황해하는 모습을 본 경위는 문제가 심각하다는 것을 깨달았지. 2층의 여러 방을 면밀히 조사한 끝에, 무서운 범죄가 일어났다는 쪽으로 결론이 났어. 간소한 거실용 가구가 놓인 2층 앞쪽 방은 작은 침실로 이어져 있었는데, 침실 창으로 부두의 뒷모습이 내다보였지. 부두와 침실 창 사이에는 좁고 긴 빈터가 있는데, 썰물 때 땅바닥이 드러났다가 밀물 때에는 적어도 1.4미터 높이까지 물이 차올랐어. 큼직한 침실 창문은 들어올려서 열게 되어 있었는데, 조사를 해보니 창턱에 핏자국이 있었어. 침실 마룻바닥에도 몇 방울 핏자국이 보였지. 앞쪽 방 커튼을 젖히자 쑤셔 박아놓은 네빌 세인트클레어 씨의 옷이 나타났어. 코트만 빼고 부츠와 양말, 모자, 회중시계까지 고스란히 거기 있었지. 하지만 옷가지 어디에도 폭행당한 흔적은 없었어. 세인트클레어 씨의 다른 흔적도 없었지. 그는 창밖으로 사라진 게 분명했어. 다른 출구는 없었거든. 창턱에 불길한 핏자국이 있는 걸로 보면, 그가 헤엄을 쳐서 목숨을 구했을 가능성은 없는 것 같았어. 비극의 순간에 하필이면 최대 만조였거든.

그럼 이제 이 사건에 직접 연루되었음 직한 악당들에 대해 말해볼까? 래스커는 아주 악독한 전과자로 알려져 있지만, 세인트클레어 부인의 얘기에 따르면, 남편이 창문에서 사라진 다음 몇 초 지나지 않았을 때 그 악당은 계단 발치에 있었어. 그러니 그는 범죄의 주범일 수가 없고 기껏해야 종범에 지나지 않을 거야. 그의 답변은 전혀 모른다는 거야. 세입자인 불구자 휴 분이 무슨 짓을 하는지 알 바 없고, 실종된 신사의 옷가지가 그곳에 있는 것에 대해 자기는 전혀 책임이 없다는 거지.

집주인 래스커에 대해서는 이쯤 해두고, 이제 아편굴 2층에 세 들어 사는 불구자 얘기를 해볼까? 그는 네빌 세인트클레어를 본 마지막 사람인 게 분명해. 이름은 휴 분인데, 그의 흉측한 얼굴은 런던 시에 자주 들르는 사람치고 모르는 사람이 없을 정도지. 그는 직업 거지야. 경찰 단속을 피하기 위해 밀랍 성냥을 파는 척하긴 하지만 말이야.

스레드니들 스트리트를 조금 내려가다 보면, 자네도 봤겠지만, 왼쪽 길가에 담벼락이 좀 오목한 데가 있지. 그 인간이 날마다 터를 잡는 곳이 바로 거기야. 그가 다리를 꼬고 앉아 무릎에 성냥 몇 개 올려놓고 애처로운 광경을 연출하면서, 때에 절어 번들거리는 가죽 모자를 앞에 놓아두면 그 속으로 아주 오진 적선의 빗줄기가 쏟아지지. 그 친구를 전에 한두 번 지켜본 적이 있는데, 그 후 비로소 거지라는 직업에 대해 좀 알겠더군. 그가 잠깐 사이에 거둬들인 수확을 보고 난 기가 턱막혔어. 그는 꼬락서니가 워낙 남달라서 지나가는 사람마다 눈여겨보지 않을 수 없지. 노란 쑥대머리에, 섬뜩한 흉터 때문에 볼꼴사나운 창백한 얼굴, 게다가 그 흉터로 안면이 수축되어 윗입술 가장자리가 까뒤집혀 있고, 머리 색깔과는 대조적으로 아주 날카로운 검은 눈에 불도그 같은 턱, 이 모든 것 때문에 여느 거지와는 격이 다른 데다 행인이 툭툭 던지는 조롱을 척척 받아내는 재치도 여간이 아냐. 아편굴의 세입자라는 사람, 우리가 찾고 있는 신사를 마지막으로 본 사람이 바로 이 남자야."

"하지만 불구자라면서! 그런 사람이 한창 젊은 남자를 혼자서 해칠 수 있을까?" 내가 말했다.

"한쪽 다리를 전다는 점에서 불구자일 뿐이야. 다른 점에서는 원기왕성하고 튼튼해 보여. 한쪽 다리를 저는 약점이 있으면 그 보상으로 다른 곳이 유난히 강해진다는 것을 자네의 의학적 경험으로도 잘 알고 있을 거야, 왓슨."

"아무튼 얘기를 마저 해봐."

"세인트클레어 부인은 창턱에 난 핏자국을 보고 그만 기절을 해버렸어. 경찰이 마차로 집까지 데려다주었지. 그녀가 같이 있는 게 조사에 도움이 되지도 않았거든. 이 사건을 맡은 바턴 경위는 집 안을 샅샅이 조사했지만, 실마리가 될 만한 단서를 전혀 발견하지 못했어. 한 가지 실수한 것은 휴 분을 즉시 체포하지 않았다는 거야. 래스커와 입을 맞출 몇 분의 시간을 준 거지. 곧 그 실수를 바로잡아 그를 연행해서 조사했지만, 기소할 만한 증거를 찾아내지는 못했어. 그의 오른쪽 셔츠 소매에 핏자국이 있었던 것은 사실이지만, 그는 약지의 손톱 근처가 베인 것을 보여주며, 거기서 피가 난 것이라고 해명했어. 그리고 얼마 전에 창문 쪽에 가 있었다고 덧붙였지. 그러니까 창턱의 핏자국도 그 때문인 게 분명하다는 거야. 그는 네빌 세인트클레어 씨를 본 적이 없다고 완강히 부인하고, 자기 방에 왜 그의 옷가지가 있는지 자기도 영문을 모르겠다는 것이었어. 세인트클레어 부인이 창문으로 남편을 보았다는 주장에 대해서는, 그녀가 미친 게 아니라면 꿈을 꾼 거라고 단언했지. 그는 고래고래 항의하며 경찰서로 끌려갔고, 경위는 좀 더 그 건물에 남아 있었어. 물이 빠지면 뭔가 새로운 단서가 나타날까 싶어서였지.

아니나 다를까 정말 나타났어. 질퍽한 강변에서 막상 발견될까봐 걱정한 것은 발견되지 않았지만 말이야. 그러니까, 네빌 세인트클레어 씨가 아니라 그의 코트가 발견된 거야. 물이 빠지자 바닥에 가라앉아 있던 것이 드러난 거지. 그의 주머니에서 과연 무엇이 발견되었을지 한번 맞춰봐."

"짐작이 안 가."

"그래, 그건 아무도 짐작할 수 없을 거야. 모든 주머니가 1페니와 반 페니 동전으로 꽉 차 있었어. 1페니 동전이 421개, 반 페니 동전이 270

개나 됐지. 썰물에 휩쓸려 내려가지 않은 것도 이상할 게 없어. 하지만 인간의 몸은 다른 문제야. 썰물이 질 때 부두와 그 집 사이는 물살이 세차서, 벌거벗은 시체는 강으로 빨려가고 무거운 코트만 남았을 가능성도 있어."

"하지만 다른 옷가지는 방 안에서 발견되었다면서? 시체가 달랑 코트만 걸쳤단 말이야?"

"그건 아냐. 하지만 사실들을 아주 그

럴듯하게 꿰맞출 수는 있지. 휴 분이라는 남자가 네빌 세인트클레어를 창밖으로 내던졌다고 치자구. 그걸 본 사람은 아무도 없어. 그럼 그는 이제 어쩌려고 할까? 보나마나 이런 생각이 바로 떠오르겠지. 신분이 드러날 만한 옷가지를 없애야 한다는 생각 말이야. 그래서 코트를 밖으로 버리려고 했는데, 순간 이 코트가 가라앉지 않고 떠다닐 거라는 생각이 들었어. 그는 시간이 없었지. 아래층에서 그 아내라는 여자가 올라오려고 기를 쓰면서 실랑이를 벌이는 소리가 들렸으니까. 어쩌면 그는 경찰이 달려오고 있다는 것도 공모자인 래스커에게 들었을지 몰라. 그는 우물쭈물할 겨를이 없었어. 구걸을 해서 모아둔 동전을 보관한 비밀 금고로 달려갔지. 그는 손에 집히는 대로 동전을 주머니에 쑤셔 넣었어. 코트가 가라앉을 수 있도록 말이야. 코트를 밖으로 내던지고 다른 옷가지도 그러려고 하는 참에, 아래 계단에서 또 옥신각신하는 소리가 들렸어. 그는 경찰이 나타나기 전에 창문을 닫을 시간밖에 없었지."

"확실히 그럴듯하군."

"아무튼 더 나은 가설이 없는 한 이것을 유효한 가설로 받아들여야겠지. 앞서 말했듯이 휴 분은 체포되어 경찰서로 끌려갔어. 하지만 그가 과거에 무슨 나쁜 짓을 했다는 것도 밝혀내지 못했어. 그가 직업 거지로 알려진 지는 여러 해 되었는데, 그동안 아무런 죄도 짓지 않고 아주 조용히 살았던 것 같아. 여기까지가 현재 상황이야. 앞으로 해결해야 할 문제는, 네빌 세인트클레어가 아편굴에서 무엇을 하고 있었는가, 거기서 그에게 무슨 일이 일어났는가, 그는 지금 어디 있는가, 휴 분이 그의 실종과 무슨 관계가 있는가 등등인데 이 모든 게 여전히 오리무중이야. 내가 겪어본 온갖 사건 가운데 일견 이렇게 단순해 보이면서도 이렇게 까다로운 사건은 일찍이 없었던 것 같아."

셜록 홈즈가 독특한 이 사건에 대해 자세히 이야기해주는 동안 우리는 런던 외곽을 질주해서 이윽고 드문드문 보이는 집들을 뒤로하고, 길 양옆에 생울타리를 두른 시골길을 덜컹거리며 달렸다. 그가 이야기를 끝냈을 때 우리는 외딴 마을을 지나는 중이었다. 마을에는 아직까지 몇몇 집 창문에서 희미한 불빛이 새어 나오고 있었다.

"이곳은 리 읍내 변두리야." 동행이 말했다. "잠깐 마차를 타고 오는 동안 우리는 영국의 세 개 주를 지나쳤어. 미들섹스 주에서 시작해서, 서리 주 모퉁이를 가로질러 켄트 주에 이른 거야. 저 나무들 사이로 불빛이 보이지? 저곳이 삼나무 저택이야. 저 등불 옆에는 한 여성이 귀를 쫑긋 세우고 앉아 있을 거야. 우리의 말발굽 소리를 이미 들었을걸?"

"그런데 왜 베이커 스트리트에서 이 사건을 조사하지 않은 거지?" 내가 물었다.

"그건 여기서 알아봐야 할 일이 많아서야. 세인트클레어 부인은 친절하게도 내게 방 두 개를 내주었지. 자네는 내 친구이자 동료로서 그녀에게 환영을 받을 테니 안심해. 그런데 그녀의 남편에 대해 아무것도 알아내지 못하고 그녀를 만나려니 좀 뜨악하군. 자, 다 왔어. 워, 워!"

우리는 널따란 정원 안에 자리 잡은 큰 저택 앞에 마차를 세웠다. 마구간 소년이 달려나와 고삐를 잡았다. 마차에서 펄쩍 뛰어내린 나는 홈즈를 따라 저택으로 좁다랗게 이어진 구불구불한 자갈길을 걸었다.

우리가 가까이 다가가자 문이 벌컥 열리더니, 금발의 자그마한 여성이 현관으로 나왔다. 그녀는 목과 손목 둘레에 복슬복슬한 분홍 레이스가 달린 가벼운 명주 모슬린 드레스를 입고 있었다. 그녀는 환한 불빛을 등지고 서서 몸의 윤곽을 드러낸 채, 한 손으로 문을 짚고, 조바심이 난 다른 손은 반쯤 들고서, 몸을 앞으로 살짝 구부리며 머리와 얼굴을 내밀었는데, 갈망이 어린 두 눈과 벌어진 입술에 뭔가 끈끈한 질문이 어려 있었다.

"혹시?" 그녀가 외쳤다. "혹시?" 그러고는 우리 두 사람을 보고, 이어서 내 동행이 고개를 내두르며 어깨를 으쓱하자 그녀의 희망의 외침은 한숨으로 잦아들었다.

"좋은 소식이 없나요?"

"네."

"나쁜 소식도 없나요?"

"네."

"그나마 다행이군요. 아무튼 들어오세요. 오늘 하루 힘드셨을 거예요."

"이 사람은 의사인 내 친구 왓슨입니다. 여러 사건에서 내게 꼭 필요한 도움을 주었지요. 우연히 운 좋게 만나서 이렇게 데려올 수 있었습니다. 이번 사건을 같이 조사하게 될 겁니다."

"이렇게 뵙게 되어 반가워요." 그녀가 말하며 내 손을 따스하게 그러쥐었다. "저희가 워낙 갑자기 변을 당했다는 것을 아실 테니, 대접이 소홀해도 양해해주실 거라고 믿어요."

"저는 산전수전 다 겪은 사람입니다, 부인. 설령 그렇지 않다 해도, 하등 그런 말씀을 하실 필요가 없다는 것쯤이야 제가 왜 모르겠습니까? 부인에게나 이 친구에게 제가 조금이라도 도움이 되기만 바랄 뿐입니다."

우리는 환하게 불을 밝힌 식당으로 들어섰다. 식탁에는 저녁 식사가 차려진 채 싸늘하게 식어 있었다.

"셜록 홈즈 씨, 이제 한두 가지 솔직히 여쭤보고 싶어요. 정말 간절히 여쭙는 건데, 솔직히 답해주시기 바라요."

"그러죠."

"제가 마음 아파할까봐 걱정하진 마세요. 저는 무슨 일이 있어도 이성을 잃거나 기절하는 일은 없어요. 저는 다만 홈즈 씨의 솔직한 소견을 듣고 싶을 뿐이에요."

"무엇에 대해서요?"

"정말 진심으로, 네빌이 살아 있다고 생각하세요?"

셜록 홈즈는 이 질문에 당황한 것 같았다.

"자, 솔직하게요!" 그녀가 되뇌었다. 그녀는 벽난로 앞의 깔개 위에 서서 고리버들 의자에 기대앉은 홈즈를 날카롭게 굽어보았다.

"그렇다면 솔직히, 저는 그렇게 생각지 않습니다."

"그이가 죽었다고 생각하시나요?"

"그렇습니다."

"살해된 건가요?"

"확실치는 않지만 아마도."

"그럼 그이가 변을 당한 게 언제죠?"

"월요일입니다."

"그렇다면 홈즈 씨, 이걸 설명해주시겠어요? 제가 오늘 어떻게 그이의 이런 편지를 받을 수 있었는지 말예요."

셜록 홈즈는 갑자기 전기 자극을 받은 것처럼 의자에서 벌떡 일어섰다.

"뭐라고요!" 그가 외쳤다.

"정말예요, 오늘." 그녀는 미소를 머금고 서서 편지를 들어 보였다.

"좀 봐도 될까요?"

"물론이죠."

홈즈는 그녀에게서 와락 편지를 낚아채서 식탁에 반듯하게 펴놓고는 등불을 끌어당겨 골똘히 살펴보았다. 나도 자리에서 일어나 그의 어깨 너머로 편지를 유심히 바라보았다. 싸구려 봉투에 그레이브젠드 우체국 소인이 찍혀 있었다. 소인에는 바로 그날, 아니 자정이 꽤 지났으니 전날이라고 해야 할 날짜가 찍혀 있었다.

"괴발개발이군!" 홈즈가 중얼거렸다. "이건 부군의 필체가 아닌 게 분명합니다."

"그래요. 하지만 내용은 남편의 필체예요."

"봉투에 주소를 쓴 사람이 누군지는 몰라도 그 사람은 주소를 물어보고 쓴 게 분명해요."

"그걸 어떻게 아시죠?"

"그러니까 받는 사람 이름이 진한 검정색 잉크로 쓰여 있는데, 이건 잉크가 저절로 마른 겁니다. 나머지 글자는 색이 진하지 않아요. 그건 압지를 사용했다는 뜻입니다. 주소를 쓰자마자 압지로 빨아들이면, 잉크 색이 진하지 않지요. 이 사람은 이름을 쓴 다음, 한동안 꾸물거리다가 주소를 썼어요. 주소를 잘 안다면 그러지 않았겠죠. 물론 이건 사소한 사실이지만, 사소한 것보다 더 중요한 것은 없어요. 이제 편지 내용을 살펴볼까요? 하! 여기 동봉한 게 있었군!"

"네, 반지가 들어 있었어요. 그이의 도장 반지요."

"이것이 부군의 필체인 게 확실한가요?"

"그이의 필체 가운데 하나예요."

"하나?"

"이건 급히 쓸 때의 필체죠. 평소의 필체와 전혀 다르지만, 저는 알아볼 수 있어요."

놀라지 말아요. 아무 일 없을 테니까. 한 가지 잘못된 일이 있어서 그걸 바로잡는 데 좀 시간이 걸릴 듯해요. 참고 기다려줘요—.

— 네빌

"8절지 책의 면지를 찢어서 연필로 썼고, 비침무늬는 없군. 흠! 오늘 그레이브젠드에서 엄지손가락이 더러운 남자가 이것을 부쳤어. 하! 봉투 깃은 고무풀로 붙였는데, 내가 크게 잘못 안 게 아니라면, 씹는담배를 즐기는 사람이 침을 발라 붙였군. 이게 틀림없이 부군의 필체라고요?"

"네. 네빌이 쓴 거 맞아요."

"그런데 오늘 그레이브젠드에서 다른 사람이 이걸 부쳤다 이거군요. 음, 세인트클레어 부인, 마침내 먹구름이 걷혔습니다. 위험이 사라졌다고 말할 수는 없지만요."

"아무튼 그이는 살아 있는 거죠, 홈즈 씨?"

"이것이 우리를 따돌리려고 영악하게 위조한 것만 아니라면요. 도장 반지로는 아무것도 증명할 수 없어요. 그에게서 빼앗은 것일 수도 있으니까요."

"아니, 아니에요. 이건, 이건, 그이가 직접 쓴 게 맞아요!"

"그래요. 하지만 월요일에 쓴 것을 오늘 부쳤을지도 몰라요."

"그럴 수도 있겠죠."

"그사이에 많은 일이 일어났을 수도 있습니다."

"아, 홈즈 씨, 제 희망을 꺾지 말아주세요. 그이는 무사한 게 분명해요. 우리 부부는 서로 예민하게 통하는 데가 있어서, 그이에게 나쁜 일이 일어났다면 제가 모를 리가 없어요. 그이를 마지막으로 본 그날도, 그이가 침실에서 칼에 살짝 베였는데, 나는 부엌에 있다가 무슨 일이 일어났다는 걸 확신하고 곧바로 2층 침실로 올라갔어요. 제가 그런 사소한 일에 반응을 하면서도 그이의 죽음은 느끼지 못할 거라고 보세요?"

"여자의 직감이 분석적인 사색가의 결론보다 더 값질 수 있다는 거야 수없이 겪어봐서 잘 압니다. 게다가 이 편지는 분명 부인의 견해를 뒷받침하는 아주 강력한 증거라고 할 수 있습니다. 하지만 부군이 살아서 이런 편지를 쓸 수 있다면, 종적은 왜 감추고 있는 걸까요?"

"짐작이 안 돼요. 정말 영문을 모르겠어요."

"월요일에 집을 떠나면서 특별히 남기신 말씀은 없나요?"

"없어요."

"스완덤 레인에서 부군을 보고 놀라셨다고요?"

"무척 놀랐어요."

"창문은 열려 있었죠?"

"네."

"그때 부군이 부인에게 뭐라고 외친 것 같다고요?"

"그런 것 같아요."

"제가 듣기로는, 부군이 알 수 없는 비명 같은 소리를 질렀다면서요?"

"네."

"그게 도와달라는 소리였다고 생각하신 거죠?"

"네. 그이가 두 손을 흔들었어요."

"하지만 그건 놀라서 외친 것일 수도 있어요. 뜻밖에 부인을 보고 놀란 나머지 손을 쳐들었을 수도 있고."

"그랬을지도 모르죠."

"누군가 부군을 뒤에서 잡아당긴 것 같다고요?"

"그이가 갑자기 사라졌거든요."

"부군이 펄쩍 뛰어서 뒤로 물러났을 수도 있어요. 그 방 안에는 다른 사람이 없었다고 하셨죠?"

"네. 흉측하게 생긴 그 사람이 자기밖에 없었다고 자백했어요. 래스커는 계단 발치에 있었고요."

"그래요. 부인이 보기에 부군은 평소처럼 옷을 입고 있었다고요?"

"네. 하지만 목깃과 넥타이는 하지 않았어요. 목의 맨살이 드러나 있는 것을 또렷이 보았어요."

"부군이 전에 스완덤 레인 얘기를 한 적이 있나요?"

"아니요."

"아편을 피우는 기미를 보인 적 있나요?"

"아니요."

"고맙습니다, 세인트클레어 부인. 이런 것들은 내가 아주 명백히 알아둬야 할 중요한 사실들입니다. 우리는 이제 간단히 저녁을 들고 쉬어야겠습니다. 내일도 아주 바쁜 하루가 될 것 같으니까요."

부인은 우리에게 더블 침대가 놓인 크고 편안한 침실을 내주었다. 한밤의 모험으로 지친 나는 냉큼 침대 시트 사이로 파고들었다. 그러나 셜록 홈즈는 마음에 걸리는 미해결 문제가 있을 때면 며칠 동안, 일주일까지도, 쉬는 법이 없는 사람이었다. 그는 사건을 거듭 생각하고, 사실들을 다시 정리해보고, 그것을 모든 관점에서 뜯어보고, 이윽고 그 비밀을 풀거나, 아니면 자료가 충분치 않다는 결론이라도 내렸다. 지금도 그가 앉아서 꼬박 밤을 새울 준비를 하고 있는 게 분명했다. 그는 코트와 조끼를 벗고, 헐렁한 청색 실내복을 걸쳤다. 그리고 방 안을 이리저리 돌아다니며 침대에서는 베개를, 소파와 안락의자에서는 쿠션을 가져다가, 그것으로 동양의 보료 같은 푹신한 자리를 만들고, 앞에다 새그 담배 한 움큼과 성냥 한 갑을 챙겨 놓고 다리를 꼬고 앉았다. 그가 해묵은 브라이어 파이프를 입에 물고, 천장 모서리를 멍하니 바라보며 앉아 있는 모습이 희미한 램프 불빛에 비쳤다. 꼼짝하지 않고 묵묵히 앉아 푸른 연기를 피워 올리는 그의 강인하고 독수리 같은 이목구비가 두드러져 보였다. 내가 잠에 곯아떨어졌을 때 그렇게 앉아 있었는데, 느닷없는 탄성에 화들짝 놀라 깨어났을 때에도 그는 그렇게 앉아 있었다. 여름날의 이른 빛이 방 안에 스며들고 있었다. 그의 입에는 여전히 파이프가 물려 있었다. 여전히 담배 연기가 피어오르고 있어서, 방 안에는 연기가 자욱했다. 하지만 간밤에 본 한 움큼의 새그는 이미 동이 나고 없었다.

"잠 깼어, 왓슨?" 그가 물었다.

"응."

"아침 드라이브 어때?"

"좋지."

"그럼 옷을 입도록 해. 아직 아무도 안 일어났지만, 마구간 소년이 자는 곳을 알고 있으니, 마차를 바로 끌고 나갈 수 있을 거야."

이렇게 말하며 혼자 나직이 웃는 홈즈의 두 눈이 반짝이는 것을 보니, 간밤의 우울한 사색가와는 사람이 달라 보였다.

나는 옷을 입다가 슬쩍 회중시계를 보았다. 4시 25분. 과연 아직 누가 일어날 만한 시간이 아니었다. 미처 옷을 다 차려입기도 전에 소년이 마차를 대령하고 있다는 소식을 갖고 홈즈가 돌아왔다.

"내 이론을 시험해보고 싶어." 부츠를 당겨 신으며 홈즈가 말했다. "왓슨, 자네는 지금 유럽 최고의 바보 면전에 서 있어. 난 정말이지 여기서 채링크로스까지 날아갈 만큼 걷어차여도 싸. 하지만 이제 해결의 열쇠를 찾은 것 같아."

"그게 어디 있는데?" 내가 웃으며 물었다.

"욕실에." 그가 답했다. "아, 이건 농담이 아냐." 그는 어리둥절해하는 내 모습을 보며 이어 말했다. "방금 욕실에 다녀왔는데, 거기서 열쇠를 챙겨서 이 글래드스턴 가방에 담아두었어. 어서 서둘러. 이 열쇠가 통하는지 어서 확인해보게 말이야."

우리는 아주 조용히 계단을 내려가서, 환한 아침 햇살 속으로 나왔다. 우리의 말과 경마차가 이미 대기하고 있었다. 옷을 걸치다 만 듯한 마구간 소년이 고삐를 잡고 있었다. 훌쩍 마차에 올라탄 우리는 런던 로드를 질주했다. 시골 짐마차 몇 대가 야채를 싣고 런던 시내로 가고 있을 뿐, 양쪽 길가의 집들은 꿈속의 도시처럼 생기 없이 괴괴하게 늘어서 있었다.

"어느 면에서 이건 정말 독특한 사건이었어." 홈즈가 가볍게 채찍을 휘둘러 전속력으로 말을 몰며 말했다. "난 정말 눈뜬장님이나 다름없었어. 그래도 영영 모르고 넘어가는 것보다는 늦게라도 깨달음을 얻는 게 낫지."

우리가 런던 서리 쪽(주로 노동자 계층이 살던 템스 강 남쪽 지역—옮긴이)의 거리를 질주하고 있는 동안 시내에서 가장 일찍 일어난 사람들의 졸음 겨운 모습이 창문에 모습을 비치기 시작했다. 워털루 브리지 로드를 지나 템스 강을 건너 웰링턴 스트리트를 치달려 올라가서 오른쪽으로 급회전을 한 우리는 보 스트리트 즉결재판소에 이르렀다. 셜록 홈즈는 경찰들에게 유명한 인물이어서, 입구의 순경 두 명이 그에게 경례를 했다. 그중 한 명이 말고삐를 잡고 다른 한 명은 우리를 안으로 안내했다.

"당번이 누구죠?" 홈즈가 물었다.

"브래드스트리트 경위입니다."

"아, 브래드스트리트, 안녕하세요?" 키가 크고 건장한 경찰이 챙이 있는 경찰모와 정복 차림으로 판석이 깔린 복도로 다가오고 있었다. "잠깐 얘기할 게 있어서 들렀습니다, 브래드스트리트."

"잘 오셨습니다, 홈즈 씨. 여기 내 방으로 오시죠."

그곳은 작은 사무실 같은 방이었다. 탁자 위에는 커다란 장부가 놓여 있었고, 벽에는 전화기가 걸려 있었다. 경위는 자기 자리에 앉았다.

"홈즈 씨, 무엇을 도와드릴까요?"

"휴 분이라는 그 거지 때문에 들렀습니다. 네빌 세인트클레어 씨의 실종사건 혐의자 말입니다."

"음, 그는 좀 더 조사할 게 있어서 연행해서 구류 중입니다."

"그렇다고 들었습니다. 지금 여기 있나요?"

"유치장에 있죠."

"소란을 피우지 않던가요?"

"아, 그러지는 않지만, 그는 정말 더러운 악당이죠."

"더러워요?"

"네. 아무리 닦달을 해도 손밖에는 씻질 않아요. 얼굴이 땜장이처럼 새까만데 말입니다. 사건이 마무리되면 정식으로 죄수 목욕을 시킬 겁니다. 그를 보면 그게 필요하다는 내 말에 동의할 겁니다."

"꼭 좀 그를 보고 싶습니다."

"그러시겠습니까? 그거야 어렵지 않지요. 이리 오세요. 가방은 여기 두셔도 됩니다."

"아니, 가져갈 겁니다."

"좋을 대로 하십시오. 이리 오세요." 그는 우리를 이끌고 복도를 지나, 잠긴 문을 열고 나선계단을 내려갔다. 하얗게 벽을 칠한 복도에 이르자 양쪽에 줄줄이 문이 나 있었다.

"그는 오른쪽 세 번째 방에 있습니다." 경위가 말했다. "여깁니다!" 그는 문 위쪽의 뙤창 판때기를 젖히고 안을 슬쩍 들여다보았다.

"잠들었군요." 그가 말했다. "그가 아주 잘 보입니다."

우리는 뙤창을 들여다보았다. 갇힌 남자가 얼굴을 우리 쪽으로 향하고 누워 아주 깊이 잠들어 있었다. 그는 느리게 깊이 숨을 쉬었다. 키는 보통이었고, 연행될 때 입었던 추레한 옷을 입고 있었는데, 너덜거리는 코트의 찢어진 틈새로 색깔 셔츠가 비어져 나와 있었다. 경위가 말한 대로 그는 정말 더러웠지만, 그의 얼굴을 뒤덮은 때로도 혐오스러운 흉터를 가리지는 못했다. 널따란 흉터 자국이 눈에서 턱까지 뻗어 있었고, 그 흉터로 안면 수축이 일어나 윗입술 한쪽이 밖으로 뒤집혀서 이빨 세 개가 으르렁거리듯 드러나 있었다. 아주 밝은 빨강머리는 이마와 눈을 가릴 만큼 길게 쑥대머리로 자라 있었다.

"아주 가관이죠?" 경위가 말했다.

"정말 얼굴을 좀 씻을 필요가 있군요. 그럴 줄 알고 준비해 온 게 있습니다." 이렇게 말하며 홈즈는 글래드스턴 백을 열더니, 놀랍게도 아주 큼직한 목욕용 스펀지를 꺼냈다.

"헤헤! 홈즈 씨는 정말 재미난 분이군요." 경위가 낄낄거렸다.

"자, 아주 살그머니 저 문을 좀 열어주시겠습니까? 저 친구의 용모를 좀 말쑥하게 해주게요."

"까짓것, 그럽시다." 경위가 말했다. "저래서야 보 스트리트 유치장의 명예에 먹칠을 하는 격이니까요." 그는 자물쇠에 열쇠를 쑤셔 넣었다. 우리는 아주 조용히 유치장 안으로 들어갔다. 잠든 사람이 반쯤 몸을 뒤척이더니, 또다시 깊이 잠들었다. 홈즈가 물 단지 위로 상체를 숙이고 스펀지를 적신 다음, 갇힌 남자의 얼굴을 가로와 세로로 두 차례 힘껏 문질렀다.

"소개해드리죠." 홈즈가 외쳤다. "켄트 주리 근교의 네빌 세인트클레어 씨입니다."

내 평생 이런 장면은 결코 본 적이 없었다. 그 남자의 얼굴은 마치 나무껍질처럼 스펀지에 훌렁 벗겨졌다. 거무튀튀한 색이 일순간에 사라졌다! 또한 안면을 가로지른 섬뜩한 흉터도 사라졌고, 혐오스러운 비웃음을 머금은 입술의 뒤틀림도 사라졌다! 홈즈가 뒤엉킨 빨강머리를 잡아채서 벗기자, 세련되어

보이는 남자가 창백하고 슬픈 얼굴로 침대에서 부스스 일어나 앉았다. 검은 머리카락에 피부가 매끄러운 이 남자는 눈을 비비더니, 잠이 덜 깬 눈으로 어리둥절해하며 주위를 둘러보았다. 그러다 갑자기 들통이 났다는 것을 알아차린 그는 외마디 비명을 질렀다. 그리고 재빨리 얼굴을 베개에 파묻었다.

"이럴 수가!" 경위가 외쳤다. "정말 실종된 그 남자 아냐. 사진으로 본 바로 그 얼굴이야."

갇힌 남자는 자포자기하고 천연덕스러운 태도로 바뀌었다. "될 대로 되라지. 그래 나를 무슨 죄로 기소할 겁니까?"

"그야 네빌 세인트클레어 씨를 죽인……, 아니지, 자살하지 않는 한 그걸로 기소할 수는 없겠군." 경위가 히죽 웃으며 말했다. "아무튼 내가 경찰 밥을 먹은 지 27년이나 되었는데, 이건 정말 내 경력을 무색케 하는군."

"내가 네빌 세인트클레어 씨라면, 그러면 분명 아무런 범죄도 일어나지 않은 셈입니다. 그렇다면 나는 지금 불법 감금되어 있는 것입니다."

"범죄를 저지르진 않았지만, 커다란 실수를 했습니다." 홈즈가 말했다. "당신의 아내를 믿지 않는 것 말입니다."

"그건 아내 때문이 아니라 자식들 때문이었습니다." 남자는 신음을 삼켰다. "정말이지, 아버지를 부끄럽게 여길까봐 그랬던 겁니다. 넨장, 들통이 나고 말다니! 이제 난 어쩌면 좋아."

셜록 홈즈가 그의 곁에 걸터앉아 다정하게 어깨를 두드렸다.

"당신이 재판을 받게 된다면 물론 그런 사실이 공개되는 것을 피할 길이 없을 겁니다. 하지만 당신을 기소할 근거가 없다는 사실을 잘 피력해서 경찰 당국을 납득시킬 수 있다면, 구구한 사연이 신문에 실릴 이유는 없을 겁니다. 우리에게 사실을 털어놓으면 브레드스트리트 경위가 기록을 해서 당국에 제출할 테고, 그러면 이 사건은 재판을 받는 일도 없을 겁니다."

"하느님 감사합니다!" 갇힌 남자가 열을 띠며 말했다. "아이들에게 집안의 수치로 남을 비참한 비밀을 들키느니 차라리 감방 생활을 하거나 사형이라도 마다하지 않으려고 했습니다.

내 비밀을 남에게 실토하기는 이것이 처음입니다. 우리 아버지는 체스터필드의 교장 선생님이셨어요. 거기서 나는 좋은 교육을 받았지요. 젊어서는 여행을 했고, 배우 생활도 해봤고, 마침내 런던의 석간지 기자가 되기에 이르렀습니다. 어느 날 편집장이 런던의 거지들에 관한 시리즈 기사를 내고 싶어하더군요. 내가 쓰겠다고 자원했지요. 바로 그때부터 내 인생의 모험이 시작되었습니다. 내 기사의 밑바탕이 될 기초 사실을 확보하려면 직접 구걸을 해보는 길밖에 없었어요. 물론 저는 배우 생활을 하면서 분장 비법을 배웠고, 내 솜씨는 분장실에서 제법 이름을 떨쳤지요. 나는 재능을 유감없이 발휘했습니다. 얼굴에 분칠을 하고, 한껏 불쌍하게 보이려고 큼직한 흉터를 만들고, 입술 한쪽을 까뒤집은 후 작은 살색 반창고를 붙였지요. 그리고 빨강머리 가발을 쓰고, 의상도 구색을 맞춰 입고, 런던에서 가장 붐비는 거리에 떡하니 자리를 잡았습니다. 짐짓 성냥팔이처럼 굴면서 실은 동냥을 한 거죠. 일곱 시간 동안 열심히 장사를 하고 저녁에 집으로 돌아갔는데, 놀랍게도 내가 번 돈은 무려 26실링 4펜스나 되었습니다.

나는 기사를 썼고, 이 일은 한동안 거의 잊고 지냈습니다. 그러다가 얼마 후 친구의 어음에 배서를 해주었다가 25파운드를 물어줘야 할 신세가 되었습니다. 나는 그만한 돈을 구할 길이 없었어요. 그러다 문득 예전 생각이 났습니다. 나는 채권자에게 보름만 말미를 달라고 사정하고, 신문사에는 휴가를 냈죠. 그래서 변장하고 시내에서 구걸을 했는데, 열흘 만에 그 돈을 모아서 빚을 다 갚을 수 있었습니다.

그러니 고되게 일을 해서 일주일에 2파운드를 버는 생활에 안주한다는 게 얼마나 뜨악할지 여러분도 상상이 가실 겁니다. 얼굴을 좀 더 럽게 분장하고서 앞에 모자를 벗어놓고 그저 가만히 앉아 있기만 해도 하루 만에 그만한 돈을 벌 수 있다는 사실을 알게 된 판국에 말입니다. 나는 자존심과 돈 사이에서 한동안 갈팡질팡했지만, 결국 달러가 이겼죠. 그래서 나는 기자직을 때려치우고, 날이면 날마다 내가 맨 처음 구걸을 한 그 구석자리에 앉아, 흉측한 얼굴로 동정심을 불러일으켜 주머니를 동전으로 채웠습니다. 내 비밀을 아는 사람은 한 사람뿐이었어요. 내가 세 든 스완덤 레인의 아편굴 주인 말입니다. 거기서 나는 아침마다 더러운 거지꼴로 나타나, 저녁이면 다시 옷을 잘 차려입은 한량으로 변신을 했지요. 래스커 그 친구는 방을 빌려준 대가를 톡톡히 받았기 때문에 내 비밀을 폭로할 염려는 없었습니다.

아무튼 얼마 되지 않아서 나는 상당한 금액을 저축할 수 있었습니다. 런던 거리의 거지가 누구나 나처럼 1년에 700파운드를 벌 수 있다는 건 아닙니다. 나보다 훨씬 적게 벌죠. 나는 남다르게 분장 재능을 발휘했고, 재치 있는 대꾸를 할 수도 있었기 때문인데, 그건 연습을 할수록 실력이 늘었어요. 그래서 나는 런던 시에서 제법 알아주는 거지가 되었습니다. 날마다 페니가 쏟아져 들어왔는데, 간간이 은화도 섞여 있었죠. 정말 재수 없는 날만 아니라면 하루 2파운드는 너끈히 벌었어요.

나는 부자가 될수록 야심도 커져서, 전원 저택에 세 들어 살면서 결혼까지 했는데, 내 진짜 직업을 수상쩍게 여기는 사람은 아무도 없었습니다. 사랑하는 아내는 내가 런던 시에서 사업을 하는 줄 알았죠. 그게 무슨 사업인지는 전혀 모르고요.

지난 월요일에 하루 일을 마치고, 아편굴 2층에서 막 옷을 갈아입었을 때였어요. 창밖을 내다보다 아내가 거리에 서서 나를 똑바로 쳐다보고 있는 것을 보고 나는 그만 가슴이 덜컥 내려앉았어요. 나는 놀라서 비명을 지르며 두 손을 들어 얼굴을 가렸어요. 그리고 내 비밀 친구인 래스커에게 달려가서 누구든 내가 있는 곳으로 올라오지 못하게 해달라고 당부했지요. 아래층에서 그녀의 목소리가 들렸지만, 그녀가 당장 올라오지는 못할 거라는 걸 알고 있었어요. 나는 재빨리 옷을 벗어 던지고, 다시 거지 옷으로 갈아입은 후, 얼굴 분장을 하고 가발을 썼지요. 내 분장은 워낙 완벽해서 아내도 알아차릴 수 없었어요. 하지만 방 안을 수색하면 옷가지 때문에 들통이 날지 모른다는 생각이 문득 들었습니다. 허둥지둥 창문을 열다가 그만 그날 아침 침실에서 베인 상처가 다시 터졌죠. 아무튼 나는 코트를 집어들었어요. 내 하루벌이를 실어 나르는 가죽 가방의 동전을 이미 코트에 옮겨 둔 뒤라 아주 묵직했죠. 그것을 창밖으로 내던지자 템스 강물 속으로 사라졌어요. 다음 옷도 그렇게 하려는 순간, 경찰이 계단 위로 돌진해 올라왔어요. 몇 분 후 나는 네빌 세인트클레어라는 이름 대신 그를 살해한 자로 체포되었는데, 고백컨대 나는 오히려 마음이 푹 놓였죠.

나로선 달리 변명을 할 길이 없었습니다. 그저 가능한 한 오래 변장을 유지하기로 결심하고, 더러운 얼굴로 남아 있길 고집했죠. 아내가 무척이나 염려할 거라는 생각에, 경찰이 나를 지켜보지 않을 때 슬쩍 반지를 빼서 래스커에게 맡기고, 아내에게 걱정하지 말라는 내용의 편지를 허겁지겁 몇 자 써서 건네주었습니다."

"그 편지는 어제서야 배달되었습니다." 홈즈가 말했다.

"맙소사! 아내가 일주일 동안 얼마나 걱정을 했을까!"

"경찰이 래스커를 감시했거든요." 브래드스트리트 경위가 말했다. "들키지 않고 편지를 부치긴 수월치 않았을 겁니다. 아마 아편굴에 온 뱃사람한테 맡겼는데, 그 사람이 며칠 동안 잊고 있었는지도 모르지요."

"그래요. 그랬을 겁니다." 홈즈가 고개를 주억거리며 말했다. "그런데 당신은 구걸한 죄로 기소된 적이 없나요?"

"많습니다만, 벌금 몇 푼이 대수겠습니까?"

"하지만 이제 그만둬야 합니다." 브래드스트리트가 말했다. "경찰이 이 일을 묵과하려면, 더 이상 휴 분이 존재해선 곤란합니다."

"인간이 할 수 있는 가장 엄숙한 맹세로써, 그것을 맹세하겠습니다."

"그렇다면 더 이상의 조치는 취해지지 않을 거라고 봅니다. 하지만 당신이 또다시 거리에서 발견된다면, 모든 사실이 폭로될 겁니다. 홈즈 씨, 덕분에 이 사건을 해결했으니 우리가 큰 신세를 졌습니다. 어떻게 이런 결론에 이르렀는지 정말 궁금하군요."

"베개 다섯 개를 깔고 앉아 한 움큼의 새그를 소비한 덕분이죠. 왓슨, 슬슬 베이커 스트리트로 마차를 몰고 가면, 아침 식사 시간에 맞춰 도착할 수 있겠어."

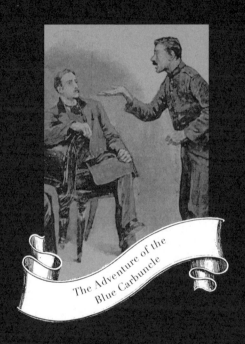

The Adventure of the
Blue Carbuncle

푸른 석류석

크리스마스 다음다음 날 아침, 명절 인사차 내 친구 셜록 홈즈 집에 들렀다. 그는 자주색 실내복을 입고 소파에서 뭉그적거리고 있었다. 오른쪽으로 팔을 뻗으면 손이 닿는 곳에 담배 파이프가 놓여 있고, 갓 살펴본 듯한 조간신문이 구겨진 채 근처에 수북이 쌓여 있었다. 소파 옆에는 목제 의자가 있었는데, 등받이 모서리에 아주 허름하고 볼꼴사나운 펠트 모자가 걸려 있었다. 뻣뻣한 이 펠트 모자는 차마 쓰고 다닐 수 없을 만큼 헤져 있었다. 의자의 걸터앉는 자리에 돋보기와 핀셋이 놓여 있는 것으로 보아, 조사할 게 있어서 모자를 그렇게 걸어둔 듯했다.

"일이 있나 보군. 내가 방해가 됐나?" 내가 말했다.

"전혀. 조사 결과를 논의할 수 있는 친구가 왔으니 나야 반갑지. 아주 사소한 문제이긴 하지만." (그는 엄지손가락으로 낡은 모자를 가리켰다.) "그래도 이 문제엔 제법 흥미로운 데가 있어. 교육적이기까지 하지."

나는 안락의자에 앉아 탁탁 소리를 내며 타오르는 벽난로 불에 언

손을 녹였다. 유리창에 두꺼운 성에가 낄 만큼 날이 갑자기 추워진 탓이다.

"한번 추측해볼까?" 내가 말했다. "이 모자는 대수롭지 않아 보이지만, 여기엔 뭔가 흉흉한 이야기가 얽혀 있을 거야. 그건 어떤 수수께끼를 풀어줄 실마리, 그러니까 어떤 범죄를 처벌할 단서인 거지."

"아니, 아냐. 범죄는 아냐." 셜록 홈즈가 웃으며 말했다. "몇 평방 킬로미터 안에 400만 명이나 되는 사람들이 왁시글덕시글하다 보면 벌어지게 마련인 뚱딴지같은 일들 가운데 하나일 뿐이야. 북적대면서 작용과 반작용을 거듭하다 보면 온갖 일들이 얽히고설켜서, 범죄가 아니면서도 눈길을 끄는 이상야릇한 문제가 허다하게 생기는 거지. 우리도 이미 겪어봤잖아?"

"그건 그래. 내가 최근 기록한 여섯 사건 가운데 범죄와 무관한 것이 세 건이나 될 정도지."

"바로 그거야. 아이린 애들러 문서를 되찾으려고 한 것, 메리 서덜런드 양의 독특한 사건, 입술이 뒤틀린 남자에 얽힌 희한한 사건을 자네가 말하나본데, 이번 사건도 바로 그런 범주에 드는 것이 분명해. 커미셔네어 피터슨 알지?"

"응."

The Adventures of Sherlock Holmes

"이건 그의 전리품이야."

"그의 모자라 이거지."

"아니, 그게 아니라, 그가 주운 거야. 주인이 누군지는 알 수 없어. 이것을 그저 낡아빠진 빌리콕(볼러 중산모, 곧 낮고 둥근 펠트 모자―옮긴이)으로 보지 말고, 지적인 문제라고 생각해봐. 먼저 이것이 어떻게 해서 여기까지 오게 되었는지 말해줄게. 이 모자는 성탄절 아침에 아주 투실투실한 거위 한 마리와 함께 우리 집에 왔어. 그 거위는 지금쯤 피터슨의 화덕 불에 지글거리고 있겠지.

어찌 된 사연이냐 하면, 성탄절 아침 4시쯤, 자네도 알다시피 아주 정직한 피터슨이 불콰하게 한잔 걸치고, 토트넘코트 로드를 따라 집에 가고 있었어. 그의 앞에 키가 큰 편인 남자가 다소 비틀거리며 가고 있는 게 가스등 불빛에 보였는데, 남자는 어깨에 흰 거위 한 마리를 걸치고 있었지. 구지 스트리트 모퉁이에 이르렀을 때, 그 남자와 불량배들 간에 싸움이 벌어졌어. 불량배 한 명이 그의 모자를 쳐서 떨어뜨렸지. 그러자 그는 제 몸을 지키려고 지팡이를 휘두르다가 그만 뒤에 있는 가게 유리창을 깨고 말았어. 피터슨이 그를 도와주려고 달려갔지. 그런데 그 남자는 유리창을 깬 것에 놀란 데다가 경찰처럼 보이는 제복을 입고 누가 달려오는 것을 보고는 거위를 내동댕이치고 달아나 버렸어. 토트넘코트 로드 뒤편의 미로 같은 골목길로 종적을 감춰버린 거야. 불량배들도 피터슨을 보고 줄행랑을 놓았어. 그래서 싸움터를 점령한 피터슨만 남아서, 낡아빠진 이 모자와 아무 죄 없는 크리스마스 거위라는 전리품을 챙기게 된 거야."

"주인을 찾아줬겠지?"

"그게 문제야. 사실 거위의 왼발에는 '헨리 베이커 부인에게'라는 꼬리표가 붙어 있었어. 또 이 모자 안감에는 'H. B.'라는 머리글자가 쓰여 있지. 하지만 우리가 사는 이 도시에는 줄잡아 수천 명의 베이커 씨가 있고, 헨리 베이커도 수백 명이야. 그중 누구한테 돌려줄 것인가는 쉬운 문제가 아냐."

"그럼 피터슨은 어떻게 했지?"

"바로 그날 아침 모자와 거위를 모두 내게 가져왔어. 그는 아주 사소한 문제라도 내가 흥미로워한다는 것을 알고 있거든. 거위는 오늘 아침까지 우리가 가지고 있었어. 하지만 날이 추운데도 더는 지체 없이 먹어치우는 게 좋겠다는 조짐이 보이더군. 그래서 거위가 궁극적인 운명을 완수할 수 있도록 그것을 주운 사람이 가져갔지. 크리스마스 만찬을 잃어버린 미지의 신사가 썼던 모자는 내가 계속 간직하고 있지만."

"분실 광고가 나지 않았어?"

"응."

"그 남자의 신원을 알아낼 단서는 없어?"

"우리가 추리할 수 있는 게 전부야."

"모자로?"

"그래."

"농담이겠지. 이렇게 낡은 펠트 모자로 뭘 알아내겠어?"

"여기 돋보기가 있어. 자네는 내 방식을 잘 알고 있으니, 자, 낡은

이 모자 임자의 신원을 한번 추리해봐."

　나는 낡아빠진 모자를 두 손에 쥐고, 다소 안쓰러워하며 모자를 뒤집어보았다. 쓰고 다니기에 너무 낡았다는 점만 빼면, 평범한 둥근 모양에 아주 흔한 검정색 모자였다. 안감으로 빨간 비단을 댔지만 색이 거의 다 바랜 상태였다. 메이커 이름은 없었고, 홈즈가 말한 대로 'H. B.'라는 머리글자가 안감에 낙서처럼 쓰여 있었다. 끈을 끼울 수 있도록 챙에 구멍이 뚫려 있었지만 고무 끈은 달려 있지 않았다. 그 밖에 눈에 띄는 것이라고는 곳곳이 헤졌고, 먼지가 수북이 내려앉았고, 여러 군데 얼룩이 있다는 것 정도였다. 얼룩은 색이 바랜 곳을 감추려고 잉크를 칠해서 생긴 듯했다.

　"전혀 모르겠어." 친구에게 모자를 돌려주며 내가 말했다.

　"그 반대야, 왓슨. 모든 것을 알 수 있어. 사실 모든 것을 보았으면서도, 그것을 통해 추리를 해내지 못했을 뿐이야. 소심해서 과감히 추리하지 못한 거지."

　"그럼 이 모자에서 뭘 추리할 수 있다는 건지 어디 말해봐."

　그는 모자를 집어들고 특유의 버릇대로 내적 성찰을 하듯 모자를 응시했다.

　"기대한 만큼 많은 것을 알아낼 수는 없겠군." 그가 말했다. "하지만 아직도 아주 분명한 사실 몇 가지는 추리할 수 있어. 가능성이 매우 높은 사실도 몇 가지 추리할 수 있고. 우선 척 보기에 모자 주인은 꽤 지적인 게 분명해. 한 3년 전만 해도 꽤 부유하게 살다가 이제는 살림이 궁색해졌군. 조심성이 많았지만, 그것도 이제는 전만 못한데, 그건

정신적으로 나약해졌다는 것을 가리키지. 그러니까 가세가 기울면서
뭔가 나쁜 영향을 받은 듯한데, 아마도 술독에 빠졌겠지. 그래서 아내
의 사랑을 잃었다는 명백한 사실도 그것으로 설명할 수 있을 거야."

"말도 안 돼!"

"하지만 그는 자존심을 다 팽개치진 않았어." 그는 내 항의를 묵살
하고 계속 말했다. "이 남자는 한군데 붙박이로 살면서 밖에 나가는
일이 거의 없고, 건강 상태가 그리 좋지 않아. 나이는 중년이고, 머리
는 하얗게 셌는데, 지난 며칠 사이에 머리를 깎았고, 라임 크림을 머리
에 발랐군. 모자에서 추리해낼 수 있는 명백한 사실은 이 정도야. 그런
데 그의 집에 가스등을 설치하지 않았을 가능성이 매우 높아."

"설마 농담이겠지, 홈즈."

"전혀. 기껏 추리 결과를 말해주었는데, 자네는 그런 결과를 어떻
게 얻었는지도 모르겠어? 어떻게 그럴 수가 있지?"

"난 정말 멍청한가봐. 통 이해가 안 돼. 예를 들어 모자 임자가 지적
이라는 걸 어떻게 알아냈지?"

대답 대신 홈즈는 모자를 푹 눌러썼다. 모자가 이마를 거침없이 통
과해서 그의 콧등에 걸쳐졌다.

"그건 부피의 문제야. 이렇게 두개골이 큰 사람이라면 그 안에 뭔
가 들어 있게 마련이지."

"그렇다면 가세가 기울었다는 건?"

"이 모자는 3년 된 거야. 그때 이렇게 챙 끝이 말린 모자가 유행했
거든. 이건 최고급 모자야. 이랑이 지게 짠 비단 띠와 훌륭한 안감을

좀 봐. 3년 전에는 이렇게 비싼 모자를 살 수 있었는데, 그 후 새 모자를 사지 못했다면, 그사이에 분명 형편이 어려워졌다고 봐야겠지."

"음, 과연 그렇군. 하지만 조심성이 많았고 정신적으로 나약해졌다는 것은 또 뭐야?"

셜록 홈즈가 소리 내어 웃더니, 모자 고정 끈을 끼우는 구멍을 가리키며 말했다. "이게 바로 조심성이야. 원래 펠트 모자에는 이런 구멍이 없어. 이 남자가 구멍을 내달라고 주문했다면 그건 조심성이 여간 아니라는 뜻이지. 모자가 바람에 날아가지 않도록 이런 대비를 다 하다니 말이야. 하지만 고무 끈이 끊어졌는데도 새것을 끼워놓지 않은 것으로 보아 전보다 조심성이 떨어진 게 분명해. 그건 정신적으로도 나약해졌다는 명백한 증거야. 그런데 더러워진 곳을 감추려고 애써 잉크를 칠했어. 그건 자존심을 완전히 잃어버린 것은 아니라는 뜻이지."

"추리가 정말 그럴듯해."

"나아가서 그가 중년의 나이라는 것과 머리칼이 하얗게 세었다는 것, 최근에 이발을 했다는 것, 라임 크림을 발랐다는 것 등은 모자의 안감 아래쪽을 잘 살펴보면 알 수 있어. 돋보기로 보면 이발 가위로 잘라낸 짧은 머리칼이 잔뜩 보이거든. 그게 모두 끈적하게 달라붙어 있는데, 영락없는 라임 크림 냄새가 솔솔 풍겨. 이 먼지는 자네 눈에도 보일 거야. 이건 입자가 거친 길거리의 잿빛 먼지가 아니라, 집 안의 보풀 같은 갈색 먼지야. 모자가 줄곧 집 안에 걸려 있었다는 뜻이지. 안쪽의 얼룩은 모자를 쓴 사람이 꽤나 많은 땀을 흘렸다는 증거야. 그건 건강 상태가 좋지 않다는 것을 가리키지."

"하지만 그의 아내는? 어째서 아내의 사랑을 잃었다는 거지?"

"이 모자는 오랫동안 솔질을 하지 않았어. 자네 모자에 일주일쯤 먼지가 내려앉았는데 아내가 그런 상태로 자네를 내보냈다면, 아내의 사랑을 잃었다고 봐야 하지 않겠어?"

"독신일 수도 있잖아."

"아니야. 그는 아내에게 줄 화해의 선물로 거위를 가지고 집에 가는 중이었어. 거위 왼발에 달린 꼬리표를 생각해봐."

"정말 자넨 이 방면의 대가야. 그런데 집에 가스등을 설치하지 않았다는 것은 어떻게 추리한 거지?"

"우지 양초 얼룩이 한두 개 묻었다면 그건 우연일 수도 있을 거야. 하지만 줄잡아 댓 개는 묻었다면 그건 곧잘 양초를 들고 다닌 것이 분명하다고 볼 수 있지. 촛농이 흘러내리는 양초를 한 손에 들고 다른 손에는 모자를 들고 밤중에 아마 계단을 올라갔겠지. 아무튼 가스등에서 그런 얼룩이 묻은 것은 아냐. 대답이 됐나?"

"음, 정말 대단해." 내가 웃으며 말했다. "하지만 자네가 아까 말한 것처럼, 범죄가 일어난 것도 아니고 거위를 잃은 것 말고는 아무런 피해를 입지 않았으니, 이 모든 추리가 어째 정력 낭비 같은걸?"

셜록 홈즈가 뭐라고 답을 하려고 막 입을 여는 순간, 문이 와락 열리면서 커미셔네어 피터슨이 뛰어들었다. 두 볼이 벌겋게 달아오른 그는 뭔가에 놀라서 넋이 나간 얼굴이었다.

"거위요, 홈즈 씨! 거위가!" 그가 헐떡거렸다.

"네? 거위가 왜요? 살아나기라도 했나요? 살아서 부엌 창문으로

날아가기라도 했어요?" 홈즈는 소파에서 몸을 틀고 흥분한 그의 얼굴을 똑바로 바라보았다.

"이걸 보세요, 홈즈 씨! 거위의 모이주머니에서 아내가 이걸 찾아냈어요!"

그가 손을 내밀고 손바닥 위에서 찬란히 빛나는 푸른 보석을 보여주었다. 크기는 콩알보다 좀 작았지만, 그 순도와 광채가 워낙 뛰어나 손바닥의 오목한 어둠 속에서 마치 전기 스파크처럼 빛났다.

셜록 홈즈가 휘파람을 불며 허리를 곧추세웠다.

"이런 세상에! 피터슨, 정말 대단한 보물을 발굴했군요. 이게 뭔지 알아요?"

"다이아몬드입니다! 귀금속이에요! 유리를 퍼티(유리를 창문에 고정하는 데 쓰는 접착제—옮긴이)처럼 자른다는 거요!"

"이건 단순한 귀금속이 아니라 세상에 하나뿐인 귀금속입니다."

"모카 백작부인의 푸른 석류석 아냐!" 내가 놀라서 외쳤다.

"바로 그거야. 요즘 날마다 《타임스》지에 광고를 해대는 걸 보았는데, 크기와 모양이 설마 이 정도일 줄은 몰랐어. 이건 정말 세상에 유일무이한 거야. 가치를 헤아릴 수 없지만, 현상금으로 내건 1,000파운드는 시장가격의 20분의 1도 안 될 게 분명해."

"1,000파운드! 오오 자애로운 주님!" 커미셔네어가 의자에 털썩 주저앉더니 우리를 차례로 바라보았다.

"현상금은 그렇지만, 백작부인이 보석을 찾을 수만 있다면 재산의 절반이라도 떼어주겠다고 하는 것으로 보면 뭔가 애틋한 사연이 있다는 것을 알 수 있지."

"내 기억이 맞다면, 이건 코스모폴리탄 호텔에서 잃어버린 거야." 내가 말했다.

"맞아. 12월 22일, 바로 닷새 전이었지. 배관공인 존 호너가 백작부인의 보석상자에서 그걸 빼돌렸다는 혐의를 받고 있어. 명백한 증언이 있어서 그는 순회재판에 회부되었지. 여기 어디에 그 기사가 있을 거야." 그는 날짜를 살펴보며 신문을 뒤적이다가 마침내 하나를 쓰윽 꺼내서 반으로 접더니 읽어 내려가기 시작했다.

코스모폴리탄 호텔 보석 도난. 배관공 존 호너(26세)가 이달 22일, 모카 백작부인의 보석상자에서 푸른 석류석으로 알려진 귀금속을 훔친 혐의로 기소되었다. 이 호텔의 고참 어텐던트 제임스 라이더는 보석

도난 당일 호너를 모카 백작부인의 옷방으로 데려갔다고 증언했다. 벽난로 땔감 받침에서 떨어져나간 두 번째 쇠살대를 땜질하기 위해서였다. 라이더는 잠시 호너와 같이 있다가 호출을 받고 떠났다. 돌아와 보니 호너는 사라지고 없었다. 그런데 화장대 서랍이 뜯겨나갔고, 모로코가죽을 씌운 작은 보석상자가 화장대 위에 놓여 있었다. 백작부인의 보석을 넣어둔 것으로 나중에 밝혀진 그 상자는 텅 비어 있었다. 라이더는 곧바로 신고를 했고, 같은 날 저녁 호너가 체포되었다. 그러나 그의 몸과 집을 수색했지만 보석은 발견되지 않았다. 백작부인의 하녀 캐서린 큐색은 라이더가 도난 현장을 발견하고 놀라서 외친 소리를 듣고 달려가, 앞서 큐색이 묘사한 그런 현장을 보았다고 증언했다. B지구의 브래드스트리트 경위가 한 말에 따르면, 호너는 체포될 때 미친 듯이 반항했으며 극구 결백을 주장했다고 한다. 호너는 한 차례 도둑질 전과가 있기 때문에 치안판사는 판결을 거부하고 이 사건을 순회재판에 회부했다. 그 과정에서 격렬한 감정의 동요를 보인 호너는 치안판사의 말을 듣고 기절해서 법정 밖으로 실려 나갔다.

"흥! 즉결재판이라는 게 어렵하겠어?" 홈즈가 신문을 내던지고 말했다. "털린 보석상자에서 토트넘코트 로드의 거위 모이주머니로 이어진 일련의 이 사건은 이제 우리가 풀어야 할 문제가 됐군. 왓슨, 우리의 사소한 추리가 느닷없이 중요해졌어. 범죄와 무관한 줄 알았는데 말이야. 여기 보석이 있는데, 이것의 출처는 거위이고, 거위의 출처는 헨리 베이커 씨인데, 그는 낡은 모자를 썼고, 내가 자네한테 주절거린 여러 특성을 지닌 인물이야. 이제 우리는 아주 진지하게 그를 찾아 나서야겠어. 이 깜찍한 사건에서 그가 어떤 몫을 했는지 확인해야 하니까. 그러기 위해 먼저 가장 간단한 방법부터 써볼까? 모든 석간신문에 광고를 내는 거야. 그래서 안 되면 다른 수를 찾아봐야겠지."

"뭐라고 광고할 건데?"

"연필과 종이 좀 줘봐. 음, 그러니까,

거위 한 마리와 검은 펠트 모자를 구지 스트리트 길모퉁이에서 주웠음. 헨리 베이커 씨는 오늘 저녁 6시 30분에 베이커 스트리트 221B번지로 와서 찾아가시기 바람.

이 정도면 간단명료하지?"

"아주 간결하군. 하지만 그가 이 광고를 볼까?"

"음, 그는 분명 신문을 유심히 볼 거야. 가난한 사람에겐 적지 않은 손실이니까. 그는 재수 없게 창문을 깨뜨린 데다 피터슨이 다가오는 것에 너무 놀란 나머지 무작정 달아난 것이 분명해. 하지만 그 후 본능적으로 거위를 내동댕이친 게 여간 후회되지 않았을 거야. 아무튼 그의 이름이 신문에 실리면 읽지 않을 수 없을걸? 그를 아는 모든 사람이 그 사실을 일러줄 테니까. 자, 여기 있어요, 피터슨. 광고 대행사로 달려가서 이걸 석간신문에 싣도록 하세요."

"어느 신문에요?"

"아, 《글로브》, 《스타》, 《펠멜》, 《세인트제임시즈》, 《이브닝뉴스》,

《스탠더드》,《에코》등 모든 석간신문에요."

"알겠습니다. 그럼 이 보석은요?"

"아, 그건 내가 갖고 있겠습니다. 고마워요. 그리고 피터슨, 돌아오는 길에 거위 한 마리를 사서 갖다 주세요. 댁에서 잡수실 거위 대신 신사에게 돌려줘야 할 거위가 있어야 하니까요."

커미셔네어가 떠나자 홈즈는 보석을 들고 빛에 비춰보았다.

"멋지군." 그가 말했다. "빛나는 것 좀 봐. 물론 이건 범죄의 핵심 표적이지. 모든 보석이 그래. 보석은 악마가 즐겨 쓰는 미끼인데, 더 크고 더 오래된 것일수록 보석의 모든 단면이 피로 얼룩져 있다고 할 수 있지. 이 보석은 채 20년이 되지 않았어. 중국 남부의 아모이 강 제방에서 발견된 거지. 빨갛지 않고 푸른빛을 띤다는 것만 빼고는 석류석의 모든 특징을 지녔다는 점에서 주목할 만한 보석이야. 발견된 지 얼마 되지 않았지만 이미 불길한 역사를 갖고 있어. 두 건의 살인사건, 황산 투척, 자살, 여러 건의 도난사건이 바로 이 40그레인의 탄소 결정체를 둘러싸고 일어났지. 이렇게 예쁜 장난감이 교수대와 감옥행 티켓인 줄 누가 알겠어? 이제 이걸 내 금고에 넣어두고, 우리가 이걸 갖고 있다고 백작부인에게 몇 자 적어 보내야겠어."

"호너라는 사람은 결백하다고 생각하는 거야?"

"알 수 없지."

"음, 그럼, 헨리 베이커는 이 사건과 무슨 관계가 있을까?"

"내가 보기에 헨리 베이커는 전적으로 결백할 가능성이 더 높아. 그가 메고 가던 거위가 금덩이 거위보다 훨씬 더 값나가는 물건이었다는 것을 전혀 몰랐으니까. 하지만 광고를 보고 그가 찾아오면 아주 간단한 테스트를 해보고 판단할 거야."

"그럼 그때까지 할 일이 없는 거야?"

"응, 전혀."

"그렇다면 나는 왕진을 좀 다녀와야겠군. 하지만 자네가 말한 시간까지는 돌아올 거야. 얼크러진 이 일이 어떻게 해결되는지 보고 싶으니까."

"자네가 오면 나야 반갑지. 저녁 식사 시간은 7시야. 멧도요(습하고 울창한 숲을 좋아하는 섭금류로, 해질녘에 가장 활동적인 단독성 조류—옮긴이)를 먹기로 한 듯한데, 방금 일어난 일을 돌이켜보니, 허드슨 부인에게 모이주머니를 잘 살펴보라고 해야겠군."

사정이 있어서 지체되는 바람에 내가 다시 베이커 스트리트에 들른 것은 6시 반이 조금 지나서였다. 집에 다가갈 때 큼직한 베레모를 쓴 키 큰 남자가 문밖에서 기다리고 있는 것이 보였다. 그는 턱까지 코트 단추를 채우고, 현관문의 부채꼴 채광창에서 흘러나오는 환한 조명에 몸을 드러내고 있었다. 내가 막 도착하자 문이 열려서, 우리는 함께 홈즈의 방으로 들어섰다.

"헨리 베이커 씨죠?"

안락의자에서 일어서며 홈즈가 말했다. 그는 손님을 편안히 맞이했다. 홈즈는 언제라도 갑자기 정다운 태도를 취할 줄 아는 사람이었다.

"불가의 이 의자에 앉으세요, 베이커 씨. 저녁 날씨가 쌀쌀하군요. 제가 보기에 베이커 씨는 더위보다 추위를 더 타시는 듯합니다. 아, 왓슨, 제시간에 맞춰 왔군. 이게 베이커 씨의 모자 맞죠?"

"그렇습니다. 틀림없이 제 모자로군요."

그는 체격이 크고, 둥근 어깨 위의 머리도 컸다. 넓적하고 지적인 얼굴에 백발이 섞인 갈색의 뾰족한 턱수염을 기르고 있었다. 코와 두 볼이 불그레하고 긴 손에 수전증이 좀 있는 것을 보니 홈즈가 추리한 말이 떠올랐다. 빛바랜 검정 프록코트의 단추를 맨 위까지 채우고 깃을 바짝 세웠는데, 셔츠를 받쳐 입지 않았는지 소매 밖으로 여윈 손목의 맨살이 드러나 보였다. 그는 조심스레 어휘를 선택해 느리게 띄엄 띄엄 말해서 전체적으로 불운한 지식인 같은 인상을 풍겼다.

"이것을 보관한 지 며칠 됐습니다." 홈즈가 말했다. "그건 선생이 광고를 내서 주소를 알려주길 기대했기 때문입니다. 왜 광고를 하지 않으셨나 모르겠군요."

우리의 손님은 다소 멋쩍게 웃고 말했다. "예전 같지 않게 형편이 그리 넉넉지 않아서요. 내게 덤빈 불량배들이 모자와 거위를 가져간 줄만 알았습니다. 그래서 되찾을 가망도 없어 보이는 일에 가욋돈을 쓰고 싶지 않았던 겁니다."

"그럴 만하군요. 그런데 거위는 우리가 먹어버렸습니다."

"먹어버려요?" 손님이 흥분해 의자에서 반쯤 몸을 일으켰다.

"네. 그러지 않았다면 어차피 상해서 버려야 했을 겁니다. 하지만 같은 무게의 아주 신선한 다른 거위가 저 찬장 위에 있습니다. 저거라면 선생의 당초 목적에 부합할 듯합니다만."

"아, 그럼요, 그럼요." 베이커 씨가 안도의 한숨을 내쉬며 말했다.

"물론 선생의 거위가 남긴 깃털과 다리와 모이주머니 등은 우리가 아직도 갖고 있습니다. 그러니 원하신다면……."

남자는 호탕하게 웃음을 터트리고 말했다. "내 모험의 유물로 그것도 쓸모가 없지는 않겠군요. 하지만 그런 용도 외에 작고한 내 지인의 '디스젝타 멤브라'(disjecta membra. '절단된 수족'이라는 뜻—옮긴이)를 가져간들 무슨 쓸모가 있겠습니까? 부디 허락해주신다면, 찬장 위에 보이는 저 뛰어난 거위로 만족하겠습니다."

셜록 홈즈는 민첩하게 나를 돌아보며 어깨를 살짝 으쓱해 보였다.

"그러시면 자, 모자를 가져가십시오. 거위도요." 그가 말했다. "그런데 원래의 거위는 어디서 구했는지 말씀해주시겠습니까? 저는 가금류를 무척이나 좋아하는데, 그만한 거위를 본 적이 없어서요."

"말씀해드리고말고요." 이미 일어서서 새로 얻은 재산을 옆구리에 챙긴 베이커가 말했다. "박물관 근처의 '알파인'이라는 술집에 곧잘 같이 가는 친구가 몇 있습니다. 그러니까 낮에 우리를 찾으려면 그 박물관으로 와야 하지요. 그런데 윈디게이트라는 이름의 마음씨 좋은 술집 주인이 금년에 거위 클럽을 만들었습니다. 매주 몇 페니를 내는 대가로 크리스마스에 각자 거위 한 마리를 받기로 한 거죠. 나도 당연히 몇 푼 냈고, 뒷일은 아시는 바와 같습니다. 아무튼 큰 신세를 졌습니다. 이 베레모는 내 나이에도 체형에도 통 어울리지 않거든요."

우스꽝스럽게 과장된 태도로 그는 우리 둘에게 정중히 절을 했다. 그리고 그는 큰 걸음으로 횡하니 사라졌다.

"헨리 베이커 씨는 이걸로 됐어." 문을 닫으며 홈즈가 말했다. "그

는 사건에 대해 아무것도 모르는 게 분명해. 배고프지 않아, 왓슨?"

"별로."

"그럼 만찬은 뒤로 미루고, 단서를 추적해서 쇠뿔을 단김에 빼는
게 어때?"

"좋고말고."

아주 쌀쌀한 밤이었다. 우리는 얼스터코트를 걸치고 넥타이를 졸
라맸다. 바깥에는 구름 한 점 없는 하늘에 별들이 차갑게 빛나고 있었
다. 행인들은 권총 초연처럼 콧김을 뿜어댔다. 닥터스 지구, 윔폴 스트
리트, 할리 스트리트를 지나가는 우리의 발소리가 저벅저벅 울렸다.
위그모어 스트리트를 지나 옥스퍼드 스트리트로 접어들 때에도 그랬
다. 15분 만에 우리는 블룸즈버리의 '알파인'에 도착했다. 그곳은 홀
본으로 빠지는 스트리트의 모퉁이에 있는 작은 술집이었다. 술집 문
을 열고 들어간 홈즈는 흰 앞치마를 두른 불쾌한 얼굴의 주인에게 맥
주 두 잔을 주문했다.

"맥주가 당신네 거위만큼만 좋다면 맛이 뛰어나겠군요."

"내 거위!" 주인은 놀란 표정이었다.

"그래요. 한 30분 전에 헨리 베이커 씨와 얘기를 나누었는데, 그가
당신의 거위 클럽 회원이라더군요."

"아! 그래요, 압니다. 하지만 그건 '우리' 거위가 아닙니다."

"이런! 그렇다면 누구 겁니까?"

"음, 그건 코벤트 가든의 상인에게 산 겁니다. 24마리를 샀죠."

"그래요? 거기에 나도 좀 아는 사람이 있는데, 그 상인 이름이 뭔

가요?"

"브레킨리지입니다."

"아! 내가 모르는 사람이군요. 주인장, 그럼 건강하시고 번창하기 바랍니다. 안녕히 계십시오."

"이제 브레킨리지를 찾아야겠군." 얼어붙은 바깥세상으로 나왔을 때 홈즈가 코트 단추를 채우며 말했다. "왓슨, 이걸 잊지 마. 이 사건의 연쇄 한쪽 끝에는 대수롭지 않은 거위 한 마리가 있을 뿐이지만, 다른 쪽 끝에는 우리가 결백을 입증해주지 않으면 7년 징역형을 받게 될 사람이 있어. 우리의 조사가 기껏 그의 유죄를 확인하는 것으로 그칠 가능성도 있긴 해. 하지만 우리는 경찰이 놓쳐버린 단서를 잡았어. 우리에게 둘도 없는 기회가 주어진 거야. 끝까지 한번 추적을 해보자구. 그럼 남쪽을 향하여, 빠르게 전진!"

우리는 홀본을 가로지르고, 엔델 스트리트를 지나, 빈민가의 구불구불한 길을 거쳐 코벤트 가든 시장에 이르렀다. 가장 큰 가게 중 한 곳에 브레킨리지라는 이름의 간판이 걸려 있었다. 단정하게 구레나룻을 기른 날카로운 얼굴에, 경마깨나 좋아할 듯한 주인 남자가 가게 문을 닫는 소년을 도와주고 있었다.

"안녕하세요. 무척 쌀쌀한 밤입니다." 홈즈가 말했다.

상인은 고개를 끄덕이고는 의아한 눈길로 내 동행을 힐끔 쳐다보았다.

"거위가 다 팔렸나 보군요." 홈즈가 비어 있는 대리석판을 가리키며 말했다.

"내일 아침이면 500마리가 들어올 거요."

"내일은 곤란해요."

"가스등을 켜놓은 가게에 가면 몇 마리 있을 거요."

"아, 하지만 나는 당신을 소개받고 왔어요."

"누구한테요?"

"'알파인'의 주인이요."

"아, 네. 그에게 24마리를 보내주었죠."

"정말 좋은 거위였어요. 그런 거위를 대체 어디서 구했습니까?"

놀랍게도 이 질문에 상인이 버럭 화를 냈다.

"아니, 이봐요." 상인이 고개를 쳐들고 양손을 허리에 얹은 채 말했다. "도대체 지금 뭘 어쩌자는 겁니까? 솔직히 말해보시오."

"난 솔직히 말한 겁니다. '알파인'에 보낸 거위를 당신에게 판 사람을 알고 싶은 거죠."

"흥, 그렇다면 난 말하고 싶지 않소. 그만 꺼지시오!"

"아니, 별것도 아닌 걸 가지고 왜 그러십니까. 그런 사소한 일에 왜 그렇게 흥분하시죠?"

"흥분한다고! 당신도 나처럼 한번 들볶여보시오. 그래도 흥분하지 않을 수 있겠는가. 좋은 물건을 제값 주고 샀으면 그것으로 거래는 끝난 건데, 그 거위들 어디 있느냐, 누구한테 팔았느냐, 그 거위가 어떤 거윈 줄 아느냐 달달 볶아대니. 누가 들으면 그게 세상에 둘도 없는 거위인 줄 알 거요."

"음, 나는 그런 질문을 해댄 사람들과 아무 상관이 없는 사람입니다." 홈즈가 천연덕스럽게 말했다. "당신이 말해주지 않으면 내기가 물 건너가는 것뿐입니다. 나는 가금류에 대해서라면 단연코 내 생각이 옳다는 데 언제든 돈을 걸 용의가 있어요. 그래서 내가 먹은 그 거위를 시골에서 길렀다는 데 5파운드를 건 겁니다."

"그렇다면 당신이 5파운드를 잃었소. 그건 시내에서 기른 거니까." 상인이 선뜻 말했다.

"절대 그렇지 않아요."

"그렇다니까."

"그럴 리가 없어요."

"당신은 어려서부터 이 바닥에서 굴러먹은 나보다 더 잘 안다고 생각하는 거요? 정말로 알파인으로 보낸 모든 거위는 시내에서 기른 거요."

"믿을 수 없습니다."

"그럼 내기하겠소?"

"그래봐야 내가 이길 겁니다. 내가 옳다는 것을 알고 있으니까. 하지만 1소버린을 걸겠습니다. 이건 그저 당신이 고집불통이라 한 수 가르쳐주기 위해서입니다."

상인이 음산하게 웃었다. "빌, 장부를 가져오너라." 그가 말했다.

소년이 얇고 자그마한 책 한 권과 기름때가 자르르 흐르는 큼직한 책 한 권을 갖고 와서 매달린 등불 아래 내려놓았다.

"자, 그럼, 자신만만 씨." 상인이 이어 말했다. "나는 거위를 다 판 줄 알았는데, 문을 닫기 전에 한 마리를 더 팔게 생겼군그래. 작은 이

책을 보시오."

"그래서요?"

"그건 나한테 거위를 판 사람들 명부요. 알겠소? 바로 거기 적힌 것은 시골 사람들인데, 그 사람들 이름 뒤에 나오는 숫자는 이 큰 원장 몇 쪽에 거래 명세가 적혔나를 가리키는 겁니다. 자, 그럼! 명부에서 빨간 잉크로 적힌 다른 쪽을 펼쳐보시오. 그건 시내 공급자들 이름입니다. 세 번째로 적힌 사람을 찾아서, 그걸 내게 읽어주시오."

"오크쇼트 부인, 브릭스턴 로드 117번지, 249쪽." 홈즈가 읽었다.

"좋아요. 이제 이 원장을 보시오."

홈즈가 249쪽을 들춰보았다. "여기 있군. '오크쇼트 부인, 브릭스턴 로드 117번지, 달걀과 가금류 공급자.'"

"가장 최근에 기입한 것을 읽어보시오."

"12월 22일. 거위 24마리 구입. 7실링 6페니."

"맞아요. 바로 그겁니다. 그리고 그 밑에는?"

"'알파인'의 윈디게이트 씨에게 판매. 12실링."

"자, 그래도 할 말이 있소?"

셜록 홈즈는 원통한 표정을 지었다. 그는 주머니에서 1소버린 금화를 꺼내 대리석판 위에 던지고, 정말 울화통이 치민 사람처럼 홱하니 발길을 돌렸다. 몇 미터 떨어진 가로등 아래 멈춘 그는 특유의 나직한 웃음을 한바탕 터뜨렸다.

"그런 식으로 구레나룻을 기르고 주머니에 '핑컨'('pink' un, pink one. 1865년부터 1931년까지 발행된 주간지 《스포팅 타임스》의 속칭으로 핑크색 종이를 썼다―옮긴이)에을 꽂고 있는 사람들은 내기라면 사족을 못 써. 장담컨대, 그런 사람에게는 100파운드를 거저 준다고 해도, 내기를 해서 얻을 수 있는 정보만큼 완벽한 정보를 끌어낼 수는 없을 거야. 자, 왓슨, 이제 우리의 조사도 막바지에 이른 듯해. 이제 어떡할까? 오늘 밤 바로 오크쇼트 부인을 찾아갈까, 아니면 내일로 미룰까? 그 무뚝뚝한 상인의 말로 미뤄볼 때, 이 문제에 열을 내는 사람들이 우리 말고도 또 있는 게 분명하니까, 나로선……."

그의 말이 갑자기 뚝 끊겼다. 우리가 방금 떠난 가게에서 뭔가 요란한 소리가 들려왔기 때문이다.

뒤돌아선 우리는 흔들리는 등불이 노랗게 드리운 둥근 원의 한복판에 생쥐 같은 얼굴의 왜소한 남자가 서 있는 것을 보았다. 가게 문틀에 버티고 선 브레킨리지는 굽실거리고 있는 남자를 향해 사납게 주먹을 흔들어 보였다.

"당신네 거위 얘기는 이제 정말 진절머리가 나." 그가 외쳤다. "죄다 지옥으로 꺼져버려. 그런 멍청한 소리로 또 나를 들볶으러 오면 개를 풀어놓겠어. 오크쇼트 부인을 이리 데려와 봐. 그럼 내가 대답해줄 테니까. 거위 임자도 아닌 당신이 대체 무슨 상관이야? 내가 당신한테 거위를 사기라도 했어?"

"그건 아니지만, 거위 가운데 한 마리는 내 것이었다니까요." 왜소한 남자가 우는 소리를 했다.

"그렇다면, 오크쇼트 부인한테나 물어봐."

"그녀는 당신에게 물어보라고 했어요."

"그러면 프루지아의 왕한테나 물어봐. 그건 내 알 바 아니니까. 이젠 정말 신물이 나니까 어서 꺼져!" 그가 사납게 앞으로 돌진하자 질문하던 남자는 어둠 속으로 황급히 달아났다.

"하! 브릭스턴 로드에 갈 필요가 없게 됐어." 홈즈가 나지막이 말했다. "따라와 봐. 저 작자가 어떤 인물인지 알아보자구." 내 동행은 화려한 가게들 주위에서 어수선하게 어슬렁거리는 사람들을 큰 걸음으로 재빨리 헤치고 지나갔다. 왜소한 남자를 따라잡아 어깨를 툭 치자 그가 획 돌아보았다. 하얗게 질린 그의 얼굴이 가스등 불빛에 고스란히 비쳐 보였다.

"아니, 누구십니까? 왜 이러는 거예요?" 그가 떨리는 음성으로 물었다.

"죄송합니다만, 어쩌다 보니 아까 상인에게 질문하는 것을 엿듣게 되었습니다." 홈즈가 부드럽게 말했다. "내가 당신을 도와드릴 수 있을 것 같습니다."

"당신이? 대체 누구신데요? 대체 그 일을 어떻게 아시죠?"

"내 이름은 셜록 홈즈입니다. 남들이 모르는 것을 알아내는 게 내 일이죠."

"하지만 당신이 그런 일을 알 리가 없어요."

"죄송하지만 낱낱이 알고 있습니다. 당신은 어떤 거위를 찾느라 애면글면하고 있는데, 그건 브릭스턴 로드의 오크쇼트 부인이 브레킨리지라는 상인에게 넘겼고, 상인은 알파인의 윈디게이트 씨에게 넘겼고, 이어서 거위 클럽의 회원에게 넘어갔는데, 헨리 베이커 씨가 바로

그 사람이죠."

"오, 당신이 바로 내가 만나고 싶었던 그분이군요." 왜소한 남자가 두 팔을 뻗으며 외쳤다. 그의 손이 바르르 떨렸다. "이 문제에 내가 얼마나 관심이 많은지는 필설로 이루 다 말할 수가 없어요."

셜록 홈즈는 지나가는 사륜마차를 소리쳐 불렀다. "그렇다면 이렇게 찬바람이 부는 시장 통보다 아늑한 실내에서 얘기를 나누는 게 좋겠습니다." 그가 말했다. "그런데 내가 이렇게 즐거이 도와드리게 된 분의 성함이라도 우선 알고 싶습니다만."

그 남자는 잠시 망설였다. "제 이름은 존 로빈슨입니다." 그가 슬쩍 주위를 둘러보고 답했다.

"아니, 그게 아니라, 본명 말입니다." 홈즈가 나긋하게 말했다. "'가명'을 쓰는 사람과 거래를 하는 건 늘 뜨악하거든요."

낯선 남자의 파리한 두 볼이 확 붉어졌다. "그게, 그렇다면, 제 본명은 제임스 라이더입니다." 그가 말했다.

"아하. 알고 보니 코스모폴리탄 호텔의 헤드 어텐던트이시군. 자, 마차에 오르십시오. 곧 당신이 알고 싶은 것을 죄다 말해줄 테니까."

왜소한 남자는 이게 뜻밖의 횡재가 될지 재앙이 될지 모르겠다는 듯이, 우두커니 서서 반쯤 놀라고 반쯤 기대에 찬 눈길로 우리를 차레로 힐끔거렸다. 그러다 이윽고 마차에 올랐고, 30분 후 우리는 베이커 스트리트의 거실로 돌아왔다. 마차를 타고 오는 동안 아무도 입을 열지 않았다. 하지만 새로운 동행의 가녀리고 높은 숨소리와 주먹을 쥐었다 폈다 하는 모습만 보아도 그가 얼마나 긴장했는지 알 수 있었다.

"다 왔습니다!" 우리가 나란히 거실로 들어선 후 홈즈가 흥겹게 말했다. "이런 날씨에는 벽난로 불이 정말 제격이지. 추워 보이는군요, 라이더 씨. 그 고리버들 의자에 앉으세요. 먼저 슬리퍼 좀 신고 나서 슬슬 당신의 문제를 해결해봅시다. 자, 그럼! 그 거위들이 어떻게 되었는지 알고 싶죠?"

"네, 그렇습니다."

"아니, 그 거위들이 아니라 그 거위겠지. 당신이 관심을 갖는 건 한 마리일 겁니다. 하얗고, 꼬리에 검은 줄무늬가 있는 거위 말입니다."

감정이 격해진 라이더의 목소리가 떨렸다. "아, 네." 그가 외쳤다. "그 거위가 어디로 갔는지 말씀해주시겠습니까?"

"여기로 왔습니다."

"여기요?"

"네. 알고 보니 눈에 확 띄는 거위였습니다. 정말 당신이 관심을 갖지 않을 수 없는 거위였죠. 죽은 후에 알을 하나 낳았는데, 그렇게 예쁘고 휘황찬란한 푸른 알은 내 평생 처음 봤습니다. 그게 여기 내 박물관 안에 있지요."

우리의 손님은 쓰러질 듯 휘청하다가 오른손으로 벽난로 앞부분을 붙들었다. 홈즈가 금고를 열고 푸른 석류석을 꺼내 들었다. 석류석은 별빛처럼 여러 줄기의 차가운 빛을 찬란하게 뿜어냈다. 라이더는 자기 것이라고 해야 할지 아니라고 해야 할지 몰라서, 잔뜩 찌푸린 얼굴로 그것을 노려보고만 있었다.

"게임은 끝났어, 라이더." 홈즈가 조용히 말했다. "중심 잡아! 그러다 벽난로 불 속에 빠지겠어. 그를 부축해서 의자에 좀 앉혀줘, 왓슨. 이제 보니 중죄를 저지르고 시치미 뗄 담력도 없군. 브랜디 좀 주는 게 좋겠어. 그래! 이제 좀 사람 같군. 이런 한심한 인간 같으니!"

그는 잠시 휘청거리며 하마터면 쓰러질 뻔했지만, 브랜디를 들고 얼굴에 다소 화색이 돌았다. 그는 의자에 앉아 겁먹은 눈길로 자기를 비난하는 사람을 빤히 바라보았다.

"나는 사건의 연결고리를 거의 다 파악했어. 필요한 증거도 모두 확보했지. 그러니 너한테 듣고 싶은 말은 별로 없어. 하지만 이 사건을 완벽하게 마무리하기 위해 사소한 것도 말끔히 밝히는 게 좋겠지. 라이더, 모카 백작부인이 푸른 이 보석을 갖고 있다는 얘기를 사전에 들었지?"

"캐서린 큐색한테 들었어요." 목이 잠긴 소리로 그가 말했다.

"그랬군. 그 백작부인의 하녀. 그래서 아주 손쉽게 횡재를 할 수 있다는 유혹을 이기지 못했군. 그거야 너보다 잘난 사람들도 그랬지. 하지만 네가 쓴 방법은 주도면밀하지 못했어. 라이더, 보아하니 너는 악당이 될 소질이 있어. 호너라는 배관공이 전에 그런 짓을 저질렀다는 것을 너는 알고 있었지. 그래서 쉽사리 죄를 덮어씌울 수 있겠다고 생

각한 거야. 그래서 어떻게 했냐 하면, 백작부인의 방에서 약간의 수작을 부렸지. 너와 공모자 큐색이 말이야. 그래서 호너가 불려왔어. 그후 호너가 일을 마치고 떠나자 너는 보석상자를 턴 후 신고를 했고, 결국 불운한 그 남자가 체포되었지. 그러고 나서 너는······."

라이더가 느닷없이 깔개 위에 몸을 던지고 내 친구의 두 다리를 끌어안았다.

"제발, 한 번만 봐주세요!" 그가 새된 소리로 외쳤다. "제 아버지 어머니를 봐서요! 그분들의 가슴이 찢어질 거예요. 저는 전에 나쁜 짓을 한 적이 없어요! 다시는 안 그럴게요. 맹세해요. 성경에 대고 맹세할게요. 아, 제발 재판을 안 받게 해주세요! 제발, 제발 봐주세요!"

"의자로 돌아가!" 홈즈가 단호하게 말했다. "지금 이렇게 발발 기는 건 좋은데, 영문도 모르고 피고석에 앉아 있는 불쌍한 호너는 나 몰라라 하는군."

"저는 도망치겠습니다, 홈즈 씨. 저는 이 나라를 뜨겠어요. 그러면 호너도 풀려날 거예요."

"흥! 그 문제에 대해 얘기해볼까? 이제 그럼 그다음에 어떻게 했는지 정직하게 얘기해봐. 어떻게 보석을 거위 배 속에 넣었지? 거위는 어쩌다가 장터에 나오게 된 거야? 진실을 말해봐. 네가 구제받으려면 그 길밖에 없어."

라이더는 바짝 마른 입술에 침을 발랐다.

"사실 그대로 말씀드리겠습니다. 호너가 체포된 후 당장 보석을 갖고 튀는 게 좋겠다는 생각이 들었어요. 언제 나한테 경찰이 들이닥쳐

수색을 할지도 모르니까요. 호텔에는 안전하게 숨겨둘 만한 곳이 없었어요. 나는 볼일이 있는 것처럼 외출을 해서 누나의 집에 갔습니다. 누나는 오크쇼트라는 남자와 결혼해서 브릭스턴 로드에 살고 있어요. 거기서 누나는 장에 내다 팔 거위를 기르죠. 가는 길에 마주치는 모든 사람이 경찰 아니면 탐정 같아 보이더군요. 추운 밤이었는데도 브릭스턴 로드까지 가면서 얼굴에 땀이 철철 흘러내렸어요. 누나가 묻더군요. 대체 무슨 일이냐고, 왜 그렇게 창백하냐고 말예요. 하지만 나는 호텔에서 보석이 도난당해 걱정이 되어 그런다고 둘러댔죠. 그리고 나는 뒤뜰에 가서 파이프 담배를 한 대 피우며 어째야 좋을지 궁리를 했어요.

저한테는 모즐리라는 옛 친구가 한 명 있어요. 나쁜 길로 빠져 펜턴빌에서 막 형기를 마친 친구죠. 언젠가 그 친구한테 도둑질을 하는 방법과 장물 처리 방법에 대해 들은 적이 있어요. 그 친구라면 나를 속이진 않을 것 같았어요. 내가 겪어봐서 잘 알거든요. 그래서 그가 살고 있는 킬번으로 가서 사실을 털어놓기로 작정했어요. 그러면 그 보석을 돈으로 바꾸는 방법을 가르쳐줄 테니까요. 하지만 거기까지 안전하게 가는 게 문제였어요. 호텔에서 누나 집에 가는 동안에도 그게 영 고민이었으니까요. 언제 붙잡혀서 수색을 당할지 모르잖아요. 그랬다가는 조끼 주머니에서 보석이 튀어나오겠죠. 뒤뜰 담벼락에 기대고 서 있던 나는 발치에서 뒤뚱거리며 오락가락하는 거위들을 보다가, 문득 아이디어가 떠올랐어요. 최고의 탐정이라도 속여 넘길 수 있는 묘수가 떠오른 거예요.

누나는 몇 주 전에 거위 중에서 제일 좋은 놈을 크리스마스 선물로 주겠다고 말한 적이 있어요. 누나는 약속을 어기는 법이 없죠. 그렇다면 내 거위를 갖게 될 테니, 그 안에 보석을 넣어서 킬번까지 가져가면 되는 거예요. 뒤뜰에는 작은 헛간이 있었어요. 그 헛간 뒤로 거위 한 마리를 몰았죠. 아주 투실투실하고 꼬리에 줄무늬가 있는 하얀 놈으로 골라서요. 그놈을 붙잡아서 부리를 억지로 벌린 다음, 목구멍 속으로 한껏 깊이 보석을 쑤셔 넣었죠. 거위가 꿀꺽했어요. 그러자 보석이 식도를 지나 모이주머니로 내려간 것 같더군요. 하지만 그놈이 날개를 퍼덕이며 몸부림을 치는 바람에, 무슨 일인가 싶어서 누나가 밖으로 나왔어요. 내가 누나한테 변명을 하려고 잠깐 한눈을 파는 사이에 놈이 푸드득 빠져나가서 다른 거위들 속에 섞여버렸죠.

'젬, 거위 갖고 뭘 하는 거야?' 누나가 말했어요.

'그게 그러니까, 일전에 크리스마스 선물로 나한테 한 마리 주겠다고 했잖아? 그래서 어느 놈이 제일 푸짐한지 좀 만져봤어.' 내가 말했죠.

'아, 네 것은 따로 두었어. 우린 그걸 '젬 거'라고 불렀지. 저 쪽에 있는 커다란 흰 놈이야. 거위는 모두 26마리인데, 네 것 한 마리와 우리 것 한 마리를 빼고, 24마리는 장에 내다 팔 거야.'

'고마워, 누나. 그런데 같은 값이면 내가 아까 만져본 놈을 갖고 싶어.'

'네 것이 족히 두 근은 더 나가는걸. 특별히 살찌게 키웠어.'

'괜찮아. 난 다른 놈을 가질게. 그걸 지금 가져가고 싶어.' 내가 말했어요.

'좋을 대로 하렴.' 누나가 좀 토라져서 말했어요. '원하는 게 어느 거라고?'

'꼬리에 줄무늬가 있는 흰 놈이야. 저기 가운데서 오른쪽에 있는 놈.'

'응, 그래. 잡아서 가져가렴.'

그래서 누나 말대로 했습니다, 홈즈 씨. 그리고 킬번으로 가져가서, 친구한테 내가 한 짓을 얘기했죠. 그에게는 그런 얘기를 하는 게 아무 거리낌이 없거든요. 그는 숨넘어가도록 웃어대더군요. 그리고 우린 칼을 가지고 배를 땄어요. 나는 가슴이 철렁했죠. 보석이 흔적도 없지 뭐예요. 뭔가 큰 실수를 했다는 걸 알게 된 나는 부랴부랴 누나 집에 돌아가서 뒤뜰로 달려갔어요. 그런데 거위가 한 마리도 없는 거예요.

'여기 있던 놈들 다 어디 간 거야, 누나?' 내가 외쳤어요.

'상인한테 넘겼어.'

'상인 누구?'

'코벤트 가든의 브레킨리지라는 사람이야.'

'그런데 꼬리에 줄무늬가 있는 놈이 또 있었어? 내가 가져간 것과 똑같은 놈 말야.'

'그래, 젬. 두 마리가 있었는데, 나도 구별할 수 없었어.'

그래서 영문을 알게 된 나는 오금에서 불이 나게 달려 브레킨리지라는 사람을 찾아갔죠. 하지만 그는 곧바로 다 팔아버렸지 뭡니까. 누구한테 팔았는지 죽어도 말해주지 않더군요. 오늘 밤 여러분도 직접 들어봤으니 아시겠죠. 그는 줄곧 내게 그런 식으로 응수했어요. 누나는 내가 미친 줄 알아요. 어떤 때는 내가 보기에도 미친 것 같아요. 그런데 지금은, 지금은, 내 인격을 팔아서 얻고자 한 부를 만져보지도 못하고 도둑이라는 낙인만 찍히고 말았어요. 오, 하느님!"

두 손에 얼굴을 묻고 그는 자지러지게 흐느껴 울었다.

한동안 침묵이 흘렀다. 그의 무거운 숨소리와, 홈즈가 손가락으로 탁자 언저리를 톡톡 두드리는 소리만 정적을 깼다. 그러다 내 친구가 일어서더니 문을 열어젖혔다.

"나가!" 그가 말했다.

"네? 아, 정말 감사합니다!"

"더 이상 말하지 마. 나가!"

그리고 더 이상 말이 필요치 않았다. 후다닥하더니 계단이 우당탕거리고, 문이 쾅 닫히고, 이어서 다급히 거리를 내닫는 발소리가 들렸다.

"왓슨, 나야 어차피 경찰에게 부족한 것을 메워주기 위해 고용된 것도 아니잖아." 홈즈가 사기 파이프를 향해 팔을 뻗으며 말했다. "호너가 위험해진다면 문제지만, 저 친구가 나타나서 호너에게 불리한 증언을 할 일은 없을 테고, 그러면 호너도 풀려날 수밖에 없어. 내가 중죄를 감형해준 셈이지만, 그건 사람을 구하는 일일 수도 있어. 저 친구가 다시 중죄를 저지르는 일은 없을 거야. 놀라서 학을 뗐을 테니 말이야. 그런 그를 감옥에 보내면 상습범으로 만들고 말겠지. 게다가 지금은 용서의 계절이야. 꽤나 독특하고 얄궂은 사건을 해결할 기회가 우리에게 주어졌는데, 이런 사건은 해결한다는 것 자체가 보수지. 의사 선생, 초인종을 좀 울려주지 않겠어? 그러면 우리의 또 다른 탐구가 시작될 거야. 마찬가지로 새에 주안점을 둔 탐구 말이야."

The Adventure of the
Speckled Band

얼룩 띠

지난 8년 동안 내 친구 셜록 홈즈의 추리 방법을 연구하며 기록해온 70건의 기묘한 사건들을 죽 훑어보았다. 상당수가 비극적이고 일부는 희극적인데, 진부한 사건은 하나도 없고 대부분이 기기묘묘하다. 그것은 홈즈가 돈을 위해서라기보다는 자신의 기예를 발휘하는 게 좋아서 일을 했기 때문에, 사건이 기상천외하지는 않더라도 기묘한 데가 없으면 나서려고 하지 않았던 것이다. 그 모든 다채로운 사건들 가운데 가장 독특한 것은 서리 주 스토크 모런 지방의 그 유명한 로일럿 가문과 관련된 사건이 아닌가 싶다.

문제의 사건은 내가 홈즈와 알게 된 지 얼마 되지 않았을 때 일어났다. 우리가 총각 시절 베이커 스트리트의 하숙집에서 같이 살 때 말이다. 진작 기록으로 남길 수도 있었지만, 당시 나는 비밀을 지키기로 약속했다. 그런데 그런 약속을 하게 한 숙녀가 지난달 불시에 생을 마감하는 바람에 나는 비로소 입을 열 수 있게 되었다. 이제 사실을 밝히게 된 것이 차라리 잘된 일인 듯싶다. 그라임스비 로일럿 박사의 죽음을 둘러싼 헛소문이 무성한데, 문제를 실제보다 훨씬 더 부풀려 끔찍하게 만드는 게 바로 그런 헛소문이기 때문이다.

때는 1883년 4월 초였다. 어느 날 아침 깨어보니 옷을 다 차려입은 셜록 홈즈가 내 침대 곁에 서 있었다. 평소에 그는 늦잠을 자는 사람이었다. 그런데 벽난로 선반 위의 시계를 보니 7시 15분밖에 되지 않았다. 나는 다소 놀라서 눈을 끔벅거리며 그를 바라보았다. 나는 생활습관이 규칙적인 사람이어서 화가 좀 난 듯도 하다.

"왓슨, 문을 두드려 깨워서 미안해." 그가 말했다. "하지만 오늘 아침은 다들 이렇게 깨어날 운명이었어. 누군가 문을 두드려 허드슨 부인을 깨우자, 그녀는 나를, 나는 자네를 이렇게 깨운 거지."

"그래, 무슨 일인데? 불이라도 난 거야?"

"아니, 의뢰인이 왔어. 젊은 숙녀가 무척이나 흥분해서 찾아왔는데, 한사코 나를 만나야겠다고 한 모양이야. 그녀는 지금 거실에서 기다리고 있어. 그러니까, 젊은 숙녀가 이렇게 아침 일찍 대도시의 거리를 헤매고 찾아와서 요란하게 문을 두드려 사람을 깨웠을 때에는 뭔가 그럴 만한 다급한 사정이 있지 않겠어? 그것이 흥미로운 사건인 게 분명하다면, 자네가 처음부터 동참하고 싶어할 거라고 생각했지. 아무튼 자네한테 기회를 주고 싶었어."

"그런 일이라면 내가 빠질 수 없지."

나로서는 홈즈의 전문적인 조사에 동참하는 것보다 더 짜릿한 일은 없었다. 홈즈가 항상 논리적인 토대 위에서 직관처럼 빠른 추리로 문제를 척척 풀어가는 것에 나는 늘 탄복해 마지않았다. 나는 부리나케 옷을 차려입고, 몇 분 후 친구를 따라 아래층 거실로 내려갔다. 검은 드레스를 입고 짙은 베일을 드리운 숙녀가 창가에 앉아 있다가 우리가 들어서자 자리에서 일어났다.

"좋은 아침입니다." 홈즈가 쾌활하게 말했다. "제가 셜록 홈즈입니다. 이쪽은 절친한 친구이자 동료인 왓슨 박사입니다. 이 친구 앞에서는 제게 말하듯 무슨 말씀이든 하셔도 됩니다. 아하! 허드슨 부인이 자상하게도 벽난로 불을 지펴주었군요. 불 가까이 앉으세요. 떨고 계신 걸 보니 따뜻한 커피라도 한 잔 갖다달라고 해야겠군요."

"추워서 떨고 있는 게 아니에요." 홈즈가 청한 대로 자리를 바꿔 앉으며 여자가 낮은 음성으로 말했다.

"그럼 왜?"

"무서워서 그래요, 홈즈 씨. 공포 때문에요." 이렇게 말하며 그녀는 베일을 걷어올렸다. 정말 안쓰러울 만큼 불안해하는 것을 알아볼 수 있었다. 잔뜩 찌푸린 어두운 얼굴에, 두 눈은 사냥꾼에게 쫓기는 짐승처럼 겁에 질려 있었다. 이목구비나 겉모습으로는 서른 살쯤 되어 보였지만, 때 이르게 머리가 셌고 초췌한 얼굴에는 지친 기색이 역력했다.

셜록 홈즈는 한눈에 모든 것을 간파하는 그런 눈길로 그녀를 쓰윽 훑어보았다.

"두려워할 것 없어요."

그가 몸을 숙이고 그녀의 팔을 토닥이며 달래는 듯한 음성으로 말했다. "우리가 곧 문제를 해결해드리겠습니다. 보아하니 오늘 아침 기차를 타고 오셨군요."

"저를 아세요?"

"아니요. 장갑 낀 왼손에 왕복 기차표 반쪽을 쥐고 계시는 게 보여서요. 일찍 길을 나선 게 분명한데, 도그카트를 타고 험한 길을 한참 달려서야 기차역에 도착했군요."

숙녀가 벌떡 일어나더니 곤혹스러운 표정으로 내 친구를 빤히 바라보았다.

"무슨 비결이 있는 건 아니에요." 그가 빙그레 웃으며 말했다. "재킷 왼팔에 예닐곱 군데나 진흙이 튄 자국이 나 있잖아요. 그런데 자국이 아주 선명해요. 그런 식으로 진흙이 튀는 마차는 도그카트밖에 없지요. 마부의 왼쪽에 앉아서 오셨군요."

"어떻게 알아내셨는지는 몰라도 아무튼 전부 옳으신 말씀이에요. 저는 6시 전에 집을 떠나, 6시 20분에 레더헤드에 도착했어요. 그래서 워털루행 첫 기차를 타고 왔죠. 홈즈 씨, 저는 이런 긴장 속에서 더는 살 수가 없어요. 더 계속되면 미쳐버릴 거예요. 저는 의지할 사람도 없어요. 저를 아끼는 그분만 빼고요. 그런데 그분도 워낙 처지가 딱해서 전혀 도움이 안 돼요. 홈즈 씨 얘기는 진작에 들은 적이 있어요. 파린토시 부인에게 들었죠. 간절히 도움이 필요할 때 홈즈 씨가 도와주셨다고 하더군요. 이곳 주소도 그 부인이 가르쳐주었어요. 아, 홈즈 씨, 저도 도와주실 수 있죠? 저를 둘러싼 캄캄한 어둠을 뚫고 한 줄기 빛이라도 던져주세요. 지금으로선 수고에 대해 보답을 할 능력도 없지만, 한두 달 안에 결혼을 하게 되면 그때는 저에게도 돈이 생겨요. 그때가 되면 제가 감사할 줄도 모르는 여자라고 생각지는 않으실 거예요."

홈즈는 자기 책상에 가서 자물쇠를 열고, 이제까지 자문해준 사건들을 기록한 작은 책자를 꺼냈다.

"파린토시라." 그가 말했다. "아, 네, 생각나는군요. 오팔 보석 머리장식과 관련된 사건이었죠. 그건 자네를 만나기 전이었어, 왓슨. 내가 파린토시 부인의 사건을 맡았듯이 아가씨의 사건을 맡게 된 것에 대해 기쁘다는 말씀을 드리고 싶습니다. 보답에 대해 말하자면, 제가 하는 일은 그 자체가 보답입니다. 그러나 제가 쓰게 될 얼마간의 비용을 지불하실 수 있다면, 형편이 닿는 대로 주시면 됩니다. 그럼 이제 무엇이 문제인지 낱낱이 알려주시겠습니까?"

"아아! 제가 처한 이 상황에서 진짜 두려운 것은 그 두려움이 아주 막연하다는 거예요. 사소한 것들까지 죄다 의심스러워요. 남들에게는 아무것도 아닌 것처럼 보이는 일들까지 말예요. 제가 서슴없이 도움과 조언을 구할 수 있는 그분에게도 이건 신경이 과민한 여성의 망상쯤으로 보일 거예요. 그분이 대놓고 말은 하지 않았지만, 저를 달래려고 하면서 눈길을 피하는 것만 봐도 알 수 있어요. 하지만 홈즈 씨는 겹겹이 위장한 사악한 인간의 내면을 꿰뚫어 볼 줄 아신다고 들었어요. 홈즈 씨라면 저를 둘러싼 위험을 어떻게 헤치고 가야할지 조언을 해주실 수 있을 거예요."

"새겨듣고 있습니다."

"제 이름은 헬렌 스토너예요. 계부와 함께 사는데, 계부는 서리 주 서쪽 경계에 있는 스토크 모런의 로일럿 가문에서 유일하게 살아 계신 분이랍니다. 로일럿 가문은 잉글랜드에서 가장 오래된 색슨 가문 가운데 하나죠."

"저도 아는 가문입니다." 홈즈가 고개를 끄덕이며 말했다.

"한때는 잉글랜드에서 가장 부유한 가문으로 손꼽혔어요. 소유지가 북쪽으로 버크셔까지, 서쪽으로는 햄프셔까지 뻗어 있었죠. 하지만 지난 100년 동안 네 명의 상속인이 연이어서 방탕하고 낭비벽이 심했어요. 그러다 섭정기에 도박꾼 상속자 때문에 결국 가문이 결딴나고 말았죠. 남은 것은 몇 에이커의 땅과 200년 된 집 한 채뿐이었는데, 그것마저도 잔뜩 저당이 잡혔어요. 마지막 상속자는 거기서 빈민 귀족으로 비참하게 연명했지요. 그의 외동아들인 로일럿 박사가 바로 제 계부랍니다. 계부는 그렇게 살아서는 안 되겠다고 단단히 각오를 하고, 친척에게 돈을 빌려 의대를 졸업한 후 캘커타로 갔어요. 거기서 뛰어난 의술과 강인한 성격 덕분에 큰 병원을 세울 수 있었답니다. 하지만 집에 몇 차례 도둑이 든 것 때문에 분노가 폭발해서, 현지인 집사를 때려죽이고 말았어요. 가까스로 사형은 면했지만 오래 옥고를 치르고, 실의에 빠져 의기소침하게 잉글랜드로 돌아왔죠.

로일럿 박사는 캘커타에 있을 때 제 어머니랑 결혼을 했어요. 어머니는 젊은 나이에 남편인 벵골 포병대의 스토너 소장과 사별했죠. 줄리아와 저는 쌍둥이인데, 우리가 겨우 두 살이었을 때 어머니가 재혼을 하셨어요. 어머니한테는 상당한 재산이 있었죠. 연간 수입이 1,000파운드도 넘었어요. 재혼하신 후 어머니는 돌아가실 경우 전 재산을 로일럿 박사에게 물려주기로 했어요. 우리 자매가 결혼할 경우에는 각자에게 연간 일정액을 준다는 조건이었죠. 우리가 잉글랜드로 온 직후 어머니가 돌아가셨어요. 8년 전에 크루 역 근처에서 열차 사고로 그만 운명하셨죠. 그 후 로일럿 박사는 런던에서 개업하는 것을 포기하고, 우리를 스토크 모런으로 데려가 대대로 물려온 옛집에서 같이 살았어요. 어머니가 남겨주신 돈만으로도 우리는 원하는 대로 살 수 있어서, 우리의 행복을 가로막는 것은 아무것도 없는 것 같았어요.

하지만 그 무렵 계부가 끔찍하게 변했어요. 이웃 사람들은 가문의 옛 터전으로 돌아온 스토크 모런의 로일럿이라는 인물을 보고 처음에 너무나 기뻐했죠. 그런데 계부는 이웃과 오가며 사귀려 하지 않았어요. 집에 틀어박혀서 좀처럼 바깥나들이를 하지 않은 거죠. 당신의 땅을 밟고 지나가려는 사람만 보면 쫓아가서 사납게 싸웠는데, 그때만 밖으로 나왔어요. 광적일 정도의 폭력 기질은 가문의 내력이랍니다. 계부의 경우에는 열대 지방에서 오래 지낸 바람에 악화가 된 모양이에요. 남부끄러운 싸움이 끊임없이 벌어졌는데, 그 가운데 두 번은 즉결 재판까지 갔어요. 결국 계부는 마을에서 공포의 대상이 되었죠. 마을 사람들은 계부만 보면 슬슬 피했어요. 계부는 괴력을 지니고 있는 데다, 한번 화가 나면 걷잡을 수 없거든요.

지난주에 계부는 마을의 대장장이를 다리 난간 너머로 내동댕이쳤어요. 개울에 빠뜨린 거죠. 저는 돈을 죄다 긁어모아 배상을 해주고서

야 또다시 나쁜 소문이 퍼지는 것을 막을 수 있었답니다. 계부에게 친구라고는 유랑 집시밖에 없었어요. 유랑자들에게 가문의 상징적인 소유지로 남아 있는 들장미 덮인 땅 몇 에이커에 캠프를 칠 수 있도록 허락해주었죠. 그래서 그들의 텐트에 들를 때마다 계부는 환대를 받았어요. 때로는 몇 주 동안 연일 그들과 어울려 떠돌아다니기도 했죠. 또 계부는 인도의 거래처에서 배달해주는 인도 동물을 무척이나 좋아해요. 지금 이 순간에도 치타와 개코원숭이를 기르고 있답니다. 그걸 자유롭게 풀어놓고 기르기 때문에 마을 사람들은 동물 주인만큼이나 그 동물들을 무서워하죠.

그러니 딱한 줄리아와 제 삶이 즐거울 리 없었으리라는 것을 짐작하실 수 있을 거예요. 함께 지내려는 하인도 없어서, 오랫동안 우리가 집안일을 도맡아 해야 했어요. 줄리아가 세상을 떴을 때 나이가 서른 살밖에 되지 않았는데, 머리는 벌써 백발이 되기 시작했답니다. 저도 마찬가지고요."

"아가씨의 자매가 세상을 떴다고요?"

"벌써 2년 됐어요. 제가 말하고 싶은 게 바로 줄리아의 죽음에 대해서예요. 이제까지 말씀드린 그런 삶을 살았으니, 우리는 신분이나 나이가 비슷한 다른 사람들을 만나기가 어려웠어요. 그런데 우리에겐 이모 한 분이 계셨죠. 어머니의 동생인데 성함이 아너리아 웨스트페일이에요. 결혼을 하지 않고 해로 근처에 사셨죠. 우리는 계부의 허락을 받고 가끔 잠깐씩 이모 댁에 들를 수 있었어요. 줄리아가 2년 전 크리스마스에 이모 댁에 갔을 때, 반액 봉급을 받는 해군 소령을 만나 결혼을 약속했답니다. 우리 자매가 집에 돌아가서 약혼 사실을 알리자 계부는 결혼에 반대하지 않았어요. 하지만 결혼식이 보름도 남지 않았을 때, 비통한 사건이 일어나서 그만 내 유일한 벗을 잃고 말았답니다."

셜록 홈즈는 두 눈을 감고 머리를 쿠션에 푹 파묻은 채 의자에 등을 기대고 앉아 있다가, 이제 게슴츠레 눈을 뜨고 방문객을 넌지시 바라보았다.

"자세히 좀 얘기해주시겠어요?" 그가 말했다.

"그거야 어렵지 않죠. 그때 일어난 끔찍한 일이 낙인처럼 뇌리에 남아 있으니까요. 앞서 말씀드린 것처럼 장원의 저택은 매우 오래돼서, 지금은 한쪽 부속건물만 사용하고 있어요. 침실은 모두 1층에 있고, 중앙에 거실이 있죠. 첫 번째 침실은 로일럿 박사가 쓰고, 두 번째는 줄리아가, 세 번째는 제가 썼어요. 침실끼리 통하는 문은 없지만, 모두 같은 복도로 문이 나 있어요. 제 말이 이해되세요?"

"잘 이해됩니다."

"세 침실은 모두 잔디밭 쪽으로 창문이 나 있어요. 그 운명의 밤에 로일럿 박사는 일찍 침실에 드셨지만, 우리는 계부가 주무시러 간 게 아니라는 것을 알고 있었어요. 계부가 평소에 피우는 인도산 담배의 독한 냄새에 줄리아가 시달렸거든요. 그래서 줄리아는 내 침실로 건너왔어요. 줄리아는 한참 동안 내 침실에 앉아서 눈앞에 다가온 결혼식 얘기를 했죠. 그러다 11시에 자기 침실로 돌아가다가, 문간에 멈춰 서서 나를 돌아보았어요.

'물어볼 게 있어, 헬렌.' 줄리아가 말했어요. '한밤중에 휘파람 소

리 들은 적 있어?'

'아니.' 내가 대답했어요.

'자다가 혹시 휘파람을 분 건 아니지?'

'물론 아냐. 그런데 왜?'

'요 며칠 동안 새벽 3시쯤 되면 늘 휘파람 소리가 들려서 그래. 소리는 낮은데 또렷이 들려. 내가 선잠을 자서 그런지 그 소리에 꼭 잠이 깨는 거야. 그 소리가 어디서 나는지는 모르겠어. 옆방 아니면 잔디밭이겠지. 그래서 너도 들었는지 물어봐야겠다고 생각했어.'

'아냐, 난 듣지 못했어. 농장의 못된 집시들이 불었을 거야.'

'그랬겠지. 하지만 잔디밭에서 그랬다면 너도 들었을 텐데.'

'아, 하지만 난 너보다 잠이 깊잖아.'

'음, 아무튼 그건 뭐 별일 아냐.' 줄리아는 빙그레 웃어 보이고 내 방문을 닫았어요. 몇 분 후 그녀의 침실 문 열쇠를 돌리는 소리가 났죠.'

"아니, 밤에 항상 침실 문을 잠그나요?" 홈즈가 물었다.

"네, 항상."

"아니 왜요?"

"계부가 치타와 개코원숭이를 기른다고 말씀드렸잖아요. 문을 잠그지 않으면 영 불안하거든요."

"그랬군요. 말씀 계속하세요."

"저는 그날 밤 잠을 이루지 못했어요. 불행한 일이 일어날 것만 같은 막연한 예감에 짓눌린 거죠. 줄리아와 제가 쌍둥이라고 한 거 기억하시죠? 그렇게 밀접한 관계에 있는 두 영혼이 얼마나 미묘하게 연결되어 있는지 잘 아실 거예요. 날씨가 무척이나 궂은 밤이었어요. 바람이 울부짖고 빗줄기가 세차게 유리창을 두들겨댔죠. 갑자기 세찬 비바람 소리를 뚫고 겁에 질린 여성의 날카로운 비명이 들려왔어요. 그건 줄리아의 비명이었죠. 나는 침대에서 벌떡 일어나 숄을 걸치고 복도로 뛰쳐나갔어요. 내 방문을 막 열었을 때 줄리아가 얘기한 낮은 휘파람 소리가 들린 것 같았어요. 곧이어 금속 물체가 떨어진 것 같은 소리가 나더군요. 복도로 달려갔더니 줄리아의 방문 자물쇠가 열리고, 문짝이 천천히 돌아가기 시작했어요. 뭐가 튀어나올지도 모르는데, 나는 그저 겁에 질린 채 바라보기만 했어요. 나타난 건 줄리아였죠. 복도의 등불 빛에 비친 줄리아의 모습을 보니, 얼굴이 공포로 하얗게 질려 있었어요. 지푸라기라도 잡으려는 듯이 두 팔을 허우적거리는 줄리아의 몸은 마치 술 취한 사람처럼 건들거렸어요. 내가 얼른 달려가서 감싸 안았지만, 그 순간 줄리아는 다리에 맥이 풀렸는지 스르르 주저앉고 말았죠. 그러고는 지독한 통증에 시달리는 사람처럼 몸부림을 치는 거예요. 팔다리가 무섭게 경련을 일으켰어요. 처음에는 내가 곁에 있는지도 모르는 것 같았어요. 그런데 내가 가까이 몸을 숙이자 느닷없이 날카롭게 외쳤어요. 그 목소리는 평생 잊지 못할 거예요.

'오, 하느님! 헬렌! 그건 띠였어! 얼룩 띠!'

줄리아는 손가락으로 박사의 방을 가리키면서 뭔가 할 말이 있는 것 같았는데, 새로 경련이 일어나서 말을 삼키고 말았어요. 나는 계부를 소리쳐 부르면서 달려갔어요. 계부가 실내복 차림으로 침실에서 허둥지둥 나타났죠. 계부가 다가갔을 때 줄리아는 의식을 잃은 상태였어요. 계부가 줄리아의 입에 브랜디를 흘려 넣었죠. 마을에서 의사도 불러왔지만 모든 노력이 물거품으로 돌아갔어요. 다시는 의식을 회복하지 못하고 서서히 쇠약해져서 결국 죽고 만 거예요. 사랑하는 줄리아는 그처럼 끔찍하게 삶을 마감하고 말았어요."

"잠깐만요." 홈즈가 말했다. "정말 휘파람과 금속성 소리가 들렸나요? 확실해요?"

"검시관이 저에게 물어본 것도 바로 그것이었어요. 그 소리는 제 뇌리에 깊이 새겨져 있어요. 하지만 세찬 비바람이 불고 낡은 집이 삐걱거리기까지 했으니, 어쩌면 잘못 들었을지도 몰라요."

"줄리아는 옷을 다 차려입고 있었나요?"

"아니요, 잠옷 차림이었어요. 오른손에는 타고 남은 성냥 끄트머리를, 왼손에는 성냥갑을 쥐고 있었죠."

"뭔가에 놀라 성냥불을 켜고 주위를 살펴본 모양이군요. 그건 중요한 사실입니다. 그런데 검시관은 어떤 결론을 내렸나요?"

"검시관은 아주 꼼꼼히 조사했어요. 우리 고장에서 로일럿 박사가 나쁜 행실로 악명을 날린 게 어제오늘의 일이 아니니까요. 하지만 만족할 만한 사인을 찾아내진 못했어요. 제가 본 대로라면 방문은 안에서 잠겨 있었어요. 창문은 쇠창살이 달린 구식 덧문으로 막혀 있었죠. 밤에는 항상 덧문을 닫거든요. 벽을 두드려보기도 했는데, 모든 벽이 아주 단단했어요. 방바닥도 철저히 검사했는데 결과는 마찬가지였죠. 널따란 굴뚝이 있지만, 네 개의 큼직한 꺾쇠로 막혀 있어요. 그러니 줄리아가 내 앞에서 쓰러지기 전까지 그 방에 혼자 있었던 게 분명해요.

게다가 폭행을 당한 흔적도 전혀 없었어요."

"독살일 수도 있겠죠."

"의사들이 그걸 검사했지만 아무것도 발견하지 못했어요."

"그렇다면 사인이 뭐라고 생각하시나요?"

"순전히 공포와 정신적 충격 때문에 죽은 것 같아요. 무엇이 그렇게 무서웠는지는 모르겠지만요."

"그때도 농장에 집시들이 머물고 있었나요?"

"네. 거의 언제나 집시들이 있어요."

"아. 그런데 그 띠, 얼룩 띠라는 게 뭔지 짐작이 가시나요?"

"줄리아가 정신이 없어서 헛소리를 한 것 같아요. 어떻게 생각하면 그건 띠가 아니라 떼, 그러니까 농장에 텐트를 치고 지내는 집시들 떼거리를 가리킨 것 같아요. 얼룩이라는 말이 좀 이상하지만, 많은 집시들이 얼룩덜룩한 수건을 머리에 쓰고 있어서 그런 말을 썼을지도 몰라요."

홈즈는 수긍이 가지 않는다는 듯이 고개를 내둘렀다.

"그것 참 난제로군요." 그가 말했다. "하시던 얘기를 계속해주세요."

"그 후 2년이 지났어요. 저는 전보다 훨씬 더 외롭게 살았죠. 하지만 한 달 전, 여러 해 전부터 좋은 친구로 지낸 이가 영광스럽게도 저에게 청혼을 했어요. 그이의 이름은 아미티지, 퍼시 아미티지예요. 리딩 근처의 크레인워터에 사는 아미티지 씨의 둘째 아드님이죠. 계부는 결혼에 반대하지 않았어요. 그래서 우리는 올봄에 결혼할 예정이랍니다. 그런데 이틀 전 장원의 서쪽 부속건물을 수리하기 시작해서 제 침실 벽에 구멍이 뚫렸어요. 저는 줄리아가 죽은 침실을 쓰게 되었죠. 줄리아가 사용한 침대에서 잠을 자게 된 거예요. 간밤에 제가 줄리아의 비참한 운명을 생각하며 잠을 못 이루고 있을 때였어요. 갑자기 한밤의 침묵을 뚫고서, 줄리아의 죽음을 예고한 바로 그 낮은 휘파람 소리가 들려왔어요. 제가 얼마나 무서웠을지 생각해보세요. 저는 벌떡 일어나 등불을 밝혔지만 방 안에는 아무것도 없었어요. 하지만 저는 너무 떨려서 잠을 이룰 수가 없었죠. 그래서 옷을 차려입고 동이 트자마자 슬그머니 빠져나온 거예요. 맞은편에 있는 크라운인 객점에서 도그카트를 잡아타고 레더헤드 역으로 가서, 홈즈 씨를 만나 조언을 듣겠다는 일념으로 이렇게 아침 일찍 여기까지 오게 된 거예요."

"잘하셨습니다." 내 친구가 말했다. "그런데 저에게 더 하실 말씀은 없나요?"

"네. 다 말씀드렸어요."

"아니에요, 로일럿 양. 계부를 감싸려고 숨기는 게 있어요."

"아니, 무슨 말씀을 하시는 거죠?"

대답 대신 홈즈는 무릎에 손을 얹고 있는 우리 손님의 검은 레이스 장식이 달린 소매를 끌어올렸다. 하얀 손목에 다섯 개의 점이 생생히 찍혀 있었다. 손가락 자국이었다.

"계부한테 학대를 당했군요." 홈즈가 말했다.

숙녀는 얼굴을 붉히며 상처 난 손목을 소매로 가리고 말했다. "계부는 좀 거칠어요. 스스로 얼마나 힘이 센지를 모르시는 것 같아요."

한동안 침묵이 흘렀다. 홈즈는 두 손으로 턱을 받치고 타닥거리며 타는 불을 한참 응시했다.

"아주 난해한 사건이군요." 그가 마침내 말했다. "어떤 조치를 취해야 할지 결정하기 전에 확인하고 싶은 것이 한두 가지가 아니지만, 뜸들일 시간이 없어요. 오늘 우리가 스토크 모런에 가면 계부 몰래 침실을 살펴볼 수 있을까요?"

"때마침 계부가 오늘 아주 중요한 일이 있다며 시내에 나간다고 하셨어요. 종일 집에 안 계실 것 같아요. 그러니 홈즈 씨를 가로막을 사람은 없을 거예요. 가정부가 한 명 있긴 하지만, 나이가 많고 우둔하니까 제가 쉽게 따돌릴 수 있을 거예요."

"잘됐군요. 왓슨, 이 여행이 싫지 않지?"

"물론."

"그럼 같이 가자. 아가씨는 이제 어쩌실 건가요?"

"시내에서 볼일이 좀 있어요. 하지만 정오 무렵에 기차로 집에 돌아가겠어요. 두 분이 오실 시간에 맞춰서요."

"그럼 오후에 일찍 가겠습니다. 나도 그때까지 할 일이 몇 가지 있습니다. 좀 기다렸다가 아침 식사를 같이 하지 않으시겠어요?"

"아니요. 저는 가봐야겠어요. 고민을 털어놓으니 벌써 마음이 홀가분해요. 그럼 오늘 오후에 다시 뵙겠어요." 그녀는 짙은 검은색 베일을 얼굴에 드리우고 미끄러지듯 실내를 빠져나갔다.

"왓슨, 자네는 이 모든 걸 어떻게 생각해?" 셜록 홈즈가 의자에 편안히 등을 기대며 물었다.

"내가 보기엔 정말 암담하고 불길한 사건 같아."

"아주 암담하고, 아주 불길하지."

"방바닥과 벽에 문제가 없고 방문과 창문, 굴뚝으로도 침입할 수 없다는 말이 맞다면, 그녀의 자매는 수수께끼 같은 종말을 맞을 때 혼자 있었던 것이 분명해."

"그럼 밤중의 휘파람은 뭘까? 그녀가 죽어가면서 묘한 말을 했다는데, 그건 무슨 뜻일까?"

"난 모르겠어."

"얘기를 종합해보자구. 밤에 휘파람 소리가 들렸다는 것, 그 박사라는 사람과 친하게 지내는 한 무리의 집시들이 있다는 것, 박사는 의붓딸의 결혼을 원치 않을 충분한 이유가 있다는 것, 고인이 죽어가면서 무슨 떼거리를 뜻하는 듯한 말을 했다는 것, 마지막으로 헬렌 스토너 양이 금속성 소리를 들었는데, 그것은 덧문의 쇠창살 하나가 떨어지면서 나는 소리일 수 있다는 것. 이런 식으로 가닥을 잡아가면 뭔가 실마리가 풀릴 거라고 봐."

"그럼 집시들이 무슨 수작을 부렸다는 거야?"

"그야 모르지."

"그런 이론에는 허점이 많은 것 같은데?"

"내가 보기에도 그래. 오늘 스토크 모런에 가보려는 것도 그래서야. 허점이 치명적인지, 아니면 그런 이론으로 사건이 술술 풀릴지 알아보고 싶어. 그런데 아니, 이런!"

내 친구가 돌연 외마디 소리를 질렀다. 갑자기 문이 와락 열리면서 거구의 남자가 문틀에 떡하니 모습을 드러냈던 것이다. 검은 중산모에

긴 프록코트, 무릎 밑까지 감싼 각반 차
림에 한 손에는 수렵용 말채찍을 들고
있어서, 의사나 변호사의 옷차림에
농부의 옷차림이 섞인 별난 모습이
었다. 키가 아주 커서 모자가 문 상
인방(기둥이나 출입구 혹은 창 따
위의 아래위에 가로놓여 벽을 받쳐
주는 나무나 돌—옮긴이)에 스칠 정
도였고, 체격이 옆으로도 떡 벌어져
문틀에 꽉 낄 듯했다. 그는 우리를 차례
로 둘러보았다. 주름살투성이에 누렇게 햇볕에 그을린 넓적한 얼
굴에는 험악한 분노가 역력히 드러나 있었다. 노여움으로 노랗게 이글
거리는 움푹한 두 눈과 살점 없이 치솟은 가는 콧날은 사나운 맹금류
같은 인상을 풍겼다.

"누가 홈즈요?" 난데없는 도깨비 같은 인물이 물었다.

"접니다. 저를 아시는 모양인데 누구신지?" 내 친구가 나지막이 말
했다.

"나는 스토크 모런의 그라임스비 로일럿 박사요."

"아, 박사님." 홈즈가 차분하게 말했다. "자리에 앉으시죠."

"앉을 생각 없소. 내 의붓딸이 여길 왔지. 내가 그 애를 뒤따라 온
것이오. 그 애가 당신에게 뭐라고 했소?"

"한 해의 이맘때치고는 좀 춥습니다." 홈즈가 말했다.

"그 애가 뭐라고 했냐니까!" 노인이 사납게 부르짖었다.

"그런데도 크로커스는 만발할 거라더군요." 내 친구는 태연히 딴청을 부렸다.

"하! 지금 내 말을 무시하겠다는 것이냐?" 새 손님이 한 걸음 내딛고 채찍을 흔들며 말했다. "네 이놈! 내가 너를 모를 줄 아느냐. 진작에 너에 대해 들은 적이 있다. 참견쟁이 홈즈라고."

내 친구는 빙그레 웃기만 했다.

"간섭데기 홈즈!"

그의 미소가 더욱 커졌다.

"런던 경찰국의 똘마니 홈즈!"

홈즈는 흔쾌히 껄껄 웃었다. "말씀을 참 재미있게 하십니다." 그가 말했다. "나가시거든 문을 꼭 닫아주십시오. 문 틈새로 황소바람이 들이치니까요."

"할 말은 하고 가겠다. 감히 내 일에 간섭하려고 하지 마라. 스토너 양이 여기 다녀간 것을 알고 있다. 내가 뒤를 따라왔으니까! 나와 맞붙었다가는 뼈도 못 추릴 줄 알아. 이걸 봐." 재빨리 앞으로 걸어간 그는 갈색의 우람한 두 손으로 쇠 부지깽이를 그러쥐고 둥글게 구부려놓았다.

"나한테 걸리기만 해봐." 그가 으르렁거리고는 부지깽이를 벽난로 안에 내동댕이치더니 휭하니 떠났다.

"제법 귀여운 데가 있군그래." 홈즈가 웃으며 말했다. "내 덩치가 그리 우람하진 않지만, 저 영감이 좀 더 남아 있었으면 내 완력도 만만치 않다는 것을 보여줬을 텐데." 그렇게 말하면서 그는 쇠 부지깽이를 집어들고 한 차례 불끈 힘을 주어 원래대로 펴놓았다.

"무례하게도 나를 경찰 나부랭이와 혼동하다니! 하지만 이런 일을 겪고 보니 더욱 구미가 당기는군. 조심성 없이 저 불한당에게 뒤를 밟힌 우리 친구에게 별일이 없어야 할 텐데. 왓슨, 그럼 이제 우린 아침 식사를 시킬까? 식사 후 나는 민법 박사 회관까지 슬슬 걸어가서, 이 사건에 도움이 될 만한 자료를 찾아봐야겠어."

❦

셜록 홈즈가 나들이를 마치고 돌아온 것은 1시가 거의 다 되어서였다. 그는 글자와 숫자를 휘갈겨 쓴 푸른 종이를 한 장 들고 있었다.

"사망한 아내의 유언장을 찾아봤지." 그가 말했다. "유언장의 의미를 이해하기 위해서는 관련된 투자액의 시가를 알아봐야 했어. 아내의 사망 당시 줄잡아 1,100파운드였던 총수입이 지금은 농산물 가격 하락으로 750파운드도 안 되더군. 두 딸이 결혼할 경우 각자에게 돌아가는 금액이 250파운드씩이야. 따라서 둘 다 결혼을 했다가는 영감이 푼돈만 만지게 되지. 한 명만 결혼해도 타격이 만만치 않을 거야. 오전에 이걸 알아보길 잘했어. 그가 한사코 결혼을 막아야 할 강력한 동기가 있었다는 게 입증되었으니까. 왓슨, 이 일은 워낙 심각해서 조금도 꾸물거릴 시간이 없어. 우리가 관심을 갖고 있다는 것을 그 영감이 알아차렸으니 더욱 그래. 자네가 준비되는 대로 마차를 불러서 워털루로 떠나자. 그런데 자네 권총을 가져갔으면 좋겠어. 쇠 부지깽이를 엿가락 주무르듯 하는 신사들과 한판 붙는 데는 엘리 넘버 투가 제격이지. 거기에 칫솔만 보태서 가져가면 될 거야."

워털루 역에서 우리는 운 좋게도 레더헤드행 열차를 바로 탈 수 있었다. 레더헤드에 내려서는 역전 객점에서 경마차를 타고 아름다운 서리 주의 시골길을 7-8킬로미터쯤 달렸다. 날씨는 더없이 좋았다. 눈부시게 태양이 빛나는 하늘에 양털구름이 몇 점 떠 있을 뿐이었다. 숲과 길가의 생울타리는 이제 막 신록을 터트리기 시작했고, 대기 중에는 촉촉한 대지의 상쾌한 냄새가 넘쳐났다. 우리가 불길한 일을 조사하러 가는 마당에 이렇게 달콤한 봄날의 약속을 음미한다는 것이 내게는 너무나 기묘한 감흥을 불러일으켰다. 경마차 앞자리에 앉은 내 동행은 팔짱을 낀 채 눈이 가릴 정도로 모자를 푹 눌러쓰고 턱이 가슴에 닿도록 고개를 푹 숙인 채 아주 깊은 생각에 잠겨 있었다. 그러다 돌연 그가 움찔 놀라더니 내 어깨를 토닥거리고 풀밭 너머를 가리켰다.

"저길 봐!" 그가 말했다.

울타리를 두른 숲이 완만한 비탈로 이어져서 정상 쪽에서 한층 우거진 숲을 이루고 있었다. 나뭇가지들 사이로 아주 낡은 저택의 높다란 지붕과 잿빛 박공지붕이 보였다.

"스토크 모런에 다 왔나?" 그가 말했다.

"그렇습니다. 저건 그라임스비 로일럿 박사의 집이죠." 마부가 말했다.

"저 집 일부를 수리 중인데, 우리가 가려는 곳이 그곳입니다." 홈즈가 말했다.

"마을은 저깁니다." 마부가 왼쪽 멀찍이 옹기종기 모인 지붕을 가리키며 말했다. "마을이 아니라 저 집에 가려고 하신다면, 저 울타리 계단을 넘어서 들길을 좀 걷는 게 더 빠를 겁니다. 저기 숙녀가 걸어오고 있는 곳으로요."

"저 숙녀는 스토너 양 같군." 홈즈가 손으로 눈에 차양을 치고 바라보며 말했다. "그래요. 그러는 게 낫겠군요."

마차에서 내린 우리는 요금을 냈다. 경마차는 덜컹거리며 레더헤드로 돌아갔다.

"우리가 건축업이나 다른 사업상의 용무로 여기 왔다고 저 마부가 생각해주길 바랐어." 홈즈가 울타리 계단을 올라가며 말했다. "그러면 무슨 소문이 퍼질 일이 없을 테니까. 안녕하세요, 스토너 양. 약속한 대로 때맞춰 왔습니다."

아침의 우리 손님은 서둘러 다가와서 반가운 얼굴로 우리를 맞이했다. "두 분을 애타게 기다렸어요." 그녀가 따뜻하게 우리 손을 잡으며 외쳤다. "마침 일이 잘됐어요. 로일럿 박사는 시내에 가셨는데, 저녁 때나 되어야 돌아올 거예요."

"우리는 이미 박사님과 안면을 텄습니다." 아침에 일어난 일을 홈즈가 몇 마디로 간추려서 들려주었다. 스토너 양은 귀를 기울여 들으며 입술까지 창백해졌다.

"맙소사! 그분이 내 뒤를 밟았군요." 그녀가 외쳤다.

"그런 듯합니다."

"계부는 호락호락하지 않아서 저는 한시라도 마음을 놓을 수가 없어요. 돌아오면 뭐라고 하실까요?"

"그는 자기 방어를 하는 데 급급해야 할 겁니다. 그보다 더 호락호락하지 않은 사람이 뒤를 밟고 있다는 것을 알게 될 테니까요. 아가씨는 오늘 밤 그가 들어오지 못하게 단단히 문단속을 하세요. 그가 폭력을 휘두르면 해로의 이모 댁에 보내드리겠습니다. 자, 이제 우린 남은 시간을 최대한 활용해야 합니다. 그러니 어서 우리가 살펴봐야 할 침실들을 보여주세요."

저택은 지의류가 덕지덕지 달라붙은 잿빛의 석조건물이었다. 중앙의 높다란 건물 양쪽으로 게의 집게발 같은 부속건물이 붙어 있었다. 왼쪽 부속건물은 유리창이 죄다 깨져서 나무판자로 창문을 막아놓았고, 지붕도 한쪽이 푹 꺼져서 폐가를 보는 듯했다. 중앙의 건물 상태도 나을 게 없었다. 그러나 오른쪽 부속건물은 제법 현대적으로 보였다. 창문마다 커튼을 두르고, 굴뚝에서는 푸른 연기가 피어오르고 있어서 가족이 거기서 거주하고 있다는 것을 넌지시 알려주고 있었다. 돌벽이 무너진 오른쪽 끝 벽에는 비계(건물 공사를 할 때 높은 곳에서 인부들이 발판으로 딛고 서서 일을 할 수 있도록 가로세로로 나무나 쇠파이프를 얽어서 설치한 시설—옮긴이)를 세워두었지만, 우리가 찾아갔을 때에는 공사하는 인부들이 한 명도 보이지 않았다. 홈즈는 제대로 깎은 적이 없는 듯한 잔디밭을 천천히 오락가락하며 침실 창밖을 유심히 살펴보았다.

"이쪽 방은 당신이 쓴 침실, 가운데 있는 방은 줄리아가 쓴 침실이었고, 중앙의 건물에 접해 있는 방은 로일럿 박사의 침실인 모양이군요."

"맞아요. 하지만 지금 제가 지내는 곳은 가운데 있는 방이에요."

"수리하는 중이라고 했죠? 그런데 저 끝 벽을 꼭 수리할 필요는 없는 것 같은데요?"

"그래요. 그건 저를 제 방에서 몰아내기 위한 핑계인 것 같아요."

"아! 그것 참 의미심장하군요. 그런데 이 부속건물의 뒤쪽에는 복도가 이어져 있고, 이 침실들 출입문이 거기 있는데, 복도에도 물론 창이 나 있겠죠?"

"네. 하지만 아주 작아요. 너무 좁아서 사람이 통과할 수는 없어요."

"밤에는 방문을 잠갔으니 그쪽으로는 아무도 접근할 수 없었다 이거죠. 그럼 이제 방에 들어가서 덧문을 좀 닫아주시겠어요?"

스토너 양이 그렇게 했다. 열린 창문을 이미 잘 살펴본 홈즈는 닫힌 덧문을 억지로 열어보려고 갖은 방법을 다 써보았지만 성공하지 못했다. 작은 칼날을 집어넣어 덧문 빗장을 들어올릴 만한 좁은 틈도 없었다. 그 후 그는 돋보기로 경첩을 살펴보았지만 쇠로 만든 경첩은 육중한 벽돌담에 튼튼히 박혀 있었다.

"흠!" 하며 그는 곤혹스럽다는 듯이 턱을 긁적거렸다. "내 이론은 허점이 있는 게 분명하군. 잠긴 덧문을 통과할 방법이 없어. 그렇다면 안에서 실마리를 풀 수 있는지 알아봐야겠군."

작은 옆문으로 들어가자 하얗게 회칠을 한 복도가 나왔다. 이 복도에 세 개의 침실 문이 나 있었다. 홈즈는 세 번째 침실은 살펴보려고 하지도 않았다. 우리는 곧장 두 번째 침실 쪽으로 갔다. 요즘 스토너 양이 쓰고 있는 침실이자, 그녀의 자매가 최후를 맞이한 그 침실이었다. 아담하고 수수한 실내는 천장이 낮았고, 고풍의 시골집이 다 그렇듯 벽난로 하나가 입을 쩍 벌리고 있었다. 한쪽 구석에는 갈색 서랍장이 세워져 있었고, 다른 쪽 구석에 흰색 커버를 씌운 좁다란 침대가 놓여 있었다. 창문 왼쪽에는 화장대가 있었다. 그리고 중앙에 네모난 윌턴 카펫이 깔려 있는 것 외에 방 안의 가구라고는 두 개의 작은 고리버들 의자밖에 없었다. 벽을 두른 판벽널과 마루는 갈색의 벌레 먹은 떡갈나무로 되어 있었는데, 워낙 오래되고 색이 바랜 것으로 보아 처음 건물을 지은 그대로인 것 같았다. 홈즈는 구석에서 의자 하나를 끌어당겨 말없이 앉은 채, 위아래 좌우로 눈길을 돌리며 실내를 샅샅이 살펴보았다.

"저 설렁줄은 누구를 부르는 거죠?" 마침내 그가 설렁줄을 가리키며 물었다. 침대 옆에 늘어져 있는 굵은 설렁줄은 아주 길어서 끄트머리 장식 술이 베개 위에 놓여 있었다.

"가정부의 방까지 연결되어 있어요."

"다른 것들보다 새것처럼 보이는군요."

"그래요. 두어 해 전에 설치한 거죠."

"당신의 자매가 원한 건가요?"

"아니에요. 줄리아는 쓰지 않은 것으로 알고 있어요. 우리는 원하는 게 있으면 누굴 부르지 않고 언제나 스스로 챙겼어요."

"저런, 그렇다면 저렇게 멋진 설렁줄이 하등 쓸모가 없었겠군요. 실례지만 잠시 이 마룻바닥을 확인해봐야겠습니다."

홈즈는 손에 돋보기를 들고 엎드려서, 이리저리 민첩하게 기어다니며 마루 틈새를 세밀히 살폈다. 그러다가 판벽널도 마찬가지로 살펴 보기 시작했다. 그 후 침대로 가서 한동안 침대를 응시하더니, 위아래 로 눈을 굴리며 벽을 살펴보았다. 마지막으로 그는 한 손으로 설렁줄 을 잡고 힘차게 잡아당겼다.

"아니, 먹통이잖아." 그가 말했다.

"안 울려요?"

"네. 아예 끊겨 있어요. 이것 참 흥미롭군요. 작은 환기구 바로 위 의 고리에 그냥 묶어놓은 게 보입니다."

"그럴 리가! 나는 그런 줄도 몰랐어요."

"정말 묘하군!" 홈즈가 설렁줄을 당기며 중얼거렸다. "이 방에는 한두 가지 아주 독특한 데가 있어요. 예를 들어, 정말 멍청하게도 다른 방으로 환기구를 내놓았습니다. 바깥으로 환기구를 내는 게 더 힘이 드는 것도 아닌데 말입니다!"

"그것도 만든 지 얼마 되지 않았어요." 숙녀가 말했다.

"설렁줄을 달 무렵에 만들었겠죠." 홈즈가 말했다.

"그래요. 그 무렵에 자잘한 공사를 몇 가지 했어요."

"그 공사의 성격이 여간 흥미롭지 않군요. 먹통 설렁줄에, 환기되 지 않는 환기구라니. 스토너 양, 괜찮다면 이제 다른 방을 살펴보겠습 니다."

그라임스비 로일럿 박사의 방은 의붓딸의 방보다 더 컸지만 실내 가구가 소박하기는 마찬가지였다. 야전침대, 주로 전문서적들로 채워 진 작은 나무선반, 침대 옆의 안락의자, 벽에 붙여놓은 평범한 나무의

자, 둥근 탁자, 그리고 유난히 눈길을 끄는 커다란 철제 금고. 홈즈는
천천히 방 안을 한 바퀴 돌며 그 모든 것들을 하나씩 아주 유심히 살펴
보았다.

　"이 안에는 뭐가 들었죠?" 그가 금고를 토닥거리며 물었다.

　"문서가 들었어요."

　"아! 내부를 들여다본 적이 있으시군요?"

　"몇 년 전에 딱 한 번 봤어요. 문서로 가득 차 있었던 게 기억나요."

　"예를 들어 고양이 같은 게 들어 있는 건 아니겠죠?"

　"그럼요. 그건 말도 안 돼요!"

　"그런데 이것 좀 보세요!" 그는 금고 위에 있는 작은 우유 접시를
들어 보였다.

　"아니에요. 우린 고양이를 기르지 않아요. 하지만 치타와 개코원숭
이는 있어요."

"아, 네, 물론 그렇죠! 치타가 고양이과의 덩치 큰 동물이긴 해요. 하지만 치타한테는 우유 한 접시가 간에 기별도 안 갈 겁니다. 그런 의미에서 확실하게 짚어두고 싶은 문제가 하나 있어요." 그는 나무의자 앞에 웅크리고 앉아서 걸터앉는 부분을 아주 꼼꼼하게 살펴보았다.

"고맙습니다. 그 문제는 됐어요." 그는 일어서서 주머니에 돋보기를 넣으며 말했다. "아니! 여기 흥미로운 게 있군!"

그의 눈길을 끈 것은 침대 모서리에 걸려 있는 작은 채찍이었다. 그런데 이 채찍은 둥글게 말아서 고리를 지어놓았다.

"왓슨, 이게 뭐 같아?"

"평범한 채찍이잖아. 하지만 왜 둥글게 묶어놓았는지 모르겠군."

"평범한 채찍이 아냐. 아하, 이런! 정말 참 사악한 세상이야. 영리한 인간이 범죄를 저지르는 데 머리를 굴리는 것보다 몹쓸 짓도 없지. 스토너 양, 이제 충분히 본 것 같습니다. 그럼 잔디밭으로 좀 나가볼까요?"

조사 현장에서 돌아서는 홈즈의 표정이 그토록 험상궂고 어두운 것을 전에는 본 적이 없었다. 우리는 잔디밭을 여러 번 오락가락했다. 스토너 양도 나도 그가 스스로 상념에서 깨어나기만 기다리며 입을 다물고 있었다.

"스토너 양." 마침내 그가 말했다. "모든 점에서 한 치도 어긋남 없이 제 말대로 해주세요."

"꼭 그렇게 하겠어요."

"일이 너무 심각해서 우물쭈물할 시간이 없어요. 제 말대로 하지 않으면 목숨이 위험합니다."

"반드시 시키시는 대로 하겠어요."

"첫 번째는, 내가 이 친구와 함께 당신 방에서 밤을 보내야 한다는 것입니다."

스토너 양과 나는 놀라서 그를 빤히 바라보았다.

"그래요, 반드시 그렇게 해야 합니다. 자세히 얘기해드리죠. 저기 있는 게 마을 객점이죠?"

"네, 저건 크라운인이에요."

"좋아요. 거기서 당신의 방 창문이 보이겠죠?"

"네."

"계부가 돌아오거든 머리가 아프다는 핑계를 대고 방에서 나오지 마세요. 그런 다음 밤에 계부가 침실로 들어가는 소리가 들리면, 덧문을 열고 창문 고리도 빼놓고, 우리에게 보내는 신호로 등불을 창문에 놓아두세요. 그런 다음 필요한 물건을 모두 챙겨서 전에 쓰던 방으로 돌아가세요. 수리를 한다고는 하지만 하룻밤 정도는 거기서 지낼 수 있겠죠."

"아, 예, 그거야 어렵지 않아요."

"나머지는 우리에게 맡기면 됩니다."

"어떻게 하실 건데요?"

"우리가 대신 방에서 밤을 보내면서 이상한 소리의 원인을 조사할 겁니다."

"홈즈 씨, 이미 뭔가 결론을 내리신 건가요?" 스토너 양이 내 친구의 소매 위에 한 손을 얹으며 말했다.

"그렇다고 할 수 있죠."

"그러면 줄리아가 어떻게 죽었는지 제발 얘기 좀 해주세요."

"확실한 증거를 먼저 확보한 다음에 말씀드리겠습니다."

"제 생각이 옳은지, 그러니까 줄리아가 정말 갑자기 놀라서 죽은 것인지는 얘기해줄 수 있잖아요."

"사인은 그게 아니라고 봅니다. 좀 더 명백한 원인이 있다는 게 제 생각입니다. 자, 그럼, 스토너 양, 우린 이제 떠나야 합니다. 로일럿 박사가 돌아와서 우리를 보면 일을 그르칠 테니까요. 그럼 안녕히 계시고, 용기를 잃지 마세요. 제가 말씀드린 대로만 하면 곧 위험이 말끔히 사라질 테니 안심하세요."

크라운인에 방을 잡는 것은 어렵지 않았다. 거실과 침실이 있는 객실은 2층에 있어서, 창문으로 스토크 모런 장원의 대문과 사람이 살고 있는 부속건물이 내다보였다. 해거름녘에 우리는 그라임스비 로일럿 박사가 마차를 타고 지나가는 것을 보았다. 마차를 모는 소년의 작은 체구 곁에 있는 그의 거구가 우람해 보였다. 소년이 육중한 철문을 여느라고 한참 끙끙거리자, 박사가 호통을 치는 소리가 들리고 주먹을 흔드는 모습이 보였다. 경마차가 대문으로 들어가고 몇 분 후에 나무들 사이로 갑자기 불빛이 새어 나왔다. 거실에 등불을 밝힌 것이다.

"왓슨, 오늘 밤 자네를 데려가는 게 정말 망설여져." 짙어가는 어둠 속에 앉아 홈즈가 말했다. "이건 분명 위험하거든."

"내가 도움이 되긴 하겠어?"

"자네가 있으면 큰 도움이 될 거야."

"그렇다면 당연히 같이 가야지."

"정말 고마워."

"위험 얘길 하는 걸 보니, 자네는 그 방에서 내가 본 것보다 더 많은 것을 본 모양이군."

"아냐. 다만 내가 좀 더 많은 추리를 하긴 했겠지. 내가 본 것을 자네가 못 보았을 리는 없어."

"주목할 만한 것은 설렁줄밖에 보지 못했는데, 사실 나는 그게 왜 있는지 모르겠어."

"환기구도 보았잖아."

"그래. 하지만 두 방 사이에 작은 구멍이 나 있는 게 그리 이상해 보이지는 않던걸? 쥐 한 마리 지나가기도 어려울 만큼 아주 작은 구멍에 불과하잖아."

"나는 스토크 모런에 오기 전부터 이미 환기구 같은 게 있을 줄 알았어."

"그럴 수가!"

"정말이야. 그녀의 자매가 로일럿 박사의 담배 냄새를 맡았다고 한 말 기억나? 그렇다면 두 방이 분명 서로 통해 있다는 얘기가 아니겠어? 다만 구멍이 아주 작아서, 검시관의 조사 때에는 그리 눈에 띄지 않았겠지. 나는 그게 환기구일 거라고 추리했어."

"하지만 그런 구멍이 있다고 해서 나쁠 건 없잖아?"

"시기가 우연히 일치한다는 건 아무튼 이상하지. 환기구가 뚫리고,

설렁줄이 매달리고, 침대에서 자던 숙녀가 사망한다. 뭔가 감이 잡히지 않아?"

"그게 무슨 연관이 있는지 나는 통 모르겠어."

"그 침대에 아주 별난 데가 있다는 것을 알아차리지 못했어?"

"응."

"침대가 바닥에 고정되어 있었어. 움직이지 못하게 해놓은 침대를 본 적 있어?"

"보지 못했지."

"그 아가씨는 침대를 옮길 수 없었어. 침대는 항상 환기구와 밧줄로 이어진 그 위치에 있을 수밖에 없는 거야. 밧줄은 설렁을 울리기 위한 게 아니니 설렁줄이랄 수도 없지."

"홈즈." 내가 외쳤다. "자네가 무슨 말을 하는지 알 것 같아. 우리는 때맞춰 왔으니 교묘하고 끔직한 범죄를 막을 수 있을 거야."

"정말 교묘하고, 정말 끔찍해. 의학박사가 길을 잘못 들면 누구보다 뛰어난 범죄자가 될 수 있지. 대담한 데다 지식까지 갖추고 있으니까. 그 방면의 최고봉이라면 파머와 프릿처드를 꼽을 수 있을 거야. 한데 이 의학박사는 한술 더 뜨고 있어. 하지만 왓슨, 내가 보기엔 우리가 그보다 한술 더 뜰 수 있어. 하지만 그래도 오늘 밤 우린 무서운 일을 겪게 될 거야. 이젠 조용히 파이프나 물고, 두어 시간 동안은 좀 더 즐거운 일들이나 생각하자."

9시 무렵, 나무들 사이의 불빛이 사라지고, 장원은 온통 어둠에 잠겼다. 느릿느릿 두 시간이 흘러서 정각 11시가 되었을 때 갑자기 바로 우리 앞에 한 줄기 밝은 빛이 비쳤다.

"우리에게 보내는 신호야." 홈즈가 벌떡 일어서며 말했다. "가운뎃 방 창문에 등불이 켜졌어."

우리가 밖으로 나올 때, 홈즈는 객점 주인과 몇 마디 이야기를 나누었다. 밤늦게 지인을 찾아갈 일이 생겨 거기서 밤을 보내게 될지도 모른다고 말한 것이다. 잠시 후 우리는 어두운 길거리로 나섰다. 싸늘한 바람이 얼굴을 때렸다. 어둠을 가르고 앞에서 빛나는 한 줄기 노란 불빛이 엄중한 임무를 띤 우리의 길을 이끌었다.

장원으로 들어가는 것은 어렵지 않았다. 수리되지 않은 낡은 담벼락이 입을 떡 벌리고 있었기 때문이다. 나무들 사이를 지나고 잔디밭을 지나, 막 창문으로 들어가려고 할 때였다. 월계수 관목 덤불 속에서 잔디밭으로 뭔가 오싹한 기형의 아이 같은 것이 불쑥 튀어나오더니, 사지를 버르적거리며 재빨리 잔디밭을 가로질러 어둠 속으로 사라졌다.

"앗, 저거 봤어?" 내가 소곤거렸다.

홈즈도 그때 나만큼 놀란 것 같았다. 그는 흥분해서 내 손목을 힘주어 그러쥐었다. 그러다 나지막이 웃음을 터트리고는 내 귀에 대고 말했다.

"정말 잘난 집안이야. 그건 개코원숭이였어."

나는 로일럿 박사가 좋아한다는 이상한 애완동물들을 까맣게 잊고 있었다. 치타도 있다고 했으니, 언제 치타가 덮칠지 모른다. 홈즈가 하는 대로 신발을 벗고 침실로 들어선 후에야 나는 비로소 마음이 좀 놓였다.

내 친구는 살그머니 덧문을 닫고, 등불을 화장대 위에 얹어둔 후 실내를 둘러보았다. 모든 것이 낮에 본 대로였다. 그는 내게 조용히 다가와서 손나팔을 만들어 입에 대고 내 귀에만 들리게끔 아주 나직이 속삭였다.

"작은 소리라도 났다가는 일을 그르치게 될 거야."

나는 잘 알아들었다는 표시로 고개를 주억거렸다.

"우리는 불을 끄고 앉아 있어야 해. 그가 환기구로 불빛을 볼지도 모르니까."

나는 다시 고개를 주억거렸다.

"잠들지 마. 그랬다가는 목숨을 잃을 수도 있어. 필요할지 모르니까 권총을 준비해두고. 나는 침대에 걸터앉아 있을 테니, 자네는 의자에 앉아 있도록 해."

나는 권총을 꺼내 화장대 모퉁이에 올려놓았다.

홈즈는 길고 가는 회초리를 가져왔는데, 이것을 자기 옆의 침대에 올려놓았다. 그 옆에는 성냥갑과 짤막한 양초 하나를 놓아두었다. 그 후 그가 등불을 끄자 우리는 어둠에 잠겼다.

으스스한 이 불침번을 나는 평생 잊지 못할 것이다. 괴괴한 침묵만이 흘렀다. 숨소리도 들리지 않았지만, 나는 친구가 몇 걸음 떨어진 곳에서 나와 마찬가지로 잔뜩 긴장한 채 눈을 부릅뜨고 앉아 있다는 것을 알고 있었다. 덧문이 닫혀 있어서 실오라기 같은 불빛도 스며들지 않았다. 우리는 완전한 어둠 속에서 묵묵히 기다렸다. 밖에서 이따금 밤새가 우는 소리가 들렸다. 한번은 길게 이어지는 고양이 울음소리

같은 소리가 바로 우리 창문 밖에서 들려왔다. 정말 치타를 풀어놓은 모양이었다. 15분마다 울리는 웅숭깊은 교회 종소리가 멀리서 들려왔다. 15분이 정말 그렇게 긴 줄은 몰랐다! 12시를 알리는 종소리가 들리고, 1시, 2시, 3시를 알리는 종소리가 들렸지만, 우리는 여전히 무슨 일이 일어나기만 기다리며 소리 없이 앉아 있었다.

갑자기 환기구 쪽에서 순간적으로 빛이 반짝했다. 빛은 이내 사라졌지만, 불붙은 기름 냄새와 달궈진 쇠붙이 냄새가 싸하니 풍겨왔다. 옆방에서 누군가 다크랜턴에 불을 밝힌 것이다. 뭔가 살그머니 움직이는 소리가 들렸다. 그 후 다시 주위가 적막해졌지만, 냄새는 더욱 강렬해졌다. 30분 동안 나는 귀를 쫑긋 세우고 앉아 있었다. 그 후 갑자기 또 다른 소리가 들려왔다. 주전자에서 한 줄기 수증기가 뿜어져 나올 때처럼 나지막하고 부드러운 소리였다. 그 소리가 들려온 순간, 홈즈가 침대에서 벌떡 일어나 성냥불을 켜더니 회초리로 설렁줄을 후려쳤다.

"왓슨, 자네도 봤어?" 그가 외쳤다. "그거 봤어?"

하지만 나는 아무것도 보지 못했다. 홈즈가 성냥불을 켠 순간 나는 나지막하면서도 또렷한 휘파람 소리를 들었지만, 피곤한 내 눈에 느닷없이 밝은 불빛이 비치는 바람에 나는 눈이 부셔서 친구가 대체 무엇을 후려쳤는지 알 수 없었다. 그러나 공포와 혐오감이 깃든 그의 얼굴이 몹시 창백해졌다는 것은 알아볼 수 있었다.

홈즈가 후려치기를 멈추고 환기구를 쳐다보고 있을 때였다. 갑자기 밤의 침묵을 깨는 비명 소리가 들렸다. 나는 그토록 소름끼치는 소리를 들어본 적이 없었다. 비명 소리가 점점 커지더니, 아픔과 공포와 분노가 한데 뒤섞인 섬뜩한 절규가 되어 울려 퍼졌다. 이 절규는 아랫마을에서, 심지어 멀리 떨어진 교회에서 잠자던 사람들까지 깨웠다고 한다. 우리는 가슴이 철렁했다. 마지막 메아리가 침묵 속으로 잦아들 때까지 나는 우두커니 서서 휘둥그레진 눈으로 홈즈를 바라보았고, 홈즈 역시 나를 그렇게 바라보았다.

"이게 무슨 뜻이지?" 아연 놀란 음성으로 내가 물었다.

"모든 것이 끝났다는 뜻이야." 홈즈가 답했다. "아마도 결국은 이렇게 되는 게 최선이었을 거야. 권총을 챙겨서 로일럿 박사의 방으로 가보자."

홈즈가 심각한 얼굴로 등불을 밝히고 앞장서서 복도를 걸어갔다. 그가 문을 두 번 두드렸지만 안에서는 아무런 응답도 없었다. 그러자 홈즈가 손잡이를 돌리고 안으로 들어섰다. 나는 공이치기를 당겨놓은 권총을 들고 뒤를 따랐다.

우리는 두 번 다시 볼 수 없는 광경을 보았다. 가리개가 반쯤 열린 채 탁자 위에 놓인 다크랜턴의 불빛이 철제 금고를 환히 비추고 있었는데, 금고는 빠끔히 열려 있었다. 탁자 곁에 있는 나무의자에는 그라임스비 로일럿 박사가 잿빛의 긴 실내복을 입고 앉아 있었다. 드러난 발목 맨살 아래로 두 발에 굽이 없는 터키 슬리퍼를 신고 있는 게 보였다. 무릎에는 손잡이가 짧고 끈이 긴 채찍이 놓여 있었다. 우리가 낮에 본 바로 그 채찍이었다. 턱을 위로 젖히고 있는 그의 두 눈은 천장 모서리를 뚫어져라 응시한 채 고정되어 있었다. 이마에는 갈색 얼룩무늬가 있는 독특한 노란 머리띠를 두르고 있었다. 머리띠는 자못 단단히

그의 머리를 죄고 있는 듯했다. 우리가 안으로 들어섰을 때, 그는 살아 있는 기척도 움직임도 없었다.

"머리띠! 얼룩 띠야!" 홈즈가 나지막이 말했다.

나는 한 걸음 앞으로 내디뎠다. 순간 이상한 그의 머리띠가 스르르 풀리더니, 그의 머리카락 속에서 혐오스러운 독사가 마름모꼴 대가리를 쳐들고 목을 부풀렸다.

"늪살모사야! 인도에서 가장 치명적인 뱀." 홈즈가 외쳤다. "그는 물린 지 10초 안에 죽었어. 칼을 든 자는 칼로 망하고, 남을 빠뜨리려고 판 함정에 자기가 빠진다더니. 저 뱀을 제 굴로 던져 넣고, 스토너 양을 안전한 곳으로 옮긴 다음, 주 경찰에 신고하자."

그렇게 말하면서 그는 죽은 남자의 무릎에 놓인 채찍을 재빨리 집어들고 채찍 고리를 파충류의 목에 걸었다. 똬리를 튼 뜨악한 자리에서 뱀을 들어올린 홈즈는 가까이 있는 금고에 던져 넣고 얼른 문을 닫았다.

스토크 모런의 그라임스비 로일럿 박사가 사망하게 된 진짜 경위는 그러했다. 이야기가 벌써 너무 길어진 듯하니 이쯤에서 마치는 게 좋겠다. 두려움에 사로잡힌 숙녀에게 우리가 어떻게 슬픈 소식을 전했고, 해로에 사는 착한 이모의 보살핌을 받도록 그녀를 어떻게 아침 기차에 태워 보냈고, 로일럿 박사가 경솔하게 위험한 애완동물을 가지고 놀다가 비명횡사했다는 결론에 이르기까지 경찰의 느러터진 조사가 어떻게 진행되었는가에 대해서 구구하게 이야기를 늘어놓을 필요는 없을 것이다. 이 사건과 관련해 미처 내가 이해하지 못한 사소한 사실에 대해서는 이튿날 집으로 돌아오는 길에 셜록 홈즈가 이야기해 주었다.

"왓슨, 나는 처음에 전적으로 잘못된 결론을 내렸댔어. 불충분한 정보를 가지고 추리를 한다는 것이 항상 얼마나 위험한가를 보여준 셈이었지. 그녀가 성냥불을 켜고 언뜻 본 것을 설명한 그 말, 그러니까 '띠'라는 말을 집시들 때문에 그만 '떼'라고 오해하고 말았어. 그럴 만했지. 하지만 그 방에 머무는 사람을 위협한 것이 무엇이었는지는 몰라도 그게 창문이나 방문으로 들어올 수 없다는 것이 분명해지자 나는 곧바로 결론을 재고했어. 그런 유연성은 내 장점이라고 할 만하지. 앞서 말했듯이, 나는 곧바로 그 환기구와, 침대 머리맡까지 늘어진 설렁줄에 주목했어. 설렁줄이 먹통이었다는 것, 그리고 침대가 바닥에 고정되어 있다는 것을 알게 되자, 그 밧줄이 환기구에서 침대로 연결되는 무슨 다리 구실을 하는 게 아닌가 하는 생각이 불쑥 떠올랐지. 즉각 뱀이 떠오른 거야. 또 인도에서 로일럿 박사에게 동물을 보내주는 사람이 있다는 사실을 떠올리자, 내가 제대로 짚었다는 생각이 들더군. 어떤 화학검사로도 발견할 수 없는 독을 쓴다는 그런 발상은, 동양에서 훈련을 받은 영리하고 무자비한 사람이 떠올림 직하지. 그런 독이 즉효가 있다는 것도 그에게는 바람직해 보였을 거야. 여간 예리한 안목을 지닌 검시관이 아니라면, 독 이빨이 박힌 두 개의 작은 자국을 알아보진 못할 테니까.

그다음 나는 휘파람에 대해 생각해봤어. 동이 튼 뒤에도 뱀이 우물 쭈물하다가 발각되는 일이 생기지 않도록 도로 불러들일 필요가 있었을 거야. 불러들이는 훈련을 시키는 데에는 아마도 우리가 본 우유를 이용했겠지. 그가 보기에 가장 좋은 시간에 환기구로 뱀을 풀어놓은 다음, 밧줄을 타고 침대까지 가게 했을 거야. 뱀이 자고 있는 사람을 물 수도 있고, 안 물 수도 있어. 그래서 며칠 동안은 그녀가 용케 물리지 않았던 모양인데, 조만간 물릴 수밖에 없었지.

나는 그의 방에 들어가 보기 전에 이미 그런 결론을 내렸어. 그의 의자를 조사해보니, 그가 그 위에 올라서곤 했다는 것을 알 수 있었지. 환기구에 뱀을 올려놓으려면 의자에 올라서야 했던 거야. 금고와 우유 접시, 고리가 있는 채찍을 보자 마지막 남은 한 점의 의혹까지 말끔히 지울 수 있었어. 스토너 양이 들었다는 금속성 소리는 그녀의 계부가 뱀을 집어넣은 금고 문을 서둘러 닫을 때 난 소리인 게 분명해. 일단 결론을 내린 다음, 증거를 확보하기 위해 내가 취한 조치가 뭔지는 자네도 잘 알 거야. 나는 뱀이 쉿쉿거리는 소리를 들었는데, 그건 자네도 물론 들었겠지. 그래서 나는 즉각 불을 밝히고 공격을 했지."

"결국 뱀이 환기구로 돌아갔군."

"그래서 옆방에 있던 주인에게 덤벼든 거지. 내가 휘두른 회초리에 몇 번 정통으로 맞아서 화가 난 뱀이 맨 처음 본 사람을 공격한 거야. 그러니 나는 그라임스비 로일럿 박사의 죽음에 간접적인 책임이 있어. 하지만 크게 양심의 가책을 느낄 정도는 아냐."

The Adventure of the
Engineer's Thumb

기술자의 엄지손가락

우리가 가까이 지내는 동안 내 친구 셜록 홈즈가 맡은 사건 가운데 내가 소개해준 것은 두 건밖에 없는데, 해설리 씨의 엄지손가락 사건과 머친 워버튼 대령 사건이 그것이다. 예리하고 창의적인 관찰자에게는 워버튼 사건이 더 구미가 당길 것이다. 하지만 엄지손가락 사건은 발단이 워낙 기묘하고 세부 전개가 아주 극적이어서 기록 가치가 한결 더 높은 듯하다. 주목할 만한 결과를 얻기까지 내 친구가 연역의 추리 능력을 마음껏 펼칠 여지는 비교적 적었지만 말이다. 이 이야기는 신문에도 한 번 이상 실린 듯한데, 그런 기사가 다 그렇듯이, 신문의 반 쪼가리 칼럼에 뭉뚱그려서 들려주는 이야기는 감흥이 떨어질 수밖에 없다. 하나씩 새로운 발견을 할 때마다 한 걸음씩 완전한 진상을 향해 다가가며, 사건이 눈앞에서 착착 전개되고 차츰 수수께끼가 풀려가는 내 이야기 방식에 어찌 견줄 수 있겠는가. 당시 사건 상황은 내게 워낙 깊은 인상을 심어주어서, 그새 2년이나 흘렀는데도 감흥이 지금도 여간 새롭지 않다.

지금 이야기하려고 하는 사건이 일어난 것은 내가 결혼한 지 얼마

안 된 1889년 여름의 어느 날이었다. 나는 다시 개업을 해서 홈즈와 같이 살던 베이커 스트리트의 하숙집을 떠났지만 종종 그에게 들렀고, 그를 설득해서 보헤미안 버릇을 버리고 이따금 우리 집에 찾아오게 하는 데 성공하기도 했다. 환자들은 꾸준히 늘어나서, 내가 패딩턴 역에서 그리 멀지 않은 곳에 살게 되었을 무렵에는 공무원 환자도 몇 명 생겼다. 그 가운데 통증이 심한 지병을 치료해준 환자 한 명은 지칠 줄 모르고 나를 홍보해주면서 아픈 사람만 보면 나를 소개하지 못해 안달이었다.

어느 날 아침 7시가 되어갈 무렵, 하녀가 문을 두드리는 소리에 잠이 깼다. 패딩턴 역에서 두 남자가 찾아와 진료실에서 기다리고 있다는 것이었다. 열차 환자는 위급한 경우가 많다는 것을 경험으로 알고 있었기 때문에, 나는 서둘러 옷을 차려입고 급히 아래층으로 내려갔다. 아래층에 이르렀을 때, 앞서 말한 내 홍보인 열차 차장이 진료실에서 나오더니 문을 꼭 닫았다.

"저 안에 잡아뒀습니다. 이번엔 멀쩡해요." 그가 엄지로 등 뒤를 가리키며 소곤거렸다.

"아니 뭔데요?" 내가 물었다. 그의 태도로 보아서는 진료실에 이상한 동물이라도 가두어놓은 듯했다.

"그야, 새 환자죠." 그가 소곤거렸다. "내가 직접 데려오는 게 나을 것 같았어요. 딴 길로 새지 못하게 말입니다. 그래서 무사히 말짱하게 데려다놓았죠. 이제 저는 가봐야겠습니다. 의사 선생님처럼 저도 할 일이 있으니까요." 그리고 그는 떠났다. 믿음직한 이 호객꾼은 내가 감사의 말을 건넬 짬도 주지 않았다.

진료실에 들어가 보니 탁자 옆에 신사가 한 명 앉아 있었다. 옷차림은 수수했다. 혼색 트위드 정장 차림이었는데, 부드러운 천 모자는 벗어서 내 책 위에 얹어두었다. 한쪽 손에 칭칭 감긴 손수건은 피범벅이었다. 스물다섯 살은 넘지 않았을 젊은이였는데, 강하고 남성적인 얼굴이었지만 어찌나 창백한지 뭔가 큰 충격을 받아 마음을 추스르지 못하고 있는 듯한 인상을 주었다.

"의사 선생님, 이렇게 일찍 깨워서 죄송합니다만 간밤에 큰 사고를 당했어요." 그가 말했다. "오늘 아침 열차 편으로 도착했는데, 패딩턴 역에서 병원이 어디 있느냐고 물었더니 어느 분이 자상하게도 여기까지 데려다주었습니다. 하녀에게 내 명함을 건네주었는데, 그 보조탁자에 그냥 올려놓았군요."

나는 명함을 집어들고 바라보았다. "빅터 해설리 씨, 유압 기술자, 빅토리아 스트리트 16A번지(3층)." 이것이 아침 방문객의 이름과 직함과 주소였다. "오래 기다리신 건 아닌지 모르겠습니다." 내가 서재용 의자에 앉으며 말했다. "야간 여행을 하셨군요. 그건 참 지루한 일이죠."

"아뇨, 간밤의 일은 결코 지루하다고 할 수가 없어요." 그가 말하고는 웃음을 터뜨렸다. 그는 포복절도할 듯이 고음으로 맹렬히 웃어댔다. 내 의학적 본능이 경종을 울렸다.

"그만! 정신 차려요!" 내가 외치고는 유리 물병에서 물을 따라주었다.

그러나 소용이 없었다. 그는 넋이 나간 채, 뭔가 큰 위기를 겪은 강인한 사람에게 닥쳐오는 발작적인 웃음을 터트리고 있었다. 곧 기진맥진해서 다시 정신을 차린 그는 몹시 얼굴을 붉혔다.

"꼴사나운 모습을 보였군요." 그가 숨을 몰아쉬며 말했다.

"천만에요. 이것 좀 드세요!" 나는 얼른 물에 브랜디를 타주었다. 핏기 없는 두 뺨에 다시 혈색이 돌아왔다.

"한결 낫군요!" 그가 말했다. "그럼 이제 의사 선생님, 제 엄지손가락을, 아니 엄지가 있던 곳을 좀 치료해주세요." 그는 손수건을 풀고 손을 내밀었다. 나는 제법 단련되었는데도 그걸 보니 새삼 소름이 끼쳤다. 네 손가락이 뻗어 있고, 엄지가 있어야 할 자리에는 섬뜩할 정도로 빨간 해면질이 드러나 있었다. 엄지 밑동이 난도질당한 게 아니면 잡아뜯긴 상태였다.

"이런 세상에!" 내가 외쳤다. "끔찍한 상처로군요. 피를 많이 흘렸겠어요."

"네, 그래요. 그때 저는 기절을 했어요. 오랫동안 의식을 잃고 있었던 것 같아요. 정신을 차리고 보니 여전히 피가 흐르고 있더군요. 그래서 손수건 끝으로 단단히 손목을 묶고 나뭇가지로 조였지요."

"잘했어요! 외과의사라고 해도 될 정도입니다."

"아시다시피 그건 유체역학의 문제인데, 그게 바로 제 전공이잖아요."

"이것은 아주 무겁고 날카로운 도구 때문에 생긴 상처로군요." 내가 상처를 검사하며 말했다.

"커다란 칼이었어요."

"사고였겠죠?"

"결코 아닙니다."

"아니, 그럼 누가 죽이려고 했다고요?"

"정말 죽을 뻔했습니다."

"소름끼치는군요."

나는 약솜으로 상처를 깨끗하게 닦고 약을 바른 후, 마지막으로 약솜을 덮고 석탄산 붕대(석탄산, 곧 페놀로 처리한 붕대—옮긴이)로 감았다. 그는 의자에 기댄 채 전혀 움찔거리지도 않았지만, 가끔 입술을 깨물기는 했다.

"어떻습니까?" 내가 치료를 마치고 물었다.

"최곱니다! 브랜디와 붕대 덕분에 이제 좀 살 것 같습니다. 영 기운이 없었지만, 이제는 뭐든 할 수 있을 듯합니다."

"그 사건 얘기는 하지 않는 게 낫겠습니다. 분명 신경을 건드릴 테니까요."

"아니요. 이젠 아닙니다. 경찰에 신고하지 않을 수 없어요. 하지만 우리끼리니까 드리는 말씀인데, 이렇게 부상당한 확실한 증거가 없다면 경찰은 내 말을 믿으려 들지 않을 거예요. 믿으면 내가 오히려 놀라겠죠. 너무나 해괴한 사건인데, 내 얘기를 뒷받침할 증거가 거의 없거든요. 경찰이 내 말을 믿어준다 해도, 내가 제공할 수 있는 단서라는 게 너무 막연해서 사건을 해결할 수 있을지는 의문이에요."

"저런!" 내가 외쳤다. "해결되기를 바라는 사건의 성격이 그렇다면, 경찰을 찾기 전에 내 친구 셜록 홈즈에게 가보라고 적극 추천하고 싶습니다."

"아, 그분 얘기는 들어본 적이 있습니다. 그분이 이 사건을 맡아주신다면 저야 정말 좋지요. 물론 경찰에도 알려야겠지만 말예요. 그럼 소개장을 써주시겠어요?"

"그보다 좋은 방법이 있습니다. 내가 직접 그에게 데려다주겠습니다."

"정말 고맙습니다."

"마차를 불러서 같이 타고 갑시다. 지금 가면 함께 아침 식사를 할 수 있을 겁니다. 지금 갈 수 있겠죠?"

"그럼요. 어서 얘기를 털어놓아야만 속이 후련할 겁니다."

"그럼 하인에게 마차를 부르라고 하겠습니다. 잠깐만 기다리세요." 나는 2층으로 달려가서 아내에게 간단히 사건을 설명하고, 5분 후 새 지인과 함께 핸섬 마차를 타고 베이커 스트리트로 달려갔다.

예상대로 셜록 홈즈는 실내복 차림으로 거실에서 빈둥거리며 《타임스》지의 개인 광고란을 읽으며 식전 파이프 담배를 피우고 있었다. 이 담배는 전날 피우고 남은 찌꺼기를 모아 벽난로 가에 두고 잘 말린 것이었다. 그는 언제나처럼 차분하고 따뜻하게 우리를 맞이했다. 아침 식사로 신선한 래셔(베이컨이나 햄의 얇은 조각으로, 굽거나 지져서 먹는다―옮긴이)와 달걀을 시켜서 우리는 함께 배불리 먹었다. 식사가 끝나자 홈즈는 우리의 새 지인을 소파에 눕혔다. 그리고 머리에 베개를 받쳐 준 다음, 손이 닿는 곳에 물을 탄 브랜디 한 잔을 놓아두었다.

"해설리 씨, 당신은 범상치 않은 경험을 하신 듯합니다." 홈즈가 말했다. "거기 편안히 누워서 얘기를 들려주세요. 그러다 편찮으면 바로 얘기를 멈추고, 한잔 마시고 기운을 차리세요."

"고맙습니다." 내 환자가 말했다. "의사 선생님이 치료를 해준 뒤로는 딴사람이 된 기분이었는데, 아침 식사까지 대접을 받고 나니 다 나은 것만 같습니다. 두 분의 귀중한 시간을 낭비하고 싶지 않으니, 제 별난 경험을 곧바로 말씀드리겠습니다."

홈즈는 지치고 눈꺼풀이 무거운 표정을 짓고 커다란 안락의자에 앉았다. 그런 표정 뒤에는 예리하고 열정적인 그의 성격이 갈무리되어 있었다. 나는 그의 맞은편에 앉았다. 우리는 손님이 들려주는 기묘한 이야기에 묵묵히 귀를 기울였다.

"먼저 아셔야 할 것은, 제가 고아에 독신이고, 런던의 하숙집에 혼자 살고 있다는 것입니다. 직업은 유압 기술자인데, 그리니치의 유명한 회사인 '베너 앤드 매서슨'에서 7년 동안 견습공으로 많은 경험을 쌓았죠. 그러다 2년 전에 수습을 마쳤는데, 그때 아버님이 돌아가시면서 상당한 유산을 받게 되자, 사업을 하기로 결심하고 빅토리아 스트리트에 사무실을 차렸습니다.

처음 사업을 시작한 사람은 어려움을 겪게 마련이라고 봅니다. 저는 유난히 더 어려웠죠. 2년 동안 자문 세 건에 잔일 한 건이 들어왔는데, 기술자로서 제가 한 일은 그게 고작이었습니다. 총수입은 27파운드 10실링이었죠. 날마다 아침 9시부터 오후 4시까지, 그놈의 우리 속에서 꼬박 손님을 기다리다가, 이윽고 낙담하고는 차라리 개업을 하지 말걸 하는 생각을 했죠.

그러나 어제는 막 퇴근을 하려던 참에, 사환이 들어오더니 사업차 나를 만나고 싶어하는 신사가 찾아왔다고 하더군요. 사환이 건네준 명함을 보니, '라이샌더 스타크 대령'이라는 이름이 새겨져 있었습니다. 사환을 바로 뒤따라 대령이 들어왔어요. 키가 중간은 좀 넘었지만 바짝 여위었더군요. 그렇게 여윈 사람은 생전 처음 봤어요. 코끝과 턱 끝으로 홀쭉하게 빠진 얼굴은 깎아놓은 연필 같고, 도드라진 광대뼈에 낯가죽을 팽팽하게 씌워놓은 듯했죠. 하지만 그렇게 여윈 게 병 때문이 아니라 타고난 체질인 듯하더군요. 눈이 부리부리하고, 걸음이 활달하고, 행동거지가 당찼거든요. 옷차림은 평범하지만 말끔했고, 나이는 마흔 가까워 보였어요.

'해설리 씨?' 그가 다소 독일 어투로 말했어요. '누가 당신을 소개해주었는데, 솜씨가 좋을 뿐 아니라, 신중하고 입이 무겁다더군요.'

나는 그런 말에 여느 젊은이처럼 우쭐한 기분이 들어서 고개를 숙여 보이고 말했지요. '그렇게 좋은 말을 해준 분이 누군지 여쭤봐도 될까요?'

'음, 지금은 그걸 밝히지 않는 게 좋겠군요. 당신이 고아에 독신이고, 런던에서 혼자 살고 있다는 말도 그 사람에게 들었습니다.'

'맞는 말씀입니다.' 제가 답했지요. '하지만 그런 게 제 업무 자격과 무슨 상관이 있는지 모르겠군요.

업무적인 문제를 상담하러 오신 줄 알고 있습니다만.'

'물론 그렇습니다. 하지만 내가 말하는 모든 게 정말 중요하다는 것을 곧 알게 될 거요. 당신에게 의뢰할 일이 있는데, 그건 반드시 비밀을 엄수해야 합니다. 결단코 말이오. 가족의 품안에서 사는 사람보다는 아무래도 혼자 사는 사람이 비밀을 더 잘 지킬 수 있지 않겠소?'

'저는 비밀을 지키겠다고 약속하면 반드시 비밀을 지키니 그건 믿어도 좋습니다.' 내가 말했죠.

그러자 그는 나를 뚫어지게 바라봤어요. 세상에 그렇게 의심이 많은 눈초리는 본 적이 없는 것 같아요.

'그럼, 약속하는 거요?' 그가 마침내 말했습니다.

'네, 약속합니다.'

'일을 하기 전에도, 도중에도, 후에도, 결단코 일체 함구해야 합니다. 말로든 글로든, 일체 누설을 해선 안 됩니다. 약속하겠소?'

'약속한다고 이미 말씀드렸습니다.'

'좋아요.' 그가 갑자기 벌떡 일어나더니, 번개처럼 방 안을 가로질러 가서 방문을 와락 열어젖혔어요. 바깥 복도는 텅 비어 있었죠.

'괜찮군.' 그가 돌아와서 말했어요. '사환들은 항상 주인이 하는 일에 촉각을 곤두세우기 마련이지. 이제는 안전하게 얘기를 나눌 수 있겠군.' 그는 내 앞으로 바투 의자를 끌어당겨 앉더니, 의심과 생각이 가득한 예의 그 눈초리로 다시 나를 뚫어지게 바라보기 시작했습니다.

깡마른 남자의 그런 해괴한 행동을 보고 있자니 나는 반감이랄까, 뭔가 두려움 비슷한 느낌이 들었습니다. 고객을 잃기는 싫었지만 답답해서 속이 터지는 걸 참을 순 없었어요.

'대령님, 이제 그만 일 얘기를 해주시죠.' 내가 말했어요. '저는 시간이 썩어나가는 사람이 아니라고요.' 하느님, 이런 말을 용서해주세요. 하지만 한마디 하지 않고는 참을 수가 있어야 말이죠.

'하룻밤 일에 50기니면 어떻겠소?' 그가 물었습니다.

'썩 훌륭하네요.'

'하룻밤 일이라곤 했지만, 실은 한 시간이면 될 거요. 잘 돌아가지 않는 유압 프레스에 대한 의견만 말해주면 되는 겁니다. 뭐가 문제인지만 가르쳐주면 손보는 건 우리가 직접 할 거요. 그런 일에 대해 어떻게 생각하시오?'

'별일도 아닌데 보수가 후하군요.'

'그렇소이다. 당신이 오늘 밤 마지막 열차 편으로 와줬으면 좋겠소.'

'어디로요?'

'버크셔 주 아이퍼드로. 옥스퍼드셔 경계 근처인데, 레딩에서 아이퍼드까지는 10여 킬로미터쯤 됩니다. 패딩턴에서 열차를 타면 11시 15분쯤 도착할 거요.'

'알겠습니다.'

'내가 마차로 마중을 나가겠소.'

'그럼 한참 더 가야 하는 겁니까?'

'그렇습니다. 우리가 있는 곳은 아주 외딴곳이오. 아이퍼드 역에서 10여 킬로미터는 족히 가야 합니다.'

'그렇다면 자정 전에는 도착할 수 없겠군요. 돌아올 열차 편이 없

으니, 거기서 하룻밤 묵을 수밖에 없겠습니다.'

'그래요. 잠자리 하나 마련해주는 건 어려운 일이 아니오.'

'그런데 그것 참 이상하군요. 좀 더 편한 시간에 가면 안 됩니까?'

'당신이 느지감치 오는 게 좋겠다고 생각해서 그러는 거요. 젊고 유명하지도 않은 당신 같은 사람한테 업계 최고의 두뇌를 살 수 있을 만한 보수를 주는 것도 그런 불편을 보상해주기 위한 것이오. 물론 이번 일에서 손을 떼고 싶다면 아직 시간은 충분합니다.'

50기니면 얼마나 요긴하게 쓸 수 있을지 생각하지 않을 수 없었습니다. '천만에요. 기꺼이 원하시는 대로 하겠습니다.' 내가 말했죠. '하지만 제가 할 일이 무엇인지 좀 더 정확히 알고 싶습니다.'

'아무렴 그래야죠. 비밀을 지키라고 했으니 그게 대체 무슨 일인지 궁금할 수밖에 없을 거요. 나도 그걸 밝히지 않고 일을 맡기고 싶지는 않소이다. 설마 엿듣는 사람은 없겠지요?'

'물론이죠.'

'그러니까 일이 이렇게 된 겁니다. 풀러토가 값이 아주 비싼데, 잉글랜드에서는 한두 곳에서만 출토된다는 걸 알고 있을 거요.'

'그렇다고 들었습니다.'

'얼마 전에 나는 약간의 땅을 샀소. 손바닥만 한 땅인데, 레딩에서 16킬로미터 안짝에 있지. 나는 운 좋게도 내 땅 일부에 풀러토가 매장되어 있다는 것을 알게 되었소. 하지만 검사를 해보았더니 매장량이 얼마 안 되고, 좌우의 남의 땅에 묻혀 있는 게 훨씬 더 많았소. 그게 모두 이웃 사람들의 땅에 묻혀 있었지. 하지만 그들은 금값에 버금가는 그런 게 묻혀 있는 줄은 까맣게 몰랐소. 당연히 나는 그들이 눈치채기 전에 땅을 사들이고 싶었지. 하지만 안타깝게도 나한테는 그만한 밑천이 없었소. 몇몇 친구에게 털어놓았더니 얼마간의 매장물을 남몰래 파내서 이웃 땅을 살 밑천을 마련하라더군. 그래서 우린 한동안 그 일을 해왔는데, 작업용으로 유압 프레스도 하나 들여놓았소. 앞서 말했듯이 유압 프레스가 고장 나서 당신에게 조언을 듣고자 하는 겁니다. 하지만 우리는 철저히 비밀로 해오고 있습니다. 우리 집에 유압 기술자를 불러들였다는 게 소문나면 사람들이 의심을 할 테고, 그래서 사실이 들통 나면 땅을 사려는 우리 계획은 물 건너가고 말 거요. 오늘 밤 아이퍼드에 간다는 것을 아무에게도 말하지 말라고 신신당부하는 것도 그래서입니다. 내 말을 잘 알아들었습니까?'

'잘 알았습니다.' 내가 말했죠. '이해가 안 되는 게 딱 하나 있는데, 풀러토를 파는 데 유압 프레스가 무슨 쓸모가 있나요? 풀러토야 그냥 파내면 되는 거잖아요?'

'아! 우린 남다른 과정을 거칩니다.' 그가 대수롭지 않다는 듯이 말했어요. '풀러토를 찍어서 벽돌로 만드는 거지. 들키지 않고 슬쩍 빼돌리려고 말이오. 하지만 그건 중요한 게 아닙니다. 해설리 씨, 이제 당신에게 내 비밀을 다 털어놓았으니, 내가 당신을 얼마나 굳게 믿고 있는지 알 거요.' 그렇게 말하며 그는 일어섰어요. '그럼 아이퍼드에서 11시 15분에 봅시다.'

'그때까지 꼭 가겠습니다.'

'그리고 누구한테도 말하지 마시오.' 그는 마지막으로 의심 많은 눈초리로 나를 한참이나 바라보고는, 차갑고 축축한 손으로 내 손을 꼭 그러쥐더니 서둘러 떠났습니다.

아무튼 그 모든 것을 냉정히 곰곰 생각해보니, 내가 느닷없이 그런 일을 맡았다는 게 여간 놀랍지 않았습니다. 두 분도 그런 생각이 드실 겁니다. 물론 한편으로는 무척 기뻤죠. 그런 일에 대해 내가 요금을 책정했다면 그것의 10퍼센트도 받지 못했을 테니까요. 게다가 그건 내가 아니면 할 수 없는 일도 아니잖아요. 다른 한편으로는 그 손님의 얼굴이나 태도가 영 뜨악했습니다. 풀러토에 대해 그가 한 말도 내가 꼭 한밤중에 가지 않으면 안 된다는 이유치고는 석연치가 않았죠. 그런 일을 남한테 말할까봐 몹시 불안해하는 것도 그렇고요. 하지만 나는 근심 걱정을 홀홀 털어버렸어요. 배불리 저녁 식사를 하고, 패딩턴 역까지 마차를 타고 가서 열차에 올라탔죠. 함구하라는 지시는 말 그대로 따랐어요.

레딩에서 열차를 갈아타야 했습니다. 하지만 아이퍼드행 마지막 열차를 제시간에 타고, 11시가 넘어서 다소 어둠침침한 아이퍼드 역에 도착했습니다. 거기서 내린 사람은 나뿐이 없었죠. 승강장에는 랜턴을 가지고 졸고 있는 짐꾼 한 명 말고는 아무도 없더군요. 하지만 개찰구를 지나 밖으로 나갔더니, 아침에 온 손님이 맞은편 어둠 속에서 나를 기다리고 있었습니다. 그는 한마디 말도 없이 내 팔을 덥석 붙잡더니 문이 열려 있는 마차에 다짜고짜 나를 태웠어요. 그가 양쪽 창문을 닫고 목판을 두드리자, 말이 있는 힘껏 달리기 시작했습니다."

"말이 한 마리였나요?" 홈즈가 불쑥 물었다.

"네, 한 마리였어요."

"색깔을 보았나요?"

"네. 마차에 올라타면서 측등에 비친 말을 보았죠. 밤색이었어요."

"피곤해 보이던가요, 생생하던가요?"

"아, 생생하고 윤이 자르르 흘렀죠."

"고맙습니다. 말을 가로막아서 죄송해요. 얘기가 흥미진진한데 계속 들려주세요."

"출발한 후 줄잡아 한 시간은 달렸습니다. 라이샌더 스타크 대령은 10여 킬로미터밖에 안 된다고 말했지만, 달린 속도와 시간으로 미루어 볼 때 20킬로미터는 되는 게 분명했어요. 그는 내내 말없이 내 곁에 앉아 있었죠. 몇 번인가 그를 힐끔 쳐다보았는데, 나를 아주 골똘히 바라보고 있더군요. 시골길이라지만 길이 영 좋지 않은 것 같았어요. 자꾸만 마차가 기울어지고 심하게 덜컹거렸거든요. 어디쯤 가고 있는지 창밖을 내다보려고 했지만, 창문이 뿌연 유리로 되어 있어서 이따금 지나치는 흐린 불빛 말고는 아무것도 알아볼 수 없었어요. 지루한 걸 잊어볼까 하고 가끔 말을 걸어봤지만, 대령은 짤막하게 대답만 해서 대화가 금방 시들해지고 말았죠. 하지만 마침내 덜컹거리던 길이 차라락거리는 매끄러운 자갈길로 바뀌더니 마차가 멈춰 섰습니다. 스타크 대령이 벌떡 일어나서 나가더군요. 제가 뒤따라 내렸는데, 그는 검은 입을 쩍 벌리고 있는 현관으로 나를 재빨리 밀어 넣었습니다. 말하자면 마차에서 곧장 집 안으로 들어간 셈이죠. 그래서 그 집이 어떻게 생겼는지 볼 새도 없었어요. 문지방을 넘자마자 문이 쾅 닫혔고, 멀어지는 마차 바퀴 소리가 희미하게 들렸어요.

집 안은 칠흑같이 어두웠습니다. 대령이 더듬더듬 성냥을 찾으며 뭐라고 소리 죽여 중얼거리더군요. 그때 맞은편 복도 끝의 문짝이 벌컥 열리면서, 긴 황금막대 같은 불빛이 우리를 비추었어요. 불빛이 점점 커지더니 한 여성이 손에 램프를 들고 나타났죠. 머리 위로 램프를 들고, 얼굴을 앞으로 내밀며 우리를 빠끔히 바라보더군요. 나는 그녀가 예쁘다는 것을 알아볼 수 있었어요. 불빛에 비친 그녀의 검은 드레스는 윤이 나는 걸로 보아 꽤 비싼 천이었어요. 그녀가 외국어로 몇 마디 말을 했는데, 뭔가 질문을 하는 듯한 어조였죠. 내 동행이 퉁명스럽게 몇 마디 쏘아붙이자 그녀는 깜짝 놀라며 하마터면 램프를 떨어뜨릴 뻔했어요. 스타크 대령이 그녀에게 다가가더니, 귓전에 뭐라고 소곤거리더군요. 그러고는 그녀를 원래 있던 방으로 밀어 넣고, 램프를 들고 다시 내게 돌아왔어요.

'이 방에서 몇 분만 기다려주시오.' 그가 다른 방을 열어젖히며 말했어요. 몇 가지 가구가 놓인 작고 수수한 방이었어요. 중앙에 둥근 탁자가 하나 놓였고, 그 위에는 독일어 책이 여러 권 흩어져 있었죠. 스타크 대령은 문 옆의 하모니엄(파이프를 사용하지 않고 리드[갈대]를 사용한 소형의 휴대용 오르간―옮긴이) 위에 램프를 올려놓았습니다. '오래 기다리게 하진 않을 거요' 하고 말하더니 그가 어둠 속으로 사라졌어요.

나는 탁자 위의 책들을 살펴보았습니다. 독일어를 전혀 모르지만 그중 두 권은 과학 논문이고, 나머지는 시집이라는 것쯤은 알겠더군요. 바깥의 시골 풍경을 좀 내다볼까 싶어서 창가로 가봤지만, 떡갈나무 덧문을 닫고 단단히 빗장을 질러놓았어요. 집 안은 정말 조용했죠. 복도 어디선가 낡은 벽시계가 똑딱거리는 소리가 크게 들려왔지만, 그 밖에는 사방이 쥐 죽은 듯 고요했어요. 막연히 불안한 느낌이 스멀거리기 시작하더군요. 그 독일 사람들은 정체가 뭘까? 이렇게 이상한 외딴집에서 뭘 하며 살고 있는 걸까? 그리고 대체 이 집은 어디에 있는 걸까? 아이퍼드 역에서 16킬로미터 떨어져 있다고 들었지만 동서남북을 종잡을 수가 없었어요. 그래도 그 문제라면, 레딩을 비롯한 큰 마을이 그 반경 안에 있을 테니 거기도 아주 외딴곳이라고는 할 수 없겠죠. 쥐 죽은 듯 조용한 걸 보면 시골인 건 분명했어요. 나는 방 안을 서성거리면서 기운을 북돋우려고 나지막이 콧노래를 흥얼거렸죠. 50기니를 고스란히 챙기게 될 거라는 생각이나 하면서요.

괴괴한 적막 속에서 갑자기 아무런 사전 기척도 없이 방문이 서서히 열리더니, 앞서 말한 여성이 문틈으로 얼굴을 내밀었어요. 뒤쪽 복도는 어둠에 잠겨 있었죠. 방 램프의 노란 불빛에 아름답고 열띤 그녀의 얼굴이 비쳤어요. 나는 그녀가 겁에 질려 있다는 것을 한눈에 알아볼 수 있었습니다. 나는 가슴이 철렁했죠. 그녀는 내게 조용히 하라고 한 손가락을 흔들어 보였어요. 그러고는 놀란 망아지처럼 자기 뒤쪽의 어둠을 훔쳐보면서, 엉성한 우리말로 내게 소곤거렸어요.

'난 떠날 거예요.' 그녀가 말했어요. 침착하게 말하려고 기를 쓰는 것 같더군요. '난 떠날 거라고요. 난 여기 있으면 안 돼요. 당신도 여길 떠나는 게 좋아요.'

'하지만 나는 여기서 하기로 한 일을 아직 못 했어요. 그 기계를 보기 전에는 떠날 수 없어요.' 내가 말했죠.

'그건 그럴 만한 가치가 없어요.' 그녀가 계속 말했어요. '어서 밖으로 나가요. 지금은 가로막을 사람이 없어요.' 그러다가 내가 빙그레 웃으며 고개를 내두르는 것을 보고, 그녀는 갑자기 조심스러운 태도를 버리고 앞으로 한 걸음 불쑥 내딛더니, 자기 두 손을 꼭 그러쥐고 속삭였어요. '제발! 제발 늦기 전에 여기서 떠나요!'

하지만 나는 성격이 좀 삐딱한 데가 있어서, 누가 말리면 더욱 악착같이 하려고 하죠. 50기니의 보수도 아깝지만 힘들게 여행을 한 것도 아까운데, 거기서 나오면 장차 밤을 보낼 일도 걱정이었죠. 그 모든 걸 말짱 도루묵으로 만들라고? 내가 왜 맡은 일을 하지 않고 꽁무니를 빼야 한담? 마땅히 받아야 할 보수도 챙기지 않고? 이 여자는 혹시 편집광이 아닐까? 그래서 나는 끝내 완강하게 고개를 내둘렀습니다. 그녀의 태도에 자못 마음이 흔들리긴 했지만, 떠나지 않겠다고 똑 부러지게 말했죠. 그녀가 다시 내게 애원을 하려는 순간, 위층의 문이 쾅 닫히더니 계단을 내려오는 발소리가 들렸어요. 그녀는 잠시 귀를 기울이더니, 절망적인 몸짓으로 두 손을 들어 보이고는 왔을 때와 마찬가지로 소리 없이 홀연히 사라졌어요.

이번에는 라이샌더 스타크 대령이 들어왔습니다. 주름진 이중턱에 친칠라 턱수염이 무성하고 몸집이 땅딸막한 남자와 함께 왔는데, 이 남자는 퍼거슨 씨라더군요.

'이 사람은 내 비서이자 관리인이오.' 대령이 말했어요. '내가 이 방

문을 닫고 떠난 줄 알았는데, 어디서 찬바람이 들어온 것 같지 않소?'

'그건 아닙니다.' 내가 말했어요. '내가 방문을 열었습니다. 방 안이 좀 갑갑해서요.'

그는 특유의 의심 많은 눈초리로 나를 쏘아보았습니다. '그럼 어서 일을 합시다.' 그가 말했어요. '퍼거슨 씨와 내가 당신을 데려가서 기계를 보여주겠소.'

'모자를 써야겠죠?'

'아니요, 그건 집 안에 있소.'

'아니, 풀러토를 집 안에서 파낸다고요?'

'아니, 아니요. 집 안에서 압축을 할 뿐입니다. 하지만 그건 신경 쓰지 마시오! 당신은 기계를 점검해서 뭐가 고장인지만 알려주면 되는 거요.'

우리는 함께 2층으로 올라갔습니다. 대령이 램프를 들고 앞장서고, 뚱뚱한 관리인과 내가 뒤따라갔죠. 낡은 집이 미궁 같더군요. 복도와 통로, 좁은 나선계단, 키 작은 문짝들, 수세대의 사람들이 밟고 지나가서 닳아빠진 문지방을 지났습니다. 2층에는 양탄자도 없고 가구가 놓인 흔적도 없었어요. 벽에 발랐던 회칠은 벗겨져 너덜거렸고, 녹색의 불결한 얼룩들마다 축축하게 습기가 배어 있었죠. 나는 가능한 한 태연한 척하려고 했지만, 그 숙녀의 경고가 뇌리를 떠나지 않았어요. 경고를 무시하긴 했지만 말예요. 나는 두 명의 동행을 날카롭게 주시했습니다. 퍼거슨은 침울하고 과묵한 사람 같았습니다. 그가 몇 마디 하진 않았지만, 나는 그가 우리나라 사람이라는 것만은 알 수 있었어요.

라이샌더 스타크 대령이 마침내 나지막한 문 앞에서 멈추더니 자물쇠를 땄습니다. 안에는 네모난 작은 방이 있었는데, 우리 세 명이 한꺼번에 들어가기는 좁았어요. 퍼거슨은 밖에 남고, 대령이 나를 안으로 데리고 들어갔습니다.

'우리는 지금 유압 프레스 안에 들어와 있소.' 그가 말했어요. '누가 기계를 켜기라도 한다면 우리에겐 아주 불쾌한 일이 일어날 거요. 이 작은 실내의 천장이 실은 하강 피스톤의 바닥입니다. 천장은 수 톤의 힘으로 이 금속 방바닥을 향해 내려오지. 이 옆 바깥쪽에는 물기둥이 있어서, 당신도 잘 아는 그런 방식으로 힘을 받아 전달하면서 힘이 배로 늘어납니다. 기계가 돌아가긴 하는데, 작동할 때 어딘가 삐거덕거리는 데가 있어서 힘이 약해졌소. 자세히 살펴보고 어떻게 고쳐야 할지 가르쳐주시오.'

나는 그에게서 램프를 받아들고 아주 철저히 기계를 점검했습니다. 정말 거대한 기계였어요. 엄청난 압력을 가할 수 있는 기계였죠. 하지만 내가 밖으로 나가서 조종 레버를 누르자, 이내 식식거리는 소리가 들려서 물이 조금씩 새고 있다는 것을 알 수 있었습니다. 측면 실린더 가운데 한 곳에서 물이 역류하고 있었어요. 잘 살펴보니 피스톤봉의 머리를 감싼 고무 밴드 하나가 오그라들어서 봉을 끼운 구멍에 틈이 생겼더군요. 그게 압력 약화의 원인인 게 분명했죠. 나는 두 사람에게 그것을 지적해주었습니다. 그들은 내 말을 골똘히 듣더니, 고치는 방법을 구구하게 묻더군요. 그것을 확실하게 가르쳐주고, 다시 프레스 안으로 들어가서 이것저것 살펴보았죠. 궁금한 게 있었거든요.

풀러토는 순전히 꾸며낸 이야기라는 걸 한눈에 알 수 있었죠. 그렇게 위력적인 기계로 벽돌 따위나 만든다는 건 터무니없는 얘기였으니까요. 사방 벽은 나무로 되어 있었지만, 바닥은 거대한 철판으로 되어 있었어요. 바닥을 살펴보았더니 금속 부스러기가 즐비하더군요. 그게 뭔지 알아보려고 허리를 숙이고 긁어보았습니다. 그때 독일어로 뭐라고 호통을 치는 소리가 들려서 고개를 들었더니, 대령이 새파랗게 질린 얼굴로 나를 굽어보고 있었어요.

'지금 뭐 하고 있는 거요?' 그가 물었습니다.

나는 그가 들려준 교묘한 얘기에 깜빡 속았다는 게 화가 났습니다. '당신의 풀러토에 찬탄을 금치 못하고 있습니다.' 내가 말했죠. '당신의 기계가 정확히 무슨 용도로 사용되고 있는가를 알았다면 조언을 더 잘 해줄 수 있었을 거라고요.'

그 말을 뱉어내고 나는 경솔하게 말한 걸 금세 후회했습니다. 그의 얼굴이 딱딱해지더니, 회색의 두 눈에서 불길한 빛이 번뜩였습니다.

'좋아' 하고 그가 말했어요. '기계에 대해 죄다 알려주지.' 그는 뒤로 한 걸음 물러서더니 작은 문을 쾅 닫았습니다. 그리고 자물쇠를 채우는 것이었어요. 나는 문으로 돌진해서 문고리를 당겼어요. 하지

만 단단히 잠겨 있었죠. 발로 걷어차고 떠밀어도 꼼짝달싹하지 않았어요. '이봐요!' 내가 고함을 질렀어요. '이봐요! 대령님! 나를 내보내줘요!'

그 후 갑자기 정적을 깨며 무슨 소리가 들려왔어요. 나는 가슴이 철렁했죠. 레버가 철커덕철커덕하는 소리와 실린더에서 물이 새는 소리가 들렸어요. 프레스를 작동시킨 거예요. 램프는 내가 바닥을 살펴보려고 내려놓은 자리에 그대로 있었어요. 그 불빛에 비친 검은 천장이 슬슬 내려오고 있는 게 보였죠. 천천히 털털거리며 내려왔지만, 그게 1분 안에 나를 곤죽으로 뭉개버릴 수 있는 위력을 지녔다는 것을 나보다 더 잘 아는 사람은 없었어요. 나는 비명을 질러대며 문을 들이받고, 손톱으로 잠금장치를 쥐어뜯으려고 하며, 대령에게 내보내달라고 통사정을 했어요. 하지만 가차 없이 철커덕거리는 레버 소리가 내 비명을 삼켜버렸죠. 이윽고 내 머리에서 두어 뼘 위까지 천장이 내려왔어요. 손을 들어올려 보니 딱딱하고 거친 천장 표면이 만져졌어요. 다음 순간 내가 어떤 자세를 취하느냐에 따라 죽음의 고통이 사뭇 다를 거라는 생각이 퍼뜩 들더군요. 내가 엎드려 있으면 등뼈가 무게를 받겠죠. 몸뚱이가 우지직 으스러질 생각을 하니 치가 떨렸어요. 어쩌면 똑바로 누워 있는 게 더 편할지 모르지만, 죽음의 검은 그림자가 슬금슬금 덮쳐오는 모습을 쳐다보며 누워 있을 용기가 있겠어요? 나는 이미 똑바로 서 있을 수 없었어요. 그때 뭔가 번쩍 눈에 띄면서 내 가슴에 한 가닥 희망이 꿈틀했어요.

바닥과 천장은 쇠로, 벽은 나무로 되어 있다고 얘기했죠? 마지막으로 황급히 주위를 두리번거릴 때였어요. 두 벽널 사이로 한 가닥 노란 빛이 가늘게 스며드는 게 보였죠. 작은 벽널을 뒤로 밀자 틈이 벌어졌어요. 정말이지 죽음에서 빠져나갈 길이 있다는 게 순간적으로 믿기지 않았죠. 나는 대뜸 몸을 던졌어요. 다음 순간 나는 프레스 바깥에 반쯤 기절해서 나동그라졌죠. 벌어졌던 벽널은 다시 닫혔는데, 램프가 으스러지고 곧이어 두 철판이 철그렁 맞닿는 소리를 듣고 보니 얼마나 아슬아슬하게 탈출했는지 알겠더군요.

누가 미친 듯이 손목을 잡아당기는 바람에 퍼뜩 정신을 차리고 보니 석판을 깐 좁은 복도 바닥에 내가 누워 있더군요. 어떤 여자가 나를 굽어보며 왼손으로 나를 잡아당기고 있었어요. 오른손에는 촛불을 들고 있었죠. 내가 바보같이 무시해버린 경고를 해준 착한 그 여자였어요.

'가요! 어서요!' 그녀가 다급하게 외쳤어요. '사람들이 곧 이리 올 거예요. 그들은 당신이 거기 없다는 것을 알게 될 거라고요. 아, 귀중한 시간을 낭비하지 마세요. 어서요!'

적어도 이번만큼은 그녀의 충고를 무시하지 않았습니다. 나는 비틀거리며 일어나 그녀와 함께 복도를 달려 나선계단을 내려갔죠. 다시 널따란 통로가 나왔어요. 그 순간 다급한 발걸음 소리가 들리더니, 두 사람이 외치는 소리가 들려왔어요. 서로 부르고 대답하는 소리였는데, 한 사람은 우리와 같은 층에서 외치고 다른 사람은 아래층에서 외쳤어요. 내 길잡이가 걸음을 멈추더니, 어째야 좋을지 모르겠다는 듯이 주위를 두리번거렸어요. 그러다 침실로 이어진 문을 와락 열었어요. 침실 창문으로 달빛이 환히 비치고 있었죠.

'이 길밖에 없어요.' 그녀가 말했습니다. '높긴 하지만 그래도 뛰어내릴 수 있을 거예요.'

그녀가 말할 때 통로 끝에서 불빛이 번쩍했어요. 깡마른 라이샌더 스타크 대령이 한 손에 랜턴을 들고, 다른 손에는 푸줏간의 큰 칼 같은 걸 들고 달려오는 게 보였죠. 나는 재빨리 침실을 가로질러 가서 창문을 활짝 열고 밖을 내다보았어요. 아주 고요하고 아름답고 건강한 정원이 달빛에 환히 보였어요. 높이는 9미터가 넘지 않겠더군요. 나는 창턱으로 기어 올라갔지만 뛰어내리는 걸 망설이고 있는 사이에, 내 구원자와 나를 쫓는 악당 사이에 오가는 말을 듣게 되었어요. 그녀가 폭행을 당한다면 위험을 무릅쓰고 돌아가서 그녀를 도울 작정이었죠. 그런 생각이 뇌리를 스치는 바로 그 순간, 악당이 문 앞에 나타나 그녀를 밀쳤어요. 하지만 그녀는 그를 두 팔로 껴안고 못 들어오게 막았죠.

'프리츠! 프리츠!' 그녀가 영어로 외쳤어요. '지난번 약속한 걸 잊지 말아요. 다시는 그러지 않기로 했잖아요. 저 사람은 말하지 않을 거예요! 아무 말도 하지 않을 거라고요!'

'엘리제, 미쳤어?' 그가 그녀를 뿌리치려고 용을 쓰며 외쳤어요. '지금 망하고 싶어서 이러는 거야? 저놈은 너무 많은 걸 봤어. 이거 놔, 어서!' 그가 그녀를 한쪽으로 밀어붙이고는 창가로 달려와서 육중한 무기로 나를 내리쳤어요. 그의 칼이 날아올 때, 나는 창턱 홈을 양손 손가락으로 움켜쥐고 창밖에 매달려 있었죠. 순간 나는 아득한 통증을 느끼며 손아귀에 힘이 풀렸어요. 그러고는 아래 정원으로 떨어졌죠.

나는 몸이 후들거리긴 했지만, 떨어져서 다친 데는 없었어요. 그래서 힘겹게 일어나 있는 힘껏 덤불 사이로 달아났죠. 아직 위험에서 벗어나지 못했다는 것을 알고 있었으니까요. 뛰어갈 때 갑자기 몹시 어질어질했어요. 손이 욱신거리기에 내려다보았더니, 글쎄 엄지손가락이 잘려나간 거예요. 그제야 그걸 알았죠. 잘린 곳에서 피가 줄줄 흐르고 있었어요. 나는 힘겹게 손수건으로 상처 부위를 싸맸지만 귀에서 느닷없이 윙윙거리는 소리가 났어요. 곧이어 나는 장미 꽃밭에 쓰러져 기절해버렸죠.

얼마나 오래 의식을 잃고 있었는지는 모르겠어요. 아주 오래인 것만은 분명해요. 정신을 차렸을 때는 이미 달이 지고 동이 트기 시작했거든요. 옷은 이슬에 젖어 온통 축축했고, 코트 소매는 상처에서 난 피로 흥건히 젖어 있었어요. 상처가 쑤셔서 즉각 간밤의 모험이 낱낱이 뇌리를 스쳤죠. 뒤를 쫓는 사람들 때문에 아직 위험할 거라는 생각에 벌떡 일어섰어요. 그런데 놀랍게도 주위를 둘러보니, 집도 정원도 온데간데없었어요. 내가 누워 있던 곳은 대로변의 생울타리 한쪽 모퉁이였죠. 바로 조금 아래쪽에 기다란 건물이 한 채 있었는데, 가까이 가보니 그건 내가 간밤에 도착한 바로 그 역이었어요. 내 손에 지독한 상처만 나지 않았다면 그 끔찍한 시간에 벌어진 모든 일이 한낱 악몽인 줄만 알았을 거예요.

반쯤 멍한 상태로 역으로 가서 아침 열차 편을 물어봤어요. 한 시간 안에 레딩행 기차가 올 거라더군요. 내가 도착했을 때 본 짐꾼이 여전히 일하고 있었어요. 라이샌더 스타크 대령이라는 사람을 아느냐고 물어보았죠. 그런 이름은 처음 듣는다더군요. 간밤에 나를 기다리고 있던 마차를 보지 못했느냐고 물었더니 못 보았다는 거예요. 근처에 경찰서가 있는지 물었죠. 5킬로미터는 가야 있다고 하더군요.

걸어가기엔 너무 멀었어요. 몸이 쇠약하고 아팠으니까요. 기다렸다가 시내로 돌아와서 경찰에 신고하기로 마음먹었죠. 내가 시내에 도착한 것은 6시가 조금 지나서였어요. 나는 먼저 치료를 받으러 갔고, 의사 선생님이 친절하게 이곳으로 나를 데려다주셨지요. 이 사건은 이제 두 분에게 맡기고 저는 하라는 대로 하겠습니다."

우리 둘은 아주 별난 이 이야기를 들은 후 한동안 잠자코 앉아 있었다. 그러다 셜록 홈즈가 스크랩을 해둔 아주 묵직한 비망록들 가운데 하나를 책꽂이에서 꺼냈다.

"흥미로운 광고가 하나 있습니다." 그가 말했다. "1년 전 모든 신문에 난 광고인데, 한번 들어보세요.

실종. 제러미아 헤일링 씨(26세), 유압 기술자, 이달 9일 저녁 10시에 하숙집을 떠난 이후 소식불통. 옷차림은 여차여차.

하! 보아하니 이건 그 대령이 지난번에도 기계를 수리할 필요가 있었다는 뜻이로군."

"맙소사!" 내 환자가 외쳤다. "그래서 그 숙녀가 그런 말을 했군요."

"그래요. 그 대령은 아주 냉혹하고 지독한 사람이었던 게 분명합니다. 방해가 되는 것은 남김없이 제거하기로 독하게 마음먹은 그런 인간 말입니다. 노략질한 배에 탄 사람을 아무도 살려주지 않는 그악한 해적들처럼. 아무튼 지금 이러고 있을 시간이 없습니다. 해설리 씨, 견딜 만하다면 지금 곧장 런던 경찰국에 들렀다가 아이퍼드로 같이 가봅시다."

세 시간쯤 후 우리는 함께 기차를 타고 레딩을 떠나 버크셔의 그 마을을 향해 가고 있었다. 셜록 홈즈와 유압 기술자, 런던 경찰국의 브래드스트리트 경위, 사복형사 한 명, 그리고 내가 동행했다. 브래드스트리트는 육지 측량부 지도를 의자 위에 펴놓고, 부랴부랴 컴퍼스로 아이퍼드를 중심으로 한 원을 그렸다.

"다 됐군." 그가 말했다. "이 원은 마을에서 반경 16킬로미터를 가리키는 겁니다. 우리가 찾는 곳은 이 선 가까이 있을 게 분명해요. 해설리 씨, 16킬로미터라고 하신 거 맞죠?"

"한 시간은 족히 마차를 타고 갔습니다."

"당신이 의식을 잃었을 때 놈들이 당신을 도로 데려다놓았다고 봅니까?"

"틀림없이 그랬어요. 내가 들려서 어딘가로 실려 간 기억이 어렴풋이 나거든요."

"이해가 안 가는군요." 내가 말했다. "놈들이 정원에 기절해 있는 당신을 찾아냈다면 왜 살려주었을까요? 그 악당이 여자의 하소연에 마음이 약해진 걸까요?"

"그랬을 것 같진 않아요. 그렇게 냉혹한 얼굴은 내 평생 처음 봤어요."

"아, 그거야 곧 알게 될 겁니다." 브래드스트리트가 말했다. "아무튼 이렇게 원까지 그렸는데, 우리가 찾는 인간들이 어디쯤 있는지를 알 수가 있나 원."

'나는 그곳을 짚을 수 있습니다.' 홈즈가 나직이 말했다.

"아니, 정말입니까?" 경위가 외쳤다. "뭔가 판단을 내리셨군요! 자 그럼, 누가 홈즈 씨의 판단과 일치하는지 알아봅시다. 나는 그게 남쪽이라고 봅니다. 그곳이 더 외딴곳이니까요."

"나는 동쪽이라고 봐요." 내 환자가 말했다.

"나는 서쪽으로 하겠습니다." 사복형사가 말했다. "거기에 조용하고 작은 마을이 몇 군데 있거든요."

"그럼 나는 북쪽으로 하죠." 내가 말했다. "왜냐하면 그곳에는 언덕이 없으니까요. 마차가 언덕을 올라가는 건 느끼지 못했다니까 말입니다."

"이런, 의견이 모두 갈렸군요." 경위가 웃으며 외쳤다. "동서남북이 모두 나왔어요. 당신은 어디에 표를 던지시렵니까?"

"다 틀렸습니다."

"'다' 틀렸을 리는 없어요."

"그럴 리가 없긴요. 내가 생각하는 위치는 바로 여깁니다." 그는 손가락으로 원의 한복판을 짚었다. "이곳에 놈들이 있을 겁니다."

"하지만 마차를 타고 20킬로미터는 달렸는데요?" 해설리는 어안이 벙벙한 표정을 지었다.

"10킬로미터를 달렸다가 돌아온 겁니다. 그보다 간단한 것도 없죠. 마차에 올라탈 때 말이 생생하고 윤이 자르르 흘렸다면서요? 거친 길을 20킬로미터나 달려왔다면 그럴 수 있을까요?"

"정말, 그 계략이 아주 그럴듯하군요." 브래드스트리트가 사려 깊게 말했다. "물론 놈들이 그동안 무슨 짓을 했는지는 의심의 여지가 없습니다."

"그래요." 홈즈가 말했다. "그들은 대규모 화폐 위조범입니다. 기계를 이용해 아말감으로 가짜 은화를 만든 겁니다."

"우리는 영악한 악당들이 활개를 치고 있다는 것을 오래전부터 간파하고 있었지요." 경위가 말했다. "그들은 반크라운 은화를 수천 개는 찍어냈습니다. 레딩까지 추적을 한 적이 있는데, 그 후 종적을 놓치고 말았어요. 추적을 따돌리는 솜씨가 여간이 아니었거든요. 하지만 이제 이렇게 요행히 놈들을 붙잡을 수 있게 되었군요."

하지만 경위는 김칫국부터 마신 셈이었다. 이 범죄자들은 아직 정의의 심판을 받을 운명이 아니었던 것이다. 우리가 탄 기차가 아이퍼드 역에 접어들었을 때 거대한 연기 기둥이 눈에 들어왔다. 근처의 작은 숲 너머에서 치솟는 연기가 시골 풍광 위로 드리운 거대한 타조 깃털

처럼 보였다.

"어느 집에 불이 났나요?" 기차가 증기를 내뿜으며 다시 떠날 때 브래드스트리트가 물었다.

"그렇습니다." 역장이 말했다.

"언제요?"

"간밤에 불이 났다고 들었습니다. 한데 불길이 심해져서 집 전체로 불이 번졌습니다."

"누구의 집인가요?"

"베커 박사 댁입니다."

"그런데요" 하고 유압 기술자가 끼어들었다. "베커 박사는 독일인이 아닌가요? 몹시 여위고, 긴 콧날은 날카롭고요."

역장은 껄껄 웃었다. "아닙니다. 베커 박사는 영국인입니다. 이 교구에서 그 사람만큼 품이 넉넉한 조끼를 입는 사람도 없지요. 하지만 외국인 환자 한 명이 그 사람 댁에 머물고 있는데, 버크셔 쇠고기가 크게 도움이 될 법한 외모를 지녔죠."

역장이 미처 말을 마치기도 전에 우리는 불이 난 곳으로 길을 재촉했다. 길을 따라 작은 둔덕 위에 올라서자 하얀 회칠을 한 큰 건물이 눈앞에 펼쳐졌다. 집의 구멍이나 창문에서 불길이 뿜어져 나오고 있었다. 소방대원들이 앞뜰에서 세 대의 소방펌프로 불길을 잡으려고 안간힘을 썼지만 소용이 없었다.

"바로 저기예요!" 해설리가 흥분해서 외쳤다. "자갈길이 나 있고, 내가 쓰러진 장미 꽃밭이 있어요. 저기 두 번째 창문이 바로 내가 뛰어

내린 곳이에요."

"당신은 그래도 그들에게 복수를 한 셈이군요." 홈즈가 말했다. "프레스 안에서 기름 램프가 박살 나면서 나무벽에 불이 붙은 게 분명합니다. 놈들은 흥분해서 당신을 뒤쫓느라고 불이 난 것을 제때 발견하지 못한 겁니다. 저기 모인 사람들 가운데 간밤에 안면을 튼 사람이 있는지 잘 살펴보세요. 내 생각으로는 지금쯤 수백 킬로미터는 줄행랑을 놓았겠지만 말입니다."

홈즈의 생각이 옳았다. 그날부터 지금 이날까지 아름다운 숙녀와 사악한 독일인, 아니면 침울한 영국인 소식을 아무도 듣지 못했기 때문이다. 그날 아침 일찍 한 농부가 아주 우람한 상자를 몇 개 싣고 여러 사람이 탄 마차가 레딩 쪽으로 급히 달려가는 것을 보았다고 한다. 하지만 도망자들의 흔적은 말끔히 사라졌고, 홈즈의 재주로도 그들의 행방에 관한 실낱같은 단서조차 찾아내지 못했다.

소방대원들은 집 안에서 발견한 이상한 기계장치를 보고 눈이 휘둥그레졌다. 하지만 2층 창턱에 잘린 지 얼마 안 된 사람의 엄지손가락이 있는 것을 보고 더욱 눈이 휘둥그레졌다. 해질 무렵 고생한 보람이 있어서 결국 불길을 잡기는 했다. 하지만 이미 지붕이 주저앉고 전체 건물이 폐허가 된 뒤였다. 뒤틀린 몇 개의 실린더와 쇠파이프는 남았지만, 우리의 운 좋은 지인에게 혹독한 시련을 안겨준 기계의 원래 모습은 알아볼 수도 없었다. 헛간에서 대량의 니켈과 주석을 찾아냈지만, 주화는 눈에 띄지 않아서 앞서 말한 우람한 상자가 무엇이었는지 알 만했다.

우리의 유압 기술자는 정원에 있다가 의식을 회복한 곳까지 어떻게 운반되었을까? 어렴풋한 흔적만 없었더라면 그 사연은 미궁에 빠졌을 것이다. 사연은 간단했다. 두 사람이 그를 운반한 것이 분명했다. 발자국이 한 사람은 유난히 작았고, 다른 한 사람은 무척 컸다. 다른 일행보다는 덜 잔인하고 덜 대담한 과묵한 영국인이 여성을 도와 의식을 잃은 남자를 위험에서 구해냈을 가능성이 가장 높아 보인다.

"아무튼 저에게는 모진 일이었어요." 우리가 다시 런던으로 돌아가기 위해 열차에 자리를 잡았을 때 우리의 기술자가 부루퉁하니 말했다. "엄지손가락을 잃은 데다 50기니의 보수도 날리고, 내가 얻은 건 뭐냐고요."

"경험이죠." 홈즈가 웃음을 머금고 말했다. "아시다시피, 그건 간접적으로 큰 가치가 있을 수 있어요. 그걸 이야기로 써내기만 하면, 남은 평생 떵떵거리며 회사를 꾸려나갈 수 있는 명성을 얻게 될 겁니다."

The Adventure of the
Noble Bachelor

독신 귀족

세인트사이먼 경의 결혼과 기묘한 파경은, 불운한 이 신랑이 드나든 지체 높은 사교계의 관심사에서 멀어진 지도 어느덧 오래되었다. 새로운 스캔들에 밀려 빛이 바랜 것이다. 사람들은 4년이나 묵은 드라마 대신 더욱 구미가 당기는 새 이야기로 입방아를 찧고 있다. 그러나 나로서는 그 사실이 일반인들에게 제대로 알려지지 않았다고 믿을 만한 까닭이 있다. 더욱이 그 문제를 해결하는 데 한몫한 사람이 바로 내 친구 셜록 홈즈인 것이다. 그런 이유에서 주목할 만한 그 이야기를 한 보따리 풀어놓지 않고는 세인트사이먼 경에 대한 어떤 회고도 불완전할 수밖에 없다는 생각이 든다.

내가 결혼하기 몇 주 전이었다. 베이커 스트리트에서 홈즈와 한집에서 살고 있던 그 무렵, 홈즈가 오후 산책을 마치고 집에 돌아왔을 때 탁자 위에는 그에게 온 편지 한 통이 놓여 있었다. 나는 종일 집 안에 틀어박혀 있었다. 날씨가 갑자기 바뀌어 가을 바람이 사납게 불며 비가 내려서, 아프가니스탄 전쟁 참전의 잔재로 내 수족 가운데 하나에 제자일(수발총, 곧 방아쇠를 당기면 부싯돌에 불꽃이 튀어 화약에 불이 붙어 발사되는 총—옮긴이) 총탄을 맞은 자리가 줄곧 무지근하게 욱신욱신 쑤셨기 때문이다. 나는 편안한 의자에 앉아 두 다리를 다른 의자에 턱 올려놓은 채, 주위에 수북이 신문을 쌓아놓고 있었다. 그러다 마침내 그날의 뉴스를 실컷 포식한 나는 신문을 죄다 옆으로 치우고 나른하게 누워서, 탁자 위에 놓인 편지 봉투에 찍힌 큼직한 문장과 모노그램을 바라보며, 내 친구에게 편지를 보낸 귀족이 대체 누군지 은근히 궁금해했다.

"아주 멋들어진 서신이 왔어." 그가 들어오자 내가 말했다. "내 기억이 맞다면, 오전의 편지 두 통은 생선장수와 승선 세관원한테 온 것이었지?"

"그래. 내가 받는 편지는 확실히 다채롭다는 게 매력이지." 그가 빙그레 웃으며 대답했다. "그런데 신분이 낮은 사람들의 편지가 대체로 더 흥미로워. 이건 반갑지 않은 사교계의 초대장 같군. 와서 하품을 해대거나, 아니면 거짓말이나 늘어놓아 달라는 거지."

그는 봉인을 뜯고 내용물을 살펴보았다. "아니 이런, 이건 제법 흥미로울지도 모르겠군."

"사교계에서 보낸 게 아니고?"

"응. 이건 분명 사건 의뢰야."

"귀족 의뢰인이라고?"

"잉글랜드의 최고 귀족에 속하는 사람이야."

The Adventures of Sherlock Holmes

"그것 참 축하할 일이군."

"이봐 왓슨, 정말 솔직하게 하는 말인데, 의뢰인의 신분은 내게 하등 중요하지 않아. 중요한 건 사건이 재미있어야 한다는 거야. 그런데 이번 사건은 제법 흥미로울 것 같아. 자네 지금까지 최근 신문을 열심히 봤지?"

"그런 것 같군." 내가 구석에 수북이 쌓인 신문을 가리키며 볼멘소리로 말했다. "달리 할 일이 있어야지 원."

"아냐, 잘했어. 자네가 내게 새로운 정보를 알려줄 수 있을 테니까. 나는 범죄 소식과 개인 광고란밖에는 읽지 않아. 개인 광고를 보면 늘 배우는 게 있거든. 그런데 자네가 최근 사건 기사를 꼼꼼히 읽어봤다면, 분명 세인트사이먼 경의 결혼 기사를 읽어봤을 거야."

"아, 그래. 무척 흥미로웠지."

"잘됐어. 내가 들고 있는 이 편지가 바로 세인트사이먼 경이 보낸 거야. 자네한테 이걸 읽어줄 테니, 대신 이 신문들을 뒤져서 이 사건과 관계가 있는 거라면 뭐든 내게 좀 알려줘. 그는 이렇게 썼어.

친애하는 셜록 홈즈 씨

귀하의 판단과 결정이라면 무조건 믿고 따라도 좋다고 백워터 경이 내게 일러주었습니다. 그래서 귀하를 찾아가, 내 결혼과 관련해서 일어난 매우 괴로운 일에 대해 상담을 드리고자 합니다. 런던 경찰국의 레스트레이드 씨가 이미 문제 해결에 나섰지만 귀하가 협조하는 데 반대하지 않을 뿐 아니라, 오히려 자못 도움이 될 거라고 내게 장담했습니다. 오후 4시에 방문하고자 하니, 그 시간에 다른 약속이 있더라도 비할 바 없는 이 문제의 중요성에 비추어 그 약속은 연기해주시기 바랍니다.

— 로버트 세인트사이먼 드림

"그로브너 맨션스에서 보냈고, 깃펜으로 썼어. 이 귀족께서는 딱하게도 오른손 새끼손가락 바깥쪽에 그만 잉크 얼룩이 묻고 말았군." 홈즈가 서신을 접으며 말했다.

"4시에 온다고 했는데, 지금 3시야. 한 시간만 있으면 오겠어."

"그렇다면 자네의 도움을 받아 이 문제를 살펴볼 시간이 좀 있군. 저 신문들을 뒤져서, 시간순으로 기사를 좀 추려줘. 그동안 나는 우리 고객이 어떤 사람인지 알아봐야겠어."

그는 벽난로 옆의 참고도서류 선반에서 빨간색 표지의 책을 한 권 꺼냈다.

"여기 있군." 그가 자리에 앉아 무릎에 얹은 책을 넘기다가 말했다. "'로버트 월싱엄 드 비어 세인트사이먼 경, 밸모럴 공작의 차남.' 아하! '문장 : 하늘색, 검은색 중앙 띠 위쪽에 세 개의 마름쇠. 1846년 출생.' 그렇다면 마흔한 살이니, 결혼할 때가 무르익었군. 전대 정부의 식민지 차관을 역임했고. 그의 아버지인 공작은 한때 외무장관까지 지냈군. 이들은 플랜태저넷 왕가의 직계 후손이고, 외가는 튜더 왕가야. 하! 이런 구구한 정보 가운데 쓸 만한 건 하나도 없군그래. 왓슨, 좀 더 실속 있는 정보는 자네한테 귀동냥하는 수밖에 없겠어."

"마음만 먹으면 금방 찾을 수 있어." 내가 말했다. "그 일이 다 최근에 일어난 데다가, 여간 인상 깊지 않았거든. 진작에 얘기해주려고 했지만, 자네한테는 이미 맡은 사건이 있어서 말이야. 중간에 다른 사건이 끼어드는 것을 자넨 싫어하잖아."

"그로브너 광장의 가구 마차 사건 말이지? 그건 이제 말끔히 해결됐어. 실은 처음부터 빤한 사건이었지. 자네의 스크랩 결과를 좀 건네줘."

"내가 보기에 맨 처음 실린 게 바로 이거야. 《모닝포스트》지의 인물 동정 칼럼이지. 날짜는 그러니까, 몇 주 전이군."

약혼이 이루어졌다고 하는데, 소문이 옳다면, 밸모럴 공작의 차남 로버트 세인트사이먼 경과 미국 캘리포니아 주 샌프란시스코의 앨로이시어스 도런 씨의 외동딸 해티 도런 양의 결혼식이 곧 있을 예정이다.

"이게 전부야."

"간결하고 적절하군." 홈즈가 길고 여윈 두 다리를 벽난로 불 쪽으로 뻗으며 말했다.

"같은 주의 어느 사교계 신문에 이것을 자세히 설명한 글이 실렸어. 아, 여기 있군."

결혼 시장에서 곧 보호무역을 요청할 전망이다. 현재의 자유 무역 원칙은 우리 국산품에 지극히 불리해 보이기 때문이다. 대영제국의 귀족 가문 안살림 권한은 대서양 건너 우리의 아름다운 사촌 수중으로 하나씩 넘어가고 있다. 지난주 그런 매력적인 침략자들이 거머쥔 전리품 목록에 중요한 한 줄이 추가되었다. 지난 20년 이상 어린 신의 화살에는 결코 넘어가지 않는다는 것을 과시해온 세인트사이먼 경이, 캘리포니아 백만 장자의 매력적인 딸 해티 도런 양과 곧 결혼할 예정이라고 분명하게 밝혔다. 웨스트베리 하우스 축제에서 우아한 몸매와 인상적인 얼굴로 만인의 눈길을 사로잡은 도런 양은 무남독녀로, 최근 보도에 따르면 그녀의 지참금은 장차의 수입까지 감안해서 여섯 자리 숫자를 웃돌 거라고 한다. 밸모럴 공작이 최근 몇 년 동안 자기 그림들을 팔지 않을 수 없었다는 것은 공공연한 비밀이다. 세인트사이먼 경은 버치무어의 작은 땅을 제외하고는 자기 재산이 없다. 그러니 이 결혼으로 득을 보는 것은, 공화당의 숙녀에서 영국의 귀족 경칭을 듣는 사람으로 손쉽게 탈바꿈을 할 수 있는 캘리포니아의 여자 상속인만이 아니다.

"다른 것은?" 홈즈가 하품을 하며 물었다.

"아, 그래. 많지. 《모닝포스트》지에 또 다른 짧은 글이 실렸는데, 결혼식이 아주 조용히 치러질 거라고 했어. 하노버 광장의 세인트조지 교회에서 치러질 거라는데, 친한 친구 여섯 명만 초대하고, 식이 끝나면 일행은 앨로이시어스 도런 씨가 전부터 사용한 랭커스터 게이트의 가구 딸린 집으로 돌아간다는 거야. 이틀 후, 그러니까 지난 수요일에 결혼식이 이루어졌고, 신혼 초야는 페터스필드 근처에 있는 백워터 경의 집에서 보내게 될 거라는 간단한 발표가 있었어. 이런 내용은 모두 신부가 실종되기 전에 알려진 거야."

"뭐 하기 전이라고?" 홈즈가 놀라서 물었다.

"신부가 감쪽같이 사라졌어."

"대체 언제?"

"결혼 축하 조찬 때."

"저런. 예상한 것보다 훨씬 더 흥미로운 사건이군. 사실 아주 극적이야."

"그래. 나도 참 별일이라고 생각했지."

"보통은 결혼식을 하기 전에 사라지지. 가끔은 첫날밤에도 사라지고. 그런데 그렇게 결혼식을 올리자마자 사라졌다는 이야기는 들어본적이 없는걸. 자세히 좀 얘기해봐."

"미리 말해두지만, 얘기가 아주 엉성해."

"우리가 알아서 짜 맞출 수 있겠지."

"사실을 말하자면 어제 아침 신문에 기사가 딱 하나 났어. 그걸 읽어주지. 제목, '상류층 결혼식에서 일어난 유례없는 일'."

로버트 세인트사이먼 경의 가족은 결혼식과 관련해서 일어난 기묘하고 마음 아픈 일로 경악을 금치 못하고 있다. 어제 신문에 간단히 발표되었듯이 결혼식은 그 전날 아침에 치러졌다. 그러나 이상한 소문이 끈질기게 떠돌았는데, 이제서야 그것을 확인할 수 있었다. 친구들은 쉬쉬하며 일을 덮어버리려고 애를 썼지만, 이제는 너무나 많은 대중이 주목하게 되어 너나없이 얘깃거리로 삼는 그 일을 친구들이 모르는 척하는 것

은 더 이상 아무런 보탬이 되지 않게 되었다.

하노버 광장의 세인트조지 교회에서 치러진 결혼식은 아주 조촐했다. 참석한 사람은 신부의 아버지인 앨로이시어스 도런 씨, 밸모럴 공작부인, 백워터 경, 유스터스 세인트사이먼 경과 레이디 클래러 세인트사이먼(신랑의 동생과 누이), 레이디 앨리샤 휘팅턴 등 여섯 명뿐이었다. 일행은 결혼식을 마치고 모두 랭커스터 게이트에 있는 앨로이시어스 도런 씨의 집으로 갔고, 집에는 조찬이 마련되어 있었다. 이때 정체불명의 한 여성이 작은 소동을 일으킨 것으로 보인다. 세인트사이먼 경의 약혼자라고 주장하면서 일행을 뒤따라 집 안으로 밀고 들어가려 한 것이다. 한참 동안 소동을 피운 그녀는 집사와 하인에게 쫓겨났다. 다행히 이런 불쾌한 소동이 일어나기 전에 집 안에 들어선 신부는 다른 사람과 함께 아침 식사를 하기 위해 자리에 앉아 있었다. 이때 신부는 갑자기 몸이 편찮다면서 자기 방으로 물러났다. 그녀가 너무 오래 자리를 비운다고 누가 지적하자 그녀의 아버지가 찾아 나섰지만, 그녀가 잠깐 방에 들렀을 뿐이라는 말을 하녀에게 듣게 되었다. 얼스터코트에 보닛 모자 차림으로 황급히 통로로 내려갔다는 것이다. 하인 한 명은 그런 차림의 어떤 여성이 집을 떠나는 모습을 보았지만, 신부가 일행과 함께 있는 것으로 믿고 있어서 그 여성이 설마 신부일 줄은 몰랐다고 밝혔다. 딸이 사라진 것을 확인한 앨로이시어스 도런 씨는 신랑과 함께 즉시 경찰에 신고했다. 이제 대대적인 조사가 이루어지고 있어서, 매우 독특한 이 일은 조속히 해결될 것으로 보인다. 그러나 지난밤 늦게까지 실종된 신부의 행방은 묘연했다. 신부가 살해되었을 거라는 소문도 있다. 경찰이 당초 소동을 일으킨 여성을 체포했다는 소문도 떠돌고 있다. 질투 등의 동기로 신부의 이상한 실종에 그녀가 연루되었을지 모른다고 생각한 것이다.

"그게 전부야?"

"다른 조간신문에 실린 기사가 하나 더 있어. 짧지만 아주 의미심장해."

"뭔데?"

"소동을 일으켰다는 여성인 플로라 밀러 양이 실제로 체포되었다는 거야. 그녀는 알레그로 극장의 예전 발레리나였고, 신랑과 알고 지낸 지 여러 해 되었다는군. 더 이상 특별한 내용은 없어. 이 사건이 신문에 발표된 대로라면, 이제 모든 게 자네 손에 달렸어."

"사건이 여간 흥미로워 보이지 않는걸? 이런 사건이라면 무슨 일이 있어도 놓치지 않겠어. 그런데 초인종이 울렸어, 왓슨. 4시가 몇 분 지난 걸로 봐서 우리의 귀족 의뢰인이 오신 모양이로군. 왓슨, 자리를 뜰 생각은 꿈에도 하지 마. 나는 목격자를 곁에 두는 걸 아주 좋아하거든. 내 기억을 확인해주는 역할을 할 뿐이라 해도 말이야."

"로버트 세인트사이먼 경입니다." 사환이 문을 열어젖히고 알렸다. 신사가 안으로 들어섰다. 쾌활하고 세련된 얼굴에 코는 높고 안색이 파리했다. 입가에는 오만한 듯한 표정이 어려 있었고, 눈빛이 차분하고 서글서글한 것이 명령하고 지배하는 것에 익숙한 행운의 남자로 보였다. 태도는 활달했지만, 허리가 다소 구부정하고 걸을 때 다리도 굽어 있어서 전체적인 모습은 겉늙은 인상을 주었다. 챙이 크게 휘어

진 모자를 벗자 머리카락 역시 가장자리가 희끗희끗
셌고, 정수리는 숱이 적었다. 옷차림에 대해 말하
자면 애써 맵시를 내려고, 빳빳이 세운 칼라에
하얀 조끼, 검정 프록코트, 노란 장갑, 에나
멜 가죽 구두, 밝은 색의 각반 차림을 했다.
그는 천천히 실내로 들어서며, 머리를 왼쪽
에서 오른쪽으로 쓰윽 돌리고 둘러보면서, 오른
손에 쥔 금테 안경이 연결된 끈을 흔들었다.

"안녕하세요, 세인트사이먼 경." 홈즈가 일어서
서 고개를 숙여 보이며 말했다. "고리버들 의자에
앉으세요. 이쪽은 제 친구이자 동료인 왓슨 박사입
니다. 불 가까이 다가앉아서 사건 얘기를 해봅시다."

"홈즈 씨, 내게 가장 괴로운 문제가 뭔지는 쉽게 짐작할 수 있을 것
입니다. 나는 뼈아픈 일을 겪었습니다. 홈즈 씨는 이미 이런 미묘한 사
건을 여러 차례 해결한 것으로 알고 있습니다. 나와 같은 계층 사람의
사건은 아니었겠지만 말입니다."

"천만에요, 내 사건은 아래로 내려가고 있습니다."

"그게 무슨 말씀이죠?"

"지난번에 이런 일을 의뢰한 분은 왕이었습니다."

"그래요? 미처 몰랐군요. 어느 나라의 왕이셨나요?"

"스칸디나비아의 왕이었죠."

"아니! 그분이 왕비를 잃었단 말인가요?"

"아시겠지만, 제가 귀하의 문제에 대해 비밀을 지키겠다는 다짐은 다른 의뢰인의 문제에도 그대로 적용됩니다."

"물론, 그래야죠! 그래야 마땅합니다! 내가 사과를 드리겠습니다. 내 사건에 대해서는 문제를 파악하는 데 도움이 될 만한 얘기라면 뭐든 말씀드릴 용의가 있습니다."

"고맙습니다. 신문에 난 것은 이미 모두 알아봤지만, 그 이상은 모릅니다. 이 기사는 정확하겠죠? 예컨대 신부의 실종에 관한 이 기사 말입니다."

세인트사이먼 경이 그것을 살펴보았다. "그래요, 그건 있는 그대로의 사실입니다."

"하지만 문제를 파악하려면 먼저 많은 보충자료가 필요합니다. 그러려면 아무래도 제가 직접 질문을 드리는 게 가장 좋을 거라고 봅니다."

"그렇게 하십시오."

"해티 도런 양은 언제 처음 만나셨나요?"

"1년 전 샌프란시스코에서였습니다."

"미국 여행을 하셨다고요?"

"네."

"그때 결혼을 약속하셨나요?"

"아닙니다."

"하지만 가까운 사이였죠?"

"그녀와 교제하는 게 즐거웠습니다. 내가 즐거워한다는 것을 그녀가 환히 알 정도였죠."

"그녀의 부친이 큰 부자라면서요?"

"태평양 연안에서는 가장 부자라는 소릴 듣지요."

"그분은 어떻게 부자가 되었나요?"

"광산업으로요. 몇 년 전에는 무일푼이었지요. 그러다 금광을 발견하고 투자를 해서 졸지에 크게 일어섰답니다."

"그 숙녀에 대한 인상, 그러니까 부인의 성격에 대해 말씀해주시겠습니까?"

그 귀족은 안경을 좀 더 빨리 흔들며 벽난로 불을 물끄러미 굽어보았다. "그러니까 홈즈 씨, 아내는 스무 살이 되었을 때 비로소 아버지가 부자가 되었습니다. 그때까지 그녀는 광산촌에서 자유롭게 뛰어다니면서 숲 속이나 산 속을 돌아다녔지요. 그래서 학교가 아닌 자연이 그녀의 선생이었습니다. 그녀는 우리가 잉글랜드에서 말괄량이라고 부르는 그런 부류지요. 강인한 성격에 야성적이고, 자유분방하고, 어떤 인습에도 얽매이지 않은 그런 여자 말입니다. 그녀는 격정적이에요. 말하자면 활화산 같죠. 결정을 할 때는 망설임이 없고, 행동에 옮길 때는 거침이 없어요. 내가 가진 영예로운 이름을 그녀에게 안겨준 것은"(하고서 그는 의젓하게 헛기침을 했다) "그래도 그녀가 본바탕은 귀족이라고 생각했기 때문입니다. 나는 그녀가 대담한 희생정신이 있고, 불명예스러운 일은 아주 싫어하는 여성이라고 믿고 있습니다."

"사진을 갖고 계시나요?"

"이걸 가져왔습니다." 그가 로켓(작은 사진이나 기념물을 넣어 목걸이에 매다는 여성용 장신구—옮긴이)을 열고 아주 아리따운 여성의 얼굴상을 보여주었다. 그건 사진이 아니라 상아 미니어처였는데, 조각가는 윤기가 자르르 흐르는 검은 머리, 커다란 검은 눈, 매혹적인 입술을 썩 잘 표현해놓았다. 홈즈는 그것을 한참이나 열렬히 바라보았다. 그러다 그는 로켓을 닫고 세인트사이먼 경에게 돌려주었다.

"그 후 그녀가 런던에 온 다음, 두 분은 옛정을 되살렸군요?"

"그렇습니다. 그녀의 부친이 지난번 런던 시즌(5월-7월에 해당하며, 정기국회가 열리고, 귀족이 자기 고장의 저택에 머물고, 세계적 예술가들이 오페라 극장에서 공연을 하고, 사진 전람회가 열리는 때—옮긴이)에 그녀를 데려왔지요. 나는 여러 번 그녀를 만났고, 약혼을 하게 됐고, 이윽고 이제 결혼까지 했지요."

"그녀가 상당한 지참금을 가져온 것으로 알고 있습니다만."

"적정한 지참금이었죠. 우리 가문에 그 정도는 예사입니다."

"결혼이 '기정사실'이 되었으니, 지참금은 당연히 당신의 것이겠죠?"

"그건 미처 알아보지 못했습니다."

"물론 그러시겠죠. 결혼식 전날 도런 양을 만나보셨나요?"

"네."

"그녀가 즐거워했나요?"

"그보다 더 즐거워할 수 없을 정도였죠. 그녀는 우리의 장래에 대해 하염없이 얘기했습니다."

"아하! 그것 참 흥미롭군요. 그럼 결혼식 날 아침에는 어땠나요?"

"표정이 여간 밝지 않았죠. 적어도 결혼식을 마친 직후까지는 말입니다."

"그 후 그녀가 어떻게 변했는지 목격하셨나요?"

"음, 사실을 말하자면, 결혼식 후 그녀의 심경이 좀 날카로워졌다는 것을 내가 알게 된 첫 징조가 나타났습니다. 하지만 그 일은 워낙 사소해서 입에 올릴 만한 것도 못 되고, 실종사건과 일말의 관련도 있을 수 없습니다."

"그렇지만 무슨 일인지 말씀해주세요."

"아, 그건 별일도 아닙니다. 우리가 결혼식을 끝내고 제의실 쪽으로 갈 때 그녀가 부케를 떨어뜨렸습니다. 그때 그녀는 교회 앞좌석을 지나가고 있어서 좌석에 떨어졌지요. 잠깐 걸음이 지체되었지만, 앞좌석의 신사가 주워주었습니다. 그러니 무슨 나쁜 일이 일어났다고 볼 수도 없지요. 하지만 내가 그걸 얘기했더니, 그녀가 퉁명스럽게 쏘아붙이는 것이었어요. 마차를 타고 집으로 가는 도중, 그녀는 그런 사소한 일 때문에 이상하게 토라져 있었죠."

"저런. 그런데 앞좌석에 신사가 앉아 있었다고 하셨는데, 그럼 결혼식에 일반인도 참석을 했나요?"

"아, 네. 교회가 열려 있는데 그들을 쫓

아닐 수는 없지요."

"그 신사는 부인의 지인이 아니었나요?"

"아니요, 아닙니다. 예의상 신사라고는 했지만, 그는 아주 평범해 보이는 사람이었습니다. 그의 모습을 자세히 보진 않았어요. 그런데 우리 얘기가 어째 핵심에서 벗어난 것 같군요."

"그러니까, 레이디 세인트사이먼은 결혼식을 마친 후 전보다 즐겁지 않은 기분이 되어 집에 돌아갔군요. 부인은 부친 댁에 다시 들어가면서 뭘 했나요?"

"하녀와 얘기를 나누는 모습을 보았습니다."

"하녀가 어떤 여자인가요?"

"이름은 앨리스입니다. 미국인인데, 캘리포니아에서 아내와 함께 왔지요."

"믿을 만한 하녀로군요?"

"지나칠 정도입니다. 내가 보기엔 안주인이 그녀를 너무 자유롭게 두는 것 같습니다. 물론 미국에서는 생각이 다르겠지요."

"부인은 앨리스와 얼마 동안이나 얘기를 나누었나요?"

"아, 그저 몇 분이었습니다. 나는 그동안 딴생각을 하고 있었지요."

"무슨 얘기를 나누는지 듣지 못했나요?"

"레이디 세인트사이먼은 'jumping a claim'이 어쩌고저쩌고 하더군요. 그녀는 그런 속어를 잘 압니다. 나는 그게 무슨 뜻인지 모르겠습니다."

"미국 속어는 때로 표현력이 아주 풍부하지요. 부인께서는 하녀와 얘기를 마치고 뭘 했나요?"

"조찬실로 들어갔죠."

"당신과 팔짱을 끼고요?"

"아니, 혼자서요. 그녀는 그런 면에서 아주 독립심이 강하죠. 그 후 우리가 10분쯤 앉아 있었을 때 그녀가 벌떡 일어서더니, 사과의 말을 몇 마디 중얼거리고는 식당을 떠났죠. 그리고 다신 돌아오지 않았습니다."

"그런데 하녀 앨리스가 이렇게 증언한 것으로 알고 있습니다. 부인이 자기 방으로 가서 신부 드레스 위에 긴 얼스터코트를 걸치고, 보닛 모자를 쓰고 나갔다고요."

"맞습니다. 나중에 그녀가 플로라 밀러와 함께 하이드파크로 들어가는 것을 본 사람이 있습니다. 밀러는 지금 구속 중인데, 그날 아침 도런 씨의 집에서 소동을 일으킨 바로 그 여자입니다."

"아, 그렇군요. 그 젊은 아가씨에 대해, 그리고 당신과의 관계에 대해 좀 들려주시죠."

세인트사이먼 경은 어깨를 으쓱하고 눈썹을 치켜들어 보였다. "우리는 몇 년 동안 가까운 사이였습니다. '아주' 가까웠다고 할 수 있지요. 그녀는 알레그로 극장에서 일했습니다. 나는 그녀를 박하게 대한적이 없어서 그녀가 내게 불만을 가질 이유는 없습니다. 하지만 여자가 어떤지 알잖습니까, 홈즈 씨. 플로라는 사랑스러운 존재였지만, 성미가 여간 성마르지 않아서 나를 참 열렬히 사랑했죠. 그녀는 내가 결혼할 거라는 얘기를 듣고 끔찍한 편지들을 써 보냈습니다. 사실 내가 그토록 조촐하게 결혼식을 치른 것도 교회에서 스캔들이라도 퍼질까 봐서였습니다. 내가 돌아간 직후 도런 씨의 집까지 쫓아와 안으로 밀고 들어가려고 하면서, 아내에게 아주 모욕적인 발언을 하고 심지어 위협을 하기까지 했습니다. 하지만 나는 그런 일이 일어날 줄 이미 알고 있었지요. 그래서 하인들에게 지시해서 당장 쫓아내게 했습니다. 그녀는 법석을 떨어봐야 좋을 게 없다는 것을 알고 잠잠해졌지요."

"그런 소동을 부인이 들었나요?"

"아니요, 고맙게도 듣지 못했습니다."

"그런데 나중에 두 사람이 함께 걷는 모습을 본 사람이 있다고요?"

"네. 런던 경찰국의 레스트레이드 씨는 그 점을 아주 심각하게 여기고 있습니다. 플로라가 아내를 꼬드겨내서 함정에 빠뜨렸다고 보는 겁니다."

"음, 그렇게 볼 수도 있겠군요."

"홈즈 씨도 그렇게 생각한다고요?"

"그랬을 거라고 말한 게 아닙니다. 하지만 혹시 당신은 그렇게 생각하는 것 아닌가요?"

"플로라는 파리 한 마리 못 때려잡을 여자입니다."

"하지만 묘하게도 질투가 성격을 바꿔놓기도 합니다. 이 사건에 대해 당신은 어떻게 생각하시나요?"

"음, 내가 여기 온 것은 내 생각을 제시하려는 게 아니라 당신의 생각을 듣자는 것입니다. 이제 모든 사실을 말씀드렸습니다. 하지만 기왕 나한테 물었으니 대답을 하자면, 이런 생각을 한 적이 있습니다. 이런 일로 흥분해서, 그러니까 사회적으로 신분이 막대하게 높아졌다는 것을 의식하고 흥분해서, 아내가 마음에 혼란이 좀 일어난 결과가 아닐까 싶어요."

"한마디로 말해서, 그녀가 갑자기 미쳤다 이건가요?"

"그러니까, 정말이지 그녀가 등을 돌렸다고 생각하자, 그것 말고는 달리 이유를 찾을 수가 없었습니다. 내게 등을 돌렸다는 게 아니라, 수많은 사람들이 갈망하면서도 얻지 못하는 그 많은 것에 등을 돌렸으니 말입니다."

"음, 분명 그것도 생각해볼 수 있는 가설이군요." 홈즈가 웃으며 말했다. "그럼 이제, 세인트사이먼 경, 내 자료 수집도 막바지에 이른 듯합니다. 이걸 물어봐도 될까요? 그러니까 조찬 식탁에 앉았을 때 창밖이 내다보였나요?"

"우리는 길 건너편과 공원을 내다볼 수 있었습니다."

"그랬군요. 이제 더 이상 당신을 붙들고 있을 필요가 없을 듯합니다. 나중에 연락드리겠습니다."

"이 문제를 요행히 해결하길 빌겠소." 우리의 의뢰인이 일어서며 말했다.

"이미 해결했습니다."

"에? 뭐라고요?"

"이미 문제를 해결했다고 했습니다."

"그럼, 아내는 어디 있는 겁니까?"

"그런 세부사항은 금방 알아낼 겁니다."

세인트사이먼 경은 고개를 내둘렀다. "그러려면 당신이 나보다 더 머리가 좋아야 할 거요." 그가 말하고는 고풍스레 의젓하게 절을 하고 떠났다.

"영광스럽게도 내 머리가 자기 머리 수준이라고 추켜주다니 원 훌륭한 분이로군." 셜록 홈즈가 너털웃음을 터트리고 말했다. "반대신문을 좀 했더니 목이 컬컬해서 위스키와 소다에 담배 한 대 해야겠군. 나는 우리 의뢰인이 여기 오기 전에 이미 결론을 냈어."

"과연!"

"나한테는 이와 비슷한 여러 사건 기록이 있어. 앞서 말했듯이, 신부가 이렇게 빨리 사라진 적은 없지만 말이야. 신문訊問 결과 모든 것이 내 추리를 뒷받침하고 있어. 정황증거는 때로 우유 속에 있는 송어를 발견할 때처럼 아주 확연할 수도 있지. 소로가 말했듯이."

"하지만 자네가 들은 말은 나도 다 들었는데."

"하지만 내게 퍽이나 도움이 되는 기존 사건에 대한 지식이 자네한텐 없었지. 몇 년 전 애버딘에서 비슷한 사건이 있었고, 프랑스-프로이센 전쟁 이듬해 뮌헨에서도 아주 비슷한 사건이 있었어. 이것도 그런 사건 가운데 하나인 거지. 그런데, 어이, 레스트레이드가 왔군! 안녕하세요, 레스트레이드! 찬장에서 컵 하나 가져오세요. 담배는 상자 안에 있습니다."

형사는 모직 더블 상의에 넥타이를 맨 모습이 영락없는 해군 선원처럼 보였다. 손에는 캔버스 천으로 만든 검정 가방을 들고 있었다. 짤막한 인사를 하고 자리에 앉은 그는 홈즈가 권한 담배에 불을 댕겼다.

"그런데 웬일입니까?" 홈즈가 눈을 반짝이며 물었다. "어째 영 불만스러운 표정이군요."

"정말 불만스럽습니다. 그 넌더리 나는 세인트사이먼 결혼 사건 때문에요. 도무지 종잡을 수가 있어야 말이죠."

"그래요? 그것 참 놀랍군요."

"그렇게 뒤죽박죽인 사건을 누가 들어나 봤겠어요? 도대체 단서라는 것들도 죄다 뜬구름 잡기 같고 말입니다. 오늘 온종일 그 일에만 매달렸습니다."

"그런데 폭 젖은 것 같군요" 하며 홈즈는 레스트레이드의 더블 상의 팔뚝 위에 손을 얹었다.

"그래요. 서펜타인 호수 바닥을 훑고 왔습니다."

"저런, 아니 왜요?"

"레이디 세인트사이먼의 시체를 찾으려고요."

셜록 홈즈는 의자에 등을 기대고 한바탕 웃음을 터트렸다.

"트라팔가 광장 분수대 밑바닥은 훑지 않았습니까?" 그가 물었다.

"네? 그게 무슨 말입니까?"

"시체를 발견할 가능성은 마찬가지니까 드리는 말씀이죠."

레스트레이드는 내 친구를 사납게 노려보았다. "벌써 얘기를 다 들었나 보군요." 그가 으르렁거리듯 말했다.

"방금 전에 들었지만, 이미 결론을 내렸습니다."

"아니, 그럴 리가! 그럼 서펜타인 호수는 사건과 아무 관계가 없다고 보는 겁니까?"

"관계가 아주 희박하다고 보지요."

"그럼 우리가 거기서 이걸 발견한 것은 어찌된 영문인지 친절하게 설명 좀 해주시겠소?" 이렇게 말하면서 그는 가방을 열어젖히더니 물결무늬 비단 결혼 드레스 한 벌, 하얀 새틴 신발 한 켤레, 신부 화관과 면사포를 방바닥에 쏟아놓았다. 모두 물에 흠뻑 젖은 채 색이 바래 있었다. 그 무더기 위에 결혼반지를 턱 올려놓으며 "자," 하고 그가 말했다. "홈즈 선생, 어디 이 호두 알을 한번 깨보시죠."

"아니, 이런." 내 친구는 담배 연기로 푸른 고리를 만들어 띄워 올렸다. "이것들을 서펜타인 호수 밑바닥에서 건져 올렸다고요?"

"아니요. 물가에 떠 있는 걸 공원지기가 발견한 겁니다. 옷을 보고 누구 건지 알아냈지요. 옷이 거기 있었다면 시체도 멀지 않은 곳에 있을 거라는 게 내 생각입니다."

"그런 논리대로라면, 모든 사람의 시체가 자기 옷 가까이에서 발견되어야겠습니다. 그래서 뭘 찾아내려고 한 겁니까?"

"그야 플로라 밀러가 실종사건에 연루되었다는 증거지요."

"그걸 찾아내기는 어려울 겁니다."

"지금 그걸 말이라고 하는 겁니까?" 레스트레이드가 씁쓸하게 외쳤다. "홈즈, 당신의 연역과 추리가 어째 그리 쓸모가 없는 것 같습니다. 2분 만에 두 가지나 실수를 했으니 말이오. 이 드레스는 플로라 밀러 양과 관련되어 있다구요."

"어떻게요?"

"드레스에 주머니가 있습니다. 주머니 안에는 명함통이 있습니다. 명함통 안에는 쪽지 한 장이 있습니다. 바로 이것이 그 쪽지올시다." 그가 자기 앞의 탁자에 쪽지를 떡하니 내려놓았다. "이걸 읽어보시오."

준비가 다 되면 나를 보게 될 테니, 그때 바로 나오길.

— F.H.M.

"레이디 세인트사이먼이 플로라 밀러의 꼬임에 빠졌다는 것, 이게 한결같은 내 생각입니다. 그녀가 실종된 것은 보나마나 밀러와 다른 공범의 소행이라 이거요. 여기, 그녀의 이름 머리글자가 서명된 바로 이 쪽지는, 문간에서 슬쩍 신부 손에 쥐여준 것이 분명해요. 이 쪽지로 그녀를 꾀어내서 찾아오게 한 거지."

"아주 좋아요, 레스트레이드." 홈즈가 웃으며 말했다. "정말 대단하군요. 어디 나도 좀 봅시다." 홈즈는 시큰둥하게 쪽지를 건네받았다. 그러나 곧바로 촉각을 곤두세우더니, 만족의 탄성을 내질렀다. "이건 정말 중요한 쪽지입니다." 그가 말했다.

"하, 그걸 이제야 알겠소?"

"정말 대단히 중요해요. 진심으로 축하를 드립니다."

레스트레이드는 의기양양하게 일어서서 고개를 숙이고 쪽지를 바라보았다. "아니!" 그가 날카롭게 외쳤다. "쪽지 뒷면을 봤잖아!"

"그 반대입니다. 이게 정면이에요."

"이게 정면이라고? 미쳤군! 이건 연필로 그냥 끼적인 거요."

"이건 호텔 요금을 계산한 것 같습니다. 정말 흥미로워요."

"이건 쓸데없는 거요. 나도 못 본 건 아니라고요." 레스트레이드가 말했다. "'10월 4일, 객실 8실링, 아침 식사 2실링 6펜스, 칵테일 1실링, 점심 식사 2실링 6펜스, 백포도주 한 잔 8펜스.' 이까짓 게 뭐란 말이오."

"아마 아무것도 아니겠지. 그래도 이건 아주 중요합니다. 당신이 본 쪽지라는 것도 역시 중요해요. 적어도 머리글자만큼은 말입니다. 그러니 다시 축하를 드려야겠습니다."

"시간깨나 낭비했군." 레스트레이드가 일어서며 말했다. "나는 발로 뛰는 것을 믿는 사람이오. 벽난로 앞에 앉아 잔머리나 굴리는 건 믿지 않아요. 안녕히 계십시오, 홈즈 씨. 누가 먼저 이 사건을 파헤치는지 어디 두고 봅시다." 그는 옷가지를 주섬주섬 챙겨서 가방에 쑤셔 넣고 문으로 향했다.

"힌트 하나 드리죠, 레스트레이드." 라이벌이 사라지기 전에 홈즈가 느긋이 말했다. "이 사건의 진짜 해답을 말해주겠어요. 레이디 세인트사이먼은 가공의 인물입니다. 그런 사람은 지금 없고, 전에도 없었어요."

레스트레이드는 참 딱하다는 듯이 내 친구를 물끄러미 바라보았다. 그러다 나를 돌아보며 이마를 세 번 톡톡 치고는 점잖게 고개를 살래살래 내두르더니 부랴부랴 떠났다.

그가 떠나며 문을 미처 닫기도 전에 홈즈가 일어서더니 외투를 걸쳤다. "발로 뛰어야 한다는 저 친구 말에는 일리가 있어." 그가 말했다. "그래서 말인데, 왓슨, 자네는 신문이나 좀 더 보고 있어야겠어."

셜록 홈즈가 떠난 것은 5시가 넘어서였다. 그러나 나는 호젓하게 있을 시간이 없었다. 한 시간도 지나지 않아서 제과점 사람이 넓적하고 아주 커다란 상자를 들고 들이닥쳤기 때문이다. 그는 함께 온 청년과 함께 짐을 풀었다. 곧이어 나는 눈이 휘둥그레졌다. 하숙집의 허름한 마호가니 식탁에 대단한 미식가의 차갑게 먹는 요리가 차려지기 시작한 것이다. 차가운 멧도요 한 쌍, 꿩 한 마리, '파테이 드 푸아그라' 파이, 해묵어 먼지를 뒤집어쓴 여러 술병이 차려졌다. 이 모든 진수성찬을 차린 후, 두 손님은 아라비안나이트의 지니처럼 홀연히 사라졌다. 그들이 한 말이라고는 이 주소로 배달을 해달라고 누군가 돈을 냈다는 것뿐이었다.

9시 직전에 셜록 홈즈가 활기차게 돌아왔다. 표정은 무거웠지만, 두 눈은 빛나고 있는 것으로 보아 자신의 결론에 실망을 한 것 같지는 않았다.

"상을 차려놓았군." 홈즈가 두 손을 비비며 말했다.

"손님이 올 모양이지? 5인분을 차려놓았어."

"응. 몇 사람이 들를 거야. 세인트사이먼 경이 아직 오지 않았다는 게 의외로군. 하! 지금 계단을 올라오는 저 발소리의 임자가 그 사람이겠지."

요란하게 들어선 사람은 정말 오후의 그 방문객이었다. 그는 그때보다 더 요란하게 안경을 흔들었고, 귀족적인 이목구비에 아주 곤혹스러운 표정을 띠고 있었다.

"제 전갈을 받으셨나요?" 홈즈가 물었다.

"그렇습니다. 고백컨대 그 내용에 이루 말할 수 없이 놀랐습니다. 그 말이 정말입니까?"

"물론이죠."

세인트사이먼 경은 의자에 푹 주저앉더니 이마를 손으로 쓸었다. "우리 가문의 일원이 이런 창피한 일에 말려들었다는 것을 아시면 공작께서 뭐라고 하실까?" 그가 중얼거렸다.

"이건 의외의 일일 뿐입니다. 창피한 일이라고 할 순 없어요."

"아, 당신은 이 일을 다른 관점에서 보는군요."

"비난을 받을 사람은 아무도 없다고 봅니다. 내가 보기에 그녀도 어쩔 수 없었어요. 너무 갑작스럽게 행동한 그 방식만큼은 유감스럽지만 말입니다. 그녀에게는 어머니가 없어서 그런 위기 상황에서 조언을 구할 사람이 없었던 겁니다."

"그건 모독이었소. 공개적인 모독 말이오." 세인트사이먼 경이 손가락으로 탁자를 두드리며 말했다.

"그 불쌍한 여성이 전례가 없이 곤란한 처지에 놓여 있었다는 것을 참작해주셔야 합니다."

"그럴 수 없습니다. 나는 정말 크게 화가 났습니다. 수치스럽게도 나는 이용을 당했어요."

"초인종 소리가 들린 듯합니다." 홈즈가 말했다. "네, 층계참에서 발소리가 나는군요. 세인트사이먼 경, 그 문제를 너그럽게 봐달라고 제가 아무리 설득해도 소용이 없다면, 여기 제가 부른 대변인은 좀 더

설득력이 있을지 모르겠습니다." 그는 문을 열고 숙녀와 신사를 안으로 불러들이고 말했다. "세인트사이먼 경, 프랜시스 헤이 몰턴 부부를 소개하겠습니다. 이 부인과는 이미 만난 적이 있으실 겁니다."

두 사람을 본 우리 의뢰인은 벼락같이 자리에서 일어나더니, 두 눈을 아래로 내리깔고 한 손을 프록코트 가슴에 찔러 넣은 채 체면을 구긴 사람의 표상처럼 아주 꼿꼿이 서 있었다.

몰턴 부인이 재빨리 앞으로 나서서 그에게 한 손을 내밀었다. 그러나 그는 여전히 눈을 내리깐 채 꼼짝하려고 하지 않았다. 하소연하는 듯한 그녀의 표정을 보면 차마 내치기가 어려워서, 그로서는 차라리 그러는 편이 나았을 것이다.

"화가 나셨군요, 로버트." 그녀가 말했다. "정말 단단히 화가 나실 만해요!"

"나한테 사과하지 마시오." 세인트사이먼 경이 쓸쓸하게 말했다.

"아, 그래요, 제가 당신에게 정말 몹쓸 짓을 했다는 거 알아요. 떠나기 전에 말씀을 드렸어야 했어요. 하지만 저는 좀 당황했어요. 다시 프랭크를 본 순간부터, 어째야 할지, 무슨 말을 해야 할지도 알 수 없었어요. 예식장 제단 앞에서 쓰러져 기절을 하지 않은 게 오히려 이상할 정도예요."

"몰턴 부인, 이 문제를 설명하시는 동안 제 친구와 저는 잠시 방에서 나가 있겠습니다."

"저도 한 말씀 드리고 싶습니다." 낯선 신사가 말했다. "이 일에 대해 우리는 이미 너무나 많은 비밀을 갖고 있습니다. 제 입장에서 말하자면, 온 유럽과 미국 사람에게 진상을 속 시원히 밝히고 싶습니다." 그는 체구가 작지만 다부지고 햇볕에 탔는데, 인상이 날카롭고 태도가 조심스러웠다.

"지금 바로 제가 사연을 말씀드릴게요." 몰턴 부인이 말했다. "프랭크와 제가 만난 것은 1881년, 로키 산맥 근처의 매콰이어 광산촌에서였어요. 아빠가 광산을 갖고 계신 곳이죠. 프랭크와 저는 결혼을 약속했어요. 하지만 그 후 어느 날 아버지가 큰 광맥을 발견해서 부자가 되었죠. 그런데 불쌍한 프랭크의 광맥은 바닥이 나서 아무것도 캐내지 못했어요. 아빠가 부자가 될수록 프랭크는 더욱 가난해졌죠. 마침내 아빠는 우리를 결혼시킬 수 없다며, 저를 프리스코로 보내버렸어요. 하지만 프랭크는 포기하지 않으려고 했죠. 그래서 거기로 저를 따라와 아빠 몰래 저를 만났어요. 아빠가 아셨다면 노발대발하셨을 거예요. 그래서 그 모든 일을 그냥 우리끼리 해치웠어요. 그러니까 프랭크는 자기도 돈을 벌러 가겠다고 말했는데, 아빠만큼 부자가 되면 그때 돌아와서 같이 살자고 말했죠. 저는 언제까지라도 기다리겠다고 약속했어요. 프랭크가 살아 있는 한 어느 누구와도 결혼하지 않겠다고 다짐한 거예요. 그러자 프랭크가 말했어요. '지금 바로 결혼하면 되잖아. 그럼 나는 마음이 놓일 거야. 하지만 돈을 벌어서 돌아오기 전에는 남편의 권리를 주장하지 않겠어.' 우리는 그러기로 했어요. 프랭크는 그 모든 일을 아주 멋지게 해치웠죠. 우린 목사님을 모시고 바로 결혼식을 올렸어요. 그리고 프랭크는 행운을 찾아 떠났고, 저는 아빠한테 돌아갔죠.

저는 프랭크가 몬태나 주에 있다는 소식을 들었어요. 그 후 시굴을 하러 애리조나 주로 갔고, 그 후에는 뉴멕시코 주에 갔다는 소식을 들었어요. 그리고 어느 광산촌이 인디언 아파치족의 공격을 받았다는 장문의 신문기사를 보았죠. 사망자 명단에 프랭크의 이름이 들어 있었어요. 나는 실신을 해버렸죠. 몇 달 동안 몸져누웠어요. 아빠는 제가 폐병에라도 걸린 줄 알고 의사에게 데려갔는데, 프리스코의 의사 절반은 만나봤을 거예요. 프랭크에게서는 1년 이상 어떤 소식도 들려오지 않았어요. 그래서 나는 프랭크가 정말 죽었다는 것을 믿을 수밖에 없었죠. 그 후 세인트사이먼 경이 프리스코에 와서 우리는 런던으로 왔고, 결혼을 약속했고, 아빠가 무척 기뻐하셨어요. 하지만 나는 불쌍한 우리 프랭크에게 준 내 마음을 이 세상의 어떤 남자도 차지하진 못할 거라고 늘 생각했어요.

하지만 만일 제가 세인트사이먼 경과 함께 살았다면, 물론 제 의무를 다했을 거예요. 억지로 사랑할 수는 없지만 행동은 할 수 있죠. 제가 결혼식장 제단으로 갈 때의 생각은 그래도 가능한 한 좋은 아내가 되겠다는 것이었어요. 하지만 제단 앞으로 나가다가 힐끔 뒤를 돌아보니 프랭크가 가장 앞좌석에 서서 나를 바라보고 있었어요. 그 순간 제 기분이 어땠을지 짐작이 가실 거예요. 처음에는 유령인 줄만 알았죠. 하지만 다시 보니 여전히 프랭크가 있었어요. 두 눈에 질문이 어려 있었죠. 자기를 보게 된 것이 기쁜지 유감스러운지를 묻는 것만 같았어요. 저는 쓰러질 것만 같았죠. 모든 것이 빙빙 돌고, 목사님의 말씀이 귓전에서 윙윙거렸어요. 어째야 좋을지 알 수 없었죠. 결혼식을 중단시키고 교회에서 소란을 피웠어야 할까요?

프랭크를 다시 슬쩍 바라봤더니, 내가 무슨 생각을 하는지 아는 것 같았어요. 손가락을 입술에 대고 가만히 있으라고 내게 신호를 보냈거든요. 그 후 프랭크가 쪽지를 쓰는 게 보였어요. 내게 보낼 쪽지라는 걸 알았죠. 식이 끝나고 그이의 자리 앞을 지나갈 때, 나는 그이가 있는 쪽으로 부케를 떨어뜨렸어요. 그러자 그이가 꽃을 돌려주며 내 손에 슬그머니 쪽지를 쥐여주었죠. 그이가 신호를 보내면 바로 나오라는 한 줄의 글이었어요. 물론 나는 무엇보다도 그이에게 충실해야 한다는 것을 한순간도 의심치 않았어요. 그이가 무슨 지시를 하든 그대로 따를 작정이었죠.

집에 돌아온 나는 하녀에게 그이 얘기를 했어요. 하녀는 캘리포니아에 살 때부터 그이를 잘 알고 있어서 항상 그이의 편이었죠. 나는 하녀에게 아무 말도 하지 말고, 몇 가지 짐을 꾸리고 얼스터코트를 준비하라고 일렀어요. 세인트사이먼 경에게 말해야 한다는 것을 알았지만, 그 댁 어머니 등 지체 높은 분들 앞에 선다는 게 여간 무섭지 않았어요. 나는 일단 달아나고, 설명은 나중에 하기로 마음먹었죠. 식탁에 앉은 지 10분도 되지 않아서 프랭크가 창밖의 길 건너편에 있는 것을 보았어요. 그이는 내게 손짓을 하고는, 하이드파크 안으로 걸어 들어가기 시작했어요. 나는 슬그머니 빠져나가서 내 옷을 챙겨 입고, 그를 뒤따라갔죠. 어떤 여자가 다가와서 세인트사이먼 경에 대해 이런저런 얘기를 했어요. 몇 마디 듣지 못했지만 세인트사이먼 경에게도 비밀이 있다는 얘기를 들은 듯해요. 하지만 나는 가까스로 그녀를 뿌리치고 곧 프랭크를 따라잡았어요. 우리는 함께 마차를 타고, 그가 고든 광장에 얻은 하숙집으로 갔죠. 그거야말로 내가 그토록 오랫동안 기다려온 진짜 결혼이었어요. 프랭크는 아파치족에게 잡혀 있다가 탈출을 해서 프리스코에 왔는데, 자기가 죽은 줄만 알고 내가 포기한 채 잉글랜드로 갔다는 것을 알게 되었다더군요. 그이는 나를 뒤쫓아와서, 바로 내 두 번째 결혼식 날 아침에 이윽고 내 앞에 나타난 거예요."

"신문을 보고 알았죠." 미국인이 해명했다. "신문에 이름과 예식장이 나와 있었지만, 신부가 어디 사는지는 나오지 않았거든요."

"이제 우리가 해야 할 얘기는 다 했어요. 프랭크는 공개하자는 데 전적으로 찬성했지만, 저는 이 모든 게 너무나 부끄러워서, 종적을 감춰버리고 다시는 아무도 보지 않았으면 했어요. 아빠에게는 제가 살아 있다는 것을 알리는 한 줄의 글만 보내고 말예요. 조찬 식탁에 둘러앉아 내가 돌아오기만 기다리는 그 모든 경들과 레이디들을 생각하니 정말 소름이 돋았어요. 그래서 프랭크는 내가 추적을 당하지 않도록 내 결혼 예복과 물건을 한 다발로 뭉쳐서 그것을 아무도 발견할 수 없는 곳에 버렸어요. 훌륭한 신사이신 홈즈 씨가 우리를 어떻게 찾아냈는지 는 모르지만, 아무튼 오늘 저녁 우리를 찾아오시지 않았다면 우리는 내일 파리로 떠났을 거예요. 홈즈 씨는 프랭크가 옳고 내가 틀렸다는 것을 자상하고 명쾌하게 설명해주었어요. 우리가 몰래 숨어버리는 건 잘못이라는 걸 말예요. 그리고 홈즈 씨는 세인트사이먼 경에게라도 해 명을 할 수 있는 자리를 마련해주겠다고 했어요. 그래서 우리가 곧바 로 이리 달려오게 된 거예요. 로버트, 이제 저는 모든 사연을 다 말씀 드렸어요. 당신께 고통을 안겨드렸다면 정말 죄송해요. 그렇다고 저 를 너무 천하게만 보진 말아주세요."

세인트사이먼 경은 전혀 긴장을 풀지 않고 엄격한 태도를 유지하고 있었지만, 이맛살을 찌푸리고 입을 굳게 다문 채 긴 이야기에 귀를 기 울였다.

"실례지만, 나와 가장 가까운 사람의 문제를 이렇게 공개적으로 논 의하는 것은 예법에 맞지 않습니다." 그가 말했다.

"그럼 저를 용서해주지 않으실 건가요? 제가 떠나기 전에 악수도 하지 않으실 건가요?"

"아, 그래서 당신이 행복하기만 하다면야." 그는 손을 내밀었다. 그 녀가 내민 손을 잡는 그의 태도는 냉랭했다.

"여러분이 우리와 함께 다정하게 저녁 식사를 하셨으면 합니다." 홈즈가 제안했다.

　"당신은 너무 많은 것을 요구하는 것 같군요." 경이 응수했다. "최근에 전개된 이런 일들을 마지못해 묵인할 수는 있지만, 저들과 희희낙락하는 것까지 바랄 수야 없지 않겠소? 양해해준다면, 당신들 모두 안녕하길 빌면서 이제 난 떠날까 합니다." 그는 우리 모두를 향해 절을 하고 의연하게 밖으로 뚜벅 걸어갔다.

　"그렇다면 남아 있는 두 분이라도 우리와 함께하는 영광을 내려주시리라 믿습니다." 셜록 홈즈가 말했다. "몰턴 씨, 미국인을 만나는 것은 항상 즐겁습니다. 나는 지난날 군주의 어리석음과 대신의 실책에도 불구하고, 우리 아이들이 영국기와 미국 성조기가 한데 어울린 하나의 깃발 아래 하나의 세계 시민이 되는 것을 막을 수는 없을 거라고 믿는 사람 가운데 하나랍니다."

　"아주 흥미로운 사건이었어." 손님들이 떠난 후 홈즈가 말했다.

"처음엔 거의 불가사의해 보이는 사건이 실은 얼마나 간단히 설명될 수 있는가를 아주 명쾌히 보여준 사건이라는 점에서 흥미로웠지. 당사자의 얘기를 들으면 사건이 그렇게 자연스러울 수가 없는데, 예컨대 런던 경찰국의 레스트레이드 씨 같은 사람이 본 대로라면 사건이 그렇게 이상할 수가 없잖아?"

"그럼 자네는 전혀 헷갈리지 않았단 말야?"

"처음부터 두 가지는 아주 분명해 보였어. 그 숙녀가 아주 기꺼이 결혼식을 올리려고 했다는 것, 그런데 집에 돌아온 지 몇 분 되지도 않아서 결혼을 후회했다는 것. 그렇다면 아침 시간에 분명 무슨 일인가 일어난 거야. 그 일 때문에 심경의 변화를 일으킨 거지. 그게 무슨 일일까? 그녀는 신랑과 동행했기 때문에 밖에서 다른 사람과 얘기를 나눌 수 없었어. 그렇다면 누군가를 본 게 아닐까? 만일 그랬다면, 그건 틀림없이 미국 사람일 거야. 그녀가 이 나라에서 지낸 시간은 워낙 짧아서, 단지 모습을 바라보는 것만으로 삶의 계획을 내동댕이칠 정도로 큰 영향력을 행사할 수 있는 사람이 그사이에 생겼을 리는 없기 때문이지. 이렇게 가능성을 하나씩 지워감으로써 그녀가 미국인을 보았을 거라는 결론에 이른 거야. 그렇다면 그 미국인은 누굴까? 그녀에게 그 같은 영향력을 가진 사람이면, 연인 아니면 남편 정도는 되어야 하지 않을까? 그녀가 거친 세상에서 처녀 시절을 보냈다는 것을 나는 알고 있었어. 세인트사이먼 경의 말을 듣기 전에 거기까지 추리했지. 그는 우리에게 많은 얘기를 들려주었어. 교회 앞좌석에 남자가 앉아 있었다는 것, 신부의 태도가 바뀌었다는 것, 쪽지를 주고받기 위한 빤한 수법으로 부케를 떨어뜨렸다는 것, 믿을 만한 하녀에게 뭔가 하소연을 했다는 것, 마지막으로 클레임-점핑claim-jumping을 언급했다는 것은 아주 의미심장한 일이었어. 광부 용어인 그 말은 다른 사람의 광산 선취권을 빼앗는다는 뜻이야. 이런 얘기를 듣자 모든 상황이 아주 명백해졌어. 그녀는 어떤 남자와 함께 떠난 거야. 그 남자는 연인이거나 전남편인데, 후자일 가능성이 높다고 봐야지."

"대체 어떻게 그런 걸 알아낸 거야?"

"알아내기가 아주 어려웠을 수도 있었는데, 레스트레이드 그 친구가 값진 정보를 갖고 있었어. 그는 그 정보의 가치를 몰랐지. 물론 무엇보다 중요한 것은 그 머리글자였지만, 더욱 중요한 것은 문제의 인물이 런던 최고의 호텔 가운데 한 곳에서 일주일 안짝에 그런 요금 계산을 했다는 거야."

"그게 최고급 호텔이었다는 건 어떻게 추리했지?"

"그야 요금을 보면 알지. 객실 하나에 8실링, 백포도주 한 잔에 8펜스라면, 최고급 호텔일 수밖에 없어. 그 정도로 비싼 호텔은 런던에 많지 않아. 내가 노섬벌랜드 애비뉴에서 두 번째로 찾아간 호텔에서 숙박부를 열람한 결과, 거기서 미국 신사 프랜시스 H. 몰턴이 바로 전날 떠났다는 것을 알게 되었지. 그의 이름에 딸린 기재 사항을 보니 예의 사본 쪽지에서 본 바로 그 요금 항목들이 적혀 있었어. 그에게 편지가 오면 고든 광장 226번지로 회송해달라고 해놓았더군. 그래서 그곳에 가봤더니, 운 좋게도 그 연인들이 집에 있었어. 내가 외람되게도 아버지 같은 조언을 좀 했지. 그들이 일단 대중에게, 특히 세인트사이먼 경에게 좀 더 명쾌히 입장을 밝히는 게 모든 면에서 더 낫다는 것을 지적해준 거야. 그들에게 이곳에 들러서 그를 만나보라고 했고, 자네도 알다시피 세인트사이먼 경도 이곳에 오게 했지."

"하지만 뒤끝이 별로 안 좋았잖아." 내가 말했다. "그의 처신은 그리 우아하지 않았어."

"아, 왓슨." 홈즈가 웃으며 말했다. "구애를 하고 결혼하기까지 갖은 애를 다 썼는데, 별안간에 아내와 재산을 다 뺏겨버린다면, 자네는 아주 우아하게 처신할 수 있겠어? 그만하면 세인트사이먼 경도 아주 인정이 많다고 할 수 있어. 우리가 그런 일을 당할 리는 없을 듯하니 우리 별들에게 감사할 따름이야. 의자를 당겨 앉고, 내 바이올린 좀 건네줘. 이 쓸쓸한 가을밤을 어떻게 보낼 것인가? 우리가 아직 풀지 못한 유일한 문제가 그것 아니겠어?"

The Adventure of the
Beryl Coronet

녹주석 코로닛

"홈즈." 어느 날 아침 둥근 내닫이창으로 거리를 굽어보며 서서 내가 말했다. "웬 미친 사람이 이쪽으로 오고 있어. 저런 사람을 혼자 바깥으로 나돌게 하는 집안사람들도 참 딱하군."

내 친구는 안락의자에서 께느른하게 일어나 두 손을 실내복 주머니에 푹 찔러 넣고 서서, 내 어깨 너머로 바깥을 내다보았다. 화창하고 상쾌한 2월의 아침이었다. 전날 내린 눈이 아직 수북이 땅에 쌓여 겨울 햇빛에 찬란히 빛나고 있었다. 쌓인 눈은 지나가는 마차 바퀴에 갈려서 베이커 스트리트의 중심부 쪽으로 갈색의 푸석푸석한 띠를 이루고 있었다. 그러나 차도 양쪽과 보도의 두두룩한 가장자리에는 눈이 처음 내렸을 때처럼 여전히 정갈하게 쌓여 있었다. 잿빛 보도는 깨끗하게 눈이 치워졌지만, 여전히 미끌미끌해서 위험했기 때문에 행인이 평소보다 적었다. 사실 메트로폴리탄 역에서 이쪽으로 오는 사람이라고는 괴팍한 행동으로 내 눈길을 끈 신사 한 명밖에 없었다.

그는 나이 쉰 줄에 접어든 남자로 키가 크고 뚱뚱해서 퍽 인상적인데, 이목구비가 두드러진 큼직한 얼굴에 풍채도 당당했다. 칙칙하지만 멋진 스타일의 검정 프록코트에 빛나는 모자, 말쑥한 갈색 각반, 맵시 있는 진줏빛 바지를 걸치고 있었다. 하지만 그런 옷차림과 용모가 자아내는 품위와는 터무니없이 동떨어진 행동을 했다. 헐레벌떡 달리고 있었는데, 마치 두 다리에 부담을 주는 데 익숙하지 않아서 지친 사람처럼 가끔 경중경중거렸다. 그렇게 달리면서 두 손은 위로 획획 쳐들었다 내리고, 머리는 둘레둘레하면서 얼굴을 있는 대로 찌푸렸다.

"도대체 무슨 영문일까?" 내가 물었다. "둘레의 집들을 죄 쳐다보는군그래."

"보아하니 이리 오고 있어." 홈즈가 두 손을 비비며 말했다.

"여기로?"

"그래. 나한테 자문을 구하러 온다고 봐야겠지. 저런 증상을 내가 몰라볼 수는 없어. 하! 내 말이 맞지?" 홈즈가 그렇게 말할 때, 그 남자는 헉헉거리며 우리 집 현관으로 돌진해 와서, 온 집안이 쩌렁쩌렁 울리도록 초인종을 잡아당겼다.

잠시 후 그가 우리 방에 들어왔다. 여전히 헉헉거리고 여전히 몸짓이 요란스러웠지만, 두 눈에는 비애와 절망의 기색이 역력했다. 그 눈빛을 보고 우리의 웃음은 이내 전율과 연민으로 바뀌었다. 한동안 그는 말문을 열지 못하고 몸을 건들거리며, 이성의 한계에 이른 사람처럼 머리카락을 쥐어뜯었다. 그러다 갑자기 벌떡 일어나서 어찌나 우악스럽게 머리를 벽에 들이받던지, 우리 둘이 달려들어서야 가까스로 벽에서 떼어내 방 한가운데로 옮겨놓을 수 있었다. 셜록 홈즈는 남자를 편안한 의자에 다시 눌러 앉히고, 곁에 앉아서 손을 토닥거려주고는, 그가 자

유자재로 구사할 줄 아는 나긋나긋한 어조로 대화를 나누기 시작했다.

"저에게 얘기를 들려주려고 오신 게 아니었던가요?" 그가 말했다. "워낙 급히 오느라 지치셨군요. 기운을 추스를 때까지 좀 기다렸다가 말씀하세요. 저에게 맡기시려는 문제는 아주 기꺼이 조사해드릴 테니 염려 마시고요."

그 남자는 가쁜 숨을 몰아쉬며 1분 남짓 잠자코 격한 감정을 다스렸다. 그러다 손수건으로 이마를 훔치고 입을 앙다물더니 우리 쪽으로 고개를 돌렸다.

"내가 분명 미쳤다고 생각들 하시죠?" 그가 말했다.

"뭔가 큰 고민거리가 있어 보입니다." 홈즈가 답했다.

"그렇고말고요! 내 이성이 나가떨어질 정도입니다. 이 고민거리는 너무나 느닷없고 끔찍해요. 나는 여태 하늘을 우러러 한 점 부끄럼 없이 살아온 사람인데, 이제 공개적인 망신을 당하게 생겼습니다. 개인적인 고민이 없는 사람이야 어디 있겠습니까마는, 그 두 가지 문제가 한꺼번에, 아주 무섭도록 덮쳐와서 내 영혼을 뒤흔들고 있어요. 게다가 이건 나만의 문제가 아닙니다. 이 끔찍한 일에서 벗어날 방도를 찾지 못하면, 이 나라에서 가장 고귀한 분께서 고통을 당하시게 됩니다."

"진정하세요." 홈즈가 말했다. "그리고 당신이 누구신지, 대체 무슨 일이 일어났는지, 또박또박 말씀을 해주세요."

"내 이름은 아마 두 분도 들어봤을 겁니다." 우리의 방문객이 답했다. "나는 스레드니들 스트리트에 있는 '홀더 앤드 스티븐슨' 금융회사의 앨릭잰더 홀더입니다."

정말 그 이름은 우리도 잘 알고 있었다. 그는 런던 시티에서 두 번째로 큰 개인 금융회사의 사장이었다. 그렇다면 도대체 무슨 일이 일어났기에, 런던에서 가장 유명한 시민 가운데 한 명이 이렇게 그지없이 딱한 처지에 놓이게 된 걸까? 자못 궁금한 것을 참으며 우리는 그가 새롭게 마음을 다잡고 사연을 털어놓을 때까지 기다렸다.

"이건 시간을 다투는 일입니다." 그가 말했다. "그래서 홈즈 씨의 협조를 구하라고 형사가 제안을 해서 이렇게 득달같이 달려온 것입니다. 지하철로 베이커 스트리트까지 와서, 거기서부터는 두 발로 달려왔지요. 이런 눈길에는 마차가 너무 느리니까요. 내가 숨이 턱에 찼던 것도 그래서입니다. 별로 운동도 안 하는 사람이기도 해서요. 이젠 한결 낫군요. 그럼 가능한 한 간단하면서도 명료하게 사실을 밝히겠습니다.

물론 두 분도 잘 아시겠지만, 금융업의 성공 여부는 모름지기 기금의 투자처를 잘 찾는 능력에 달려 있습니다. 거래처와 예금주의 수를 늘리는 능력 못지않게 말입니다. 돈을 굴려서 가장 큰 수입을 올리는 방법 가운데 하나가 대출인데, 그러자면 담보가 확실해야 합니다. 우리는 지난 몇 년 동안 많은 대출을 했지요. 그래서 그림이나 장서, 금은 식기류를 담보로 잡고 거액을 대출해준 귀족 가문도 많답니다.

어제 아침 은행 사무실에 앉아 있을 때였어요. 직원이 명함 하나를 가져왔는데, 거기 적힌 이름을 보고 나는 화들짝 놀랐지요. 그분은 다름 아니라, 아니, 어쩌면 두 분에게도 그분 성함은 말하지 않는 게 낫겠어요. 다만 온 세상에서 그분을 모르는 이가 없다고, 그러니까 잉글랜드에서 가장 고귀하고, 가장 지체 높은 분 가운데 하나라고만 해두죠. 나는 영광스러워서 어쩔 줄을 몰랐습니다. 그분이 들어오셨을 때, 나는 그런 말을 하려고 했지만, 그분은 바로 업무 얘기로 들어갔습니다. 내키지 않는 일을 어서 해치우고 싶어하는 사람처럼 말입니다.

'홀더 씨.' 그분이 말했어요. '당신이 대출을 해준다는 말을 들었습니다.'

'담보만 되면 회사에서 대출을 해드립니다.' 내가 답했죠.

'당장 5만 파운드가 꼭 필요합니다. 물론 친구들을 통하면 그까짓 금액의 10배는 빌릴 수 있습니다. 하지만 기왕이면 이것을 업무적인 문제로 삼아서, 그 업무를 내가 손수 처리하고 싶습니다. 내 신분에 남들에게 신세를 지는 것은 그리 현명치 않다는 것을 잘 아실 겁니다.'

'그 금액을 얼마 동안이나 쓰실 건지 여쭤봐도 될까요?' 내가 물었습니다.

'다음 월요일에 거액이 생깁니다. 그러니 그때 대출액을 확실히 갚겠습니다. 당신이 받아 마땅하다고 생각하는 이자까지 쳐서 말입니다. 그러나 꼭 필요한 것은 그 금액을 지금 당장 받아야 한다는 것입니다.'

'제 개인 지갑에서 내드리는 거라면 더 이상의 협상 없이 기꺼이 대출을 해드리겠습니다.' 내가 말했지요. '그런데 그게 아니라면 좀 번거로우실 겁니다. 그러니까 만일 제가 회사 이름으로 대출을 해드려야 한다면, 제 동업자가 그래야 하듯이, 저 역시 누구에게 대출을 해주든 간에 모든 사업적 사전 조치를 취해야 합니다.'

'그렇게 하는 것이 좋겠소' 하고 말하며 그분은 의자 곁에 내려놓았던 네모난 검정 모로코 가죽 상자를 집어들었습니다. '녹주석 코로닛이라는 것을 들어봤겠지요?'

'대영제국의 가장 귀중한 공적 소유물 가운데 하나죠.' 내가 답했습니다.

'그렇습니다.' 그분이 상자를 열자, 그 안에 그분이 말한 장엄한 보석관이 부드러운 살색 벨벳에 푹 파묻혀 있더군요. '여기엔 39개의 커다란 녹주석이 박혀 있습니다. 금붙이 돋을새김의 가격만 해도 이루 헤아릴 수 없습니다. 이 코로닛의 가격은 최소로 잡아서 내가 요청한 금액의 두 배에 달합니다. 이것을 내 담보물로 맡겨두겠소.'

나는 두 손으로 소중한 상자를 받아들었습니다. 그리고 당혹스러운 눈길로 그것을 바라보다가 지체 높은 고객에게 눈길을 돌렸지요.

'가치를 의심하는 겁니까?' 그분이 묻더군요.

'전혀 아닙니다. 의심스러운 것은 다만……'

'내가 이것을 놓고 가도 되는가? 그 점에 대해서는 마음을 놓으십시오. 절대적으로 확실하게 이것을 나흘 안에 되찾아갈 수 없다면, 차마 맡길 생각도 못 했을 것입니다. 이 정도면 담보로 충분한가요?'

'넘칩니다.'

'홀더 씨, 아시겠지만 나는 당신에 대해 내가 들은 얘기를 고스란히 믿고, 이렇게 내 신뢰의 증표를 드리는 것입니다. 나는 당신이 지각이 있을 뿐 아니라, 입 또한 무거워서 이 일이 소문나는 일은 결코 없을 거라고 믿습니다. 그러나 무엇보다, 이 코로닛을 각별히 조심해서 보관해줄 거라고 믿습니다. 혹시 이것이 조금이라도 손상된다면 내가 대대적인 스캔들에 휘말릴 것은 두말할 나위가 없기 때문입니다. 보석이 손상되는 것은 아예 통째로 잃어버리는 것에 버금가는 심각한 일이 될 겁니다. 세상에는 이만한 녹주석이 또 없으니, 다른 것으로 대체하기는 불가능하니까요. 그런데도 나는 당신을 굳게 믿고 이것을 맡기겠습니다. 그리고 월요일 아침에 직접 이것을 찾으러 오겠습니다.'

내 고객이 어서 떠나고 싶어하는 것을 알고, 나는 더 이상 입을 열지 않고 출납계원을 불렀습니다. 그래서 1,000파운드짜리 어음 50장을 건네드리라고 지시했지요. 그러나 다시 혼자 남아 내 앞의 탁자에 보석상자를 내려놓고 가만 생각해보니, 내게 양도된 막대한 책임 때문에 왠지 불안하지 않을 수 없었습니다. 그건 국가 재산이기 때문에, 조금이라도 불운한 일이 생기면 엄청난 파란이 일어날 게 뻔했으니까요. 벌써부터 그것을 맡기로 한 것이 후회가 되더군요. 하지만 이제 와서 무르기는 늦었으니, 그것을 내 개인 금고에 넣어 잠가놓고 다시 일을 하기 시작했지요.

퇴근 시간이 되자, 그렇게 귀중한 물건을 경솔하게 사무실에 남겨둘 수는 없다는 생각이 들었습니다. 과거에 은행 금고가 강도에게 숱하게 털렸는데, 내 금고라고 예외일 수만은 없겠죠. 만일 금고가 털렸다가는 내 처지가 얼마나 비참해지겠습니까! 그래서 나는 이후 며칠 동안 상자를 품에 넣고 출퇴근을 하기로 결심했습니다. 한시라도 곁에서 떼어놓지 않겠다고 말입니다. 그런 생각으로 나는 상자를 가지고서 마차를 타고 스트레텀의 우리 집으로 갔습니다. 2층으로 올라가서 내 옷방 서랍장에 그것을 넣고 잠글 때까지 통 마음을 놓을 수가 없었지요.

홈즈 씨, 이제 내 식솔들에 대해 말씀드리겠습니다. 그래야만 상황을 철저히 이해하실 수 있을 테니까요. 우리 집 마부와 시동은 집 밖에서 묵으니 그들은 빼도 될 듯합니다. 나와 함께 여러 해를 지낸 하녀가 세 명 있는데, 그들은 워낙 믿음직해서 의심할 여지가 없습니다. 또 한명, 루시 파라는 잔심부름하는 하녀가 있는데, 불과 몇 달 전에 우리 집에 들어왔지요. 하지만 최고의 추천장을 가지고 온 데다 나를 실망시키는 법이 없었습니다. 그 애는 아주 예뻐서, 때로 집 주위에 남자애들깨나 꼬인답니다. 그게 그 애의 유일한 결점이지요. 하지만 어느 모로 보나 그 애는 나무랄 데 없이 좋은 애라고 우린 믿고 있어요.

하인 얘기는 이 정도로 해두죠. 가족은 워낙 단출해서 길게 얘기할 것도 없을 겁니다. 나는 홀아비이고, 아서라는 외아들을 두었습니다. 그 녀석은 애물단지입니다, 홈즈 씨. 아주 후레자식이지요. 물론 다 내 탓입니다. 다들 내가 그 녀석을 망쳤다고 하지요. 아마 그 말이 맞을 겁니다. 사랑하는 아내가 세상을 뜬 뒤, 아들놈이 아니면 누굴 위해주나 하는 생각이 들었지요. 나는 한시라도 그 녀석의 얼굴에서 웃음이 떠나는 것을 견딜 수가 없었습니다. 녀석이 바라는 건 뭐든 들어주었지요. 내가 좀 엄했으면 우리 둘 다에게 좋았을 테지만, 그게 다 그 녀석 잘되라고 한 일이었습니다.

당연히 나는 그 녀석이 내 사업을 물려받기를 바랐지요. 하지만 녀석은 사업가 체질이 아니었습니다. 거칠고, 제멋대로이고, 사실을 말하자면, 녀석을 믿고 거액을 다루게 할 수가 없었어요. 녀석은 젊어서 귀족 클럽의 회원이 되었습니다. 그래도 매너는 좋아서, 주머니가 두둑하고 손도 큰 여러 회원들과 곧 사이좋게 어울렸습니다. 카드 놀음판을 크게 벌이고, 경마장에서 흥청망청 돈을 날리는 걸 배운 겁니다. 그러면서 내게 용돈을 앞당겨달라고 사정을 하기 일쑤였지요. 노름빚을 갚기 위해서 말입니다. 녀석은 그래도 몸담고 있는 위험한 동아리에서 탈퇴를 하려고 한 번 이상은 용을 썼답니다. 하지만 친구처럼 지내는 조지 번웰 경의 말이라면 사족을 못 써서, 다시 클럽으로 돌아갔지요.

정말이지 녀석이 조지 번웰 경에게 사족을 못 쓰는 것도 알고 보면 그럴 만합니다. 우리 집으로 그를 곧잘 데려왔는데, 정말 여간 매력적인 젊은이가 아니었습니다. 아서보다 나이가 많은데, 세상사에 아주 달통한 젊은이랍니다. 안 가본 곳이 없고, 보지 못한 것이 없더군요. 말솜씨도 여간 아니고, 용모도 아주 준수하지요. 하지만 냉철하게 생각해보면, 그런 매력과는 영 딴판으로, 나는 그가 전혀 미덥지 않은 인물이라고 확신합니다. 그의 두 눈에서 내가 포착한 표정이나, 냉소적인 어조로 미루어볼 때 말입니다. 나만 그렇게 생각하는 게 아니라, 사람 보는 안목이 높은 우리 메리도 그렇게 생각하지요.

그럼 이제 메리만 얘기하면 되겠군요. 그 애는 질녀입니다. 내 형제가 다섯 해 전에 그 애를 남기고 세상을 뜨자, 내가 거두었지요. 나는 그 애를 언제나 친딸로 여겼습니다. 그 애는 우리 집의 햇살이랍니다. 다정하고, 사랑스럽고, 아름답고, 관리인과 주부로서 집안일도 탄복할 정도로 잘 챙기지요. 그러면서도 세상 어떤 여자 못지않게 섬세하고 조용하고 부드럽답니다. 그 애는 내 오른팔이죠. 그 애가 없으면 난 어째야 좋을지 모를 정도입니다. 그 애가 내 뜻을 어기는 게 있다면 꼭 한 가지뿐이지요. 아들 녀석이 그 애를 열렬히 사랑해서 두 번이나 청혼을 했는데, 두 번 다 퇴짜를 놓았지 뭡니까. 혹시 아들 녀석을 바른 길로 이끌어줄 사람이 있다면 바로 그 애뿐이라는 게 내 생각입니다. 그 애와 결혼만 하면 녀석도 새사람이 될 것만 같은데, 오, 하느님, 이젠 너무 늦고 말았습니다. 영원히 때를 놓치고 말았어요!

이제 홈즈 씨도 우리 집 지붕 아래 사는 사람들을 다 알게 되었습니다. 그럼 계속해서 비참한 내 이야기를 털어놓겠습니다.

그날 저녁 식사를 하고 거실에서 커피를 마시다가, 나는 아서와 메리에게 그 얘기를 했습니다. 우리 집 지붕 아래 둔 그 소중한 보물 얘기 말입니다. 하지만 고객의 이름만은 입 밖에 내지 않았지요. 커피를 가져온 루시 파는 그때 틀림없이 거실을 떠난 뒤였어요. 하지만 문이 닫혔다고는 장담할 수 없습니다. 메리와 아서는 무척 흥미로워하면서, 그 유명한 코로닛을 보고 싶어했지요. 하지만 나는 손대지 않는 편이 낫겠다고 생각했습니다.

'그걸 어디에 두셨나요?' 아서가 물었습니다.

'내 서랍장에.'

'음, 밤에 우리 집에 도둑이 드는 일이 없어야 할 텐데.' 그가 말했습니다.

'잘 잠가두었어.' 내가 말했지요.

'아, 그 서랍장은 구닥다리 열쇠라면 다 맞을걸요. 제가 어렸을 때 골방 찬장 열쇠로 그걸 연 적이 있어요.'

녀석은 평소에 허튼소리를 곧잘 해서, 나는 그 말을 귓등으로 흘려들었지요. 그런데 녀석이 그날 밤 아주 심각한 얼굴로 내 방까지 따라왔습니다.

'아빠, 저 좀 보세요.' 녀석이 눈을 내리깔고 말했습니다. '200파운드만 주시면 안 될까요?'

'안 돼, 줄 수 없어!' 내가 딱 잘라 말했죠. '그간 네 돈 문제에 내가 너무 너그러웠어.'

'자상하셨던 거죠.' 녀석이 말했습니다. '그런데 이 돈은 꼭 필요해요. 마련하지 못하면 다시는 클럽에 얼굴을 내밀지 못해요.'

'그거 아주 잘됐구나!' 내가 외쳤지요.

'그건 그래요. 하지만 저를 불명예스러운 인간으로 남겨두실 건 아니잖아요. 어떤 방법으로든 그 돈을 마련해야 해요. 아버지가 안 주시겠다면, 다른 수를 내야 한다고요.'

나는 정말 발끈했습니다. 이달에 벌써 세 번째나 그랬으니 말입니다. '내게서는 땡전 한 푼 못 받을 줄 알아.' 내가 외치는 순간, 녀석이 고개를 꾸벅하더니, 더 이상 아무 말 없이 방을 나가더군요.

녀석이 나가자 나는 서랍장 자물쇠를 따고, 내 보물이 안전한지 확인한 다음 다시 잠갔습니다. 그 후 집 안을 둘러보며 문단속 점검을 하기 시작했지요. 그런 일은 평소에 메리한테 맡겼는데, 그날 밤만큼은 직접 하는 게 좋겠다는 생각이 들었던 겁니다. 아래층으로 내려갔더니, 메리가 홀 창가에 서 있더군요. 내가 다가갈 때 그녀는 창문을 닫아걸고 있었지요.

'여쭤볼 게 있어요, 아빠.' 그 애가 말했습니다. 표정이 좀 심란해 보인다는 생각이 들더군요. '그 하녀 루시에게 오늘 밤 외출을 허락하셨나요?'

'아니.'

'루시가 방금 뒷문으로 들어왔어요. 쪽문까지 가서 누군가 만난 게 분명해요. 그건 안전하지 못하니 당장 그러지 못하게 해야겠어요.'

'아침에 말하럼. 네가 원한다면 내가 말할게. 문단속은 잘 했겠지?'

'단단히 했어요, 아빠.'

'그럼, 잘 자거라.' 그 애에게 굿나잇 키스를 하고, 나는 다시 내 침실로 올라가서 곧 잠이 들었습니다.

나는 지금 낱낱이 얘기하려고 애를 쓰고 있습니다, 홈즈 씨. 사건과 조금이라도 관련된 거라면 뭐든 말씀드리려고요. 하지만 석연치 않은 대목이 있으면 바로 질문을 해주세요."

"웬걸요, 말씀이 대단히 명쾌합니다."

"이제 내 이야기를 들려드릴 때가 됐습니다. 여기서는 특히 내 얘기가 명쾌해야 할 텐데. 나는 그리 잠이 깊은 사람이 아닙니다. 마음에 근심이 한가득하면 분명 평소보다 더욱 선잠 드는 경향이 있지요. 새벽 2시 언저리에, 나는 집 안에서 무슨 소리가 나서 잠이 깼습니다. 그 소리는 내가 잠이 다 깨기 전에 사라졌지요. 하지만 어디선가 살짝 창문을 닫는 소리가 들린 듯한 기분이 들었습니다. 나는 잔뜩 귀를 기울이며 누워 있었지요. 느닷없이 정말 무섭게도, 옆방에서 나직하면서도 분명한 발소리가 들렸습니다. 두려움으로 가슴이 쿵쾅거렸지만 슬그머니 침대에서 빠져나와, 옷방을 문틈으로 빠끔히 들여다보았지요.

'아서!' 내가 외쳤습니다. '이 나쁜 놈! 이 도둑놈! 네가 감히 코로닛을 건드리다니!'

가스등은 내가 해놓은 대로 반만 켜져 있었습니다. 아들놈은 셔츠와 바지만 걸친 채 등불 곁에 서서 양손에 코로닛을 쥐고 있었습니다. 그걸 비틀려고 하는지, 구부리려고 하는지, 기를 쓰고 있었던 겁니다.

내가 버럭 외치자 녀석이 그걸 손에서 떨어뜨렸습니다. 그리고 안색이 시체처럼 창백해지더군요. 나는 코로닛을 얼른 집어들고 살펴보았습니다. 녹주석 세 개가 박힌 금붙이 조각 하나가 사라지고 없었어요.

'네 이놈!' 나는 분노로 피가 솟구쳐서 바락바락 외쳤습니다. '네가 이걸 망가뜨리다니! 나를 영영 욕되게 하다니! 네가 훔친 보석은 어디 두었느냐, 이놈!'

'훔쳤다고요?' 아서가 외쳤어요.

'그래, 이 도둑놈아!' 나는 녀석의 어깨를 잡고 흔들며 소릴 질러댔습니다.

'없어진 건 없어요. 뭐가 없어졌을 리가 없다고요.' 아서가 말했지요.

'세 개가 없어졌어. 그게 어디 있는지는 네가 알겠지. 도둑질에 이제는 거짓말까지 할 거냐? 또 다른 금붙이 조각을 떼어내려고 하는 걸 내가 못 본 줄 알아?'

'욕을 먹는 건 이걸로 충분해요. 더는 참을 수 없어요. 저를 욕하려고만 하시니 이 일에 대해서는 더 이상 말하지 않겠어요. 아침에 집을 나가겠어요. 이젠 독립을 하겠다고요.'

'네놈은 경찰에 잡혀갈 거다!' 나는 슬픔과 분노로 이성을 잃고 외쳤습니다. '이 문제를 철저히 조사하게 할 거야.'

'나한테서는 아무것도 알아내지 못할 거예요.' 녀석이 격노해서 외치더군요. 녀석의 천성에 그런 면이 있는 줄은 몰랐습니다. '경찰을 부르려면 불러보세요. 어디 경찰더러 찾으라고 해보시라고요.'

이 무렵에는 이미 온 집안 사람이 깨어났습니다. 내가 화가 나서 언성을 높였기 때문이지요. 메리가 가장 먼저 내 방으로 달려왔습니다. 코로닛과 아서의 얼굴을 보고 사태를 간파한 그 애는 비명을 지르더니 의식을 잃고 쓰러져버렸어요. 나는 하녀에게 경찰을 불러오게 해서 곧바로 사건 조사를 맡겼습니다. 경위와 순경 한 명이 집 안으로 들어서자, 팔짱을 끼고 뚱하니 서 있던 아서가 내게 묻더군요. 자기를 도둑으로 고발하려는 거냐고요. 이 일은 이제 사적인 문제가 아니라 공적인 문제가 되었다고 답해주었지요. 망가진 코로닛은 국가 재산이니까요. 나는 모든 것을 법에 맡기기로 결심했습니다.

'적어도 당장 저를 체포하라고 하진 않으실 거죠?' 녀석이 말했어요. '저를 5분만이라도 나갔다 오게 해주세요. 그게 저뿐만 아니라 아버지를 위해서도 좋을 거예요.'

'네놈을 나갔다 오게 해주다니, 그건 훔친 것을 감추겠다는 수작이 아니냐.' 내가 말했지요. 그런데 그 순간 나는 깨달았습니다. 내가 황당한 처지에 놓였다는 것을 깨달은 겁니다. 나는 녀석에게 내 명예를 생각해달라고 하소연했습니다. 뿐만 아니라 나보다 훨씬 더 고귀한 분의 명예도 위태롭게 된 걸 생각해달라고 사정했지요. 녀석이 스캔들을 퍼뜨릴 것처럼 은근히 위협을 한 건데, 그랬다가는 나라가 발각 뒤집힐 거라고 호소했습니다. 없어진 녹주석 세 개를 어떻게 했는지만 말해주면 그 모든 일을 막을 수 있다고 말입니다.

'제발 사태를 직시하려무나.' 내가 말했습니다. '너는 현장에서 잡혔어. 자백을 하지 않으면 죄가 더 무거워질 거야. 이 일을 수습하기

The Adventures of Sherlock Holmes

위해 네가 할 수 있는 일만 한다면, 그러니까 그 녹주석이 어디 있는지 말해준다면, 모든 것을 용서하고 없던 일로 해줄게.'

'용서는 구하는 자에게나 베푸시죠.' 그러더니 녀석은 냉소를 머금고 나를 외면해버렸습니다. 나는 녀석이 너무 완강해서 이제 내가 무슨 말을 해도 소용이 없다는 것을 알았습니다. 남은 길은 하나밖에 없었지요. 나는 경위를 불러들여서 그를 구금하게 했습니다. 그리고 즉시 그의 몸만이 아니라 방까지 수색을 했지요. 집 안에 보석을 감춰두었음 직한 곳을 구석구석 다 뒤졌어요. 하지만 보석은 찾을 수 없었습니다. 그 몹쓸 녀석은 우리가 아무리 설득하고 으름장을 놓아도 입을 철통같이 다물고만 있지 뭡니까. 오늘 아침 녀석을 감옥에 처넣었습니다. 그리고 경찰의 의례적인 조사가 모두 끝난 후 이곳으로 달려왔습니다. 솜씨를 발휘해서 이 사건을 좀 해결해달라고 간청을 하려고요. 경찰은 현재로선 아무것도 할 수 없다고 대놓고 말하더군요. 필요하다고 생각하시면 돈은 얼마든지 써도 좋습니다. 나는 이미 1,000파운드의 현상금을 걸었습니다. 아, 하느님, 나는 어쩌면 좋습니까! 하룻밤 사이에 명예를 잃고, 보석을 잃고, 자식까지 잃었으니. 아, 나는 어쩌란 말입니까!"

그는 머리 양쪽을 부여쥐고 몸을 앞뒤로 흔들며, 이루 말할 수 없는 슬픔을 가누지 못하는 아이처럼 뭐라고 웅얼거렸다.

셜록 홈즈는 이맛살을 찌푸리고 벽난로 불만 바라보며 몇 분 동안 말없이 앉아 있었다.

"집에 찾아오는 사람이 많나요?" 그가 물었다.

"아니요. 내 동업자와 그의 가족 외에는 없습니다. 그리고 가끔 아서의 친구가 들르고요. 조지 번웰 경은 최근 여러 번 들렀지요. 그 밖에는 아무도 없는 것 같습니다."

"사교 모임에는 안 나가십니까?"

"아서만 나가지요. 메리와 나는 늘 집에 있습니다. 우린 그런 걸 좋아하지 않거든요."

"어린 아가씨치고는 유별나군요."

"그 애는 조용한 성격입니다. 그리고 그리 어리지도 않지요. 이제 스물네 살이니까요."

"이제까지 들은 얘기로 미루어볼 때, 이 사건은 그녀에게도 충격이 컸던 것 같군요."

"컸다마다요! 그 애는 나보다 더 큰 충격을 받았습니다."

"두 분은 아서가 유죄라는 것을 의심치 않는군요?"

"녀석이 코로닛을 쥐고 있는 걸 내 두 눈으로 똑똑히 봤으니 어떻게 안 그러겠습니까?"

"그건 결정적인 증거라고 할 수 없습니다. 남은 코로닛이 손상되었겠지요?"

"네, 뒤틀려 있습니다."

"그럼 아서가 그것을 펴려고 했다고 볼 수도 있잖아요?"

"이렇게 고마울 데가! 그 녀석과 나를 이렇게 위해주려고 하시니 정말 고맙습니다. 하지만 그건 무리예요. 도둑질이 아니라면 녀석이 도대체 거기서 뭘 하려고 했단 말입니까? 정말 결백하다면 왜 그렇다고 말을 하지 않는단 말입니까?"

"바로 그겁니다. 그가 유죄라면, 왜 거짓말로 둘러대지 않았을까요? 그가 입을 다문 것은 내가 보기에 정반대로도 해석할 수 있습니다. 이 사건에는 여러 가지 독특한 데가 있군요. 주무시다가 무슨 소리를 듣고 깨어났다고 하셨는데, 경찰은 그게 무슨 소리라고 생각하던가요?"

"아서가 침실 문을 닫다가 난 소리일 거라고 하더군요."

"참 그럴듯하군요! 중죄를 지으려는 사람이 집안 사람을 깨우려고 문을 쾅 닫았다니 원. 그렇다면 보석이 어디로 사라졌을 거라고 하던가요?"

"경찰은 보석을 찾기 위해 지금도 바닥 판자를 두드려보고, 가구를 샅샅이 뒤져보고 있습니다."

"집 밖을 살펴볼 생각도 하던가요?"

"네, 그들은 여간 애를 쓰지 않았습니다. 이미 모든 정원을 샅샅이 살펴보았지요."

"그렇다면 이 사건은 홀더 씨나 경찰이 처음에 생각했던 것보다 사실 그 뿌리가 더 깊다는 생각은 들지 않습니까? 이것을 간단한 사건으로 보신 듯한데, 내게는 매우 복잡해 보입니다. 홀더 씨가 생각하는 게 뭔지 한번 되짚어봅시다. 아드님이 침대에서 내려와, 큰 위험을 무릅쓰고 옷방으로 가서, 서랍장을 열고 코로닛을 꺼내, 전력을 다해서 아주 조금만 뜯어낸 다음, 그걸 어딘가 다른 장소로 가져가서, 서른아홉 개의 녹주석 가운데 하필이면 세 개만을, 아무도 발견하지 못하게끔 아주 교묘하게 감춰놓고, 발각당할 위험이 가장 큰 옷방으로 다른 녹주석 서른여섯 개를 가지고 다시 돌아왔다, 이거죠? 이런 생각이 지금도 일리가 있다고 보십니까?"

"하지만 그게 아니면 뭐란 말입니까?" 은행가가 절망적인 몸짓을 하며 외쳤다. "녀석이 그걸 훔칠 생각이 없었다면, 도대체 왜 사정 얘기를 하지 않는단 말입니까?"

"그걸 알아내는 게 우리가 할 일입니다." 홈즈가 답했다. "그럼 이제 홀더 씨, 괜찮으시다면 함께 스트레텀으로 가시죠. 좀 더 면밀히 현장을 살펴봐야겠습니다."

내 친구는 이 원정에 내가 동참해야 한다고 고집했다. 그거야 나도 바라 마지않는 일이었다. 여태 이야기에 귀를 기울이면서 호기심과 동정심이 모락모락 피어올랐기 때문이다. 고백컨대 불행한 이 은행가가 아들을 도둑으로 본 것처럼 나 또한 그랬다. 하지만 나는 홈즈의 판단을 믿었기 때문에, 홈즈가 은행가의 설명에 불만스러워하는 한 뭔가 틀림없이 희망의 여지는 있다는 생각이 들었다. 런던에서 남부 교외로 빠져나가는 동안 내내 홈즈는 한마디 말도 하지 않았다. 다만 고개를 푹 숙이고 앉아 눈을 가리도록 모자를 눌러쓰고 하염없이 깊은 생각에 잠겨 있었다. 우리 의뢰인은 홈즈가 한 말에서 한 가닥 희망의 빛을 보고 새롭게 용기를 얻었는지, 나에게 은행 얘기를 두서없이 늘어놓기까지 했다. 잠깐 기차를 타고, 더 잠깐 걸어서, 우리는 대금융업자의 수수한 저택인 페어뱅크에 이르렀다.

페어뱅크는 도로에서 조금 들어간 곳에 하얀 돌로 네모나게 지은 큼직한 저택이었다. 곡선의 2차선 마차 진입로와 눈 쌓인 잔디밭이 정문의 우람한 두 짝 철문 앞까지 뻗어 있었다. 오른쪽에는 나무 쪽문이 나 있었다. 식품 배달인들이 이용하는 이 쪽문으로 들어가면 단정한 생울타리 사이로 뻗은 작은 길을 따라 부엌까지 갈 수 있었다. 왼쪽에는 마구간으로 향한 오솔길이 나 있었다. 정원에 속해 있지 않은 이 길은 거의 쓰이지 않았지만 그래도 공용 도로였다. 홈즈는 우리를 현관 앞에 남겨두고, 천천히 걸으며 집 주위를 둘러보았다. 건물 앞쪽을 가로질러 가서 식품 배달인이 다니는 길을 따라 내려간 그는, 정원 뒤쪽을 빙 돌아서 마구간 오솔길로 접어들었다.

그가 너무 오래 돌아오지 않자 홀더 씨와 나는 식당으로 들어가서, 벽난로 가에 앉아 그가 돌아오기를 기다렸다. 우리가 말없이 앉아 있을 때 식당 문이 열리더니 젊은 아가씨가 들어왔다. 중간은 좀 넘는 키에 몸매가 가냘픈 아가씨였다. 검은 머리카락과 눈동자는 워낙 창백한 피부 때문에 더욱 검어 보였다. 정말 그렇게 시체처럼 창백한 여자의 얼굴은 생전 본 적이 없는 것 같다. 입술도 핏기가 없었지만, 두 눈은 울어서 붉게 충혈되어 있었다. 소리 없이 식당으로 들어선 그녀는 아침에 본 은행가보다 더 큰 슬픔에 잠긴 사람처럼 보였다. 그녀는 대단한 자제력을 지닌 강인한 성격의 여성인 게 분명해서, 그 슬픔이 더욱 두드러져 보였다. 내가 같이 있는 것을 아랑곳하지 않고 그녀는 삼촌에게 곧장 다가가더니, 다정한 여성의 손길로 삼촌의 머리를 어루만졌다.

"아서 오빠를 석방하라고 말씀하시고 오셨죠, 아빠?" 그녀가 물었다.

"아니, 아냐, 얘야, 그 사건은 철저히 조사해야 해."

"하지만 저는 오빠가 결백하다고 확신해요. 아빠도 여성의 직감이 뭔지 아시잖아요. 저는 오빠가 나쁜 짓을 하지 않았다는 걸 알아요. 아빠는 모질게 다그친 걸 후회하실 거예요."

"녀석이 결백하다면, 그렇다고 왜 말을 하지 않겠어?"

"그거야 누가 알겠어요? 아빠가 의심하는 게 너무 화가 나서 그런 게 아닐까요?"

"녀석이 코로닛을 들고 있는 것을 실제로 보았으니 어떻게 의심하지 않을 수 있겠느냐."

"아, 하지만 오빠는 그냥 구경이나 하려고 집어들었을 거예요. 제발, 제발 오빠가 결백하다는 제 말을 믿어주세요. 이런 일은 그만두고 더 이상 문제 삼지 말아요, 네? 오빠가 감옥에 있다는 생각만 해도 너무 무서워요!"

"보석을 찾을 때까지는 결코 그만두지 않을 거야. 결코! 너는 아서 걱정을 하느라 나한테 큰일이 난 것은 안중에도 없구나. 이 일을 그만두기는커녕, 더욱 깊이 조사하기 위해 런던에서 신사 한 분을 모셔왔어."

"이분인가요?" 그녀가 나를 돌아보며 물었다.

"아니, 이분의 친구시지. 그분은 혼자 있게 해달라고 하셨어. 지금 마구간 오솔길 근방에 계셔."

"마구간 오솔길?" 그녀가 검은 눈썹을 살짝 치켜올렸다. "그런 곳에 뭐가 있담? 아, 저분이시군요. 선생님, 사촌오빠는 이번 일에 결백해요. 전 확신해요. 선생님께서 그 사실을 증명하실 수 있을 거라고 믿어요."

"아가씨의 의견에 전적으로 동의합니다. 또한 아가씨와 함께 우리가 그것을 증명할 수 있을 거라고 믿습니다." 그렇게 대꾸하면서 홈즈는 깔개가 있는 곳으로 돌아가서 신발에 묻은 눈을 털어냈다. "메리홀더 양이신가 보군요. 한두 가지 질문을 드려도 될까요?"

"그럼요. 제가 이 소름끼치는 일을 해결하는 데 도움이 될 수만 있다면요."

"간밤에 무슨 소리를 듣지 못하셨나요?"

"네, 못 들었어요. 여기 계시는 삼촌께서 크게 말씀하시기 시작할 때까지는요. 저는 큰소리가 나는 걸 듣고 나가봤죠."

"아가씨가 어젯밤에 문단속을 하셨는데, 창문을 모두 잘 잠그셨나요?"

"네."

"오늘 아침에도 창문이 잘 잠겨 있었나요?"

"네."

"애인이 있는 하녀가 있다죠? 어젯밤 그 하녀가 애인을 만나러 나간 적이 있다고 삼촌에게 얘기하셨죠?"

"네. 그 하녀는 거실에서 시중을 드는 애랍니다. 삼촌의 코로닛 얘기를 그 애가 엿들었을지도 몰라요."

"알겠습니다. 아가씨는 하녀가 나가서 애인한테 얘기를 했고, 그래서 두 사람이 그걸 훔칠 궁리를 했는지도 모른다고 생각하시는군요."

"하지만 애야, 그런 막연한 생각이 무슨 소용이 있단 말이냐." 은행가가 참지 못하고 외쳤다. "아서가 코로닛을 들고 있는 걸 내가 보았다고 말했잖아."

"잠시 기다려주십시오, 홀더 씨. 그 문제는 다시 얘기하게 될 겁니다. 홀더 양, 그 하녀 말인데요. 그녀가 부엌문으로 돌아오는 것을 보신 모양이죠?"

"그래요. 어젯밤 문단속을 하러 갔다가 몰래 들어오는 그 애와 마주쳤어요. 그 애의 남자가 어둠 속에 있는 것도 보았죠."

"그 남자를 아세요?"

"아, 네. 그는 우리 집에 채소를 대주는 채소 장수예요. 이름은 프랜시스 프로스퍼랍니다."

"그가 서 있던 곳은," 하고 홈즈가 말했다. "부엌문 왼쪽이죠. 그러니까, 부엌까지 와서 좀 더 위로 올라간 곳 말입니다. 그렇죠?"

"네, 맞아요."

"그리고 그 남자는 다리 하나가 나무 의족이죠?"

표정이 풍부한 젊은 아가씨의 검은 두 눈에 두려워하는 기색이 언뜻 떠올랐다. "아니, 정말 마법사 같으세요. 그걸 다 어떻게 아시죠?" 그녀가 미소를 지었지만, 홈즈의 여위고 열띤 얼굴에는 화답하는 미소가 어리지 않았다.

"이제 위층으로 올라가 보고 싶습니다." 그가 말했다. "집 밖은 나중에 다시 살펴봐야 할 것 같군요. 아, 올라가기 전에 먼저 아래층 창문부터 살펴봐야겠습니다."

그는 민첩하게 돌아다니며 아래층 창문을 하나씩 살펴보다가, 홀에서 마구간 오솔길이 내다보이는 커다란 창문 앞에서만큼은 걸음을 멈추었다. 그는 이 창문을 열더니, 고배율의 돋보기로 창턱을 아주 꼼꼼히 살펴보았다. "이제 위층으로 가봅시다." 이윽고 그가 말했다.

은행가의 옷방은 수수한 가구를 들여놓은 작은 방이었다. 회색 카펫이 깔렸고, 커다란 서랍장 하나와 긴 거울이 하나 있었다. 홈즈는 곧바로 서랍장 쪽으로 가서 자물쇠를 살펴보았다.

"이건 어떤 열쇠를 쓰나요?" 그가 물었다.

"아들놈이 말한 바로 그 열쇠입니다. 골방 찬장 열쇠."

"여기 있나요?"

"화장대 위에 있는 게 그겁니다."

셜록 홈즈는 열쇠를 집어들고 서랍장을 열었다.

"소리 없이 열리는군요." 그가 말했다. "이게 열릴 때 깨어나지 않으신 것도 무리가 아닙니다. 이 상자에 코로닛이 들어 있는 모양이군요. 한번 살펴봐야겠습니다." 그가 상자를 열고 보석관을 꺼내 탁자 위에 올려놓았다. 그것은 장엄한 걸작 보석 세공품이었다. 서른여섯 개의 보석은 일찍이 내가 본 것 가운데 가장 훌륭했다. 코로닛 한쪽에는 가장자리가 구부러지고 손상된 자국이 있었다. 보석 세 개가 박힌 금붙이 조각 하나가 떨어져 나가고 없는 게 바로 그곳이었다.

"자, 홀더 씨." 홈즈가 말했다. "떨어져나간 금붙이 조각과 일치하는 게 여기 있습니다. 이걸 떼어내 보시겠습니까?"

은행가가 펄쩍 뛰었다. "그건 엄두도 낼 수 없는 일입니다." 그가 말했다.

"그럼 내가 해보죠." 홈즈가 느닷없이 불끈 힘을 주었다. 그러나 헛수고였다. "살짝 휘어지는 느낌이 듭니다. 하지만 내 손아귀 힘이 여간 세지 않은데도 이것을 뜯어내려면 시간깨나 걸릴 것 같습니다. 보통 완력으로는 떼어낼 수가 없어요. 자, 내가 이것을 떼어낸다면 무슨 일이 일어날까요, 홀더 씨? 아마 총 소리 뺨치는 요란한 소리가 날 겁니다. 그런 일이 잠자리에서 불과 몇 미터 떨어진 곳에서 일어났는데도 아무 소리도 듣지 못했다는 겁니까?"

"갈피를 잡을 수가 없군요. 그저 캄캄할 따름입니다."

"하지만 차차 밝아질 겁니다. 홀더 양은 어떻게 생각하죠?"

"저도 삼촌만큼이나 혼란스러워요."

"여기서 아드님을 보았을 때, 아드님이 신발도 슬리퍼도 신고 있지 않았죠?"

"바지와 셔츠만 걸쳤더군요."

"고맙습니다. 이번 조사에는 유달리 행운이 따른 것 같습니다. 우리가 이 사건을 해결하지 못한다면 그건 순전히 우리 잘못일 겁니다. 홀더 씨, 허락해주신다면 이제 집 밖을 계속 조사해볼까 합니다."

그는 혼자 나갔다. 불필요한 발자국을 남기면 일만 더 어려워질 거라면서 그러길 바란 것이다. 한 시간 남짓 조사를 한 그는 신발에 잔뜩 눈을 묻히고 돌아왔다. 무슨 생각을 하는지 알 수 없는 표정은 여전했다.

"홀더 씨, 제가 여기서 봐야 할 것은 다 본 것 같습니다." 그가 말했다. "이제 저는 집으로 돌아가는 게 좋겠습니다."

"하지만 보석은요, 홈즈 씨. 보석은 어딨습니까?"

"말할 수 없습니다."

은행가는 양손을 힘주어 그러쥐었다. "영영 잃어버렸군요!" 그가 외쳤다. "그럼 내 아들은 어쩌죠? 내게 희망을 주었잖습니까."

"제 생각에는 전혀 변함이 없습니다."

"그럼 도대체, 그날 밤 이 집에서 벌어진 그 암담한 일은 다 뭐란 말입니까?"

"내일 아침 9시에서 10시 사이에 베이커 스트리트로 저를 찾아오세요. 그러면 그때 기꺼이 최선을 다해 이 사건을 설명해드리겠습니다. 이번 사건을 해결해드리는 대가로 백지수표를 주겠다고 하신 걸로 알고 있습니다. 보석을 되찾을 수만 있다면 제가 얼마를 써도 좋다고 하셨죠?"

"그걸 되찾을 수만 있다면 내 재산을 내놓겠습니다."

"아주 좋아요. 그럼 지금부터 그때까지 사건을 파헤쳐보겠습니다. 안녕히 계십시오. 날이 저물기 전에 다시 이곳에 들를지도 모르겠습니다."

이 사건에 대해 내 친구는 결론을 내린 게 분명했다. 결론이 무엇인지는 전혀 짐작도 가지 않았지만 말이다. 집으로 돌아가는 도중 그 점에 대해 여러 번 그의 생각을 떠보았지만, 그는 언제나 슬그머니 화제를 돌려버렸다. 결국 나는 포기하고 말았다. 다시 집에 돌아왔을 때는 3시가 채 되지 않았다. 그는 부랴부랴 자기 방으로 들어가더니, 몇 분후 여느 백수건달 차림으로 다시 내려왔다. 칼라를 세우고, 번질거리는 꾀죄죄한 코트 차림에, 빨간 넥타이를 두르고, 낡은 부츠를 신은 그는 백수건달의 완벽한 표본이었다.

"이만하면 되겠지." 그가 벽난로 위의 거울을 바라보며 말했다. "왓슨, 자네와 같이 가고는 싶지만 그러면 안 될 것 같아. 내가 이 사건의 꼬리를 잡았는지, 아니면 도깨비불을 뒤쫓고 있는지 모르겠는데, 그게 곧 밝혀질 거야. 몇 시간 후에 돌아올게." 그는 찬장 위의 쇠고기 덩어리를 얇게 한 조각 잘라내서 둥근 빵 두 조각 사이에 끼워 넣더니, 거친 이 먹을거리를 주머니에 찔러 넣고 원정을 떠났다.

내가 막 차를 다 마셨을 때 그가 돌아왔다. 고무천을 댄 낡은 부츠

한 짝을 대롱대롱 흔드는 모습을 보니 자못 기분이 좋은 게 분명했다. 그는 부츠를 한쪽 구석에 던져놓고 느긋하게 차를 마셨다.

"지나가다 잠깐 들른 거야." 그가 말했다. "곧 나가봐야 해."

"어디로?"

"음, 웨스트엔드 맞은편으로. 한참 있다 돌아올 거야. 내가 늦더라도 기다리지 마."

"일은 잘 진척되고 있어?"

"아, 그저 그래. 불만이 없는 정도지. 스트레텀에 다녀왔는데, 그 집에 들르진 않았어. 이건 아주 깜찍한 문제야. 무슨 일이 있어도 이건 해결하고야 말 거야. 하지만 이렇게 주절거리고 있을 때가 아니지. 낯 뜨거운 이 옷은 벗어젖히고 아주 품위 있는 모습으로 돌아가야겠어."

그가 말로는 무덤덤했지만, 태도로 보아서는 아주 흡족해한다는 것을 역력히 알 수 있었다. 눈이 초롱초롱했고, 홀쭉한 뺨에는 홍조까지 띠고 있었다. 그는 냉큼 2층으로 올라갔다. 몇 분 후 현관문이 쾅 닫히는 소리가 들린 것으로 보아, 또다시 그가 신나는 사냥 길에 올랐다는 것을 알 수 있었다.

자정까지 기다렸지만 그가 돌아올 기미가 보이지 않아서 나는 자러 들어갔다. 그가 단서를 바짝 뒤쫓고 있을 때면 내리 며칠 동안 집에 들어오지 않는 게 예사여서, 나는 그가 늦어도 놀라지 않았다. 그가 몇 시에 돌아왔는지 몰라도, 아침 식사를 하러 내려가 보니 그가 한 손에는 커피잔을 들고 다른 손에는 신문을 들고 앉아 있었다. 그는 지친 기색도 없고 차림새도 말쑥했다.

"왓슨, 먼저 먹어서 미안해. 하지만 우리 의뢰인이 오늘 아침 일찍 오기로 했잖아?" 그가 말했다.

"이런, 벌써 9시가 넘었군." 내가 말했다. "의뢰인이 벌써 왔을 수도 있는 시간이잖아. 초인종 소리가 난 것 같은데?"

찾아온 사람은 정말 우리의 의뢰인 금융업자였다. 나는 하룻밤 사이에 변한 그의 모습에 입이 딱 벌어졌다. 널따랗고 큼직한 게 자연스러웠던 얼굴이 반쪽이 되어 있었고, 흰머리가 부쩍 늘어난 듯했다. 피곤하고 무력한 모습으로 실내에 들어선 그는, 행동거지가 요란스러웠던 전날 아침보다 더욱 괴로워 보였다. 그는 내가 앞으로 밀어준 안락의자에 무겁게 털썩 주저앉았다.

"내가 대체 뭘 어쨌다고 이런 모진 시련을 겪는지 모르겠습니다." 그가 말했다. "이틀 전만 해도 나는 행복하고 순탄한 삶을 살고 있었어요. 세상 근심 하나 없이 말입니다. 그런데 이제는 쓸쓸하고 치욕스러운 늙은이가 되고 말았어요. 슬픔은 꼬리에 꼬리를 물고 밀려오는군요. 메리가 나를 버렸어요."

"버려요?"

"네. 오늘 아침 그 애의 잠자리를 보니 잔 흔적이 없어요. 방은 비어 있었고, 내게 남긴 쪽지만 달랑 홀 탁자에 놓여 있었습니다. 그 애가 내 아들과 결혼만 했다면 모든 일이 잘 풀렸을 거라고, 간밤에 내가 푸념을 좀 했지요. 화가 나서가 아니라 슬퍼서요. 그런 말을 하다니 내가 지각이 없었지. 그 애가 남긴 쪽지가 바로 이겁니다.

누구보다 사랑하는 삼촌

　삼촌에게 괴로움만 안겨드린 것 같아요. 제가 달리 처신했다면 이런 비참한 일은 일어나지 않았을 텐데. 자꾸만 이런 생각이 들어서, 삼촌과 다시는 한지붕 아래서 행복하게 살지 못할 것 같아요. 이젠 그만 삼촌 곁을 떠날 때가 된 것 같아요. 제 앞날은 걱정하지 마세요. 준비는 되어 있으니까요. 무엇보다도, 저를 찾지 말아주세요. 그래봐야 헛수고만 하실 테니까요. 그건 또 저를 위한 일도 아니니까요. 살아서나 죽어서나 영원토록

삼촌을 사랑하는

메리 드림

홈즈 씨, 이게 대체 무슨 뜻인가요? 혹시 자살하겠다는 것은 아닐까요?"

　"아니, 아닙니다. 그런 건 아니에요. 어쩌면 이것이 최선의 해결책인지도 모르겠습니다. 이제 홀더 씨의 괴로움도 막을 내리고 있는 듯합니다."

　"하! 그럴 줄 알았어요! 무슨 말인가 들었군요, 홈즈 씨. 뭔가 알아냈어요! 보석은 어디 있죠?"

　"개당 1,000파운드라면 지나치다고 생각지 않으시겠죠?"

　"1만 파운드라도 드리겠소."

　"그럴 필요는 없습니다. 3,000파운드면 됩니다. 그리고 현상금도 있는 걸로 압니다. 수표책을 갖고 계시죠? 여기 펜이 있습니다. 4,000파

운드로 해주시면 좋겠군요."

어리벙벙한 표정으로 은행가는 수표에 요구액을 썼다. 홈즈는 자기 책상으로 가서, 안에 세 개의 보석이 박힌 삼각형의 금붙이 조각을 꺼내, 탁자에 내려놓았다.

의뢰인이 기쁨의 환성을 터트리며 덥석 집어들었다.

"찾았군요!" 그가 숨넘어가는 소리로 말했다. "살았어! 난 살았어!"

기쁨의 반응은 예전에 그가 슬퍼했던 것만큼이나 격정적이었다. 그는 되찾은 보석을 가슴에 꼭 끌어안았다.

"홀더 씨는 또 갚아야 할 다른 빚이 있습니다." 셜록 홈즈가 다소 엄하게 말했다.

"빚!" 그가 펜을 집어들었다. "금액만 말씀하세요. 바로 지급하겠습니다."

"아니요, 그건 저에게 빚진 게 아닙니다. 홀더 씨는 아주 겸허하게 사과를 해야 합니다. 그 고상한 청년, 바로 아드님에게 말입니다. 내가 아들을 두었다면, 이번 사건에서 내 아들이 그랬으면 참으로 자랑스러울 그런 자세를 댁의 아드님이 보여주었습니다."

"그렇다면 보석을 가져간 게 아서가 아니었다고요?"

"그건 어제도 말씀드렸습니다. 오늘 다시 말씀드리죠. 아드님은 도둑이 아닙니다."

"그게 정말이었군요! 그렇다면 어서 그 아이에게 갑시다. 가서 이 사실이 밝혀졌다고 알려줍시다."

"그는 이미 알고 있습니다. 이 사건의 전모를 간파한 나는 그를 만나 얘기를 나눠보았죠. 그가 입을 열지 않으려 한다는 것을 알고 내가 먼저 사실을 밝히자 내 말이 옳다는 것을 고백하지 않을 수 없었습니다. 그리고 내가 다는 알아내지 못한 몇 가지 사소한 얘기를 더 들려주더군요. 그런데 오늘 아침 홀더 씨가 가져온 소식이라면 그가 입을 열 것 같습니다."

"부디 말씀 좀 해주세요. 요상한 이 수수께끼의 전모를!"

"그러겠습니다. 제가 다다른 단계별로 말씀을 드리죠. 먼저 말씀드리고자 하는 것은, 제가 말하기도, 홀더 씨가 듣기도 여간 곤혹스럽지 않은 것입니다. 조지 번웰 경과 홀더 씨의 질녀 메리는 정분이 났습니다. 두 사람은 함께 달아났어요."

"우리 메리가? 그럴 리가!"

"안타깝게도 그건 혹시나가 아니라, 확실한 겁니다. 홀더 씨도 아드님도, 가족처럼 여긴 그 남자의 진짜 정체를 몰랐습니다. 그는 잉글랜드에서 가장 위험한 자로 손꼽히는 사람입니다. 몰락한 도박꾼이자 아주 지독한 악당이죠. 피도 눈물도 없는 자입니다. 댁의 질녀가 그런 남자에 대해 알 턱이 없죠. 그가 예전에 다른 수많은 여성에게 그랬듯이 그녀의 귓전에 사랑의 맹세를 속삭이자, 그녀는 자기가 그를 사랑에 빠지게 한 유일한 여자인 줄 착각하게 되었죠. 그 악마는 괜한 소릴 한 게 아닙니다. 그녀를 마침내 꼭두각시로 만든 거죠. 그녀는 거의 매일 저녁 그를 만났습니다."

"믿을 수도 없고, 믿지도 않을 거요!" 은행가가 아연 실색한 얼굴로 외쳤다.

"그럼 그날 밤 댁에서 무슨 일이 일어났는지 말씀드리죠. 메리 양은 홀더 씨가 침실로 들어간 줄 알고, 슬그머니 내려가서 마구간 오솔길이 내다보이는 창문을 통해 연인과 얘기를 나누었습니다. 그의 발자국이 눈밭에 두루 선명하게 찍혀 있었는데, 거기에 오래 서 있었던 거죠. 그녀는 그에게 코로닛 얘기를 했습니다. 그 얘기는 황금에 대한 그의 사악한 욕망에 불을 댕겼죠. 그녀가 그를 사랑하는 것은 분명합니다. 그런데 남자한테 빠지면 다른 모든 사랑은 온데간데없는 그런 여자들이 있어요. 내가 보기에 메리 양이 바로 그 짝입니다. 그녀는 홀더 씨가 아래층으로 내려오는 것을 보고, 그의 지시를 제대로 듣지 못한 채 허둥지둥 창문을 닫았습니다. 그러고는 하녀가 나무 의족을 한 연인과 탈선행위를 한다는 얘기를 늘어놓았는데, 그 얘기 자체는 물론 전적으로 사실입니다.

아서는 홀더 씨와 얘기를 나눈 후 자러 갔는데, 통 잠이 오지 않았습니다. 클럽에서 빚을 진 것 때문에 전전긍긍했기 때문이죠. 한밤중에 그는 방문 앞을 지나가는 나직한 발소리를 들었습니다. 그래서 일어나 밖을 내다보았는데, 놀랍게도 사촌 여동생이 살금살금 걸어서 옷방으로 들어가는 것이었어요. 화들짝 놀란 그는 대충 옷을 걸치고, 얄궂은 이 일이 점차 어떻게 진행되는지 보려고 어둠 속에서 기다렸습니다. 그녀는 곧 방에서 다시 나왔지요. 그는 통로 불빛에 비친 그녀가 귀중한 코로닛을 들고 가는 것을 보았습니다. 그녀가 계단을 내려가자, 질겁을 해서 가슴이 쿵쾅거리던 아서는 재빨리 달려가 홀더 씨의 방문 가까이 있는 커튼 뒤에 숨었습니다. 거기서는 아래층 홀에서 일어나는 일을 내려다볼 수 있으니까요. 그녀는 슬그머니 창문을 열고, 코로닛을 어둠 속의 누군가에게 건네주었어요. 그리고 다시 창문을 닫고 서둘러 자기 방으로 돌아갔지요. 그녀는 아서가 커튼 뒤에 숨어 있는 곳을 스치듯 지나갔습니다.

그녀가 현장에 있는 한 그는 꼼짝달싹할 수 없었습니다. 안 그러면 그가 사랑한 여성의 비행을 가차 없이 폭로하는 셈이었으니까요. 하지만 그녀가 자기 방으로 사라진 순간, 이 일이 아버지에게 얼마나 큰 불운을 몰고 올지, 이 일을 바로잡는 것이 얼마나 중요한지를 퍼뜩 깨달았습니다. 그는 아래층으로 달려가서, 그 차림새 그대로, 그러니까 맨발로, 창문을 열고 눈밭으로 뛰어나갔죠. 오솔길로 달려가자 달빛에 검은 사람 그림자가 보였습니다. 조지 번웰 경은 달아나려고 했지만 아서가 그를 붙잡았습니다. 결국 격투가 벌어졌죠. 아서는 코로닛 한쪽을 잡아당겼고, 상대는 다른 쪽을 잡아당겼습니다. 격투 중에 아서는 조지 경을 후려쳐서 눈에 상처를 냈지요. 그러다 갑자기 뭔가 딱 부러지는 소리가 났습니다. 아드님은 자기 손에 코로닛이 들려 있는 것을 알고 서둘러 집 안으로 돌아가 창문을 닫고 웃방으로 올라갔는데, 격투를 벌이다가 코로닛이 구부러진 것을 보고 그것을 펴려고 애를 쓰고 있는 바로 그때, 홀더 씨가 불쑥 나타난 겁니다.”

“그럴 수가!” 은행가가 입을 딱 벌렸다.

“아서는 아버지한테 칭찬을 들어 마땅한 판국인데, 오히려 아버지는 버럭버럭 화를 내면서 욕을 퍼부었지요. 해명을 하려면 사랑하는 사람을 배신해야 했습니다. 분명 배려를 해줄 가치가 없는 여자였지만, 아서는 기사도를 발휘해서 그녀의 비밀을 지켜주었지요."

"그래서 그 애가 코로닛을 보고 비명을 지르며 기절을 했군요." 홀더 씨가 외쳤다. "오, 맙소사! 나는 정말 눈먼 바보 멍청이였어요. 5분만 밖에 나갔다 오게 해달라고 한 것도! 그건 잃어버린 조각이 격투 현장에 있는지 알아보려고 한 것이었군요. 난 어쩌면 그렇게 그 애를 나쁘게만 봤을까!"

"내가 그 집에 도착했을 때," 하고 홈즈가 말을 이었다. "나는 즉시 아주 꼼꼼하게 집 주위를 둘러보았습니다. 눈밭에서 도움이 될 만한 흔적을 찾기 위해서였죠. 전날 저녁 이후에는 눈이 오지 않았고, 혹한 때문에 발자국이 잘 보존되어 있었습니다. 나는 식품 배달인의 길을 따라 내려가 봤지만, 거긴 발자국투성이라서 뭘 알아볼 수가 없었습니다. 하지만 바로 그 길 너머, 그러니까 부엌문에서 멀리 떨어진 곳에, 한 여자가 남자와 서서 얘기를 나눈 흔적이 있었습니다. 남자의 둥그런 발자국은 그가 나무 의족을 했다는 것을 보여주었죠. 나는 그들의 만남이 방해를 받았다는 것까지 알 수 있었습니다. 여자가 부엌문으로 부리나케 돌아갔기 때문입니다. 그건 뒤꿈치 발자국이 가볍게 찍히고 발끝은 움푹 파인 흔적으로 알 수 있습니다. 여자가 돌아간 후 남자는 좀 더 서성이다가 사라졌습니다. 나는 그때 그게 하녀와 애인의 발자국일 거라고 생각했습니다. 하녀 얘긴 이미 들었는데, 조사를 해보니 사실이었던 거죠. 정원도 돌아다녀 보았지만 경찰 발자국으로 보이는 어지러운 자국밖에 없었습니다. 그러나 마구간 오솔길로 접어들자,

내 앞 눈밭에 아주 길고 복잡한 이야기가 쓰여 있었습니다.

부츠를 신고 왕복을 한 남자 한 명의 발자국과 역시 왕복을 한 다른 발자국이 있었는데, 반갑게도 그 발자국의 임자는 맨발이었습니다. 나는 즉시 그게 아드님의 발자국이라고 확신했습니다. 부츠를 신은 남자는 걸었고, 아드님은 달렸습니다. 그런데 맨발 자국이 부츠 자국 위에도 찍혀 있으니, 아드님이 그의 뒤를 쫓아간 게 분명합니다. 발자국을 따라가 봤더니, 홀 창문에 이르더군요. 부츠 자국은 거기서 서성이면서 눈을 온통 다져놓았습니다. 다음에 나는 반대쪽으로 발자국을 따라가 보았습니다. 100미터쯤 오솔길을 내려갔죠. 거기서 부츠 자국이 뒤돌아선 것이 보였습니다. 그 부근은 난투를 벌인 것처럼 눈밭이 어지럽게 패어 있었지요. 그리고 피가 몇 방울 떨어져 있어서, 내가 잘못 본 게 아니라는 것을 증명해주었습니다. 그 후 부츠가 오솔길 아래로 달려갔는데, 그쪽으로 핏자국이 좀 더 나 있는 것으로 보아 다친 것은 그 남자였습니다. 부츠 자국이 큰길로 빠져나간 이후에는, 도로의 눈이 깨끗이 치워져 있어서 더 이상 단서를 찾을 수 없었습니다.

그러나 집 안으로 들어가서, 내가 돋보기로 홀 창턱과 창틀을 살펴본 것을 기억하실 텐데, 나는 누군가 창문을 넘나들었다는 것을 즉시 알 수 있었습니다. 누군가 젖은 맨발로 집 안에 들어오면서 남긴 자국을 알아볼 수 있었던 거죠. 그 후 나는 무슨 일이 일어났는지 가닥을 잡을 수 있었습니다. 어떤 남자가 창밖에서 기다렸고, 누군가 그에게 보석을 갖다 주었고, 그걸 목격한 아드님이 도둑을 뒤쫓아가서 도둑과 격투를 벌였고, 둘이서 코로닛을 서로 잡아당기는 바람에, 어느 쪽도 혼자서는 해낼 수 없는 단합된 힘이 코로닛을 손상시킨 것입니다. 아드님은 전리품을 가지고 돌아갔지만, 한 조각은 상대의 수중에 남아 있었지요. 나는 우선 여기까지 알아냈습니다. 이제 남은 문제는, 그 남자가 누구인가, 그리고 누가 그에게 코로닛을 갖다 주었는가, 하는 것이죠.

불가능한 것을 제외하고 남아 있는 것은 뭐든, 그것이 아무리 사실 같지 않더라도, 틀림없이 사실이라는 게 오래된 내 격언입니다. 자, 나는 홀더 씨가 코로닛을 갖다 준 게 아니라는 것을 알고 있었습니다. 그러니 남은 것은 질녀와 하녀들뿐입니다. 그게 하녀였다면, 아드님이 왜 누명을 쓰고 가만히 있었을까요? 그럴 이유가 없죠. 하지만 범인이 사촌 여동생이었다면, 그는 그녀를 사랑했기 때문에, 비밀을 지켜주려고 누명을 썼다는 게 아주 멋지게 설명이 됩니다. 그 비밀이 불명예스러운 것이었기 때문에 더욱 그렇지요. 게다가 그녀가 그 창가에 있는 것을 보았다는 홀더 씨의 말이나, 그녀가 코로닛을 보고 기절했다는 말을 떠올리자, 내 추측은 확신으로 바뀌었습니다.

그럼 그녀의 공범은 누구일까요? 물론 연인이겠죠. 홀더 씨에 대한 그녀의 사랑과 감사의 마음을 온데간데없이 몰아낼 만한 사람이 애인 말고 또 누가 있겠습니까? 나는 두 분이 밖에 나가는 일이 별로 없다는 것을 알고 있었어요. 친구는 매우 한정되어 있었지요. 그런데 그 가운데 조지 번웰 경이 있었습니다. 여성들에게 악명이 자자한 그 사람 이름을 나는 전에 들어본 적이 있답니다. 그 부츠의 임자, 잃어버린 보석을 가진 자는 그 사람인 게 분명했어요. 그는 비록 아서에게 발각되었다는 것을 알고 있었지만, 자기가 안전하다고 착각할 만했습니다. 아서가 입을 열었다가는 그녀의 명예가 땅에 떨어질 테니 말입니다.

자, 내가 다음에 어떤 조치를 취했는가는 홀더 씨도 짐작이 갈 것입니다. 나는 백수건달 차림으로 조지 경의 집에 찾아가서, 그의 하인과 그럭저럭 안면을 튼 다음, 집주인이 어젯밤에 머리를 다쳤다는 사실을 알아냈습니다. 그리고 마지막으로, 6실링을 찔러주고 주인이 버린 신발 한 켤레를 챙겨서 모든 사실을 확인했지요. 그러니까 신발을 가지고 스트레텀으로 가서, 신발이 발자국과 정확히 일치한다는 것을 확인한 겁니다."

"그러고 보니 엊저녁에 허름한 차림새의 부랑자가 마구간 오솔길에 있는 것을 보았습니다." 홀더 씨가 말했다.

"그래요, 그게 바로 저였습니다. 나는 범인이 누군지 확인하고, 집에 와서 옷을 갈아입었지요. 이 대목에서 나는 아주 미묘한 역할을 해야 했습니다. 스캔들이 나지 않으려면 놈이 기소당하지 않게 해야 한다는 것을 알고 있었으니까요. 우리가 그 문제에 자유롭지 못하다는 사실을 영악한 그 악당이 알 거라는 것도 나는 알고 있었지요. 나는 놈을 찾아가서 만났습니다. 물론 처음에는 딱 잡아떼더군요. 하지만 그동안 일어난 일을 조목조목 들이대자, 놈이 발악을 하며 벽에서 호신용 몽둥이를 내렸습니다. 하지만 그 인간을 잘 알고 있던 나는 그가 몽둥이를 휘두르기 전에 그의 머리에 잽싸게 권총을 들이댔죠. 그러자 그가 좀 사람 같아지더군요. 내가 말했지요. 그가 가진 보석 하나에

1,000파운드를 주겠다고 말입니다. 그러자 그가 처음으로 비통한 소리를 내뱉는 것이었어요.

'아니, 이런 빌어먹을! 세 개를 600에 넘기고 말았는데!' 그가 탄식했죠.

나는 고발하지 않겠다고 약속하고 장물아비의 주소를 바로 알아냈습니다. 그리고 장물아비한테 가서 가격을 두고 한참 실랑이를 벌인 끝에, 우리의 보석을 개당 1,000파운드에 넘겨받았습니다. 그 후 아드님한테 잠깐 들러서 모든 것이 잘 해결되었다고 말해준 후, 마침내 참으로 힘든 하루를 마치고 잠자리에 든 것은 새벽 2시 무렵이었습니다."

"그건 엄청난 스캔들로부터 잉글랜드를 구한 하루였습니다." 은행가가 일어서며 말했다. "뭐라 감사의 말씀을 드려야 할지 모르겠습니다만, 이 은혜는 결코 잊지 않겠습니다. 홈즈 씨의 솜씨는 정말이지 제가 소문으로 들은 것 이상이었습니다. 그럼 이제 저는 사랑하는 아들놈에게 내가 잘못한 것에 대해 사과를 하러 급히 가봐야겠습니다. 불쌍한 메리 이야기에 대해서는 정말 제 마음이 아픕니다. 홈즈 씨의 솜씨라도 그녀가 지금 어디에 있는지를 알아낼 수는 없겠지요?"

"이것만은 확실할 것입니다." 홈즈가 대답했다. "메리 양은 조지 번웰 경이 있는 곳에 있다는 것 말입니다. 마찬가지로 확실한 것은, 그녀의 죄가 무엇이든, 두 사람은 머지않아 죄 지은 것 이상의 값을 치르게 되리라는 것입니다."

The Adventure of the
Copper Beeches

너도밤나무 저택

"예술을 위한 예술을 사랑하는 사람이라면," 하고 말하며 셜록 홈즈는 《데일리 텔레그래프》지 광고 지면을 내던졌다. "전혀 대수로울 게 없는 가장 나지막한 예술 표명 가운데서 곧잘 가장 신랄한 즐거움을 찾아내지. 고맙게도 자네가 몇 건 작성해준, 때로는 꾸며냈다고 말하지 않을 수 없는, 우리의 사건 기록을 보면 자네도 그런 사실을 잘 알고 있는 듯해서 여간 흐뭇하지 않아. 내가 등장한 사건 가운데 유명 재판 사건이나 세상을 발칵 뒤집어놓은 범죄사건을 조명하기보다는, 오히려 사소하다고 할 수 있는 사건, 그러나 내가 전문 분야로 삼은 연역과 논리적 종합의 솜씨를 발휘할 수 있었던 사건들을 조명한 것만 봐도 그걸 알 수 있지."

"하지만 내 기록들이 흥미 본위라는 드센 비난을 받아왔는데, 나스스로도 딱히 부인할 수만은 없는걸."

"자네가 잘못한 게 있다면 아마도," 하고 말하며 그는 부젓가락으로 작은 불덩이를 하나 집어서, 사색보다는 논쟁을 하고 싶을 때 버릇처럼 사기 파이프 대신 쓰는 긴 벚나무 빨부리에 불을 붙였다. "자네

가 잘못한 게 있다면 아마도, 모든 진술에 색을 입히고 생기를 불어넣으려고 했다는 걸 거야. 거기서 사실상 유일하게 눈여겨봐야 할 것은 인과 과정에 대한 치열한 추리야. 바로 그것을 기록으로 남긴다는 과업에만 충실해야 했어."

"그런 점에서는 자네를 충분히 충실하게 드러냈다고 보는데?" 나는 다소 쌀쌀맞게 말했다. 홈즈의 자기중심적인 발언에 정나미가 뚝 떨어졌기 때문이다. 내 친구의 성격이 아무리 독특하다지만 자기중심적인 경향이 강하다는 것을 목격한 건 비단 이번만이 아니었다.

"아냐, 이건 이기심이나 자부심에서 비롯한 말이 아니야." 그는 버릇처럼, 내가 말한 것보다 내가 생각한 것에 대꾸를 했다. "내 기예를 충분히 충실하게 기록해주길 내가 원한다면, 그건 내 기예가 비개인적인 것, 나를 넘어서는 것이기 때문이야. 범죄는 흔하고, 논리는 희귀해. 그러니 마땅히 범죄보다 논리를 강조해야 하는 거지. 아무튼 자네는 강의해야 마땅한 것들을 이야기로 깎아내렸어."

이른 봄날, 어느 쌀쌀한 아침녘이었다. 우리는 베이커 스트리트의 정든 방에서 아침 식사를 하고 기분 좋게 타오르는 벽난로 불가에 앉아 있었다. 줄지어 선 암갈색의 집들 사이로 짙은 안개가 흘러서, 음울하게 용틀임하는 노란 안개 사이로 길 건너편 창문들이 침침하게 번진 얼룩처럼 어룽거렸다. 우리 집 안에는 가스등을 켜놓아서, 식탁보가 하얗게 빛나고 도자기와 금속 식기가 번들거렸다. 아직 식탁을 치우지 않았기 때문이다. 셜록 홈즈는 아침 내내 말없이 일련의 신문광고란에 계속 고개를 처박고 있었다. 그러다 이윽고 뭔가 찾기를 포기했는지, 심드렁한 기분이 되어 내 글의 결함에 대해 일장 훈시를 하기에 이른 것이다.

"그렇긴 하지만," 하고 말한 그는 긴 빨부리를 뻑뻑 빨고 앉아서 물끄러미 불을 굽어보며 뜸을 들이더니 이어서 말했다. "자네가 하등 흥미 본위라는 비난을 받을 이유는 없어. 자네가 고맙게도 관심을 보여준 이 사건들을 보면, 자네가 많은 비중을 두고 다룬 것이 법적인 의미에서는 결코 범죄가 아니었어. 보헤미아 왕을 도우려고 했던 작은 사건이나, 메리 서덜런드 양의 독특한 경험, 입술이 뒤틀린 남자와 관련된 문제, 독신 귀족의 사건 등 모든 것이 법의 울타리 밖에 있는 사건이었지. 하지만 자네는 혹시 흥미 본위의 사건을 피하려다가 사소한 사건에 발을 들여놓은 거 아냐?"

"결국은 그렇게 된 셈이지." 내가 대꾸했다. "하지만 내가 굳게 지킨 방법론만큼은 새롭고 흥미로운 것이었어."

"홍, 이봐, 천 짜는 사람 이빨을 보고도, 식자공 왼손 엄지를 보고도, 그 임자가 뭐 하는 사람인 줄 모르는 대중, 말도 못 하게 부주의한 대중이, 분석과 연역의 섬세한 뉘앙스에 아랑곳이나 하겠어? 하지만 사소한 사건을 다룬다 해도 사실 난 자네를 탓할 수 없어. 위대한 사건의 시대는 갔으니까. 인간은, 아니 최소한 범죄자 인간만큼은, 모험정신과 독창성을 죄다 잃어버렸어. 그래서 내 탐정 일에 대해서 말하자면, 잃어버린 연필이나 찾아주고, 기숙학교를 나온 젊은 아가씨에게 조언이나 해주는 역할로 전락한 것만 같아. 하지만 나는 마침내 바닥을 친 듯해. 오늘 아침에는 이런 편지를 다 받다니 참 내 신세도 처량하지. 한번 읽어봐!"

그는 구겨진 편지를 내게 던져주었다. 몬터규 플레이스에서 엊저녁 날짜로 부친 편지의 내용은 이러했다.

친애하는 홈즈 씨

가정교사 일자리가 생겼는데 받아들여야 할지 말지 꼭 좀 상담을 드리고 싶어요. 괜찮으시다면 내일 아침 10시 반에 찾아뵐게요.

— 바이올렛 헌터 올림

"아는 아가씨야?" 내가 물었다.

"아니."

"지금이 10시 반인걸."

"그래. 방금 초인종을 울린 게 그 아가씨일 거야."

"의외로 흥미로운 사건일지도 모르잖아. 푸른 석류석 사건도 처음엔 아무것도 아닌 일 같았는데, 심각한 조사를 해야 할 일로 발전한 걸봐. 이번 일도 그럴지 몰라."

"음, 그러길 바랄 뿐이지! 아무튼 우리의 궁금증은 금세 풀리겠어. 내가 잘못 안 게 아니라면, 저기 당사자가 당도했으니까."

그가 말하는 동안 문이 열리고, 젊은 아가씨가 실내로 들어섰다. 그녀는 수수하지만 단정하게 차려입었고, 밝고 생기 찬 얼굴에 주근깨가 물떼새 알 반점같이 났고, 거친 세상에서 제 앞가림을 하는 여성답게 태도가 활달했다.

"번거롭게 해드려서 죄송해요." 내 친구가 일어서서 맞이하자 그녀가 말했다. "제가 아주 이상한 일을 겪었는데, 저에게는 상의할 부모님도 친척도 없거든요. 그래서 어쩌면 좋을지 홈즈 씨에게 여쭤봐야겠다는 생각을 하게 된 거예요."

"앉으세요, 헌터 양. 내가 해줄 수 있는 일이라면 뭐든 기꺼이 해드리죠."

홈즈가 새 의뢰인의 태도와 말에 좋은 인상을 받았다는 것을 알 수 있었다. 그는 사람을 살펴보는 특유의 방식으로 그녀를 훑어보더니, 눈꺼풀을 내려뜨리고 양손 손가락을 마주친 채 마음을 가다듬고 그녀의 이야기에 귀를 기울였다.

"저는 다섯 해 동안 가정교사 일을 했답니다." 그녀가 말했다. "스펜스 먼로 대령님 댁에서였죠. 하지만 두 달 전에 대령님이 노바스코샤의 핼리팩스로 발령을 받으셨어요. 그래서 자녀들을 데리고 미국으로 떠나시는 바람에, 저는 일자리를 잃고 말았죠. 구직광고를 내고 구인광고에도 응했지만 성과가 없었어요. 그간 저축해둔 돈도 마침내 바닥이 나기 시작해서, 어째야 좋을지 참 난감했답니다.

웨스트엔드에는 웨스터웨이라는 유명한 가정교사 직업소개소가 있어요. 저는 일주일에 한 번 그곳에 들러서 저한테 맞는 일자리가 나왔는지 알아보았죠. 웨스터웨이는 소개소를 세운 분 이름인데, 사실상 운영은 스토퍼 양이 하고 있답니다. 그녀는 작은 자기 사무실에 앉아 있고, 일자리를 찾는 숙녀들은 대기실에서 기다리고 있다가 차례가 되면 사무실에 들어가죠. 그러면 스토퍼 양이 기록부를 뒤져보고 맞는 일자리가 나왔는지 확인해줘요.

제가 지난주에 들렀을 때에도 평소처럼 작은 사무실로 들어갔어요. 그런데 스토퍼 양이 혼자가 아니더군요. 엄청 뚱뚱한 남자 분이 아주 흐뭇한 미소를 머금고 있었는데, 목 위로 겹겹이 드리워진 턱 살이 목을 덮었더군요. 그분은 코에 안경을 걸치고 스토퍼 양 곁에 앉아서, 들어오는 숙녀들을 아주 골똘히 바라보았어요. 제가 들어서자 그분이 별안간 자리에서 벌떡 일어나더니 스토퍼 양을 홱 돌아보며 말하는 것이었어요.

'됐어요. 더 이상 바랄 나위가 없습니다. 최고예요! 최고!' 그분은 아주 열광하는 듯했어요. 그지없이 기분 좋다는 듯이 두 손을 비벼대시더군요. 인상이 아주 편안해서 바라보고 있으면 기분이 좋아지는 그런 분이었어요.

'아가씨는 일자리를 찾고 있죠?' 그분이 물었어요.

'네.'

'가정교사 일?'

'네.'

'급여는 얼마면 될까요?'

'지난번 스펜스 먼로 대령님 댁에서는 한 달에 4파운드를 받았어요.'

'저런, 쯧쯧! 노동 착취야, 착취!' 그분이 외치며, 마치 노발대발한 사람처럼 투실투실한 두 손을 공중으로 치켜들었어요. '대체 어떤 인간이 이토록 매력적이고 아는 게 많은 숙녀에게 그렇게 보잘것없는 급여를 줄 수가 있지?'

'제가 아는 건 생각하시는 것만큼 많지 않을 거예요.' 제가 말했죠. '프랑스어 조금, 독일어 조금, 음악과 그림……'

'쯧쯧! 그런 건 전혀 중요한 게 아니에요. 중요한 건 과연 숙녀다운 태도와 행동거지를 지녔는가 하는 점이죠. 한마디로 말해서 그래요. 그걸 지니지 못한 사람이라면, 장차 이 나라 역사에 큰 발자취를 남길지도 모를 아이를 기르는 데에는 실격이지. 하지만 그걸 지니고 있다면, 그렇다면, 아니, 그 어떤 신사가 그런 숙녀한테 창피하게도 세 자리 숫자가 안 되는 연봉을 받으라는 소릴 할 수가 있겠습니까? 나와 함께하면 연봉이 100파운드에서 시작할 겁니다.'

홈즈 씨도 짐작이 가시겠지만, 형편이 어려운 제 처지에 그런 제안은 꿈만 같았어요. 그분은 믿기지 않는다는 제 표정을 보았는지, 지갑을 열어 어음 한 장을 꺼냈어요.

'또한 젊은 숙녀들에게는 연봉 반액을 선불로 주는 게 내 관례랍니다. 그러면 숙녀들이 여행 경비도 대고 옷도 살 수 있겠지요.' 그분이 말하며 그지없이 흐뭇한 미소를 머금자, 두 눈이 주름진 흰 얼굴 살에 푹 파묻혀서 조그맣게 빛나는 단춧구멍 같아 보이더군요.

저는 그렇게 매력적이고 사려 깊은 분을 만나본 적이 없는 것 같아요. 이미 가게 아저씨들한테 줄줄이 외상을 달아놓았으니, 선불을 받으면 정말 좋지요. 하지만 그런 계약은 왠지 석연치 않은 데가 있어서, 그걸 받아들이기 전에 좀 더 확인해보고 싶은 마음이 들었어요.

'댁이 어딘지 여쭤봐도 될까요?' 제가 물었죠.

'햄프셔의 멋진 전원 저택이라오. 윈체스터에서 8킬로미터 거리에 있는 너도밤나무 저택. 그지없이 아름다운 전원에, 그지없이 정겨운 시골 고택이랍니다.'

'제가 할 일은 뭐죠? 그걸 알려주시면 좋겠어요.'

'외동아들, 여섯 살배기인 사랑스러운 장난꾸러기가 하나 있어요. 아, 그 애가 슬리퍼로 바퀴벌레를 때려잡는 걸 보여줄 수 있으면 좋으련만! 철썩! 철썩! 철썩! 눈 깜짝할 사이에 세 마리를!' 그분은 의자에 등을 기대고는 다시 두 눈을 얼굴 살에 푹 파묻었어요.

저는 아이가 그런 일을 다 즐긴다는 데 좀 놀랐지만, 그 아버지라는 분이 웃는 걸 보고 농담인가 보다 했어요.

'그렇다면 제가 할 일은 아드님을 돌보는 것뿐인가요?' 제가 물었습니다.

'아니, 아니요, 그것만은 아니라오.' 그분이 외쳤어요. '아내의 지시를 좀 받들어줘야 하는데, 그 정도는 잘 이해해주리라 믿어요. 그건 숙녀가 받들기에 부적절한 지시는 아닐 겁니다. 어렵지 않겠죠, 응?'

'제가 도움이 되길 바랄 뿐이에요.'

'되고말고요. 예를 들어 옷차림! 우리는 유행에 민감해요. 그러니까 좀 변덕스럽지만 그래도 아주 친절하답니다. 우리가 이런저런 옷을 주고서 그걸 좀 입어달라고 하면, 그만한 변덕은 받아줄 수 있겠

죠, 응?'

'네.' 그러겠다고는 했지만 나는 그분의 말에 자못 놀랐어요.

'혹은 여기 앉아달라, 저기 앉아달라고 하면, 기분 상하지 않겠죠?'

'아, 그럼요.'

'혹은 우리에게 오기 전에 머리를 짧게 잘라달라고 하면?'

저는 제 귀가 잘못됐나 했어요. 홈즈 씨, 지금 보시다시피 제 머리칼은 참 풍성하고, 다소 독특한 밤색 빛이 돌잖아요? 예술적이라는 말도 많이 들었죠. 그런데 느닷없이 이걸 잘라버린다는 건 말도 안 돼요.

'그건 안 될 것 같아요.' 제가 말했죠. 그 순간 작은 두 눈으로 나를 열렬히 바라보고 있던 그분의 얼굴에 언뜻 실망의 그림자가 스치는 게 보이더군요.

'그건 아주 필수라고 할 수 있어요.' 그분이 말했죠. '그건 내 아내가 좋아하는 취향인데, 숙녀의 취향은, 그러니까, 숙녀의 취향이라는 것은 존중되어야 해요. 그래도 머리를 자르지 않겠어요?'

'네. 정말 자를 수 없어요.' 난 단호하게 답했죠.

'아, 좋아요. 그럼 이걸로 얘기는 끝이군. 그것만 아니면 정말 다 좋은데 안타깝군요. 일이 이렇게 됐다면, 스토퍼 양, 당신네 젊은 아가씨들을 좀 더 봐야겠습니다.'

경영자인 스토퍼 양은 그동안 우리 둘에게 아무런 말도 하지 않고 자기 서류 일에만 몰두하고 앉아 있었어요. 그러다 나를 무섭게 째려보는 걸 보니, 내가 거절한 것 때문에 쏠쏠한 소개료를 날린 게 분명하다는 생각이 절로 들더군요.

'기록부에 이름을 계속 올려두고 싶나요?' 그녀가 물었어요.

'네, 부탁해요.'

'최고의 제안을 이런 식으로 뿌리쳐놓고, 그게 무슨 소용이 있다는 거죠?' 그녀가 날카롭게 말했어요. '우리가 또 이런 기회를 마련해줄 거라고는 두 번 다시 기대하지 마세요. 그럼 잘 가세요, 헌터 양.' 그녀가 탁자 위의 종을 땡 치자, 사환이 와서 나를 배웅하더군요.

홈즈 씨, 하숙집에 돌아와 보니 찬장 안은 썰렁하고, 탁자에는 청구서가 몇 장 놓여 있는 거 있죠. 정말 바보같이 군 게 아닌가 하는 생각이 들더군요. 그들은 취향도 참 얄궂어서 아주 별난 지시에 따라주길 바라긴 하지만, 그런 괴벽에 대한 대가를 치르겠다는 거잖아요. 잉글랜드에서 1년에 100파운드나 받는 가정교사는 거의 없어요. 게다가 지금 나한테 긴 머리가 무슨 쓸모가 있다죠? 단발을 해서 더 좋아진 여성도 많은데, 어쩌면 저도 그 대열에 끼어야 하는 게 아닐까요? 이튿날 아침에는 실수를 했다는 쪽으로 생각이 기울더군요. 그게 다음 날에는 확신으로 바뀌었어요. 그래서 자존심을 꺾고 소개소에 다시 찾아가서 이제라도 그 일자리를 얻을 수 있는지 알아보기로 작정했어요. 바로 그때, 마침 그 신사께서 보낸 편지를 받았지 뭐예요. 여기 가져왔는데, 제가 읽어드릴게요.

친애하는 헌터 양

스토퍼 양이 친절하게도 이 주소를 가르쳐주어서, 혹시 마음이 바뀌지 않았나 물어보려고 이렇게 편지를 쓰고 있습니다. 내 아내는 아가씨가 꼭 와주길 간절히 바라고 있습니다. 아가씨에 대한 내 얘기를 듣고 마음에 쏙 들었기 때문입니다. 우리는 석 달에 30파운드, 1년에 120파운드를 흔쾌히 드리기로 했습니다. 우리의 변덕스러운 취향으로 인해 조금이라도 불편을 끼쳐드리는 데 대한 보상으로 말입니다. 그렇다고 그게 그리 힘든 일은 아닐 것입니다. 아내는 새파란 색조를 특히 좋아해서, 아가씨가 아침에 실내에서는 그런 의상을 입어주길 바라지요. 하지만 그것을 돈 들여 살 필요는 없습니다. 지금 필라델피아에 가 있는 우리 딸 앨리스의 옷이 집에 있는데, 그게 아가씨한테도 잘 맞을 테니까요. 그리고 우리가 지시하는 대로 마음껏 즐기라거나 여기저기 앉아달라고 하는 것에 대해 말하자면, 그게 아가씨를 불편하게 하지는 않을 것입니다. 머리칼에 대해 말하자면, 우리가 잠깐 만나는 동안 나 자신도 그 아름다움에 혹할 정도였으니 여간 안타까운 일이 아니지만, 그 점에 대해서는 내 뜻이 워낙 확고한 터라, 다만 급여 증액으로 손실이 보상되기만을 바랄 따름입니다. 아이를 돌보는 일은 아주 간단합니다. 이제 웬만하면 우리에게 와주십시오. 윈체스터까지만 오면 도그카트를 몰고 마중을 나가겠습니다. 열차 편을 알려주세요.

— 윈체스터 근교, 너도밤나무 저택에서

제프로 러캐슬

이것이 제가 얼마 전에 받은 편지입니다. 홈즈 씨. 저는 받아들이기로 결심했어요. 하지만 결행을 하기 전에 모든 문제를 홈즈 씨에게 문의드리는 게 좋겠다고 생각했어요."

"음, 헌터 양, 이미 결심을 했다면 그걸로 얘기는 끝이 아닌가요?" 홈즈가 웃으며 말했다.

"하지만 거절하라고 조언하실 건 아니죠?"

"솔직히 말해서, 내 누이라면 그런 일자리를 권하고 싶지 않아요."

"이 모든 게 무슨 뜻일까요, 홈즈 씨?"

"아, 내겐 정보가 없습니다. 말할 게 없어요. 그쪽은 이미 생각해두신 게 있겠죠?"

"음, 제가 보기엔 한 가지 이유밖에 없는 것 같아요. 러캐슬 씨는 아주 친절하고 성격이 좋은 분 같은데, 그분의 아내는 혹시 광인이 아닐까요? 그래서 그분은 아내가 정신병원에 실려 갈까봐 문제를 조용히 덮어두길 바라는 거예요. 아내가 발작하는 것을 막기 위해 온갖 변덕을 다 받아주면서 말예요."

"그럴 수도 있겠죠. 사실 현재로서는 그게 가장 그럴듯하군요. 하지만 어떤 경우든 간에 젊은 아가씨에게 어울리는 가정 같지는 않아요."

"하지만 돈이요, 홈즈 씨, 그 돈!"

"음, 그래요, 물론 급여 수준은 높군요. 썩 높아요. 내가 불안한 게 바로 그 점입니다. 1년에 40파운드면 가정교사를 입맛대로 골라서 둘 수 있는데, 왜 아가씨에게 120파운드나 주겠어요? 거기엔 틀림없이 그럴 만한 까닭이 있을 겁니다."

"이런 상황을 홈즈 씨에게 말씀드리면, 나중에라도 제가 도움이 필요할지 어떨지 아실 거라고 생각했어요. 홈즈 씨가 뒤에서 저를 지원해주고 있다고 생각하면 한결 제 마음이 든든할 거예요."

"아, 그런 마음으로 떠나는 게 좋겠습니다. 최근 몇 달간 들어온 사건 가운데 이 사건이 가장 흥미롭군요. 분명 여기엔 뭔가 새로운 특징이 있어요. 혹시 의심스럽거나 위험한 일이 생기면……."

"위험이요? 뭐가 위험하다고 보세요?"

홈즈가 무겁게 고개를 저었다. "위험한 게 뭔지 알면 그건 더 이상 위험한 게 아닐 겁니다. 하지만 낮이든 밤이든, 언제라도 전보를 띄우면 바로 달려가서 도와드리겠습니다."

"그럼 됐어요." 의자에서 활기차게 일어선 그녀의 얼굴에는 근심이 씻은 듯 사라지고 없었다. "저는 이제 아주 가벼운 마음으로 햄프셔에 내려가겠어요. 즉시 러캐슬 씨에게 편지를 쓰고, 오늘 밤 불쌍한 내 머리칼을 제물로 바치고, 내일 윈체스터로 떠날까 해요." 홈즈에게 몇 마디 감사의 말을 건넨 그녀는 우리 둘 다에게 굿나잇 인사를 하더니 부산하게 자리를 떴다.

"저런 아가씨라면 적어도 제 몸 하나는 잘 간수할 수 있을 것 같은걸." 그녀가 빠르고 씩씩하게 계단을 내려가는 소리를 들으며 내가 말했다.

"그래야 할 거야." 홈즈가 진지하게 말했다. "내가 크게 잘못 생각한 게 아니라면, 머잖아 전보가 날아올 거야."

오래지 않아 내 친구의 예언이 맞아떨어졌다. 보름이 지난 후였다. 그동안 나는 종종 헌터 양 생각이 났다. 여성의 몸으로 인생의 무슨 얄궂은 샛길을 홀로 헤매고 있을지 자못 궁금했던 것이다. 유난히 높은 급여 수준에 조건이 수상쩍은데, 본업인 가정교사 일은 가볍다니, 모두 상궤를 벗어난 것이었다. 그게 정말 취향이 별나서인지 음모인지, 그 남자가 자선가인지 악당인지를 판단하는 것은 내 능력을 벗어난 일이었다. 홈즈에 대해서 말하자면, 그는 곧잘 한 30분 내리 이맛살을 찌푸린 채 넋 놓고 앉아 있다가, 내가 뭘 그리 생각하느냐고 물으면 손사래를 치며 대답을 회피했다.

"정보! 정보! 정보!" 그가 답답하다는 듯이 외쳤다. "흙도 없이 흙벽돌을 만들 순 없어." 하지만 그러다가 늘 자기 누이라면 그런 일자리를 받아들이지 않았을 거라고 중얼거리며 생각을 접었다.

결국 우리가 전보를 받게 된 것은 어느 날 밤늦게였다. 그때 나는 막 잠자리에 들려는 중이었고, 홈즈는 곧잘 밤을 지새우며 탐닉했던 화학연구에 막 돌입한 참이었다. 밤중에 증류기와 시험관을 굽어보고 있는 홈즈 곁을 떠났다가, 아침에 식사를 하러 내려가면 홈즈가 그 모습 그대로 있는 것을 보곤 하는 그런 연구 말이다. 홈즈는 노란 편지봉투를 열어 내용을 쓱 훑어보고 내게 던져주었다.

"브래드쇼 가이드(영국 기차 편 안내서─옮긴이)를 보고 기차 편을 좀 알아봐줘." 그렇게 말한 그는 다시 화학연구로 돌아갔다.

우리를 부르는 전보 내용은 짧고 다급했다.

내일 정오에 윈체스터의 '흑고니' 호텔로 와주세요. 꼭요! 난감해요.
── 헌터

"같이 갈 거지?" 홈즈가 고개를 들고 물었다.

"아무렴."

"그럼 차편 좀 알아봐."

"9시 반 기차가 있어." 내가 브래드쇼 가이드를 찾아보고 말했다. "윈체스터에는 11시 반에 도착해."

"그거 딱 좋군. 그럼 아세톤 분석은 뒤로 미뤄야겠지. 내일은 컨디션이 최상이어야 할 테니까."

이튿날 11시 무렵에 우리는 순조롭게 잉글랜드의 옛 수도로 향하고 있었다. 홈즈는 가는 도중 내내 조간신문에 파묻혀 있었다. 그러나 햄프셔 경계를 지나치자, 그는 신문을 내려놓고 다시 풍경을 음미하기 시작했다. 이상적인 봄날이었다. 연푸른 하늘에는 작고 하얀 양털구름이 뭉게뭉게 떠서 서쪽에서 동쪽으로 흘러갔다. 태양은 아주 화창하게 빛났지만, 대기 중에는 사람의 정신을 일깨우는 유쾌한 냉기가 감돌았다. 앨더숏 둘레의 완만하게 굽이치는 언덕까지 멀리, 시골 풍경 곳곳에, 담녹색의 신록 사이로 빨강과 회색의 작은 농가 지붕이 빠끔히 보였다.

"정말 싱그럽고 아름답잖아?" 베이커 스트리트의 안개에서 갓 빠져나온 사람답게 아주 열정적으로 내가 외쳤다.

그러나 홈즈는 무겁게 고개를 저었다.

"이런 거 알아, 왓슨?" 그가 말했다. "나 같은 기질을 가진 사람에게는, 모든 것을 자기 전공 분야와 관련시켜서 바라봐야만 하는 저주가 내렸다는 것을? 드문드문한 저 집들을 보며 자네는 아름답다고 생각하지. 하지만 나는 저것들이 너무 격리되어 있다는 생각만 들어. 그래서 저런 데서 일어난 범죄는 붙잡아 처벌할 수도 없겠구나 하는 생각이 고개를 쳐들지."

"맙소사!" 내가 외쳤다. "저렇게 아름다운 옛 시골집을 보며 범죄를 떠올리다니."

"저런 집은 내게 늘 어떤 공포를 안겨줘. 왓슨, 나는 런던에서 가장 불결한 밑바닥 골목보다도 저렇게 아름답고 푸근한 전원에서 끔찍한 범죄가 더욱 많이 일어났다고 믿어. 이 믿음은 내 경험에 토대를 둔 거야."

"갑자기 소름이 끼치네!"

"하지만 그 이유는 아주 명백해. 도시에서는 법이 할 수 없는 일을 여론의 압력이 대신 해줄 수 있어. 아무리 불결한 골목이라도, 고문당하는 아이의 비명이 들리거나 주정뱅이가 주먹질을 하는 소리가 들리면 이웃 사람들이 동정하고 분개하기 마련이지. 그리고 모든 사법기관이 아주 가까이 있어서, 한마디 신고만 하면 재깍 경찰이 달려오잖아? 범죄와 심판 사이가 한 발짝이야. 하지만 저 외딴집들 좀 봐. 들판에 외따로 세워진 저 집에 사는 사람들은 대부분 법에 대해 아무것도 몰라. 저런 곳에서 몇 년이고 계속해서 남몰래 사악하고 극악한 일이 벌어지고 있다고 생각해봐. 전혀 나아질 기미도 없이 말이야. 우리에게 도와달라고 호소한 아가씨가 윈체스터 같은 도시에 산다고 했다면 나는 아무런 걱정도 하지 않았을 거야. 위험한 것은 거기가 도시에서 8킬로미터나 벗어난 시골이라는 거야. 하지만 그녀가 신체적인 위협을 받은 것은 아닌 게 분명해."

"그래. 그녀가 윈체스터로 와서 우리를 마중할 수 있다면 달아날 수도 있다는 얘기잖아."

"그렇지. 그 아가씨에겐 자유가 있어."

"그럼 뭐가 문제라는 거지? 설명 좀 해줄 수 없어?"

"나는 일곱 가지 가능성을 생각해봤어. 그 가능성이 다 우리가 아는 사실과 맞아떨어지지. 하지만 그 가운데 어느 것이 옳을지는 장차 새로운 어떤 정보가 우리를 기다리고 있느냐에 달렸어. 아, 저기 성당 첨탑이 보이네. 헌터 양이 무슨 말을 할지 알게 될 시간도 얼마 안 남았군."

'흑고니'는 시내 중심가에 있는 평판 좋은 호텔로, 기차역에서 가까웠다. 거기서 젊은 아가씨가 우리를 기다리고 있었다. 그녀는 거실 하나를 예약하고, 점심 식사도 준비해놓았다.

"와주셔서 정말 기뻐요." 그녀가 진심 어린 음성으로 말했다. "두 분 다 정말 친절하세요. 그런데 정말 전 어째야 좋을지 모르겠어요. 정말 간절히 조언이 필요해요."

"무슨 일이 있었는지 얘기해보세요."

"그럴게요. 저는 서둘러야 해요. 3시 전에 귀가하겠다고 러캐슬 씨에게 약속을 했거든요. 오늘 아침 읍내에 다녀오겠다는 허락을 받고 온 거예요. 두 분을 만나기로 한 건 그분이 모르지만요."

"모든 것을 순서대로 들어봅시다." 홈즈는 여윈 긴 다리를 불 쪽으로 쭉 뻗고는 마음을 가다듬고 귀를 기울였다.

"무엇보다도, 러캐슬 씨 내외에게 실질적인 어떤 학대도 받지 않았다는 것을 먼저 말씀드려야겠어요. 그렇게 말해야 마땅하죠. 하지만 그들을 통 이해할 수가 없어서, 제 마음이 영 편칠 않아요."

"이해할 수가 없다는 게 뭔가요?"

"그들이 왜 그런 행동을 하는지 모르겠어요. 아무튼 일어난 일을 그대로 죄다 말씀드릴게요. 제가 여기 왔을 때, 마중을 나온 러캐슬 씨가 도그카트에 저를 태우고 너도밤나무 저택으로 갔어요. 그분 말마따나 정말 아름다운 곳에 자리 잡고 있더군요. 하지만 집 자체는 아름답지 않았어요. 하얀 회칠을 한 커다랗고 네모난 벽돌집이었는데, 습한 악천후 때문에 온통 얼룩이 지고 줄무늬가 나 있거든요. 집 둘레에 마당이 있고, 숲이 삼면을 에워싸고 있죠. 한 면은 사우샘턴 대로로 이어진 경사진 들판을 향하고 있답니다. 그 대로는 정문에서 100미터쯤 떨어진 곳에서 굽어져 돌아가요. 앞쪽 마당은 저택에 딸린 것이지만, 삼면의 숲은 사우더턴 경의 소유라더군요. 현관문 바로 앞에 너도밤나무 숲이 있어서 그게 저택 이름이 되었죠.

변함없이 다정다감한 러캐슬 씨는 저를 집에 데려가서, 그날 저녁 아내와 아이를 소개해주었어요. 홈즈 씨, 우리가 베이커 스트리트에서 추측해본 것은 사실이 아니었어요. 러캐슬 부인은 미치지 않았더라고요. 그녀는 말이 없고, 얼굴이 창백하고, 남편보다 훨씬 어렸어요. 제가 보기에 서른 살이 넘지 않았는데, 남편은 마흔다섯 살이 넘은 것 같거든요. 두 사람이 나누는 얘기를 듣고 알아낸 건데요, 부부가 결혼한 지는 7년이 되었고, 그때 남편은 홀아비였는데, 전 부인이 낳은 외동딸은 미국 필라델피아에 가 있어요. 그 이유는 러캐슬 씨가 귀띔을 해주더군요. 계모가 괜히 싫어서 떠났다고 말예요. 딸의 나이가 스무 살 아래는 아닌 게 분명하니까, 아버지의 젊은 아내와 한집에서 사는 게 편할 리가 없었겠죠.

러캐슬 부인은 그 기질도 이목구비만큼이나 아무런 특색이 없는 것 같았어요. 저로서는 마음에 들지도 않고 싫지도 않았죠. 그녀는 실체가 없는 사람 같았어요. 남편과 어린 아들에게 아주 헌신적이라는 건 쉽게 알아볼 수 있더군요. 연회색의 두 눈은 끊임없이 남편과 아들의 뒤를 쫓으며, 아주 사소한 것이라도 원하면 미리 알아서 대령해주려고 했죠. 남편도 참 호들갑스럽게 아내를 위해줬어요. 그만하면 행복한 부부로 보이더군요. 하지만 그녀는 뭔가 은밀한 슬픔을 간직하고 있었어요. 곧잘 깊은 생각에 잠겼는데, 그때마다 얼굴에 그지없이 슬픈 표정이 떠올랐죠. 그녀가 눈물짓는 것을 보고 놀란 게 한두 번이 아니랍니다. 어떤 때는 애지중지하는 아들의 성질머리 때문에 그런가 싶기도 했어요. 정말 그렇게 버르장머리가 없고 심술궂은 꼬맹이는 난생 처음 봤거든요. 나이보다 체구가 작은데, 머리통은 유난히 크답니다. 엉덩이에 뿔난 애처럼 난리를 치고 있지 않으면, 심통이 나서 볼이 퉁퉁 부어 있는 게 보통이죠. 그 애가 유일하게 즐거워하는 것은 자기보다 약한 동물을 괴롭히는 것인 모양이에요. 생쥐나 작은 새, 곤충 같은 것을 사로잡을 궁리를 하는 재주는 아주 타고났더군요. 하지만 그 꼬맹이 얘긴 이만 하죠, 홈즈 씨. 그 애는 제가 하려는 얘기와 아무 상관도 없으니까요."

"뭐든 자세히 얘기해주세요. 관계가 있어 보이든 없어 보이든 말입니다." 내 친구가 말했다.

"중요한 건 절대 안 빠뜨리도록 할게요. 그 집에서 불쾌한 것 한 가지는 하인들이에요. 처음 보자마자 불쾌하더군요. 하인은 부부 두 명뿐인데, 남자 이름이 톨러랍니다. 우악스럽고 세련되지 못한 노인이죠. 머리와 구레나룻이 희끗희끗하고, 항상 술에 절어 있어요. 아주 곤드레만드레가 된 것을 벌써 두 번이나 봤는데, 러캐슬 씨는 전혀 아랑곳하지 않는 것 같더군요. 그의 아내는 키가 늘씬하고 억센 여성인데, 늘 오만상을 찌푸리고 있답니다. 러캐슬 부인만큼이나 말이 없고, 붙임성은 더욱 없죠. 그들이 말도 못 하게 불쾌하지만, 다행히 저는 아이 방과 내 방에서 대부분의 시간을 보내요. 두 방은 건물 한쪽 구석에 맞붙어 있죠.

너도밤나무 저택에 도착한 후 이틀 동안은 아주 조용히 지냈어요. 사흘째 되는 날, 아침 식사를 마친 직후에 러캐슬 부인이 내려오더니 남편에게 뭔가 소곤거리더군요.

'아, 그래' 하며 그가 나를 돌아보았어요. '헌터 양, 우리의 별난 요구에 맞추어 머리까지 잘라준 데 대해서는 정말 고맙기 그지없어요. 그렇다고 조금이라도 미모가 손상된 건 아니라고 장담합니다. 이제 새파란 드레스가 헌터 양한테 잘 어울리나 좀 볼까요? 방에 가보면 침대 위에 놓여 있을 거예요. 그걸 좀 입고 와주면 정말 고맙겠어요.'

저를 기다리고 있는 드레스는 특이한 청색이었어요. 베이지(염색이나 표백하지 않고 원모로 짠 모직물—옮긴이)의 일종인 고급 소재로 만든 것이었는데, 전에 누가 입었던 흔적이 역력하더군요. 그런데 직접 맞춰 입어도 그렇게 잘 맞긴 어려웠을 거예요. 러캐슬 부부 둘 다 그걸 보고 열렬히 기뻐했는데, 꼭 억지로 기쁜 시늉을 하는 것 같았어요. 두 사람은 거실에서 나를 기다리고 있었죠. 거실은 아주 커다란 방이랍니다. 그 저택의 정면 1층을 다 차지하고 있는데, 방바닥까지 내려오는 긴 창문이 세 개 나 있죠. 중앙 창문 쪽에는 의자 하나가 창문과 등지게 놓여 있었어요. 나더러 거기 앉으라고 하더군요. 그러고서 러캐슬 씨는 거실 맞은편에서 오락가락하며, 제가 전에 들어본 적이 있는 아주 웃기는 이야기 시리즈를 들려주기 시작하는 거예요. 얼마나 웃겼는지 상상도 못 하실 거예요. 저는 배꼽 빠져라 웃어댔답니다. 하지만 러캐슬 부인은 유머 감각이 없는 게 분명하더군요. 도무지 희미한 웃음도 띠지 않고, 두 손을 무릎 위에 가지런히 올려놓은 채, 오히려 슬픔과 근심 어린 표정으로 앉아 있지 뭐예요. 한 시간쯤 그랬나? 러캐슬 씨가 느닷없이 말하는 거예요. 이제 애를 가르쳐야 할 시간이니까, 옷을 갈아입고 에드워드 방으로 가보라고요.

이틀 후, 아주 비슷한 상황에서 똑같은 일이 일어났어요. 저는 다시 옷을 갈아입고, 다시 창가에 앉아, 다시 하염없이 웃었죠. 주인아저씨는 우스운 이야기 '레퍼토리'가 끝이 없더군요. 이야기 솜씨도 여간 아니었죠. 그 후 저에게 노란 표지 소설을 건네주더니, 제 의자를 살짝 옆으로 틀어서 책에 내 그림자가 드리워지지 않게 하더니, 소리 내어 읽어달라고 하더군요. 한 10분쯤 읽었을까? 바야흐로 재미있어 지려는데, 느닷없이 문장 중간에서 내 말을 뚝 끊더니, 옷을 갈아입으라는 거예요.

홈즈 씨도 쉽게 짐작이 가시겠지만, 그런 희한한 놀음을 하는 영문이 뭔지 궁금해서 참을 수가 없더군요. 그들 부부는 늘 제가 창문을 향하지 않도록 얼굴을 돌려놓는 것에 여간 신경을 쓰지 않았어요. 제 등 뒤에서 무슨 일이 벌어지고 있다 싶으니까, 뒤를 돌아보고 싶어서 아주 근질근질한 거 있죠. 처음에는 어림도 없는 일인 줄만 알았죠. 하지만 곧 방법을 생각해냈어요. 깨진 손거울이 하나 있었는데, 퍼뜩 좋은 생각이 떠오른 거예요. 저는 손수건에 거울 조각을 숨겼어요. 다음에 또 한참 웃다가 그 손수건을 눈가에 댔죠. 살짝 손을 드니까 제 뒤에 있는 것들을 고스란히 볼 수 있더군요. 그런데 실망스럽지 뭐예요. 뒤에 아무것도 없더라고요. 적어도 처음에는 그랬어요. 하지만 다시 바라봤더니, 사우샘턴 로드에 한 남자가 서 있는 거예요. 회색 신사복 차림에 턱수염을 기른 키 작은 남자였는데, 내 쪽을 바라보고 있는 것 같더군요. 그곳은 중요한 대로여서 늘 사람이 지나다녀요. 하지만 그 남자는 우리 집 울타리에 기대서 골똘히 내 쪽을 바라보고 있더라고요. 제가 손수건을 내리고 러캐슬 부인을 슬쩍 보았더니, 탐색하는 눈초리로 뚫어지게 나를 바라보고 있지 뭐예요. 그녀는 아무 말도 하지 않았지만, 내가 거울을 들고 뒤쪽을 보았다는 걸 눈치챈 게 분명했어요.

'제프로.' 그녀가 말했어요. '길에서 헌터 양을 말똥말똥 쳐다보는 무례한 사내가 있어요.'

'아가씨의 친구 아닌가요, 헌터 양?' 그가 물었어요.

'아니에요. 저는 이곳에 아는 사람이 없는걸요.'

'아니, 저런! 그럼 아주 무례한 인간이로군! 좀 돌아앉아서, 꺼지라고 손짓을 좀 해요!'

'아랑곳하지 않는 게 더 나을 텐데요.'

'아니, 아니에요. 그랬다가는 허구한 날 이곳을 배회할 겁니다. 자, 돌아앉아서 가라고 어서 손짓 좀 해요.'

전 그렇게 했어요. 그러자 러캐슬 부인이 바로 커튼을 치더군요. 그게 일주일 전이었어요. 그 뒤로 저는 다시 창가에 앉지 않았어요. 푸른 드레스도 입지 않았고, 길에 그 남자도 얼씬거리지 않았어요."

"얘기를 계속하세요." 홈즈가 말했다. "얘기가 정말 흥미롭군요."

"횡설수설하는 게 아닌가 모르겠는데요. 제가 말씀드리는 여러 사건들이 서로 아무 관련이 없을 수도 있을 거예요. 너도밤나무 저택에 도착한 바로 그날, 러캐슬 씨는 부엌문 가까이 있는 작은 헛간으로 저를 데려갔어요. 다가갈 때 쇠사슬이 철그렁거리는 소리와 커다란 동물이 왔다갔다하는 소리가 들리더군요.

'안을 들여다봐요!' 러캐슬 씨가 말했죠. 판자 사이에 벌어진 틈을 가리키면서요. '그놈 멋지잖아요?'

안을 들여다봤더니 어둠 속에서 이글거리는 두 눈과 뭔가 웅크리고 있는 희미한 모습이 보였어요.

'겁먹을 건 없어요.' 내가 화들짝 놀라자 주인아저씨가 웃으며 말했어요. '이름이 칼로인데, 마스티프종 개랍니다. 내 개이긴 하지만, 실은 우리 마부인 톨러 영감만이 이놈을 다룰 수 있지요. 하루 한 번 먹이를 주는데, 많이는 안 줘요. 그래서 아주 예민하지요. 톨러 영감은 밤마다 놈을 풀어놓는답니다. 누가 불법 침입이라도 했다가는 놈의 송곳니 맛을 보게 될 겁니다. 아가씨도 밤에는 무슨 일이 있더라도 문지방을 넘지 마세요. 그건 목숨을 거는 일이 될 테니까요.'

그 경고는 빈말이 아니었어요. 이틀 후 새벽 2시에 우연히 침실에서 창밖을 내다본 적이 있어요. 휘영청 달 밝은 아름다운 밤이었죠. 은빛으로 물든 집 앞의 잔디밭은 대낮만큼이나 환했어요. 평화롭고 아름다운 경치를 황홀하게 바라보고 서 있을 때였어요. 너도밤나무 숲 그늘 아래서 뭔가 움직이고 있는 걸 느꼈죠. 그게 달빛 아래로 나타나자 뭔지 알 수 있었어요. 송아지만 한 개였죠. 황갈색 몸통에 턱을 늘어뜨리고, 주둥이는 검은데, 거대한 골격이 앙상하게 드러나 있더군요. 그 개는 잔디밭을 천천히 가로질러 맞은편 그늘 속으로 사라졌어요. 그 무시무시한 침묵의 파수꾼을 보고는 가슴이 철렁했죠. 도둑을 봤어도 그렇게 무섭진 않았을 거예요.

그럼 이제 아주 이상한 일을 말씀드릴게요. 아시다시피 저는 런던에서 머리를 잘랐잖아요. 잘라낸 머리 타래는 내 트렁크 바닥에 담아가지고 왔죠. 어느 날 저녁, 저는 아이를 재운 후 방에 놓인 가구를 살펴보면서 즐겁게 짐 정리를 하기 시작했어요. 방에는 낡은 서랍장이 있었는데, 위쪽 두 칸을 열어보니 텅 비어 있었죠. 아래쪽 한 칸은 잠겨 있었어요. 내 옷을 위쪽 두 칸에 담다 보니 공간이 부족하더군요. 당연히 세 번째 서랍을 쓰지 못하는 게 짜증이 났죠. 그러다 그게 단순한 실수로 잠겨 있는 거라는 생각이 문득 들더군요. 그래서 내 열쇠 꾸러미를 꺼내서 그걸 열어봤죠. 맨 처음 꽂은 열쇠가 딱 들어맞아서 서랍을 금세 열었어요. 그 안에는 딱 한 가지가 담겨 있었는데, 그게 뭔지는 짐작도 못 하실걸요? 그건 바로 제 머리 타래였어요.

그걸 꺼내서 꼼꼼히 살펴봤죠. 독특한 색깔이나 숱이 풍성한 게 내 것과 똑같았어요. 하지만 그럴 리가 없다는 생각이 드는 거예요. 제 머리가 어떻게 잠긴 서랍에 들어 있을 수 있겠어요? 저는 떨리는 손으로 트렁크를 열고, 내용물을 하나하나 꺼냈어요. 맨 밑바닥에 제 머리 타래가 있더군요. 두 개를 나란히 놓고 봐도 아주 똑같았어요. 참 희한한 일이죠? 아무리 궁리해봐도 참 별일이라는 생각만 들더군요. 저는 그 이상한 머리 타래를 다시 서랍에 넣어두었어요. 주인 내외에게는 아무 말도 하지 않았죠. 잠긴 서랍을 연 게 아무래도 잘못한 것 같았거든요.

홈즈 씨가 알아차리셨나 모르겠지만, 저는 예리한 관찰력을 타고났답니다. 저는 곧 그 집 전체 설계도를 머릿속에 그릴 수 있었어요. 그런데 부속건물 2층에 아무도 살지 않는 듯한 곳이 있었죠. 톨러 씨네 숙소 문과 마주 보고 있는 그곳 문은 항상 잠겨 있었어요. 어느 날 저는 2층으로 올라가다가 거기서 나온 러캐슬 씨와 마주쳤어요. 손에 열쇠를 쥐고 있는 러캐슬 씨는 제 눈에 익은 둥근 얼굴의 쾌활한 남자가 아니라,

전혀 딴사람 같아 보이는 표정을 짓고 있더군요. 두 볼은 붉게 상기됐고, 화가 나서 이맛살을 있는 대로 찌푸렸는데, 관자놀이에 핏대가 다 섰더군요. 그는 문을 잠그더니 한마디 말도 없이, 나를 본 척도 하지 않고 휭하니 사라졌죠.

나는 더욱 호기심이 치밀어 올랐어요. 아이와 함께 마당을 거닐 때, 저는 그쪽으로 돌아가서 그곳 창문을 바라보았죠. 창문 네 개가 나란히 나 있었는데, 세 개는 먼지투성이였고, 하나는 덧문이 닫혀 있더군요. 아무도 안 쓰는 게 분명해 보였어요. 제가 오락가락하면서 그곳을 가끔 쳐다보고 있을 때였어요. 러캐슬 씨가 전처럼 즐겁고 유쾌한 표정으로 다가왔어요.

'아, 내가 말도 없이 지나쳤다고 해서 무례하다고 생각하진 말아주세요. 사업 문제에 정신이 팔려 있어서 그랬답니다.' 그가 말했어요.

저는 기분이 상하지 않았다고 안심시켜 주었죠. '그런데요' 하고 제가 말했어요. '저 위에 있는 방들은 비어 있나봐요? 한 곳에는 덧문까지 닫혀 있고 말예요.'

그가 흠칫하는 걸 보니, 제 말에 좀 놀란 것 같았어요.

'내 취미 가운데 하나가 사진이랍니다.' 그가 말했어요. '저곳은 내가 암실로 쓰고 있지요. 그런데 이런! 우리 젊은 아가씨가 관찰력이 여간 아니군요. 정말 대단해요, 대단해.' 그가 장난스럽게 말했지만, 저를 바라보는 눈빛에는 장난기가 없었어요. 장난기는커녕, 의심하고 언짢아하는 기색이 역력했죠.

그러니까 홈즈 씨, 그 방에 뭔가 제가 모르는 게 있다는 것을 알게 되자, 더욱 그곳엘 가보고 싶지 뭐예요. 궁금하기도 했지만 호기심 때문만이 아니었어요. 그보다는 의무감 같은 게 들었죠. 그곳에 가보는 게 좋을 것 같은 느낌 말예요. 여자의 직감이라는 게 있다고 하잖아요. 어쩌면 여자의 직감으로 그런 느낌이 들었을 거예요. 아무튼 그게 거기 있으니, 저는 이제나저제나 금지된 문으로 들어가볼 기회만 노렸죠.

기회를 잡은 것은 바로 어제였어요. 러캐슬 씨 말고 톨러 내외도 분명 거기서 뭔가를 했어요. 한번은 톨러 영감이 큼직한 검은 자루를 가지고 그 문으로 들어가는 걸 봤거든요. 최근에 영감은 더욱 술독에 빠져서, 엊저녁에는 만취를 했더군요. 제가 2층에 올라가 보니, 문에 열쇠가 꽂혀 있었어요. 보나마나 영감이 거기 꽂아둔 거죠. 러캐슬 씨 내외는 아래층에 있었고, 아이도 그들과 함께 있어서, 저는 절호의 기회를 잡았어요. 열쇠를 살그머니 돌려서 문을 열고는 안으로 냉큼 들어갔죠.

앞에는 조그마한 통로가 나 있었어요. 벽지도 깔개도 없는 이 통로는 맞은편 끝에서 직각으로 꺾여 있었어요. 모퉁이를 돌자 나란히 문세 개가 나 있더군요. 첫 번째와 두 번째 문은 열려 있었는데, 다 비어 있었어요. 먼지가 수북하고 썰렁했는데, 한 방에는 창문 두 개가, 다른 방에는 창문 하나가 나 있었죠. 워낙 먼지가 많이 끼어서 저녁 햇살이 창문으로 어슴푸레 스며들었어요. 가운뎃방은 문이 잠겨 있었죠. 침대에서 뽑아낸 널따란 쇠막대로 빗장을 질러놓았는데, 한쪽 끝은 벽에 박힌 고리에 맹꽁이자물쇠로 채워놓았고, 다른 쪽 끝은 굵은 밧줄로 고리에 묶어놓았더군요. 문짝도 잠겨 있었는데, 열쇠는 거기 없었어요. 이렇게 바리케이드를 쳐놓은 방은 분명 덧문을 닫아둔 그 방인 게 분명했어요. 그런데 방문 아래쪽 틈으로 희미한 빛이 새어 나오는 걸 보니 실내는 어둡지 않았어요. 천장 쪽에 빛이 들어오는 채광창이 있는 게 분명했죠. 불길한 그 문을 바라보며 통로에 서서, 저 문 뒤에 무슨 비밀이 감춰져 있을까 궁금해하던 참이었어요. 갑자기 그 방 안에서 발소리가 들렸어요. 그리고 문 아래쪽 틈으로 흘러나오는 여린 빛을 가리며 무슨 그림자가 오락가락하는 게 보였어요. 그걸 보고 까닭을 알 수 없는 미칠 듯한 공포가 치밀어 올랐어요, 홈즈 씨. 느닷없이 용기가 싹 사라져버렸죠. 저는 홱 돌아서서 뛰었어요. 달아난 거죠. 무시무시한 손길이 뒤에서 내 치맛자락을 잡아당기기라도 할 것처럼 말예요. 저는 통로를 뛰어가서 문을 지나, 마침 문밖에 있던 러캐슬 씨의 품 안으로 뛰어들었어요.

'아니.' 그가 미소를 짓고 말했어요. '과연 아가씨였군요. 문이 열린 걸 보고 분명 그럴 줄 알았어.'

'아, 너무나 무서웠어요!' 제가 헐떡이며 말했어요.

'이런, 이런! 진정해요, 귀여운 우리 아가씨!' 그의 태도가 얼마나 따뜻한 위로가 되었나 몰라요. '귀여운 우리 아가씨는 뭐가 그리 무서웠나요?'

그런데 그의 목소리가 지나치게 따뜻한 거예요. 과장된 거죠. 저는 단단히 경계했어요.

'제가 어리석게도 비어 있는 이쪽 부속건물에 들어가 봤지 뭐예요.' 제가 대답했죠. '그런데 아주 어슴푸레한 게 어찌나 스산하고 으스스하던지 더럭 겁이 나서 도로 달려나왔어요. 아, 저곳은 정말 무섭도록 적막해요!'

'그것뿐이오?' 그가 나를 날카롭게 쏘아보며 말했어요.

'아니, 무슨 말씀을 하시려는 거죠?' 제가 물었어요.

'내가 이 문을 왜 잠가두었을 것 같나요?'

'그걸 제가 어떻게 알겠어요?'

'저기서 볼일이 없는 사람은 들어가지 말라는 겁니다. 알겠소?' 그는 여전히 더없이 서글서글한 미소를 머금고 있었어요.

'그걸 미리 알았다면⋯⋯.'

'음, 그럼, 이제는 알았겠지요. 또다시 저 문지방을 넘어가는 날에는,' 하며 일순 그의 미소가 이를 드러낸 분노로 바뀌더니 악마 같은 얼굴로 저를 굽어보며 말하는 것이었어요. '아가씨를 마스티프에게 던져줄 거요.'

저는 너무 겁에 질려서 다음에 뭘 어떻게 했는지 기억이 안 나요. 아마 그를 지나쳐서 제 방으로 달려간 것 같아요. 문득 정신을 차리고 보니 제가 침대에서 부들부들 떨며 누워 있더군요. 그때 홈즈 씨 생각이 났어요. 조언을 듣지 않고 더는 거기서 지낼 수가 없었어요. 그 집이 무섭고, 그 남자도, 여자도, 하인들도, 심지어 아이도 무서웠어요. 저로선 그들 모두가 무서웠어요. 그래도 홈즈 씨만 오시면 괜찮을 것 같았죠. 물론 그 집에서 달아날 수는 있었어요. 하지만 호기심이 두려움 못지않게 강한 거 있죠. 저는 이내 결심했어요. 홈즈 씨에게 전보를 치기로 말예요.

저는 모자와 외투를 걸치고 우체국으로 갔어요. 우체국은 그 집에서 1킬로미터도 안 되는 곳에 있답니다. 전보를 친 후 한결 가벼운 마음으로 집에 돌아갔죠. 그런데 집에 다가가면서 혹시 개를 풀어놓지나 않았을까 하는 섬뜩한 걱정이 밀려왔어요. 하지만 엊저녁엔 톨러 영감이 취해서 인사불성이었다는 생각이 났죠. 그 야만적인 짐승을 다룰 수 있는 사람, 그러니까 개를 풀어놓을 사람은 그 집에서 영감뿐이라는 것을 전 잘 알고 있었어요. 저는 안전하게 슬그머니 들어갔죠. 홈즈 씨를 만난다는 생각에 가슴이 설레어 간밤에는 거의 뜬눈으로 누워서 밤을 새웠답니다. 오늘 아침 윈체스터에 다녀오겠다는 허락을 받기는 어렵지 않았어요. 하지만 3시 전에 돌아가야 해요. 러캐슬 씨 내외가 어딘가 방문을 하는데, 저녁 내내 나가 있기 때문에 제가 아이를 돌봐야 하거든요. 제 모험은 이제 다 말씀드렸어요, 홈즈 씨. 그 모든 게 무슨 의미인지, 무엇보다도 제가 어째야 할지 제발 좀 가르쳐주세요."

홈즈와 나는 희한한 이야기에 심취해서 여태 골똘히 귀를 기울였다. 이제 내 친구는 자리에서 일어나, 두 손을 주머니에 찔러 넣고 아주 심각한 표정을 지은 채 실내를 이리저리 서성였다.

"톨러 영감은 아직 취해 있나요?" 그가 물었다.

"네. 그가 오늘은 아무것도 못 한다고 그의 아내가 러캐슬 부인에게 하는 말을 들었어요."

"잘됐군요. 그리고 러캐슬 부부는 오늘 밤 외출한다고요?"

"네."

"혹시 단단히 자물쇠를 채울 수 있는 지하실이 있나요?"

"네. 지하에 와인 저장고가 있어요."

"아주 용감하고 분별력 있는 여성답게 이번 일을 잘 헤치고 오신 것 같군요, 헌터 양. 혹시 한 번만 더 그래줄 수 있을까요? 아가씨가 아주 특출한 여성이라고 생각지 않았다면 이런 부탁은 드리지도 않았을 겁니다."

"해볼게요. 그게 무슨 일이죠?"

"우리는 7시경에 너도밤나무 저택에 가겠습니다. 내 친구와 나 둘이서 말입니다. 그때쯤이면 러캐슬 부부는 나갔을 테고, 톨러 영감은, 우리가 바라는 대로라면 여전히 무기력하겠지요. 경보를 울릴 사람은 톨러 부인뿐입니다. 그녀에게 무슨 심부름이라도 시켜서 지하실로 보낸 후 문을 잠가버리면, 덕분에 일이 아주 쉬워질 거예요."

"그럴게요."

"훌륭해요! 그럼 이 일을 한번 철저히 따져볼까요? 물론 이 모든 것을 설명할 수 있는 그럴듯한 이론은 하나밖에 없어요. 아가씨는 누군가의 대역을 하러 그곳에 불려간 겁니다. 당사자는 그 방에 갇혀 있고요. 분명 그럴 겁니다. 갇힌 사람이 누구냐 하면, 그건 앨리스 러캐슬 양이라고 난 확신해요. 내 기억이 옳다면 미국에 갔다는 그 딸 말이죠. 헌터 양이 뽑힌 것은 분명 키와 용모, 머리색이 닮았기 때문입니다. 당사자의 머리칼이 단발로 잘렸기 때문에, 아마 뭔가 병고를 치르느라고 그랬을 가능성이 높은데, 아무튼 그래서 헌터 양의 머리칼도 당연히 잘려야 했던 겁니다. 그 머리 타래를 발견한 건 참 공교로운 일이었어요. 도로의 그 남자는 분명 그녀의 친구거나, 아마 약혼자쯤 될 겁니다. 헌터 양이 그녀의 옷을 입은 데다가 워낙 닮아서 그는 착각을 했겠죠. 볼 때마다 헌터 양이 아주 즐겁게 웃고, 나중에는 쫓아 보내는 손짓까지 하는 것을 본 그 남자는, 러캐슬 양이 그지없이 행복해서 더 이상 그가 보살펴주는 것을 바라지 않는다고 확신했을 겁니다. 밤중에 개를 풀어놓은 것은 그가 그녀와 만나 무슨 얘기를 주고받지 못하게 하려고 그랬겠지요. 많은 대목이 아주 명백해요. 이 사건에서 가장 심각한 점은 아이의 성격입니다."

"도대체 그게 사건과 무슨 관계가 있는데?" 내가 불쑥 끼어들었다.

"이봐, 왓슨, 자네는 의사로서 부모를 보고 자녀의 문제를 간파하잖아. 그러면 그 역도 마찬가지로 타당하다는 걸 모르겠어? 나는 종종 자녀를 보고 부모의 성격을 간파했어. 그 아이의 성격은 비정상적으로 잔인해. 다만 잔인하기 위해 잔인한 것처럼. 그게 늘 미소를 머금고 있는 아버지의 피를 물려받아서일까? 아마 그럴 거야. 아니면 어머니의 피 때문일 수도 있는데, 어느 쪽이든 간에 그들의 수중에 잡혀 있는 불쌍한 아가씨에겐 조짐이 영 안 좋아."

"그 말씀이 옳다고 전 확신해요, 홈즈 씨." 우리 의뢰인이 외쳤다. "말씀을 듣고 보니 그게 맞다는 확신을 심어주는 일들이 수없이 떠오르네요. 아, 어서 가서 불쌍한 그녀를 도와줘요."

"우린 신중해야 합니다. 아주 교활한 사람을 상대하고 있으니까요. 우린 7시가 되기까지는 아무것도 할 수 없어요. 그 시간에 다시 만납시다. 이 문제를 해결하는 데 그리 오래 걸리진 않을 겁니다."

우리는 정확히 약속을 지켰다. 경마차를 길가의 술집에 댄 후, 너도 밤나무 저택에 도착하고 보니 정각 7시였던 것이다. 헌터 양은 미소를 머금고 현관 앞에 서 있었다. 그녀가 없었다 해도, 한 무리 너도밤나무의 광채 없는 잎사귀가 저물어 가는 태양 빛을 받아 반질반질한 금속처럼 빛나고 있는 것만으로도 그 집을 쉽게 알아볼 수 있었다.

"그 일은 잘됐나요?" 홈즈가 물었다.

쾅쾅거리는 소리가 지하실 어딘가에서 들려왔다. "지하실에 있는 톨러 부인이 저러는 거예요." 그녀가 말했다. "톨러 영감은 부엌 깔개 위에 누워 코를 골고 있어요. 열쇠는 여기 있어요. 러캐슬 씨의 열쇠를 복제한 거랍니다."

"정말 잘했어요!" 홈즈가 열정적으로 외쳤다. "이제 길을 안내해 주세요. 곧 이 음모의 결말을 보게 될 겁니다."

우리는 2층으로 올라가서 잠긴 문을 열고 통로를 지난 후, 헌터 양이 말한 바리케이드 앞에 섰다. 홈즈가 밧줄을 끊고 빗장을 젖혔다. 그런 다음 자물쇠에 여러 가지 열쇠를 꽂아봤지만 소용이 없었다. 안에서는 아무 소리도 들리지 않았다. 그러자 홈즈의 얼굴에 먹구름이 드리워졌다.

"우리가 늦은 것 같군." 그가 말했다. "헌터 양은 뒤로 좀 물러서는 게 좋겠습니다. 자, 왓슨, 어깨를 써볼까? 어디 한번 밀어붙일 수 있는지 알아보자구."

낡아빠진 문이라서 우리가 함께 힘을 주자 바로 문짝이 나가떨어졌다. 우리는 함께 안으로 뛰어들었다. 방 안은 텅 비어 있었다. 짚을 깐

초라한 침대와 작은 탁자 하나, 옷이 가득 담긴 바구니 말고는 아무런 가구도 없었다. 천장 채광창이 열려 있었고, 갇혔던 사람은 사라지고 없었다.

"여기서 뭔가 나쁜 일이 일어났어." 홈즈가 말했다. "그 깜찍한 작자가 낌새를 채고 제물을 빼돌린 거야."

"하지만 어떻게?"

"채광창으로. 어떻게 빼돌렸는지는 금방 알게 될 거야." 그는 철봉을 하듯 지붕에 올라섰다. "아, 그럼 그렇지." 그가 외쳤다. "저기 처마 위로 길고 가벼운 사다리 끝이 보여. 사다리를 이용한 거야."

"하지만 그럴 리가 없어요." 헌터 양이 말했다. "러캐슬 씨 내외가 떠날 때만 해도 그곳엔 사다리가 없었거든요."

"그가 돌아와서 이렇게 했겠지요. 장담컨대 그는 영리하고 위험한 작자입니다. 지금 누가 계단을 올라오고 있는 소리가 들리는데, 분명 그 작자일 겁니다. 왓슨, 권총을 꺼내는 게 좋겠어."

홈즈의 입에서 그 말이 떨어지기가 무섭게 한 남자가 문간에 모습을 드러냈다. 아주 뚱뚱하고 억센 남자가 손에 묵직한 막대기를 쥐고 있었다. 헌터 양은 그를 보고 비명을 지르며 뒷걸음으로 벽에 붙어 섰다. 그러나 홈즈는 날렵하게 앞

으로 나가서 그와 대면했다.

"이 악당!" 홈즈가 말했다. "네 딸은 어디 있지?"

뚱뚱한 남자는 주위를 두리번거리다가 열린 채광창을 쳐다보았다.

"그건 내가 물어볼 말이다." 그가 날카롭게 외쳤다. "이 도둑놈들! 염탐꾼에 도둑놈들! 너희는 잡혔어! 내 손에 잡힌 거야. 가만두지 않겠어!" 그는 휙 돌아서더니 있는 힘을 다해 계단을 쿵쾅거리며 내려갔다.

"개를 데리러 간 거예요!" 헌터 양이 외쳤다.

"나한테는 권총이 있어요." 내가 말했다.

"현관문을 닫는 게 좋겠어." 홈즈가 외치자, 우리는 다 함께 아래층으로 뛰어 내려갔다. 우리가 홀에 도착하기도 전에 사냥개가 짖는 소리가 들리더니, 이어서 고통에 찬 비명이 들리고, 개가 사냥감을 가차없이 물고 흔들어대는, 차마 들을 수 없는 소리가 들렸다. 얼굴이 불콰한 영감이 수족을 덜덜 떨고 몸을 비틀거리며 옆문에 나타났다.

"아이고 이런!" 그가 외쳤다. "누가 개를 풀어줬어. 이틀이나 쫄쫄 굶겼는데. 빨리, 빨리요. 늦기 전에 빨리 가봅시다!"

홈즈와 내가 땅을 박차고 건물 모퉁이를 돌아갔고, 톨러 영감이 허둥지둥 뒤를 따라왔다. 굶주린 거대한 짐승이 검은 주둥이로 러캐슬의 목을 물고 있었다. 러캐슬은 땅에 쓰러져 몸을 뒤틀며 비명을 질렀다. 나는 냅다 달려가서 놈의 머리를 날려버렸다. 놈은 굵게 주름 잡힌 러캐슬의 목에 예리한 흰 이빨을 박은 채 쓰러졌다. 우리는 한참 끙끙거려서 둘을 떼어놓고, 숨은 붙어 있지만 끔찍하게 물어뜯긴 러캐슬을 집 안으로 옮겼다. 그를 거실 소파에 눕힌 다음, 술이 깬 톨러 영감을 보내 러캐슬 부인에게 소식을 전하게 했다. 나는 그의 고통을 덜어주기 위해 최선을 다했다. 우리가 그의 둘레에 모여 있을 때, 문이 열리더니 키가 크고 메마른 여자가 들어왔다.

"아니, 톨러 부인!" 헌터 양이 외쳤다.

"네, 헌터 양. 러캐슬 씨가 돌아와서 여러분을 쫓아가기 전에 나를 풀어주었어요. 아, 헌터 양, 이런 계획을 나한테 귀띔해줬으면 좋았을 것을. 그러면 이런 헛수고를 하지 않아도 된다고 말해주었을 텐데."

"하!" 홈즈가 그녀를 예리하게 바라보며 말했다. "톨러 부인은 이 사건에 대해 누구보다 더 많은 것을 알고 있는 게 분명하군요."

"그래요. 제가 아는 것을 다 말씀드릴게요."

"그럼 좀 앉아서 들어봅시다. 고백컨대 내가 아직 모르는 게 몇 가지 있어서 말입니다."

"곧 속 시원히 밝혀드리겠어요." 그녀가 말했다. "지하실에 갇히지만 않았다면 진작에 말씀드렸을 거예요. 이 일에 대해 즉결재판이라도 열린다면, 제가 여러분의 편이자 앨리스 아가씨의 편에 설 거라는 점을 알아줘요.

앨리스 아가씨는 집에서 행복하지 못했어요. 부친이 재혼한 때부터 그랬죠. 아예 무시를 당했는데도 아무 불평도 하지 않았어요. 하지만 정말 불행해진 건 아가씨가 친구 집에서 파울러 씨를 만난 후부터였답니다. 제가 알기론, 아가씨에게 유산이 있었어요. 하지만 워낙 다소곳하고 음전한 아가씨라서, 유산 권리에 대해서는 입도 뻥긋하지 않고, 러캐슬 씨한테 그 권리를 깡그리 맡겼지 뭐예요. 아가씨를 곁에 잡아두면 그게 다 제 것이라는 걸 러캐슬 씨는 잘 알고 있었죠. 하지만 결혼이라도 했다가는 남편이란 사람이 법적 권리를 요구할 게 빤했죠. 그래서 남편감이 나타날 낌새만 보이면 작정을 하고 훼방을 놓았어요. 그는 아가씨가 서류에 서명을 해주길 원했죠. 아가씨가 결혼을 하든 않든 그 유산을 자기가 챙기려는 심보로 말예요. 아가씨가 거절하자, 말도 못 하게 닦달을 해서 뇌열병에 걸릴 정도였지 뭐예요. 아가씬 여섯 주 동안이나 사경을 헤맸답니다. 그러다 마침내 자리를 털고 일어났지만, 그새 앙상하게 야위었고, 아름다운 머리칼은 잘라버렸댔죠. 그런데도 파울러 씨는 한결같이 그녀를 진정으로 사랑했답니다."

"아." 홈즈가 말했다. "우리에게 친절하게 해주신 얘기를 들으니 사건의 경위가 아주 분명해진 듯합니다. 나머지는 듣지 않아도 알 만해요. 그 후 러캐슬 씨는 이런 감방을 만들었겠죠."

"네, 그래요."

"그리고 참 못마땅하게도 영 끈덕진 파울러 씨를 떼어버리기 위해 런던에서 헌터 양을 데려왔겠지요."

"바로 그랬어요."

"하지만 파울러 씨는 훌륭한 뱃사람답게 여간 끈질기지 않아서, 이 집의 봉쇄망을 뚫고 들어와 톨러 부인을 만났고, 쇠심줄처럼 질기게 설득을 해서, 자기한테 좋은 게 톨러 부인한테도 좋다고 확신시키는 데 성공했겠죠."

"파울러 씨는 아주 상냥하고, 손이 큰 신사였어요." 톨러 부인이 환한 얼굴로 말했다.

"그런 방법으로 그는 부인의 남편에게 원 없이 술을 대줬고, 러캐슬 씨가 외출하자마자 사다리를 준비했군요."

"사실대로 딱 맞혔어요."

"톨러 부인께 감사의 말씀을 드려야겠습니다." 홈즈가 말했다. "덕분에 아리송했던 것을 속 시원히 알게 되었습니다. 저기 오는 게 이 고장의 외과의사와 러캐슬 부인인 것 같군. 그럼 왓슨, 우리는 이만 헌터 양을 윈체스터까지 데려다주는 게 좋겠어. 우리에게 아직도 '고소권'이 있는지는 의심스러우니까 말이야."

현관 앞에 너도밤나무 숲이 있는 불길한 집의 수수께끼는 이렇게 풀렸다. 러캐슬 씨는 살아남았지만 불구자가 되어, 헌신적인 아내의 보살핌을 받아 겨우 살아갈 수 있었다. 그들은 여전히 예전 하인들과 함께 살았는데, 어쩌면 하인들이 러캐슬의 과거를 너무 많이 알고 있어서 해고할 수가 없었던 듯하다. 파울러 씨와 러캐슬 양은 도주한 다음 날 캔터베리 대주교의 특별 허가로 사우샘턴에서 결혼을 했다. 파울러 씨는 이제 모리셔스 섬에서 식민지 관리로 일하고 있다. 바이올렛 헌터 양으로 말하자면, 그녀가 홈즈의 사건 중심에서 벗어나자, 실망스럽게도 내 친구 홈즈는 더 이상 그녀에게 관심이 없음을 밝혔다. 지금 그녀는 월솔 사립학교의 교장인데, 거기서 자못 성공을 거둔 모양이다.

셜록 홈즈의 모험

지은이 l 아서 코난 도일
옮긴이 l 승영조
펴낸이 l 양숙진

초판 1쇄 펴낸날 l 2012년 3월 5일

펴낸곳 l ㈜현대문학
등록번호 l 제1-452호
주소 l 137-905 서울시 서초구 잠원동 41-10
전화 l 02-2017-0280
팩스 l 02-516-5433
홈페이지 www.hdmh.co.kr

ISBN 978-89-7275-590-6 04840
ISBN 978-89-7275-563-0 (세트)

* 책값은 뒤표지에 있습니다.